U0725262

西厢记 牡丹亭
长生殿 桃花扇

〔元〕王实甫 等◎著

许若茜◎校注

中国纺织出版社

内 容 提 要

《西厢记》《牡丹亭》《长生殿》《桃花扇》是中国古典戏曲史上的四大巅峰之作，有“古典四大名剧”之称，均词藻华美、爱情缠绵悱恻。本书将四剧集合出版，对原剧本中的难解之处进行详细校注，对其中典故来源、风俗传统进行解说，以飨读者。

图书在版编目(CIP)数据

西厢记 牡丹亭 长生殿 桃花扇/（元）王实甫等著；许若茜校注.—北京：中国纺织出版社，2017.1（2020.7重印）

ISBN 978-7-5180-3024-8

Ⅰ.①西… Ⅱ.①王…②许… Ⅲ.①杂剧—剧本—中国—元代②传奇剧（戏曲）—剧本—作品集—中国—明清时代 Ⅳ.①I237.1②I237.2

中国版本图书馆CIP数据核字（2016）第237106号

责任编辑：李伟楠　　　　责任印制：储志伟

中国纺织出版社出版发行

地址：北京市朝阳区百子湾东里A407号楼　邮政编码：100124

销售电话：010—67004422　传真：010—87155801

http：//www. c－textilep. com

E-mail：faxing@ c－textilep. com

中国纺织出版社天猫旗舰店

官方微博 http：//weibo. com/2119887771

佳兴达印刷（天津）有限公司印刷　各地新华书店经销

2017年1月第1版　　2020年7月第2次印刷

开本：710×1000　1/16　印张：20

字数：301千字　定价：39.80元

前言

《西厢记》《牡丹亭》《桃花扇》《长生殿》被誉为“中国四大古典名剧”。

《西厢记》的地位恐怕是四部剧中最高的，著名戏剧研究家赵景深先生曾将《西厢记》提高到了与《红楼梦》相当的地位，将其并称为“中国古典文艺中的双璧”。毫无疑问，《西厢记》的出现，曾引起当时社会的惊叹，“明清之际，注家蜂起”，几乎家家户户人手一卷，一时间，洛阳纸贵，成为了当时名副其实的“畅销书”。《西厢记》之所以能够经久不衰地流传，获得人们的喜爱，关键在于它表达了大众追求美好爱情、反抗封建礼教的心声。“愿普天下有情的都成了眷属”是其核心思想。爱情，是文学永恒的主题，《西厢记》所表达的爱情，超越了门第的高低、财富的多寡、权势的大小，其思想性远远高于同时代流行的“才子佳人”类题材故事，是其成为经典的原因。

《牡丹亭》亦是四大名剧中地位颇高的一部。汤显祖对民间故事“杜丽娘暮色还魂”进行了脱胎换骨的创新，把一个背景简单的故事与明代社会生活结合起来，使它具有强烈的反礼教、反封建色彩。本剧最大的感人之处在于对自由的讴歌。《牡丹亭》生动刻画了杜丽娘这一强烈追求个性和自由的形象，带有浪漫主义色彩。剧中一反传统，杜丽娘并非死于爱情遭受破坏，而是死于对爱情的徒然渴望，这表现出了作者深远的思想性，即作者在当时就有了对自由、渴望这一话题的探讨，这是作品较有前瞻性和思想性的体现。《西厢记》中红娘的见义勇为、敢于向封建礼教挑战的鲜明性格在一定程度上反衬出了莺莺的软弱，然而

《牡丹亭》中的杜丽娘本身却表现出独立的思想、坚定的意志，这一点更加可贵。

与前两部相比，《桃花扇》更多地带有政治色彩，展现出作者对时局的关心，借古抒怀，表达出作者对统治集团腐败的揭露和痛斥，当然，这也成为孔尚任后来因此得祸的原因。《桃花扇》借李香君身处乱世的悲欢离合遭遇，抒发兴亡之感，某种程度上带有历史剧的色彩。其恰到好处的夸张和虚构，是戏剧创作史上成功的经验。

与《桃花扇》同时代的《长生殿》，其完成时间则比前者早 11 年。《长生殿》又将目光重新投放在爱情主题上，对杨贵妃与唐明皇之间的爱情，进行了艺术性的加工和创造。尽管在传统观念看来，李、杨二人的爱情比起梁祝、宝黛及张生、莺莺的故事来，较有局限性，但这个故事在根本否定男女爱情的封建宗法社会里，仍然具有深意。同白居易的《长恨歌》一样，本剧之所以能在历史上众多书写同样故事的本子中经久不衰，正在于它反传统的思想性。

此次合集选取了权威版本，将四大名剧集合在一起出版，一方面让读者领略古典名著的原汁原味，一方面又能够让读者更方便地阅读。同时，对原剧本中的难点、重点进行了详细的校注，包括对典故来源、风俗传统等进行解说，更增添了作品的可读性，令现代读者，特别是喜爱传统文化的读者能够更加快速、顺畅地理解原文，同时学习到丰富的传统文化常识。此外，编者还精心选择了插图，帮助读者更加感性而生动地理解作品内容，获得更好的阅读体验。因此，本校注版在权威性、知识性、实用性和可读性方面都堪称佳品，是编者孜孜不倦为读者奉上的一道文化大餐。

校注者

2015 年 12 月

目录

西厢记

牡丹亭

长生殿

桃花扇

西厢记

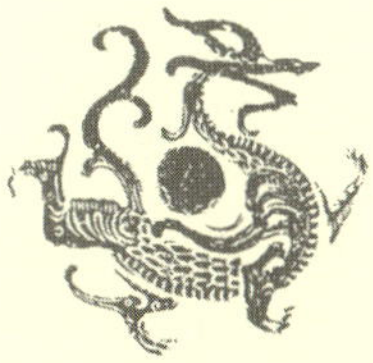

第一本 张君瑞闹道场

楔 子①

（外扮老夫人上开）② 老身姓郑，夫主姓崔，官拜前朝相国，不幸因病告殂③。只生得个小姐，小字莺莺，年一十九岁，针黹女工，诗词书算，无不能者。老相公在日，曾许下老身之侄，乃郑尚书之长子郑恒为妻。因俺孩儿父丧未满，未得成合。又有个小妮子④，是自幼伏侍孩儿的，唤做红娘。一个小厮儿⑤，唤做欢郎。先夫弃世之后，老身与女孩儿扶柩至博陵⑥安葬，因路途有阻，不能得去。来到河中府⑦，将这灵柩寄在普救寺内。这寺是先夫相国修造的，是则天娘娘香火院，况兼法本长老，又是俺相公剃度的和尚⑧，因此俺就这西厢下一座宅子安下。一壁写书附京师去，唤郑恒来，相扶回博陵去。我想先夫在日，食前方丈，从者数百，今日至亲则这三四口儿，好生伤感人也呵。

［仙吕］［赏花时］夫主京师禄命终，子母孤孀途路穷，因此上旅榇⑨在梵王宫。盼不到博陵旧冢，血泪洒杜鹃红。

今日暮春天气，好生困人。不免唤红娘出来分付他。红娘何在？（旦俫⑩扮红见科）（夫人云）你看佛殿上没人烧香呵，和小姐散心耍一回去来。（红云）谨依严命。（夫人下）（红云）小姐有请。（正旦扮莺莺上）（红云）夫人著俺和姐姐佛殿上闲耍一回去来。（旦唱）

---

①楔子：元代及明初把一段戏的首曲称为“楔子”，明中期以后才把正戏之外用来交代情节、介绍人物的场子，同正场戏区分出来，专门称作“楔子”。 ②外：元杂剧中，女主角称为正旦，男主角称为正末，在正角之外再加上一个角色，就称作“外”，如外旦、外末、外净，这里指扮演老夫人的外旦。开：戏剧开场。 ③告殂（cú）：布告死亡。 ④小妮子：对婢女的称呼。 ⑤小厮儿：宋元时期称自家的幼子为小厮。 ⑥博陵：唐代郡名，治所在今河北省定州市。博陵崔氏为唐代五大门阀大姓崔、卢、李、郑、王之一。 ⑦河中府：今山西省永济市。 ⑧俺相公剃度的和尚：这里指不出家者买好度牒（唐代武则天时颁发给出家人的合法证明）及衣物等，布施给别人剃度为僧。 ⑨旅榇（chèn）：未入祖坟前临时寄放在外的尸棺。 ⑩旦俫（lái）：戏中扮演少年儿童的角色称为俫，旦俫即幼小的旦角。

[幺篇][1] 可正是人值残春蒲郡东[2]，门掩重关萧寺中[3]。花落水流红，闲愁万种，无语怨东风。（并下）

第一折

（正末扮张生骑马引俫人上开）小生姓张名珙，字君瑞，本贯西洛人也。先人拜礼部尚书，不幸五旬之上因病身亡。后一年丧母。小生书剑飘零，功名未遂，游于四方。即今贞元十七年二月上旬，唐德宗即位，欲往上朝取应[4]，路经河中府，过蒲关上[5]，有一故人姓杜名确，字君实，与小生同郡同学，当初为八拜之交，后弃文就武，遂得武举状元，官拜征西大元帅，统领十万大军，镇守著蒲关。小生就望哥哥一遭，却[6]往京师求进。暗想小生萤窗雪案[7]，刮垢磨光[8]，学成满腹文章，尚在湖海飘零，何日得遂大志也呵！万金宝剑藏秋水，满马春愁压绣鞍。

[仙吕][点绛唇] 游艺中原，脚跟无线，如蓬转。望眼连天，日近长安远。

[混江龙] 向诗书经传，蠹鱼[9]似不出费钻研。将棘围[10]守暖，把铁砚磨穿。投至得云路鹏程九万里，先受了雪窗萤火二十年。才高难入俗人机，时乖不遂男儿愿。空雕虫篆刻，缀断简残编[11]。

行路之间，早到蒲津。这黄河有九曲，此正古河内之地，你看好形势也呵！

[油葫芦] 九曲风涛何处显，则除是此地偏。这河带齐梁分秦晋隘幽燕[12]。雪浪拍长空，天际秋云卷；竹索缆浮桥，水上苍龙偃[13]；东西溃九州，南北串百川。归舟紧不紧如何见？却便似弩箭乍离弦。

[天下乐] 只疑是银河落九天。渊泉、云外悬，入东洋不离此径穿。滋洛阳

---

①幺篇：即后篇。元杂剧中同牌的第二支曲子称幺篇。②值：遇上。蒲郡：即蒲州，见“河中府”注释。③掩：闭门。重（chóng）关：一道道的门。萧寺：梁武帝崇信佛教，建造了许多寺庙，后世便将佛寺称为萧寺。④取应：朝廷开科取士，士子应选。⑤蒲关：蒲津关的简称，位于黄河西岸，在今山西省永济市西。⑥却：再。⑦萤窗：源自晋代车胤刻苦读书的故事，车胤家境贫寒，没钱买灯油，夏天夜里就将萤火虫聚集在一起照明读书。雪案：晋代孙康勤学的故事，孙康家贫，于是他冬天常常在雪地里借白雪的反光读书。孙康车胤两个故事，一冬一夏，说明了张生一年四季都在刻苦读书。⑧刮去污垢，磨出光亮，比喻读书时用心琢磨，去伪存真。⑨蠹（dù）鱼：蛀蚀书籍、衣物等的小虫。这里比喻自己像蠹鱼一样埋头在书里。⑩棘围：科举考试时，为防止人们捣乱和作弊，在考场院墙插遍荆棘，故称考场为棘围、棘院。⑪“空雕虫”二句意思是白白地写诗作文、研究学问而一无所成。⑫“九曲”二句比喻黄河如同一条带子一样穿齐梁大地而过，把秦晋之地分割开来，把幽燕之地与中原地区隔绝开来。⑬“竹索”二句：用竹索作缆绳的浮桥，像是仰卧在水面上的苍龙。

千种花，润梁园万顷田，也曾泛浮槎①到日月边。

话说间早到城中。这里一座店儿，琴童，接下马者。店小二哥那里？（小二上云）自家是这状元店里小二哥。官人要下呵，俺这里有干净店房。（末云）头房里下，先撒和②那马者。小二哥你来，我问你：这里有甚么闲散心处？名山胜境、福地宝坊皆可。（小二云）俺这里有一座寺，名曰普救寺，是则天皇后香火院，盖造非俗：琉璃殿相近青霄，舍利塔直侵云汉。南来北往，三教九流，过者无不瞻仰，则除那里可以君子游玩。（末云）琴童，料持下晌午饭，那里走一遭，便回来也。（童云）安排下饭，撒和了马，等哥哥回家。（下）（法聪上）小僧法聪，是这普救寺法本长老座下弟子。今日师父赴斋去了，著我在寺中，但有探长老的，便记著，待师父回来报知。山门下立地，看有甚么人来。（末上云）却早来到也。（见聪了③，聪问云）客官从何来？（末云）小生西洛至此，闻上刹幽雅清爽，一来瞻仰佛像，二来拜谒长老。敢问长老在么？（聪云）俺师父不在寺中，贫僧弟子法聪的便是，请先生方丈拜茶。（末云）即然长老不在呵，不必吃茶。敢烦和尚相引瞻仰一遭，幸甚。（聪云）小僧取钥匙，开了佛殿、钟楼、塔院、罗汉堂、香积厨，盘桓一会，师父敢待④回来。（末云）是盖造得好也呵！

［村里迓鼓］随喜了上方佛殿，早来到下方僧院。行过厨房近西、法堂北、钟楼前面。游了洞房，登了宝塔，将回廊绕遍。数了罗汉，参了菩萨，拜了圣贤。

（莺莺引红娘捻花枝上云）红娘，俺去佛殿上耍去来。（末做见科⑤）呀！正撞着五百年前风流业冤。

［元和令］颠不剌⑥的见了万千，似这般可喜娘的庞儿罕曾见。则著人眼花撩乱口难言，魂灵儿飞在半天。他那里尽人调戏亸著香肩，只将花笑捻⑦。

［上马娇］这的是兜率宫，休猜做了离恨天。呀，谁想着寺里遇神仙！我见他宜嗔宜喜春风面，偏、宜贴翠花钿⑧。

［胜葫芦］则见他宫样眉儿新月偃，斜侵入鬓边。

（旦云）红娘，你觑：寂寂僧房人不到，满阶苔衬落花红。（末云）我死也！

未语人前先腼腆，樱桃红绽⑨，玉粳白露⑩，半晌恰方言。

［幺篇］恰便似呖呖莺声花外啭，行一步可人怜。解舞腰肢娇又软，千般袅娜，万般旖旎，似垂柳晚风前。

---

①浮槎（chá）：木排、竹筏。②撒和：喂牲口。③见聪了：与法聪见面寒暄完毕。④敢待：或许。⑤科：元杂剧中作舞台提示用的术语，又称“介”。⑥颠不剌：颠，有可爱、风流之意；不剌：语助词，无义。⑦“他那里”二句：是说莺莺尽由着张生对她顾盼不止，而她却垂着肩，持花微笑。亸（duǒ）：垂下。⑧花钿（tián）：指贴于妇女眉间或面颊的饰物。⑨樱桃红绽比喻莺莺启唇欲言。⑩玉粳：光洁如玉的粳米，形容莺莺齿之光洁。

（红云）那壁有人，咱家去来。（旦回顾觑末下）（末云）和尚，恰怎么观音现来？（聪云）休胡说！这是河中府崔相国的小姐。（末云）世间有这等女子，岂非天姿国色乎？休说那模样儿，则那一对小脚儿，价值百镒之金。（聪云）偌远地，他在那壁，你在这壁，系着长裙儿，你便怎知他脚儿小？（末云）法聪，来来来，你问我怎便知，你觑：

［后庭花］若不是衬残红芳径软，怎显得步香尘底样儿浅。且休题眼角儿留情处，则这脚踪儿将心事传。慢俄延，投至到栊门儿前面，刚那了一步远。刚刚的打个照面，风魔了张解元。似神仙归洞天，空馀下杨柳烟，只闻得鸟雀喧。

［柳叶儿］呀，门掩着梨花深院，粉墙儿高似青天。恨天、天不与人行方便，好著我难消遣，端的是怎留连。小姐呵，则被你兀的不引了人意马心猿。

（聪云）休惹事，河中开府的小姐去远了也。（末唱）

［寄生草］兰麝香仍在，佩环声渐远。东风摇曳垂杨线，游丝牵惹桃花片，珠帘掩映芙蓉面。你道是河中开府相公家，我道是南海水月观音现。

“十年不识君王面，始信婵娟解误人。”小生便不往京师去应举也罢。（觑聪云）敢烦和尚对长老说知，有僧房借半间，早晚温习经史，胜如旅邸内冗杂。房金依例拜纳。小生明日自来也。

［赚煞］饿眼望将穿，馋口涎空咽，空著我透骨髓相思病染，怎当他临去秋波那一转。休道是小生，便是铁石人也意惹情牵。近庭轩，花柳争妍，日午当庭塔影圆。春光在眼前，争奈玉人不见，将一座梵王宫疑是武陵源。［下］

第二折

［夫人上白］前日长老将钱去与老相公做好事①，不见来回话。道与红娘，传着我的言语去问长老，几时好与老相公做好事？就着他办下东西的当②了，来回我话者。［下］［净扮洁上③］老僧法本，在这普救寺内做长老。此寺是则天皇后盖造的，后来崩损，又是崔相国重修的。现今崔老夫人领着家眷扶柩回博陵。因路阻暂寓本寺西厢之下，待路通回博陵迁葬。老夫人处事温俭，治家有方，是是非非④，人莫敢犯。夜来⑤老僧赴斋，不知曾有人来望老僧否？［唤聪问科］［聪云］夜来有一秀才，自西洛而来，特谒我师，不遇而返。［洁云］山门外觑著，若再来时，报我知道。［末上云］昨日见了那小姐，倒有顾盼小生之意。今

①将钱去：拿着钱去。好事：指佛事。②的当：妥当。③净：以扮演刚猛人物为主的角色，此指扮演和尚的男角。洁：僧人止淫事、断酒肉，所以称僧人为洁郎，简称洁，此指法本长老。④是是非非：以是为是，以非为非能分清是非，不含糊的意思。⑤夜来：昨日。

日去问长老借一间僧房，早晚温习经史；倘遇那小姐出来，必当饱看一会。

［中吕］［粉蝶儿］不做周方①，埋怨杀你个法聪和尚。借与我半间儿客舍僧房，与我那可憎才②居止处门儿相向。虽不能勾窃玉偷香，且将这盼行云③眼睛儿打当。

［醉春风］往常时见傅粉的委实羞④，画眉的敢是谎。今日多情人一见了有情娘，著小生心儿里早痒、痒。迤逗得肠荒，断送得眼乱，引惹得心忙⑤。

［末见聪科］［聪云］师父正望先生来哩，只此少待，小僧通报去。［洁出见末科］［末云］是好一个和尚呵！

［迎仙客］我则见他头似雪，鬓如霜，面如童，少年得内养⑥。貌堂堂，声朗朗，头直上只少个圆光⑦。却便似捏塑来的僧伽像。

［洁云］请先生方丈内相见。夜来老僧不在，有失迎迓，望先生恕罪。［末云］小生久闻老和尚清誉，欲来座下听讲，何期昨日不得相遇。今能一见，是小生三生有幸矣。［洁云］先生世家何郡？敢问上姓大名，因甚至此？［末云］小生姓张名珙，字君瑞。

［石榴花］大师一一问行藏⑧，小生仔细诉衷肠，自来西洛是吾乡，宦游在四方，寄居咸阳。先人拜礼部尚书多名望，五旬上因病身亡。

［洁云］老相公弃世，必有所遗。［末唱］

平生直无偏向，止留下四海一空囊。

［洁云］老相公在官时浑俗和光⑨。［末唱］

［斗鹌鹑］俺先人甚的是⑩浑俗和光，衠一味⑪风清月朗。

［洁云］先生此一行必上朝取应去。［末唱］

小生无意求官，有心待听进。

小生特谒长老，奈路途奔驰，无以相馈——

量著穷秀才人情则是纸半张，又没甚七青八黄⑫，尽着你说短论长，一任待掂斤播两。

径禀：有白银一两，与常住⑬公用，略表寸心，望笑留是幸。［洁云］先生

---

①周方：周旋方便之意。②可憎才：非常可爱的人，可憎，爱极的反话。③盼行云：盼望与美人相会。④傅粉：搽粉。委实：实在。⑤“迤（tuō）逗”三句：是说被莺莺引逗得眼花缭乱、心神不定。⑥内养：指脱离尘世，清心寡欲，戒持自己的身心以养其内。⑦圆光：指佛菩萨头顶上放射的光明圆轮。⑧行藏：行，出仕，藏：家居，指身世经历。⑨浑俗和光：与世俗混同，不露锋芒，与世无争。⑩甚的是：不知道什么是。⑪衠（zhūn）：真。衠一味：纯粹是一心一意。⑫七青八黄：指黄金。⑬常住：佛家用语，指恒常永住，不会变异或毁灭，又为“常住物”的简称，指供僧人居住、饮食的舍宇、什物、树木、田园等。故寺院和僧人都可用常住代称。

客中，何故如此？［末云］物鲜不足辞，但充讲下一茶①耳。

［上小楼］小生特来见访，大师何须谦让。

［洁云］老僧决不敢受。［末唱］

这钱也难买柴薪，不勾斋粮，且备茶汤。

［觑聪云］这一两银，未为厚礼。

你若有主张，对艳妆，将言词说上，我将你众和尚死生难忘。

［洁云］先生必有所请。［末云］小生不揣有恳。因恶旅邸冗杂，早晚难以温习经史，欲假一室，晨昏听讲。房金按月任意多少。［洁云］敝寺颇有数间，任先生拣选。［末唱］

［幺篇］也不要香积厨，枯木堂②。远著南轩，离著东墙，靠著西厢。近主廊，过耳房，都皆停当。

［洁云］便不呵，就与老僧同处何如？［末笑云］要恁怎么？

你是必③休提著长老方丈。

［红上云］老夫人著俺问长老，几时好与老相公做好事，看得停当回话。须索走一遭去来。［见洁科］长老万福。夫人使侍妾来问，几时好与老相公做好事，著看得停当了回话。［末背云④］好个女子也呵！

［脱布衫］大人家举止端详，全没那半点儿轻狂。大师行⑤深深拜了，启朱唇语言的当。

［小梁州］可喜娘的庞儿浅淡妆，穿一套缟素衣裳。胡伶渌老⑥不寻常，偷睛望，眼挫⑦里抹张郎。

［幺篇］若共他多情小姐同鸳帐，怎舍得他叠被铺床。我将小姐央，夫人快，他不令许放，我亲自写与从良⑧。

［洁云］二月十五日可与老相公做好事。［红云］妾与长老同去佛殿看了，却回夫人话。［洁云］先生请少坐，老僧同小娘子看一遭便来。［末云］何故却⑨小生？便同行一遭，又且何如？［洁云］便同行。［末云］著小娘子先行，俺近后些。［洁云］一个有道理的秀才。［末云］小生有一句话说，敢道么？［洁云］便道不妨。［末唱］

---

①讲下一茶：讲，讲经说法的法座；讲下，对讲经人的尊称；讲下一茶，聊作茶资。②枯木堂：和尚参禅打坐的房间。和尚打坐时形容枯槁，万念俱寂，心如枯木，故称枯木堂。③是必：势必，一定。④背云：又叫背工，演出时假定其他剧中人物听不见而向观众讲述自己内心独白的一种表演形式。⑤大师行（háng）：用于自称或人称之后，这里、那里之意，大师行，即大师这边，大师跟前。⑥胡伶渌（lù）老：聪明伶俐的眼睛。⑦眼挫：眼角。⑧“我将”四句：是说假如与莺莺成婚之后，将会央求莺莺许放红娘，如果夫人不同意，我就亲自给红娘写从良文书。古代妓女赎身嫁人、男女奴婢赎身为平民都叫从良。⑨却：拒绝。

［快活三］崔家女艳妆，莫不是演撒①你个老洁郎？

［洁云］俺出家人那有此事？［末唱］既不沙②，

却怎睃趁③着你头上放毫光？打扮的特来晃④。

［洁云］先生是何言语！早是⑤那小娘子不听得哩，若知呵，是甚意思！［红上佛殿科］［末唱］

［朝天子］过得主廊，引入洞房，好事从天降。

我与你看著门儿，你进去。［洁怒云］先生，此非先王之法言⑥！岂不得罪于圣人之门乎？老僧偌大年纪，焉肯作此等之态？［末唱］

好模好样忒莽撞。

没则罗便罢，

烦恼则么耶⑦唐三藏？

怪不得小生疑你，

偌大一个宅堂，可怎生别没个儿郎，使得梅香⑧来说勾当。

［洁云］老夫人治家严肃，内外并无一个男子出入。［末背云］这秃厮巧说！

你在我行、口强，硬抵着头皮撞。

［洁对红云］这斋供道场都完备了，十五日请夫人小姐拈香。［末问云］何故？［洁云］这是崔相国小姐至孝，为报父母之恩。又是老相国禫日⑨，就脱孝服，所以做好事。［末哭科云］"哀哀父母，生我劬劳，欲报深恩，昊天罔极。"小姐是一女子，尚然有报父母之心；小生湖海飘零数年，自父母下世之后，并不曾有一陌纸钱相报。望和尚慈悲为本，小生亦备钱五千，怎生带得一分儿斋，追荐俺父母咱⑩。便夫人知，也不妨，以尽人子之心。［洁云］法聪，与这先生带一分者。［末背问聪云］那小姐明日来么？［聪云］他父母的勾当，如何不来？［末背云］这五千钱使得有些下落者！

［四边静］人间天上，看莺莺强如做道场。软玉温香，休道是相亲傍，若能勾汤⑪他一汤，倒与人消灾障。

［洁云］都到方丈吃茶。［做到科］［末云］小生更衣⑫咱。［末出科云］那小娘子已定出来也，我则在这里等待问他咱。［红辞洁云］我不吃茶了，恐夫人怪来迟，去回话也。［红出科］［末迎红娘祗揖科］小娘子拜揖。［红云］先生万福。［末云］小娘子莫非莺莺小姐的侍妾么？［红云］我便是。何劳先生动问⑬？

---

①演撒：勾搭迷惑，撒，语尾助词。②既不沙：既然不是这样。③睃（suō）趁：看④特来晃：特别光彩之意。⑤早是：幸亏。⑥法言：合于礼法之言。⑦则么耶：怎么呀。⑧梅香：戏曲中称丫鬟侍女为梅香。⑨禫（dàn）日：父母死后27个月举行祭祀然后除去孝服之日。⑩咱（zā）：语助词，无义。⑪汤：擦着的意思，元代人多用。⑫更衣：上厕所的婉称。⑬动问：问。

［末云］小生姓张，名珙，字君瑞，本贯西洛人也。年方二十三岁，正月十七日子时建生，并不曾娶妻……［红云］谁问你来？［末云］敢问小姐常出来么？［红怒云］先生是读书君子，孟子曰："男女授受不亲，礼也。"君子"瓜田不纳履，李下不整冠"。道不得个"非礼勿视，非礼勿听，非礼勿言，非礼勿动"。俺夫人治家严肃，有冰霜之操。内无应门五尺之童，年至十二三者，非呼召，不敢辄入中堂。向日莺莺潜出闺房，夫人窥之，召立莺莺于庭下，责之曰："汝为女子，不告而出闺门，倘遇游客小僧私视，岂不自耻？"莺立谢①而言曰："今当改过从新，毋敢再犯。"是他亲女，尚然如此，何况以下侍妾乎！先生习先王之道，尊周公之礼，不干己事，何故用心？早是妾身，可以容恕，若夫人知其事呵，决无干休！今后得问的问，不得问的休胡说！［下］［末云］这相思索是害也！

［哨遍］听说罢心怀悒怏，把一天愁都撮在眉尖上。说："夫人节操凛冰霜，不召呼，谁敢辄入中堂！"自思想，比及②你心儿畏惧老母亲威严，小姐呵，你不合临去也回头儿望。待飏③下教人怎飏？赤紧的情沾了肺腑，意惹了肝肠。若今生难得有情人，是前世烧了断头香④。我得时节手掌儿里奇擎⑤，心坎儿里温存，眼皮儿上供养。

［耍孩儿］当初那巫山远隔如天样，听说罢又在巫山那厢。业身躯⑥虽是立在回廊，魂灵儿已在他行。本待要安排心事传幽客⑦，我只怕漏泄春光与乃堂。夫人怕女孩儿春心荡，怪黄莺儿作对，怨粉蝶儿成双。

［五煞］小姐年纪小，性气刚。张郎倘得相亲傍，乍相逢厌见何郎粉，看邂逅偷将韩寿香。才到是未得风流况，成就了会温存的娇婿，怕甚么能拘束的亲娘。

［四煞］夫人忒虑过，小生空妄想。郎才女貌合相仿⑧。休直待眉儿浅淡思张敞，春色飘零忆阮郎。非是咱自夸奖，他有德言工貌⑨，小生有恭俭温良。

［三煞］想着他眉儿浅浅描，脸儿淡淡妆，粉香腻玉搓咽项。翠裙鸳绣金莲小，红袖鸾销⑩玉笋⑪长。不想呵其实强，你撇下半天风韵，我拾得万种思量。

却忘了辞长老。［见洁科］小生敢问长老：房舍如何？［洁云］塔院侧边西厢一间房，甚是潇洒⑫，正可先生安下。见收拾下了，随先生早晚⑬来。［末云］

---

①立谢：立即认错。②比及：既然。③飏（yáng）：丢开。④断头香：半截香。礼神敬佛须烧整支香，烧折断或已燃过的香，会遭遇贫穷、分离、无子、功名及婚姻不顺等报应。⑤奇擎：捧护。⑥业身躯：是张生见莺莺之难而自怨自骂的话。业，梵文意译，泛指人的一切身心活动，分身业、口业、意业。⑦幽客：幽闺客，指莺莺。⑧合相仿：理当匹配。⑨德言工貌：封建时代要求妇女具有的四种品德。⑩鸾销：即销鸾，用金色丝线绣鸾凤的意思。⑪玉笋：比喻女子的手指纤细白润，宛如玉笋。⑫潇洒：明亮整洁。⑬早晚：随时。

小生便回店中搬去。[洁云]既然如此，老僧准备下斋，先生是必便来。[下][末云]若在店中人闹，倒好消遣；搬在寺中静处，怎么捱这凄凉也呵！

[二煞]院宇深，枕簟凉，一灯孤影摇书幌①。纵然酬得今生志，著甚支吾②此夜长！睡不著如翻掌，少可有一万声长吁短叹，五千遍倒枕槌床。

[尾]娇羞花解语，温柔玉有香，我和他乍相逢记不真娇模样，我则索③手抵著牙儿④慢慢的想。[下]

第三折

[正旦上云]老夫人著红娘问长老去了，这小贱人不来我行回话。[红上云]回夫人话了，去回小姐话去。[旦云]使你问长老，几时做好事？[红云]恰回夫人话也，正待回姐姐话。二月十五日请夫人、姐姐拈香。[红笑云]姐姐，你不知，我对你说一件好笑的勾当。咱前日寺里见的那秀才，今日也在方丈里。他先出门儿外，等着红娘，深深唱个喏⑤道："小生姓张，名珙，字君瑞，本贯西洛人也，年二十三岁，正月十七子时建生，并不曾娶妻。"姐姐，却是谁问他来？他又问："那壁小娘子，莫非莺莺小姐的侍妾乎？小姐常出来么？"被红娘抢白⑥了一顿呵回来了。姐姐，我不知他想甚么哩，世上有这等傻角！[旦笑云]红娘，休对夫人说。天色晚也，安排香案，咱花园内烧香去来。[下][末上云]搬至寺中，正近西厢居址。我问和尚每⑦来，小姐每夜花园内烧香。这个花园和俺寺中合著。比及⑧小姐出来，我先在太湖石畔墙角儿边等待，饱看一会。两廊僧众都睡著了。夜深人静，月朗风清，是好天气也呵！正是：闲寻方丈高僧语，闷对西厢皓月吟。

[越调][斗鹌鹑]玉宇⑨无尘，银河泻影，月色横空，花阴满庭。罗袂生寒，芳心自警。侧着耳朵儿听，蹑著脚步儿行：悄悄冥冥，潜潜等等。

[紫花儿序]等待那齐齐整整⑩，袅袅婷婷，姐姐莺莺。一更⑪之后，万籁无声，直至莺庭。若是回廊下没揣的⑫见俺可憎，将他来紧紧的搂定，只问你那会少离多，有影无形。

---

①摇书幌：指灯下的孤影在书斋中摇动，形容张生夜不能寐，作相思状。②支吾：支持，应付。③则索：只得。④手抵著牙：指以手托腮。⑤唱喏（rě）：对别人叉手相拜时口中同时呼"喏"，是古代的一种礼数。⑥抢白：责备，呵斥。⑦每：从元代俗字"懑"演变而来，即"们"的意思。⑧比及：等到。⑨玉宇：天帝居住在天上，以玉为殿宇，故以玉宇指代天空。⑩齐齐整整：指妇人容貌端庄匀称。⑪更：古人的夜间计时单位，一夜分为五更，每更约2小时。⑫没揣的：意外地，有侥幸之意。

［旦引红娘上云］开了角门儿，将香桌出来者。［末唱］

［金蕉叶］猛听得角门儿呀的一声，风过处衣香细生。踮著脚尖儿仔细定睛：比我那初见时庞儿越整。

［旦云］红娘，移香桌儿，近太湖石畔放者。［末做看科云］料想春娇①厌拘束，等闲②飞出广寒宫。看他容分一捻③，体露半襟，亸香袖以无言，垂罗裙而不语。似湘陵妃子，斜倚舜庙朱扉④；如月殿嫦娥，微现蟾宫素影。是好女子也呵！

［调笑令］我这里甫能⑤、见娉婷，比著那月殿嫦娥也不恁般撑⑥。遮遮掩掩穿芳径，料应来小脚儿难行。可喜娘的脸儿百媚生，兀的不引了人魂灵！

［旦云］取香来。［末云］听小姐祝告甚么。［旦云］此一柱香，愿化去⑦先人，早生天界；此一柱香，愿中堂老母，身安无事；此一柱香……［做不语科］［红云］姐姐不祝这一柱香，我替姐姐祝告：愿俺姐姐早寻一个姐夫，拖带红娘咱！［旦再拜云］心中无限伤心事，尽在深深两拜中。［长吁科］［末云］小姐倚栏长叹，似有动情之意。

［小桃红］夜深香霭散空庭，帘幙东风静。拜罢也斜将曲栏凭，长吁了两三声。剔⑧团圞⑨明月如悬镜，又不见轻云薄雾，都则是香烟人气⑩，两般儿氤氲得不分明。

我虽不及司马相如，我则看小姐颇有文君之意。我且高吟一绝，看他则甚：月色溶溶⑪夜，花阴寂寂春。如何临皓魄，不见月中人？［旦云］有人墙角吟诗！［红云］这声音，便是那二十三岁不曾娶妻的那傻角。［旦云］好清新之诗！我依韵做一首。［红云］你两个是好做一首！［旦念诗云］兰闺久寂寞，无事度芳春。料得行吟者，应怜长叹人。［末云］好应酬得快也呵！

［秃厮儿］早是那脸儿上扑堆著可憎，那堪那心儿里埋没⑫著聪明。他把那新诗和得忒应声，一字字诉衷情，堪听。

［圣药王］那语句清，音律轻，小名儿不枉了唤做莺莺。他若是共小生、厮觑定⑬，隔墙儿酬和到天明。方信道惺惺的自古惜惺惺。

我撞出去，看他说甚么。

［麻郎儿］我拽起罗衫欲行，［旦做见科］他陪著笑脸儿相迎。不做美的红

---

①春娇：年轻美貌的女子。 ②等闲：随随便便。 ③容分一捻：美丽的形态显露了一小部分。 ④“似湘陵”二句：指莺莺像斜倚着舜庙红门的湘水女神一样。尧的两个女儿娥皇、女英是舜的两个妃子，舜南巡死于苍梧山，二女追至，投江而死，化为湘水女神。 ⑤甫能：方才。 ⑥撑：漂亮，美丽。是一种方言的说法。 ⑦化去，谓死。 ⑧剔：程度副词，极，很。 ⑨团圞：圆。 ⑩人气：指莺莺的长吁。 ⑪溶溶：水流动的样子，形容月色如水。 ⑫埋没：蕴含、包藏。 ⑬厮觑定：互相看着，注目良久。

娘忒浅情，便做道谨依来命①。

［红云］姐姐，有人！咱家去来，怕夫人嗔着。［莺回顾下］［末唱］

［幺篇］我忽听、一声、猛惊，元来是扑剌剌宿鸟飞腾，颤巍巍花梢弄影，乱纷纷落红满径。

小姐你去了呵，那里发付②小生！

［络丝娘］空撇下碧澄澄苍苔露冷，明皎皎花筛月影。白日凄凉枉耽病，今夜把相思再整。

［东原乐］帘垂下，户已扃，却才个悄悄相问，他那里低低应。月朗风清恰二更，厮傒幸③，他无缘，小生薄命。

［绵搭絮］恰寻归路，伫立空庭，竹梢风摆，斗柄云横。呀，今夜凄凉有四星，他不偢人待怎生！虽然是眼角传情，咱两个口不言心自省。

今夜甚睡到得我眼里呵！

［拙鲁速］对著盏碧荧荧短檠灯，倚著扇冷清清旧帏屏。灯儿又不明，梦儿又不成；窗儿外淅零零的风儿透疏棂，忒楞楞的纸条儿鸣；枕头儿上孤另，被窝儿里寂静。你便是铁石人，铁石人也动情。

［幺篇］怨不能，恨不成，坐不安，睡不宁。有一日柳遮花映，雾障云屏，夜阑人静，海誓山盟——恁时节风流嘉庆，锦片也似前程；美满恩情，咱两个画堂自生。

［尾］一天好事从今定，一首诗分明照证。再不向青琐闼④梦儿中寻，则去那碧桃花树儿下⑤等。［下］

第四折

［洁引聪上云］今日二月十五开启⑥，众僧动法器者！请夫人小姐拈香。比及夫人未来，先请张生拈香，怕夫人问呵，则说是贫僧亲者。［末上云］今日二月十五日，和尚请拈香，须索走一遭。

［双调］［新水令］梵王宫殿月轮高，碧琉璃瑞烟笼罩。香烟云盖结⑦，讽咒海波潮⑧。幡影飘飖，诸檀越尽来到。

［驻马听］法鼓金铎，二月春雷响殿角；钟声佛号，半天风雨洒松梢。候门

①便做道“谨依来命”：意思是“何不依了我们的意呢！” ②发付：打发，处理。 ③傒幸：侥幸，蹊跷，无着落。 ④青琐闼（tà）：宫门，这里指代朝廷。 ⑤元杂剧中男女幽会之地称花下，如碧桃花下、牡丹花下、海棠花下。 ⑥开启：僧人开始做法事叫开启。 ⑦香烟云盖结：香的烟雾在空中聚成云盖。 ⑧讽咒：念诵佛经。海波潮：比喻诵经之声。

不许老僧敲，纱窗外定有红娘报。害相思的馋眼脑①，见他时须看个十分饱。

［末见洁科］［洁云］先生先拈香，恐夫人问呵，则说是老僧的亲。［末拈香科］

［沈醉东风］惟愿存有的人间寿高，亡化的天上逍遣。为曾祖父先灵，礼佛法僧三宝。焚名香暗中祷告：则愿得红娘休劣，夫人休焦，犬儿休恶。佛啰，早成就了幽期密约。

［夫人引旦上云］长老请拈香，小姐，咱走一遭，［末做见科］［觑聪云］为你志诚呵，神仙下降也。［聪云］这生却早两遭儿也。［末唱］

［雁儿落］我则道这玉天仙离了碧霄，元来是可意种②来清醮③。小子多愁多病身，怎当他倾国倾城貌。

［得胜令］恰便似檀口④点樱桃，粉鼻儿倚琼瑶，淡白梨花面，轻盈杨柳腰。妖娆，满面儿扑堆著俏；苗条，一团儿衠是娇。

［洁云］贫僧一句话，夫人行敢道么？老僧有个敝亲，是个饱学的秀才，父母亡后，无可相报。对我说，央及带一分斋，追荐父母。贫僧一时应允了，恐夫人见责。［夫人云］长老的亲，便是我的亲，请来厮见咱。［末拜夫人科］［众僧见旦发科⑤］

［乔牌儿］大师年纪老，法座上也凝眺；举名⑥的班首真呆傍⑦，觑着法聪头作金磬敲。

［甜水令］老的小的，村的俏的⑧，没颠没倒⑨，胜似闹元宵。稔色⑩人儿，可意冤家，怕人知道，看时节泪眼偷瞧。

［折桂令］著小生迷留没乱，心痒难挠。哭声儿似莺啭乔林，泪珠儿似露滴花梢。大师也难学，把一个发慈悲的脸儿来朦著。击磬的头陀懊恼，添香的行者心焦。烛影风摇，香霭云飘，贪看莺莺，烛灭香消。

［洁云］风灭灯也。［末云］小生点灯烧香。［旦与红云］那生忙了一夜。

［锦上花］外像儿风流，青春年少；内性儿聪明，冠世才学，扭捏着身子儿百般做作，来往向人前卖弄俊俏。

［红云］我猜那生——

---

①馋眼脑：指贪看得眼睛。②可意种：称心如意之人，心爱之人。③清醮（jiào）：本指道士为消灾祈福而设坛祭祀的法事活动，这里指僧人超度亡灵的法师活动。④檀口：檀为浅绛色，常用以形容嘴唇红艳。⑤发科：戏曲术语，指做出各种逗笑的情态，以动观众。⑥举名：做佛事时的呼令。⑦呆傍：元时口语，形容痴呆懵懂。⑧村：粗俗无知。俏：形容聪明伶俐。⑨没颠没倒：即颠倒。“没”与不尴不尬的“不”用法相同。此处形容因贪看莺莺而神魂颠倒忙乱无措。⑩稔（rěn）色：美色。

黄昏这一回，白日那一觉，窗儿外那会镬铎①。到晚来向书帏里比及睡著，千万声长吁怎捱到晓。

［末云］那小姐好生顾盼小子！

［碧玉箫］情引眉梢，心绪你知道；愁种心苗，情思我猜著。畅②懊恼，响铛铛云板敲，行者又嚎，沙弥又哨，恁须不夺人之好。

［洁与众僧发科］［动法器了，洁摇铃杵宣疏③了，烧纸科］［洁云］天明了也，请夫人小姐回宅。［末云］再做一会也好，那里发付小生也呵！

［鸳鸯煞］有心争似无心好，多情却被无情恼。劳攘了一宵，月儿沉，钟儿响，鸡儿叫。唱道是玉人归去得疾，好事收拾得早，道场毕诸人散了，酩子里④各归家，葫芦提⑤闹到晓。［并下］

［络丝娘煞尾⑥］则为你闭月羞花相貌，少不得翦草除根大小。

题目正名⑦

老夫人闭春院　崔莺莺烧夜香

小红娘传好事　张君瑞闹道场

第二本　崔莺莺夜听琴杂剧

楔　子

［杜将军引卒子上开］林下晒衣嫌日淡，池中濯足恨鱼腥；花根本艳公卿子，虎体原斑将相孙。自家姓杜，名确，字君实，本贯西洛人也。自幼与君瑞同学儒业，后弃文就武，当年武举及第，官拜征西大将军，正授管军元帅，统领十万之众，镇守著蒲关。有人自河中来，听知君瑞兄弟在普救寺中，不来望我；著人去请，亦不肯来，不知主甚意。今闻丁文雅失政，不守国法，剽掠黎民。我为不知虚实，未敢造次兴师。孙子曰："凡用兵之法，将受命于君，合军聚众，圮

①镬（huò）铎：喧闹之意。②畅：程度副词，甚，很，极之意。③宣疏：僧道做法事时，演说佛法、宣读祝告文字叫宣疏。④酩（mǐng）子里：冥子里，宋元俗语，暗地里的意思。⑤葫芦提：俗语，糊涂的意思。⑥络丝娘煞尾：《西厢记》五本，前四本戏结束时，因情节未完，在套曲之外都用"络丝娘煞尾"二句承上启下，剧情结束便不复用。⑦题目正名：元杂剧有二或四句对文，用来概括该本戏的内容，叫题目正名。

地无舍，衢地交合，绝地无留；围地则谋，死地则战；途有所不由，军有所不击，城有所不攻，地有所不争，君命有所不受。故将通于九变之利者，知用兵矣。治兵不知九变之术，虽知五利，不能得人用矣。”吾之未疾进兵征讨者，为不知地利浅深出没之故也。昨日探听去，不见回报。今日升帐，看有甚军情，来报我知道者。［卒子引惠明和尚上开］［惠明云］我离了普救寺，一日至蒲关，见杜将军走一遭。［卒报科］［将军云］著他过来！［惠打问讯了云］贫僧是普救寺僧，今有孙飞虎作乱，将半万贼兵，围往寺门，欲劫故臣崔相国女为妻。有游客张君瑞奉书，令小僧拜投于麾下，欲求将军以解倒悬之危。［将军云］将过书来。［惠投书了］［将军拆书念曰］“珙顿首再拜大元帅将军契兄纛下：伏自洛中，拜违犀表，寒暄屡隔，积有岁月，仰德之私，铭刻如也。忆昔联床风雨，叹今彼各天涯；客况复生于肺腑，离愁无慰于羁怀。念贫处十年藜藿，走困他乡；羡威统百万貔貅，坐安边境。故知虎体食天禄，瞻天表，大德胜常；使贱子慕台颜，仰台翰，寸心为慰。辄禀：小弟辞家，欲诣帐下，以叙数载间阔之情；奈至河中府普救寺，忽值采薪之忧。不期有贼将孙飞虎，领兵半万，欲劫故臣崔相国之女，实为迫切狼狈。小弟之命，亦在逡巡。万一朝廷知道，其罪何归？将军倘不弃旧交之情，兴一旅之师，上以报天子之恩，下以救苍生之急；使故相国虽在九泉，亦不泯将军之德。愿将军虎视去书，使小弟鹄观来旌。造次干渎，不胜惭愧。伏乞台照不宣。张珙再拜，二月十六日书。”［将军云］既然如此，和尚你行，我便来。［惠明云］将军是必疾来者。

［仙吕］［赏花时］那厮掳掠黎民德行短，将军镇压边庭机变宽。他弥天罪有百千般。若将军不管，纵贼寇骋无端。

［幺篇］便是你坐视朝廷将帝主瞒。若是扫荡妖氛着百姓欢，干戈息，大功完。歌谣遍满，传名誉到金銮。

［将军云］虽无圣发兵，将在军，君命有所不受。大小三军，听吾将令：速点五千人马，人尽衔枚，马皆勒口，星夜起发，直至河中府普救寺，救张生走一遭。［飞虎引卒子上开］［将军引卒子骑竹马调阵拿绑下］［夫人、洁同末云］下书已两日，不见回音。［末云］山门外呐喊摇旗，莫不是俺哥哥至了？［末见将军了］［引夫人拜了］［将军云］杜确有失防御，致令老夫人受惊，切勿见罪是幸。［末拜将军了］自别兄长台颜，一向有失听教。今得一见，如拨云睹日。［夫人云］老身子母，如将军所赐之命，将何补报？［将军云］不敢，此乃职分之所当为。敢问贤弟：因甚不至戎帐？［末云］小弟欲来，奈小疾偶作，不能动止，所以失敬。今见夫人受困，所言退得贼兵者，以小姐妻之，因此愚弟作书请吾兄。［将军云］既然有此姻缘，可贺，可贺！［夫人云］安排茶饭者。［将军云］不索，尚有馀党未尽，小官去捕了，却来望贤弟。左右那里，去斩孙飞虎

去！［拿贼了］本欲斩首示众，具表奏闻，见丁文雅失守之罪。恐有未叛者，今将为首各杖一百，馀者尽归旧营去者！［孙飞虎谢了下］［将军云］张生建退贼之策，夫人面许结亲，若不违前言，淑女可配君子也。［夫人云］恐小女有辱君子。［末云］请将军筵席者！［将军云］我不吃筵席了，我回营去，异日却来庆贺。［末云］不敢久留兄长，有劳台候。［将军望蒲关起发］［众念云］马离普救敲金镫，人望蒲关唱凯歌。［下］［夫人云］先生大恩，不敢忘也。自今先生休在寺里下，只著仆人寺内养马，足下来家内书院里安歇。我已收拾了，便搬来者。到明日略备草酌，著红娘来请你，是必来一会，别有商议。［末云］这事都在长老身上。［问洁云］小子亲事，未如何知？［洁云］莺莺亲事，拟定妻君。只因兵火至，引起雨云心。［下］［末云］小子收拾行李，去花园里去也！［下］

第一折

［净扮孙飞虎上开］自家姓孙，名彪，字飞虎，方今上德宗即位，天下扰攘。因主将丁文雅失政，俺分统五千人马，镇守河桥。近知先相国崔珏之女莺莺，眉黛青颦，莲脸生春，有倾国倾城之容，西子太真①之颜，见在河中府普救寺借居。我心中想来，当今用武之际，主将尚然不正，我独廉何为？大小三军，听吾号令：人尽衔枚②，马皆勒口，连夜进兵河中府，掳莺莺为妻，是我平生愿足！［法本慌上］谁想孙飞虎将半万贼兵，围住寺门，鸣锣击鼓，呐喊摇旗，欲掳莺莺小姐为妻。我今不敢违误，即索报知夫人走一遭［下］［夫人上慌云］如此却怎了？俺同到小姐卧房里商量去。［下］［旦引红娘上去］自见了张生，神魂荡漾，情思不快，茶饭少进。早是离人伤感，况值暮春天道，好烦恼人也呵！好句有情联夜月，落花无语怨东风。

［仙吕］［八声甘州］恹恹③瘦损，早是伤神，那值残春。罗衣宽褪，能消几度黄昏？风袅篆烟④不卷帘，雨打梨花深闭门；无语凭阑干，目断行云。

［混江龙］落红成阵，风飘万点正愁人；池塘梦晓，阑槛⑤辞春。蝶粉轻沾飞絮雪，燕泥香惹落花尘。系春心情短柳丝长，隔花阴人远天涯近。香消了六朝

①西子太真：西子，春秋时越国美女西施。太真，名杨玉环，本为寿王妃，出家为女道士，号太真，后被唐玄宗册封为贵妃。②衔枚：古代行军打仗及丧礼时一种禁止喧哗的措施。③恹恹：萎靡不振的样子。④篆烟：香烟上升时纡徐盘旋，形如篆字，故称篆烟。⑤阑槛：指花圃。

金粉①，清减了三楚精神②。

［红云］姐姐情思不快，我将被儿薰得香香的，睡些儿。［旦唱］

［油葫芦］翠被生寒压绣裀，休将兰麝薰；便将兰麝薰尽，则索自温存。昨宵个锦囊佳制③明勾引，今日个玉堂人物难亲近。这些时坐又不安，睡又不稳，我欲待登临又不快，闲行又闷，每日价情思睡昏昏。

［天下乐］红娘呵，我则索搭伏定④鲛绡⑤枕头儿上盹，但出闺门，影儿般不离身。

［红云］不干红娘事，老夫人著我跟著姐姐来。［旦云］俺娘也好没意思。

这些时直恁般堤防著人！小梅香伏侍的勤，老夫人拘系的紧，则怕俺女孩儿折了气分⑥。

［红云］姐姐往常不曾如此无情无绪，自见了那生，便觉心事不宁，却是如何？［旦唱］

［那吒令］往常但见个外人，氲的⑦早嗔；但见个客人，厌的⑧倒褪；从见了那人，兜的⑨便亲。想著他昨夜诗，依前韵，酬和得清新。

［鹊踏枝］吟得句儿匀，念得字儿真，咏月新诗，煞强似织锦回文⑩。谁肯把针儿将线引，向东邻通个殷勤。

［寄生草］想著文章士，旖旎人。他脸儿清秀身儿俊，性儿温克情儿顺，不由人口儿里作念心儿里印。学得来一天星斗焕文章，不枉了十年窗下无人问。

［飞虎领兵上围寺科］［下］［卒子内高叫云］寺里人听者：限你每三日内，将莺莺献出来，与俺将军成亲，万事干休。三日后不送出，伽蓝⑪尽皆焚烧，僧俗寸斩，不留一个。［夫人、洁同上敲门了］［红看了云］姐姐，夫人和长老都在房门前。［旦见了科］［夫人云］孩儿，你知道么？如今孙飞虎将半万贼兵，围住寺门，道你眉黛青颦，莲脸生春，似倾国倾城的太真，要掳你做压寨夫人。孩儿，怎生是了也？［旦唱］

［六玄序］听说罢魂离了壳，现放著祸灭身，将袖梢儿揾不住啼痕。好教我去住无因，进退无门。可著俺那埚儿里⑫人急偎亲？孤孀子母无投奔，赤紧的先

---

①“香消”句：是说无心梳妆，身上的脂粉香气消失。金粉，铅粉，古代妇女装饰用的脂粉。②三楚：战国楚地，古有东西南三楚之分，因有“三楚多秀士”而借三楚之地写人的精神。③锦囊佳制：美好的金句。④搭扶定：伏在……之上。⑤鲛绡（jiāo xiāo）：传说居于南海水中的鲛人所织成的细纱。⑥折了气分：丢了光彩，失了体面。⑦氲的：亦作“晕的”“缊地”，脸红，脸变色。⑧厌的：突然，猛地。⑨兜（dōu）的：陡然，顿时，立刻。⑩织锦回文：又名璇玑图，意为像珠玉一样美好的诗句，回文是一种纵横反复都可通读的文体。⑪伽（qié）蓝：代指寺院。⑫那埚（guō）儿里：“埚”本作“窝”，埚儿里，意思是“这所在”“那所在”。

亡过了有福之人。耳边厢金鼓连天振，征云冉冉，土雨纷纷。

[幺篇] 那厮每风闻，胡云，道我眉黛青颦，莲脸生春，恰便是倾国倾城的太真；兀的不送①了他三百僧人？半万贼军，半霎儿敢剪草除根？这厮每于家为国无忠信，恣情的掳掠人民。更将那天宫般盖造焚烧尽，则没那诸葛孔明，便待要博望烧屯。

[夫人云] 老身年六十年，不为寿夭；奈孩儿年少，未得从夫，却如之奈何？[旦云] 孩儿有一计：想来则是将我与贼汉为妻，庶可免一家儿性命。[夫人哭云] 俺家无犯法之男，再婚之女，怎舍得你献与贼汉，却不辱没了俺家谱？[洁云] 俺同到法堂两廊下，问僧俗有高见者，俺一同商议个长便②。[同到法堂科] [夫人云] 小姐，却是怎生？[旦云] 不如将我与贼人，其便有五。

[后庭花] 第一来免摧残老太君；第二来免殿堂作灰烬；第三来诸僧无事得安存；第四来先君灵柩稳；第五来欢郎虽是未成人。

[欢云] 俺呵，打甚么不紧③。[旦唱]

须是崔家后代孙。莺莺为惜己身，不行从著乱军：著僧众污血痕，将伽蓝火内焚，先灵为细尘，断绝了爱弟亲，割开了慈母恩。

[柳叶儿] 呀，将俺一家儿不留一个龆龀④。待从军又怕辱没了家门，我不如白练套头儿寻个自尽，将我尸榇，献与贼人，也须得个远害全身。

[青哥儿] 母亲，都做了莺莺生忿⑤，对傍人一言难尽。母亲，休爱惜莺莺这一身。

恁孩儿别有一计：不拣何人，建立功勋，杀退贼军，扫荡妖氛，倒陪家门⑥，情愿与英雄结婚姻，成秦晋⑦。

[夫人云] 此计较可。虽然不是门当户对，也强如陷于贼中。长老，在法堂上高叫：两廊免疫力俗，但有退兵之策的，倒陪房奁，断送⑧莺莺与他为妻。[洁叫了，住⑨] [末鼓掌上云] 我有退兵之策，何不问我？[见夫人] [洁云] 这秀才便是前日带追荐的秀才。[夫人云] 计将安在？[末云] 重赏之下，必有勇夫；赏罚若明，其计必成。[旦背云] 只愿这生退了贼者。[夫人云] 恰才与长老说下，但有退得贼兵的，将小姐与他为妻。[末云] 即是恁的，休唬了我浑家⑩，请入卧房里去，俺自有退兵之策。[夫人云] 小姐和红娘回去者。[旦对红云] 难得此生这一片好心。

---

①送：葬送。②长便：长久的计策，好办法。③打甚么不紧：当时口语，不要紧，没什么要紧。④龆龀（tiáo chèn）：男孩换牙为龆，女孩换牙为龀。指代儿童。⑤生忿：不孝。⑥倒陪家门：指不仅不要财礼，反而要倒陪送家产。⑦成秦晋：结为夫妇。⑧断送：打发，送出。⑨住：停一会儿。⑩浑家：妻子。

［赚煞］诸僧众各逃生，从家眷谁偢问。这生不相识横枝儿着紧①。非是书生多议论，也堤防著玉石俱焚。虽然是不关亲，可怜见命在逡巡②，济不济权将秀才来尽。果若有出师表文吓蛮书信，张生呵，则愿（下）得你笔尖儿横扫了五千人。

第二折

［夫人云］此事如何？［末云］小生有一计，先用著长老。［洁云］老僧不会厮杀，请秀才别换一个。［末云］休慌，不要你厮杀。你出去与贼汉说："夫人本待便将小姐出来，送与将军，奈有父丧在身。不争③鸣锣击鼓，惊死小姐，也可惜了。将军若要做女婿呵，可按甲束兵，退一射之地。限三日功德圆满，脱了孝服，换上颜色衣服，倒陪房奁，定将小姐送与将军。不争便送来，一来父服在身，二来于军不利。"你去说去。［洁云］三日如何？［末云］有计在后。［洁朝鬼门道④叫科］请将军打话。［飞虎引卒上云］快送莺莺来！［洁云］将军息怒。夫人使老僧来与将军说。［说如前了］［飞虎云］既然如此，限你三日后若不送来，我著你人人皆死，个个不存。你对夫人说去：恁的这般好性儿的女婿，教他招了者！［洁云］贼兵退了也，三日后不送出去，便都是死的，［末云］小子有一故人，姓杜，名确，号为白马将军，见统十万大兵，镇守著蒲关。一封书去，此人必来救我。此间离蒲关四十五里，写了书呵，怎得人送去？［洁云］若是白马将军肯来，何虑孙飞虎！俺这里有一个徒弟，唤作惠明，则是要吃酒厮打。若使央他去，定不肯去；须将言语激他，他便去。［末唤云］有书寄与杜将军，谁敢去？谁敢去？

［惠明上云］我敢去！

［正宫］［端正好］不念《法华经》，不礼《梁皇忏》⑤，飏⑥了僧伽帽，袒下我这偏衫。杀人心逗起英雄胆，两只手将乌龙尾钢椽揝⑦。

［滚绣球］非是我贪，不是我敢，知他怎生唤做打参⑧，大踏步直杀出虎窟龙潭。非是我搀⑨，不是我揽，这些时吃菜馒头委实口淡，五千人也不索炙煿煎

---

①横枝儿着紧：非亲非故的局外人却能急人之急，分人之忧。横枝儿，比喻不相干的人和事。②逡（qūn）巡：顷刻，不一会儿。③不争：用于句首，与"若是"同义。④鬼门道：戏台上左右两边局中人的上场门和下场门。⑤梁皇忏：原名《慈悲道场忏法》，梁武帝做雍州刺史时，夫人性好妒，死后化为巨蟒入宫，给梁武帝托梦请求救赎，梁武帝为其做道场，诵《慈悲道场忏法》十卷，夫人化为天人，空中谢帝而去。⑥飏（diū）：抛掷，甩。⑦乌龙尾：形容棍棒有威力，如同乌龙尾。揝（zuan）：握。⑧打参：僧人打坐。⑨搀：抢，争。

燋①。腔子里热血权消渴，肺腑内生心且解馋，有甚腌臜！

［叨叨令］浮沙羹宽片粉添些杂糁②；酸黄齑烂豆腐休调啖③，万馀斤黑面从教暗④，我将这五千人做一顿馒头馅。是必误了也么哥⑤，休误了也么哥！包残馀肉把青盐蘸。

［洁云］张秀才著你寄书去蒲关，你敢去么？［惠唱］

［倘秀才］你那里问小僧敢去也那不敢，我这里启大师用咱也不用咱。你道是飞虎将声名播斗南；那厮能淫欲，会贪婪，诚何以堪！

［末云］你是出家人，却怎不看经礼忏，则厮打为何？［惠唱］

［滚绣球］我经文也不会谈，逃禅也懒去参；戒刀头近新来钢蘸⑥，铁棒上无半星儿土渍尘缄。别的都僧不僧、俗不俗、女不女、男不男，则会斋的饱也则向那僧房中胡渰⑦，那里怕焚烧了兜率伽蓝。则为那善文能武人千里，凭著这济因扶危书一缄，有勇无惭。

［末云］他倘不放你过去，如何？［惠云］他不放我呵，你放心。

［白鹤子］著几个小沙弥把幢幡宝盖擎，壮行者将捍棒镬叉⑧担，你排阵脚将众僧安，我撞钉子把贼兵来探。

［二］远的破开步将铁棒飐，近的顺著手把戒刀钐⑨；有小的提起来将脚尖䟵⑩，有大的扳下来把髑髅勘⑪。

［一］瞅一瞅古都都翻了海波，滉一滉厮琅琅振动山岩；脚踏得赤力力地轴摇，手扳得忽剌剌天关撼。

［耍孩儿］我从来驳驳劣劣⑫，世不曾⑬忑忑忐忐，打熬成不厌天生敢⑭。我从来斩钉截铁常居一，不似恁惹草拈花没掂三。劣性子人皆惨⑮，舍著命提刀仗剑，更怕甚勒马停骖⑯。

［二］我从来欺硬怕软，吃苦不甘⑰，你休只因亲事胡扑掩。若是杜将军不把干戈退，张解元干将风月担，我将不志诚的言词赚。倘或纰缪，倒大⑱羞惭。

［惠云］将书来，你等回音者。

---

①炙煿（bó）煎燋（lǎn）：都是烹调的方法，四字连用即对食物进行加工制作的意思。②杂糁：菜粥。③休调啖：不要调和了给我吃。④“万馀斤”句：只管用万余斤黑面去做馒头，面黑就让他黑去。⑤也么哥：表示惊叹的语气助词，无义。⑥钢蘸：淬水，使刀刃锋利。⑦胡渰（yān）：装傻，不干正经事。⑧镬（huò）叉：金属器杖。⑨钐（shàn）：劈，砍。⑩䟵（zhuàng）：踢。⑪髑髅（dú lóu）勘：髑髅，指头。勘：砍。⑫驳驳劣劣：莽撞、粗鲁。⑬世不曾：从来不曾。⑭不厌：不满足。天生敢：天生勇敢。⑮惨：有害怕的意思。⑯骖（cān）：周代驷马驾车，中间的马叫服，两边的马叫骖。这句话意思是，我舍命提刀仗剑，还怕孙飞虎拦住我让我停马不前吗？⑰吃苦不甘：吃苦的不吃甜的，就是俗话说的吃软不吃硬。⑱倒大：绝大，特别大。

［收尾］恁与我助威风擂几声鼓，仗佛力呐一声喊。绣旗下遥见英雄俺，我教那半万贼兵唬破胆。［下］

［末云］老夫人、长老都放心，此书到日，必有佳音。咱眼观旌节旗，耳听好消息。你看一封书札逡巡至，半万雄兵咫尺来。［并下］

第三折

［夫人上云］今日安排下小酌，单请张生酬劳。道与红娘，疾忙去书院中请张生，著他是必便来，休推故①。［下］［末上云］夜来老夫人说，著红娘来请我，却怎生不见来？我打扮著等他。皂角也使过两个也，水也换了两桶也，乌纱帽擦得光挣挣的。怎么不见红娘来也呵？［红娘上云］老夫人使我请张生，我想若非张生妙计呵，俺一家儿性命难保也呵！

［中吕］［粉蝶儿］半万贼兵，卷浮云片时扫净，俺一家儿死里逃生。舒心的列山灵，陈水陆②，张君瑞合当钦敬。当日所望无成，谁想一缄书到为了媒证。

［醉东风］今日个东阁玳筵③开，煞强如西厢和月等。薄衾单枕有人温，早则不冷、冷。受用足宝鼎香浓，绣帘风细，绿窗人静。

可早来到也。

［脱布衫］幽僻处可有人行？点苍苔白露泠泠④。隔窗儿咳嗽了一声。

［红敲门科］［末云］是谁来也？［红云］是我。

他启朱唇急来答应。

［末云］拜揖小娘子。［红唱］

［小梁州］则见他叉手忙将礼数迎，我这里"万福，先生。"乌纱小帽耀人明，白襕⑤净，角带傲黄鞓⑥。

［幺篇］衣冠济楚庞儿整，可知道引动俺莺莺。据相貌，凭才性，我从来心硬，一见了也留情。

［末云］"既来之，则安之。"请书房内说话。小娘子此行为何？［红云］贱妾奉夫人严命，特请先生小酌数杯，勿却。［末云］便去，便去。敢问席上有莺莺姐姐么？［红唱］

［上小楼］"请"字儿不曾出声，"去"字儿连忙答应；可早莺莺根前，"姐

---

①推故：借故推辞。②山灵水陆：指山珍海味，列山灵陈水陆意思是开筵席。③东阁玳（dài）筵：款待贤士的筵宴。④泠（líng）泠：形容露珠晶莹透澈。⑤白襕（lán）：一种士人所穿的上下相连的服装。⑥鞓（tīng）：皮革制成的腰带，外裹各色绫绢，裹黄绢者为黄鞓，黄鞓上再饰以兽角，则称为角带傲黄鞓。

姐”呼之，喏喏连声。秀才每闻道“请”，恰便似听将军严令，和他那五脏神愿随鞭镫①。

［末云］今日夫人端的为甚么筵席？［红唱］

［幺篇］第一来为压惊，第二来因谢承。不请街坊，不会亲邻，不受人情。避众僧，请老兄，和莺莺匹聘。

［末云］如此小生欢喜。［红唱］则见他欢天喜地，谨依来命。

［末云］小生客中无镜，敢烦小娘子，看小生一看何如？［红唱］

［满庭芳］来回顾影，文魔秀士②，风欠酸丁③。下工夫将额颅十分挣④，迟和疾擦倒苍蝇⑤，光油油耀花人眼睛，酸溜溜螫得人牙疼。

［末云］夫人办甚么请我？［红唱］

茶饭已安排定，淘下陈仓米数升，煠⑥下七八碗软蔓青。

［末云］小生想来，自寺中一见了小姐后，不想今日得成婚姻，岂不为前生分定？［红云］姻缘非力所为，天意尔。

［快活三］咱人一事精，百事精；一无成，百无成。世间草木本无情，

自古云：“地生连理木，水出并头莲。”他犹有相兼并⑦。

［朝天子］休道这生，年纪儿后生，恰学害相思病。天生聪俊，打扮素净，奈夜夜成孤另。才子多情，佳人薄幸，兀的不担阁了人性命。

［末云］你姐姐果有信行？［红唱］

谁无一个信行？谁无一个志诚？恁两个今夜亲折证⑧。

我嘱咐你咱：

［四边静］今宵欢庆，软弱莺莺、可曾惯经？你索款款轻轻，灯下交鸳颈。端详可憎，好煞人也无干净。

［末云］小娘子先行，小生收拾书房便来。敢问那里有甚么景致？［红唱］

［耍孩儿］俺那里有落红满地胭脂冷，休孤负了良辰媚景。夫人遣妾莫消停，请先生勿得推称。俺那里准备著鸳鸯夜月销金帐，孔雀春风软玉屏。乐奏合欢令，有凤箫象板，锦瑟鸾笙。

［末云］小生书剑飘零，无以为财礼，却是怎生？［红唱］

［四煞］聘财断不争，婚姻事有成，新婚燕尔安排庆。你明博得跨凤乘鸾客，我到晚来卧看牵牛织女星。休偎幸，不要你半丝儿红线，成就了一世儿前程。

---

①五脏神：指心肝肺脾肾。愿随鞭镫：愿意的意思。②文魔：读书入迷的人，指书痴。秀士：优秀之士。③风欠酸丁：咬文嚼字的书呆子。④挣：擦拭。⑤迟和疾擦倒苍蝇：指苍蝇无论落得慢还是快，都会被滑倒。⑥煠（zhá）：通“炸”。⑦兼并：依偎，并靠。⑧亲折证：当面对证分辨。

［三煞］凭着你灭寇功，举将能，两般儿功效如红定。为甚俺莺娘心下十分顺，都则为君瑞胸中百万兵。越显得文风盛，受用足珠围翠绕，结果了黄卷青灯①。

［二煞］夫人只一家，老兄无伴等，为嫌繁冗寻幽静。

［末云］别有甚客人？［红唱］单请你个有恩有义闲中客，且回避了无是无非窗下僧。夫人的命，道足下莫教推托，和贱妾即便随行。

［末云］小娘子先行，小生随后便来。［红唱］

［收尾］先生休作谦，夫人专意等。常言道“恭敬不如从命”，休使得梅香再来请。［下］

［末云］红娘去了，小生拽上书房门者。我比及到得夫人那里，夫人道：“张生，你来了也，饮几杯酒，去卧房内，和莺莺做亲去！”小生到得卧房内，和姐姐解带脱衣，颠鸾倒凤，同谐鱼水之欢，共效于飞之愿②。觑他云鬟低坠，星眼微朦，被翻翡翠，袜绣鸳鸯。不知性命何如，且看下回分解。［笑云］单羡法本好和尚也：只凭说法口，遂却读书心。［下］

第四折

［夫人排桌子上云］红娘去请张生，如何不见来？［红见夫人云］张生著红娘先行，随后便来也。［末上见夫人施礼科］［夫人云］前日若非先生，焉得见今日。我一家之命，皆先生所活也。聊备小酌，非为报礼，勿嫌轻意［末云］“一人有庆，兆民赖之③。”此贼之败，皆夫人之福。万一杜将军不至，我辈皆无免死之术。此皆往事，不必挂齿。［夫人云］将酒来，先生满饮此杯。［末云］“长者赐，少者不敢辞。”［末做饮酒科］［末把夫人酒了］［夫人云］先生请坐。［末云］小子侍立座下，尚然越礼，焉敢与夫人对坐？［夫人云］道不得个“恭敬不如从命”。［末谢了，坐］［夫人云］红娘，去唤小姐来，与先生行礼者。［红朝鬼门道唤云］老夫人后堂待客，请小姐出来哩！［旦应云］我身子有些不停当，来不得。［红云］你道请谁哩？［旦云］请谁？［红云］请张生哩。［旦云］若请张生，扶病也索走一遭。［红发科了］［旦上］免除崔氏全家祸，尽在张生半纸书。

［双调］［五供养］若不是张解元识人多，别一个怎退干戈？排著酒果，列

①黄卷青灯：指读书人的清苦生活。②于飞之愿：指夫妇欢乐之愿。于飞，即飞，“于”为动词词头，无义。③“一人”句：指众人能够活下来，全靠老夫人的福分。一人，原指天子，这里指老夫人。

著笙歌。篆烟微，花香细，散满东风帘幕。救了咱全家祸，殷勤呵正礼，钦敬呵当合①。

［新水令］恰才向碧纱窗下画了双蛾②，拂拭了罗衣上粉香浮涴③，则将指尖儿轻轻的贴了钿窝④。若不是惊觉人呵，犹压著绣衾卧。

［红云］觑俺姐姐这个脸儿，吹弹得破，张生有福也呵！［旦唱］

［幺篇］没查没利谎偻科⑤，你道我宜梳妆的脸儿吹弹得破。

［红云］俺姐姐天生的一个夫人的样儿。［旦唱］

你那里休聒，不当一个信口开合。知他命福是如何，我做一个夫人也做得过。

［红云］往常两个都害⑥，今日早则喜也！［旦唱］

［乔木查］我相思为他，他相思为我，从今后两下里相思都较可⑦。酬贺间礼当酬贺，俺母亲也好心多。

［红云］敢着小姐和张生结亲呵，怎生不做大筵席，会亲戚朋友，安排小酌为何？［旦云］红娘，你不知夫人意。

［搅筝琶］他怕我是赔钱货，两当一便成合⑧。据著他举将除贼，也消得家缘过活。费了甚一股那⑨，便待要结丝萝⑩！休波，省人情的奶奶忒虑过，恐怕张罗。

［末云］小子更衣咱。［做撞见旦科］［旦唱］

［庆宣和］门儿外，帘儿前，将小脚那⑪。我恰待目转秋波，谁想那识空便⑫的灵心儿早瞧破。唬得我倒躲，倒躲。

［末见旦科］［夫人云］小姐近前，拜了哥哥⑬者！［末背云］呀，声息不好了也！［旦云］呀，俺娘变了卦也！［红云］这相思又索害也。［旦唱］

［雁儿落］荆棘剌怎动那⑭，死没腾无回豁⑮，措支剌⑯不对答，软兀剌⑰难存坐！

［得胜令］谁承望这即即世世⑱老婆婆，著莺莺做妹妹拜哥哥。白茫茫溢起

---

①当合：应该。②双蛾：双眉。③浮涴（wò）：浮土，浮污。④钿窝：衣服上的装饰品。⑤没查没利：无定准，无准绳，信口胡说之意。偻科：指小辈。⑥害：指患相思病。⑦较可：指痊愈。较、可都指病愈。⑧指夫人算计得精，把酬谢、成亲两件事并作一次酒席。⑨一股那：一股脑。⑩丝萝：兔丝和女萝，二者都只能依附他物生长，后来比喻婚姻。⑪那：挪。⑫识空便：空便，机会，空闲。识空便，见机行事，机灵。⑬拜哥哥：意思是结拜为兄妹便不可为婚。⑭荆棘剌怎动那：惊得我不能动弹。荆棘剌，即惊棘剌，惊恐的意思，棘剌为语气助词，无义。⑮死没腾：痴呆无生气的样子，没腾，语气助词，无义。回豁：反应，应和。⑯措支剌：慌张失态，不知所措的样子。⑰软兀剌：即软的意思，兀剌，语气助词，无义。⑱即即世世：老于世故，老奸巨猾。

蓝桥水①，不邓邓点着袄庙火②。碧澄澄清波，扑剌剌将比目鱼分破。急攘攘因何，扢搭地把双眉锁纳合。

［夫人云］红娘看热酒，小姐与哥哥把盏者！［旦唱］

［甜水令］我这里粉颈低垂，蛾眉频蹙，芳心无那③。俺可甚“相见话偏多④”！星眼朦胧，檀口嗟咨，攧窨⑤不过。这席面儿畅好是乌合！

［旦把酒科］［夫人央科］［末云］小生量窄。［旦云］红娘接了台盏⑥者！

［折桂令］他其实咽不下玉液金波。谁承望月底西厢，变做了梦里南柯。泪眼偷淹，酩子里揾湿香罗。他那里眼倦开软瘫做一垛；我这里手难抬称不起肩窝。病染沈疴，断然难活。则被你送了人呵，当甚么喽啰⑦！

［夫人云］再把一盏者！［红递盏了］（红背与旦云）姐姐，这烦恼怎生是了？［旦唱］

［月上海棠］而今烦恼犹闲可⑧，久后思量怎奈何？有意诉衷肠，争奈母亲侧坐，成抛躲，咫尺间发如间阔。

［幺篇］一杯闷酒尊前过，低首无言自摧挫。不甚醉颜酡，却早嫌玻璃盏大。从因我，酒上心来较可。

［夫人云］红娘送小姐卧房里去者。［旦辞末出科］［旦云］俺娘好口不应心也呵！

［乔牌儿］老夫人转关儿没定夺⑨，哑谜儿怎猜破；黑阁落⑩甜话儿将人和，请将来著人不快活。

［江水儿］佳人自来多命薄，秀才每从来懦。闷杀没头鹅，撇下陪钱货，下场头那答儿发付我！

［殿前欢］恰才个笑呵呵，都做了江州司马泪痕多。若不是一封书将半万贼兵破，俺一家怎得存活。他不想结姻缘想甚么？到如今难著莫。老夫人谎到天来大，当日成也是恁个母亲，今日败也是恁个萧何。

［离亭宴带歇拍煞］从今后玉容寂寞梨花朵，胭脂浅淡樱桃颗，这相思何时是可？昏邓邓黑海来深，白茫茫陆地来厚，碧悠悠青天来阔；太行山般高仰望，东洋海般深思渴。毒害的恁么！俺娘呵，将颤巍巍双头花蕊搓，香馥馥同心缕

---

①蓝桥水：使相爱者分离的大水。②袄（xiān）庙火：使相爱者分离的大火。袄，一种宗教，即琐罗亚斯德教，以崇拜“圣火”为主要仪式。③无那：无奈。④相见话偏多：当时成语，这里是说反话，无话可说的意思。⑤攧窨（dié yìn）：攧，顿足；窨，怨闷而忍气。⑥台盏：有托盘的酒杯。⑦喽啰：聪明干练，逞强，含有狡猾的意思。⑧闲可：平常，引申为小事，不打紧。⑨转关儿没定夺：变来变去没准主意。⑩黑阁落（lào）：暗地里。阁落，旮旯，角落；黑阁落，北方方言，屋角暗处的意思。

带①割，长搀搀②连理琼枝挫。白头娘不负荷，青春女成担阁，将俺那锦片也似前程蹬脱。俺娘把甜句儿落空了他，虚名儿误赚了我。［下］

［末云］小生醉也，告退。夫人根前，欲一言以尽意，未知可否？前者，贼寇相迫，夫人所言，能退贼者，以莺莺妻之。小生挺身而出，作书与杜将军，庶几得免夫人之祸，今日命小生赴宴，将谓③有喜庆之期；不知夫人何见，以兄妹之礼相待？小生非图哺啜④而来，此事果若不谐，小生即当告退。［夫人云］先生纵有活我之恩，奈小姐先相国在日，曾许下老身侄儿郑恒。即日有书赴京，唤去了，未见来。如若此子至，其事将如之何？莫若多以金帛相酬，先生拣豪门贵宅之女，别为之求，先生台意若何？［末云］既然夫人不与，小生何慕金帛之色？却不道"书中有女颜如玉"？则今日便索告辞。［夫人云］你且住者，今日有酒⑤也。红娘，扶哥哥去书房中歇息，到明日咱别有话说。［下］［红扶末科］［末念］有分只熬萧寺夜，无缘难遇洞房春。［红云］张生，少吃一盏却不好？［末云］我吃甚么来？［末跪红科］小生为小姐，昼夜忘餐废寝，魂劳梦断，常忽忽如有所失。自寺中一见，隔墙酬和，迎风待月，受无限之苦楚。甫能得成就婚姻，夫人变了卦，使小生智竭思穷，此事几时是了？小娘子怎生可怜见小生，将此意申与小姐，知小生之心。就小娘子前解下腰间之带，寻个自尽。［末念］可怜刺股悬梁志，险作离乡背井魂。［红云］街上好贱柴，烧你个傻角⑥！你休慌，妾当与君谋之。［末云］计将安在？小生当筑坛拜将。［红云］妾见先生有囊琴一张，必善于此。俺小姐深慕于琴。今夕妾与小姐同至花园内烧夜香，但听咳嗽为令，先生动操⑦。看小姐听得时，说甚么言语，却将先生之言达知。若有话说，明日妾来回报。这早晚怕夫人寻我，我回去也。［下］

第五折

［末上云］红娘之言，深有意趣。天色晚也，月儿，你早些出来么！［焚香了］呀，却早发擂⑧也。呀，却早撞钟也。［做理琴科］琴呵，小生与足下湖海相随数年，今夜这一场大功，都在你这神品——金徽、玉轸、蛇腹、断纹、峄

---

①同心屡带：即同心结。②长搀搀：长长的。③将谓：表示推测，"以为"的意思。④哺啜：吃喝。⑤有酒：指喝多了酒。⑥"街上"句：元代实行火葬，红娘此是调侃张生这样死得不值。⑦动操：弹琴。⑧发擂：敲鼓，此指报夜间时辰的鼓声。

阳、焦尾、冰弦之上①。天哪，却怎生借得一阵顺风，将小生这琴声，吹入俺那小姐玉琢成、粉捏就知音的耳朵里去者！［旦引红上，红云］小姐，烧香去来，好明月也呵！［旦云］事已无成，烧香何济？月儿，你团圆呵，咱却怎生！

［越调］［斗鹌鹑］云敛晴空，冰轮乍涌；风扫残红，香阶乱拥；离恨千端，闲愁万种。夫人哪，"靡不有初，鲜克有终。"他做了影儿里的情郎，我做了画儿里的爱宠。

［紫花儿序］则落得心儿里念想，口儿里闲题，则索向梦儿里相逢。俺娘昨日个大开东阁，我则道怎生般炮凤烹龙②。朦胧③！可教我"翠袖殷勤捧玉钟"，却不道"主人情重"？则为那兄妹排连，因此上鱼水难同。

［红云］姐姐，你看月阑④，明日敢有风也。［旦云］风月天边有，人间好事无。

［小桃红］人间看波：玉容深锁绣帏中，怕有人搬弄。想嫦娥西没东生谁与共？怨天公，裴航⑤不作游仙梦。这云似我罗帏数重，只恐怕嫦娥心动，因此上围住广寒宫。

［红做咳嗽科］［末云］来了。［做理琴科］［旦云］这甚么响？［红发科］［旦唱］

［天净沙］莫不是步摇得宝髻玲珑？莫不是裙拖得环珮玎咚？莫不是铁马儿檐前骤风？莫不是金钩双控，吉丁当敲响帘栊？

［调笑令］莫不是梵王宫，夜撞钟？莫不是疏潇潇曲槛中？莫不是牙尺剪刀声相送？莫不是漏声长滴响壶铜？潜身再听在墙角东，原来是近西厢理结⑥丝桐。

［秃厮儿］其声壮，似铁骑刀枪冗冗⑦；其声幽，似落花流水溶溶；其声高，似风清月朗鹤唳空；其声低，似听儿女语，小窗中，喁喁。

［圣药王］他那里思不穷，我这里意已通，娇鸾雏凤失雌雄。他曲未终，我意转浓，争奈伯劳飞燕各西东，尽在不言中。

---

①神品：比喻精妙无比的琴。金徽：徽为琴面上标志音阶的识点，弹奏时所按之处，琴的品第，第一为玉徽，次者为瑟瑟徽，再次为金徽，再次为螺蚌之徽。玉轸：轸为系琴弦的柱，转动轸可调节音调。蛇腹：古代名琴，因断纹很像蛇腹下的花纹而得名。断纹：古代名琴，琴以古旧为佳，琴身崩裂成纹说明年代久远，故名断纹。峄（yì）阳：古代名琴，以峄山所产桐木制成，故名。焦尾：古代名琴，传说吴人烧桐木时，蔡邕从火烈之声判断其为良木，因此请人将此木制成琴，但琴尾仍然是焦的，故名。冰弦：古代名琴，以冰蚕丝为弦。②炮凤烹龙：比喻丰盛的筵席。③朦胧：这里是糊涂的意思。④月阑：月亮周围的光圈，亦称月晕。⑤裴航：唐代秀才裴航落第出游，路经蓝桥驿，遇见云英，艳丽惊人。裴航求婚，老妪提出须得到玉杵并捣药方可许配于他。裴航于是进京以重金购得玉杵，携至蓝桥，云英又命他捣药百日，方结为夫妇。后来夫妻俱入玉峰洞，双双成仙。⑥理结：抚弄。⑦冗冗：刀枪碰撞声。

我近书窗听咱。[红云]姐姐，你这里听，我瞧夫人一会便来。[末云]窗外有人，已定是小姐，我将弦改过，弹一曲，就歌一篇，名曰《凤求凰》。昔日司马相如，得此曲成事，我虽不及相如，愿小姐有文君之意。[歌曰]有美人兮，见之不忘。一日不见兮，思之如狂。凤飞翩翩兮，四海求凰。无奈佳人兮，不在东墙。张弦代语兮，欲诉衷肠。何时见许兮，慰我彷徨？愿言配德①兮，携手相将。不得于飞兮，使我沦亡。[旦云]是弹得好也呵！其词哀，其意切，凄凄如鹤唳天。故使妾闻之，不觉泪下。

[麻郎儿]这的是令他人耳聪，诉自己情衷。知音者芳心自懂，感怀者断肠悲痛。

[幺篇]这一篇与本宫、始终、不同。又不是《清夜闻钟》，又不是《黄鹤》《醉翁》，又不是《泣麟》《悲凤》。

[络丝娘]一字字更长漏永，一声声衣宽带松。别恨离愁，变成一弄②。张生呵，越教人知重。

[末云]夫人且做忘恩，小姐，你也说谎也呵！[旦云]你差怨了我。

[东原乐]这的是俺娘的机变，非干是妾身脱空。若由得我呵，乞求得③效鸾凤。俺娘无夜无明并女工，我若得些儿闲空，张生呵，怎教你无人处把妾身做诵。

[绵搭絮]疏帘风细，幽室灯清，都则是一层儿红纸，几榥儿疏棂，兀的不是隔著云山几万重！怎得个人来信息通？便做道十二巫峰，他也曾赋高唐来梦中。

[红云]夫人寻小姐哩，咱家去来。[旦唱]

[拙鲁速]则见他走将来气冲冲，怎不教人恨匆匆，唬得人来怕恐。早是不曾转动，女孩儿家直凭响喉咙。紧摩弄，索将他拦纵，则恐夫人行把我来厮葬送。

[红云]姐姐，则管里听琴怎么？张生著我对姐姐说，他回去也。[旦云]好姐姐呵，是必再著他住一程儿！[红云]再说甚么？[旦云]你去呵，

[尾]则说道夫人时下有人唧哝，好共歹不著你落空。不问俺口不应的狠毒娘，怎肯著别离了志诚种。[并下]

[络丝娘煞尾]不争惹恨索情斗引，少不得废寝忘餐病症。

题目正名

张君瑞破贼计　莽和尚生杀心

小红娘昼请客　崔莺莺夜听琴

---

①愿言配德：希望匹配成婚。②一弄：一曲。③乞求得：巴不得。

第三本　张君瑞害相思

楔　子

［旦上云］自那夜听琴后，闻说张生有病，我如今着红娘去书院里，看他说甚么。［叫红科］［红上云］姐姐唤我，不知有甚事，须索走一遭。［旦云］这般身子不快呵，你怎么不来看我？［红云］你想张……［旦云］张甚么？［红云］我张①著姐姐哩。［旦云］我有一件事，央及你咱。［红云］甚么事？［旦云］你与我望张生去走一遭，看他说甚么，你来回我话者。［红云］我不去，夫人知道不是要。［旦云］好姐姐，我拜你两拜，你便与我走一遭。［红云］侍长②请起，我去则便了。说道："张生，你好生病重，则俺姐姐也不弱。"只因午夜调琴手，引起春闺爱月心。

［仙吕］［赏花时］俺姐姐针线无心不待拈，脂粉香消懒去添，春恨压眉尖。若得灵犀一点，敢医可了病恹恹。［下］

［旦云］红娘去了，看他回来说甚话，我自有主意。［下］

第一折

［末上云］害杀小生也。自那夜听琴之后，再不能够见俺那小姐。我著长老说将去，道张生好生病重，却怎生不见人来看我？却思量上来，我睡些儿咱。［红上云］奉小姐言语，著我看张生，须索走一遭。我想咱每一家，若非张生，怎存俺一家儿性命也！

［仙吕］［点绛唇］相国行祠，寄居萧寺。因丧事，幼女孤儿，将欲从军死。

［混江龙］谢张生伸志，一封书到便兴师。显得文章有用，足见天地无私。若不是剪草除根半万贼，险些儿灭门绝户俺一家儿。莺莺君瑞，许配雄雌；夫人失信，推托别词；将婚姻打灭，以兄妹为之。如今都废却成亲事，一个价糊突了胸中锦绣，一个价泪揾湿了脸上胭脂。

---

①张，此处是看、望之意，有等盼的意味。此处红娘故意用张来谐音暗指张生。②侍长：也作"使长"，奴仆对主人的称呼。

［油葫芦］憔悴潘郎①鬓有丝，杜韦娘②不似旧时，带围宽清减了瘦腰肢。一个睡昏昏不待观经史，一个意悬悬懒去拈针指；一个丝桐上调弄出离恨谱，一个花笺上删抹成断肠诗；一个笔下写幽情，一个弦上传心事：两下里都一样害相思。

［天下乐］方信道才子佳人信有之，红娘看时，有些乖③性儿，则怕有情人不遂心也似此。他害的有些抹媚④，我遭著没三思⑤，一纳头⑥安排著憔悴死。

却早来到书院里，我把唾津儿润破窗纸，看他在书房里做甚么。

［村里迓鼓］我将这纸窗儿润破，悄声儿窥视。多管是和衣儿睡起，罗衫上前襟褶裢。孤眠况味，凄凉情绪，无人伏侍。觑了他涩滞气色，听了他微弱声息，看了他黄瘦脸儿。张生呵，你若不闷死，多应是害死。

［元和令］金钗敲门扇儿。

［末云］是谁？［红唱］

我是个散相思的五瘟使⑦。俺小姐想著风清月朗夜深时，使红娘来探尔。［末云］既然小娘子来，小姐必有言语。［红唱］俺小姐至今脂粉未曾施，念到有一千番张殿试。

［末云］小姐既有见怜之心，小生有一简，敢烦小娘子达知肺腑咱。［红云］只恐他番了面皮。

［上马娇］他若是见了这诗，看了这词，他敢颠倒费神思。他拽扎⑧起面皮来：“查得谁的言语你将来，这妮子怎敢胡行事！”他可敢嗤、嗤的扯做了纸条儿。

［末云］小生久后多以金帛拜酬小娘子。［红唱］

［胜葫芦］哎，你个馋穷酸俫没意儿，卖弄你有家私，莫不图谋你的东西来到此？先生的钱物，与红娘做赏赐，是我爱你的金赀？

［幺篇］你看人似桃李春风墙外枝，卖俏倚门⑨儿。我虽是个婆娘有志气，则说道：“可怜见小子，只身独自！”恁的呵，颠倒有个寻思。

［末云］依著姐姐：“可怜见小子只身独自！”［红云］兀的不是也。你写来，咱与你将去。［末写科］［红云］写得好呵，读与我听咱。［末读云］“珙百拜，奉书芳卿可人妆次⑩：自别颜范，鸿稀鳞绝⑪，悲怆不胜。孰料夫人以恩成怨，变易前姻，岂得不为失信乎？使小生目视东墙，恨不得腋翅于汝台左右；患成思

①潘郎：潘岳容貌俊美，辞藻艳丽，后世称夫婿或情人为潘郎。②杜韦娘：唐代名妓。③乖：反常，背离。④抹媚：迷惑、迷恋得很深的意思。⑤没三思：元人称心为三思台，没三思就是无心的意思，引申为不明白，没主意。⑥一纳头：埋头，低头，有一心一意的意思。⑦五瘟使：传播瘟疫疾病的瘟神。⑧拽扎：绷紧。⑨卖俏倚门：指妓女生涯。⑩妆次：妆台之间，书信中对女子的尊称。⑪鸿稀鳞绝：没有音信。

渴，垂命有日。因红娘至，聊奉数字，以表寸心。万一有见怜之意，书以掷下，庶几尚可保养。造次不谨，伏乞情恕。后成五言诗一首，就书录呈：相思恨转添，谩把瑶琴弄。乐事又逢春，芳心尔亦动。此情不可违，虚誉何须奉。莫负月华明，且怜花影重。”［红唱］

［后庭花］我则道拂花笺打稿儿，元来他染霜毫①不勾思。先写下几句寒温序，后题著五言八句诗。不移时，把花笺锦字，叠做同心方胜儿。忒聪明，忒敬思②，忒风流，忒浪子。虽然是假意儿，小可③的难到此。

［青哥儿］颠倒写鸳鸯两字，方信道“在心为志④”。

［末云］姐姐将去，是必在意者！［红唱］

看喜怒其间觑个意儿⑤。放心波学士！我愿为之，并不推辞，自有言词。则说道：“昨夜弹琴的那人儿，教传示。”

这简帖儿我与你将去，先生当以功名为念，休堕了志气者！

［寄生草］你将那偷香手，准备著折桂枝。休教那淫词儿污了龙蛇字，藕丝儿缚定鹍鹏翅，黄莺儿夺了鸿鹄志；休为这悴帏锦帐一佳人，误了你玉堂金马三学士。

［末云］姐姐在意者！［红云］放心，放心！

［煞尾］沈约病多般，宋玉愁无二，清减了相思样子。则你那眉眼传情未了时，中心日夜藏之。怎敢因而⑥，“有美玉于斯”，我须教有发落归著这张纸。凭著我舌尖儿上说词，更和这简帖儿里心事，管教那人来探你一遭儿。［下］

［末云］小娘子将简帖儿去了，不是小生说口，则是一道会亲⑦的符箓。他明日回话，必有个次第⑧。且放下心，须索好音来也。且将宋玉风流策，寄与蒲东窈窕娘。［下］

第二折

［旦上云］红娘伏侍老夫人，不得空，偌早晚敢待来也。困思上来，再睡些

---

①霜毫：本指秋天的兽毛，秋天兽毛末端最细，制笔最佳。②敬思：风流放浪，潇洒可爱之意。③小可：轻微、平常，指等闲之辈，寻常之人。④在心为志：《毛诗序》有曰“在心为志，发言为诗”，这里隐去后句，但意思取“发言为诗”。⑤喜怒其间觑个意儿：在莺莺高兴的时候找个机会，喜怒其间，指欢喜之时，喜怒是偏义复词，取喜义。⑥因而：草率、凑合、怠慢之意。⑦会亲：本是婚姻的一种礼仪，指婚后男女两家共邀亲属相见之礼。⑧次第：此为分晓、结果之意。

儿咱。[睡科][红上云]奉小姐言语，去看张生，因伏侍老夫人，未曾回小姐话去。不听得声音，敢又睡哩。我入去看一遭。

[中吕][粉蝶儿]风静帘闲，透纱窗麝兰香散，启朱扉摇响双环。绛台高，金荷①小，银釭②犹灿。比及将暖帐轻弹，先揭起这梅红罗软帘偷看。

[醉春风]则见他钗亸玉斜横，髻偏云乱挽。日高犹自不明眸，畅好是懒、懒。[旦做起身长叹科][红唱]半晌抬身，几回搔耳，一声长叹。

我待便将简帖儿与他，恐俺小姐有许多假处哩。我则将这简帖儿放在妆盒儿上，看他见了说甚么。[旦做照镜科，见帖看科][红唱]

[普天乐]晚妆残，乌云亸③，轻匀了粉脸，乱挽起云鬟。将简帖儿拈，把妆盒儿按，开拆封皮孜孜看，颠来倒去不害心烦。

[旦怒叫]红娘！[红做意④云]呀，决撒⑤了也！厌的早扢皱⑥了黛眉。

[旦云]小贱人，不来怎么！[红唱]

忽的波低垂了粉颈，氲的呵改变了朱颜。

[旦云]小贱人，这东西那里将来的？我是相国的小姐，谁敢将这简帖来戏弄我？我几曾惯看这等东西？告过夫人，打下你个小贱人下截来。[红云]小姐使将我去，他著我将来，我不识字，知他写著甚么？

[快活三]分明是你过犯，没来由把我摧残；使别人颠倒恶心烦。你不"惯"，谁曾"惯"？

姐姐休闹，比及你对夫人说呵，我将这简帖儿，去夫人行出首⑦去来！[旦做揪住科]我逗你耍来。[红云]放手，看打下下截来！[旦云]张生两日如何？[红云]我则不说。[旦云]好姐姐，你说与我听咱！[红唱]

[朝天子]张生近间、面颜，瘦得来实难看。不思量茶饭，怕见⑧动弹；晓夜将佳期盼，废寝忘餐。黄昏清旦，望东墙淹泪眼。

[旦云]请个好太医看他证候咱。[红云]他证候吃药不济。病患、要安，则除是出几点风流汗。

[旦云]红娘，不看你面时，我将与老夫人看，看他有何面目见夫人！虽然我家亏他，只是兄妹之情，焉有外事。红娘，早是你口稳哩，若别人知呵，甚么模样！[红云]你哄著谁哩，你把这个饿鬼，弄的他七死八活，却要怎么？

[四边静]怕人家调犯⑨，"早共晚夫人见些破绽，你我何安。"问甚么他遭危难？撺断、得上竿，掇了梯儿看。

---

①金荷：亦称铜荷，烛台上部承接烛泪的铜盘，盘为荷花形，盘上插烛。②银釭：灯。③乌云亸：乌云指乌黑的盘发好似一团乌云，dǎn 形容松垮。④做意：做出某种表情，此指做出警觉、注意的样子。⑤决撒：败露，坏了事。⑥扢（gē）皱：紧皱。⑦出首：自首。⑧怕见：懒得。⑨调犯：嘲笑讥讽，说是道非。

［旦云］将描笔儿过来，我写将去回他，著他下次休是这般！［旦做写科］［起身科云］红娘，你将去说："小姐看望先生，相待兄妹之礼如此，非有他意。再一遭儿是这般呵，必告夫人知道。"和你个小贱人都有说话！［旦掷书下］［红唱］

［脱布衫］小孩儿家口没遮拦，一迷的①将言语摧残。把似②你使性子，休思量秀才，做多少好人家风范。［红做拾书科］

［小梁州］他为你梦里成双觉后单，废寝忘餐。罗衣不奈五更寒，愁无限，寂寞泪阑干。

［幺篇］似这等辰勾空把佳期盼，我将这角门儿世不曾牢拴，则愿你做夫妻无危难。我向这筵席头上整扮，做一个缝了口的撮合山。

［红云］我若不去来，道我违拗他，那生又等我回报，我须索走一遭。［下］［末上云］那书倩红娘将去，未见回话。我这封书去，必定成事。这早晚敢侍来也。［红上］须索回张生话去。小姐你性儿忒惯得娇了！有前日的心，那得今日的心来？

［石榴花］当日个晚妆楼上杏花残，犹自怯衣单；那一片听琴心清露月明间。昨日个向晚，不怕春寒，几乎险被先生馔，那其间岂不胡颜③？为一个不酸不醋④风魔汉，隔墙儿险化做了望夫山。

［斗鹌鹑］你用心儿拨雨撩云，我好意儿传书寄简。不肯搜自己狂为，则待要觅别人破绽。受艾焙⑤权时忍这番，畅好是奸⑥！

"张生是兄妹之礼，焉敢如此！"对人前巧语花言；

没人处便想张生，

背地里愁眉泪眼。

［红见末科］［末云］小娘子来了，擎天柱，大事如何了也？［红云］不济事了，先生休傻。［末云］小生简帖儿，是一道会亲的符箓，则是小娘子不用心，故意如此。［红云］我不用心？有天理！你那简帖儿好听！

［上小楼］这的是先生命悭，须不是红娘违慢。那简帖儿到做了你的招状，他的勾头⑦，我的公案。若不是觑面颜，厮顾盼，担饶轻慢。

先生受罪，礼之当然。贱妾何辜？争些儿把你娘拖犯！

［幺篇］从今后相会少，见面难。月暗西厢，凤去秦楼，云敛巫山。你也赸⑧，我也赸，请先生休讪⑨，早寻个酒阑人散。

---

①一迷的：一味的。②把似：假如，与其。③胡颜：丢丑、丢脸。④不酸不醋：即酸醋，酸溜溜。⑤艾焙：艾，药用植物，此指用艾绒卷烤炙患者经穴。⑥畅好是奸：按戏文的语气，"奸"应为"乾"，即淡的意思，畅好乾就是极扯淡的意思。是说红娘好心为莺莺奔走，反招猜忌，因此自己感叹往日徒自奔走张罗，真是无聊扯淡。又有"奸"一说，认为是红娘形容莺莺之奸诈。⑦勾头：逮捕人的拘票。⑧赸（shàn）：走开，散伙。⑨讪：埋怨。

［红云］只此再不必申诉足下肺腑，怕夫人寻，我回去也。［末云］小娘子此一遭去，再著谁与小生分剖？必索做一个道理，方可救小生一命。［末跪下揪住红科］［红云］张先生是读书人，岂不知此意，其事可知矣。

［满庭芳］你休要呆里撒奸①。你待要恩情美满，却教我骨肉摧残。老夫人手执著棍儿摩娑看，粗麻线怎透得针关②？直待我拄著拐帮闲钻懒，缝合唇送暖偷寒。

待去呵，小姐性儿撮盐入火，消息儿踏着泛；待不去呵，［末跪哭云］小生这一个性命，都在小娘子身上。［红唱］禁不得你甜话儿热趱③。好著我两下里难人做。

我没来由分说，小姐回与你的书，你自看者。［末接科，开读科］呀，有这场喜事！撮土焚香，三拜礼毕。早知小姐简至，理合远接；接待不及，勿令见罪。小娘子，和你也欢喜。［红云］怎么？［末云］小姐骂我都是假，书中之意，著我今夜花园里来，和他“哩也波，哩也罗④”哩！［红云］你读书我听。［末云］“待月西厢下，迎风户半开，隔墙花影动，疑是玉人来。”［红云］怎见得他著你来？你解与我听咱。［末云］“待月西厢下”，著我月上来；“迎风户半开”，他开门待我；“隔墙花影动，疑是玉人来”，著我跳过墙来。［红笑云］他著你跳过墙来，你做下来⑤。端的有此说么？［末云］俺是个猜诗谜的社家⑥，风流隋何，浪子陆贾⑦。我那里有差的勾当？［红云］你看我姐姐，在我行也使这般道儿⑧。

［耍孩儿］几曾见寄书的颠倒瞒著鱼雁，小则小心肠儿转关。写著西厢待月等得更阑，著你跳东墙“女”字边“干”⑨。元来那诗句儿里包笼著三更枣⑩，简帖儿里埋伏著九里山⑪。他著紧处将人慢，恁会云雨闹中取静，我寄音书忙里偷闲。

［四煞］纸光明玉板⑫，字香喷麝兰，行儿边湮透非春汗？一缄情泪红犹湿，满纸春愁墨未干。从今后休疑难，放心波玉堂学士，稳情取金雀鸦鬟⑬。

---

①呆里撒奸：内藏奸诈而故作诚实。②粗麻线穿不过小小的针孔，比喻无能为力。③热趱（zàn）：用好话催说。④哩也波，哩也罗：北方方言，如此这般的意思。⑤做下来：做出不正当的事情来，指男女私通。⑥猜诗谜的社家：指解诗的行家。猜诗谜是宋元时期伎艺的一种，不同伎艺的人组成不同的团体，叫作商社或社会，参加某社会的人，称为某某社家。⑦隋何、陆贾都是汉代人，以长于说辞著称，后世戏曲中常将此二人塑造为风流浪子的形象。⑧道儿：圈套。⑨跳东墙：《孟子告子》曰：“逾东家墙而搂其处子，则得妻。”此处引用典故暗指张生莺莺之事。“女”字边“干”：拆字格，“奸”字。⑩三更枣：约会的暗语。⑪埋伏著九里山：计谋圈套的意思。⑫玉板：纸名，即玉板宣，白宣纸的一种，柔韧光洁，宜于书画。⑬稳情取：包管弄到，准能得到。金雀鸦鬟：指代美女。

［三煞］他人行别样的亲，俺根前取次看①，更做道孟光接了梁鸿案②。别人行甜言美语三冬暖，我根前恶语伤人六月寒。我为头儿看③：看你个离魂倩女④，怎发付掷果潘安⑤。

［末云］小生读书人，怎跳得那花园过也？［红唱］

［二煞］隔墙花又低，迎风户半拴，偷香手段今番按⑥。怕墙高怎把龙门跳，嫌花密难将仙桂攀。放心去，休辞惮。你若不去呵，望穿他盈盈秋水，蹙损他淡淡春山⑦。

［末云］小生曾到那花园里，已经两遭，不见那好处。这一遭知他又怎么？［红云］如今不比往常。

［煞尾］你虽是去了两遭，我敢道不如这番。你那隔墙酬和都胡侃，证果的是今番这一简。［红下］

［末云］万事自有分定，谁想小姐有此一场好处。小生是猜诗谜的社家，风流隋何，浪子陆贾，到那里扢扎帮⑧便倒地。今日颓天百般的难得晚。天，你有万物于人，何故争此一日？疾下去波！读书继晷怕黄昏，不觉西沉强掩门。欲赴海棠花下约，太阳何苦又生根？［看天云］呀，才晌午也，再等一等。［又看科］今日万般的难得下去也呵！碧天万里无云，空劳倦客身心。恨杀鲁阳贪战⑨，不教红日西沉。呀，却早倒西也，再等一等咱。无端的三足乌⑩，团团光烁烁。安得后羿弓，射此一轮落！谢天地，却早日下去也。呀，却早发擂也！呀，却早撞钟也！拽上书房门，到得那里，手挽着垂杨，滴流扑跳过墙去。［下］

第三折

［红上云］今日小姐著我寄书与张生，当面偌多般意儿，元来诗内暗约著他来。小姐也不对我说，我也不瞧破他，则请他烧香。今夜晚妆处比每日较别⑪，

①取次看：等闲视之，不重视。 ②更做道：表递进关系的副词，即再加上，甚至于。孟光接了梁鸿案：《后汉书》记载，孟光为梁鸿妻子，梁鸿归来，孟光不敢仰视，举案齐眉，为丈夫奉上食物。故事本为妻敬丈夫，应该是梁鸿接了孟光案，这里反说为妻接夫案。 ③为头儿看：从头看，从此看着你。 ④离魂倩女：相传唐代张倩娘与王宙相爱至深，王宙赴京，倩娘魂离躯体，跟随而去。后倩娘思念父母，与夫君归来，到家后见倩娘卧病在床，身体从未离家，遂形神合体。后以倩娘指代多情女子。 ⑤掷果潘安：潘岳少时出洛阳道，妇人遇之，莫不因爱慕而投掷果子于其车上，常满载而归。 ⑥按：验证，考验。 ⑦春山：比喻妇女美丽的眉毛。 ⑧扢扎帮：一下子、迅速地意思。 ⑨鲁阳贪战：鲁阳公与韩构难大战，战酣，夜色将近，鲁阳公挥舞长戈大声怒吼，太阳于是被他吓得退避三舍，延长了白昼。 ⑩三足乌：代指太阳。 ⑪较别：特别，不一样。

我看他到其间怎的瞒我？［红唤科］姐姐，咱烧香去来。［旦上云］花阴重叠香风细，庭院深沉淡月明。［红云］今夜月明风清，好一派景致也呵！

［双调］［新水令］晚风寒峭透窗纱，控金钩绣帘不挂。门阑凝暮霭，楼角敛残霞。恰对菱花①，楼上晚妆罢。

［驻马听］不近喧哗，嫩绿池塘藏睡鸭；自然幽雅，淡黄杨柳带栖鸦。金莲蹴损牡丹芽，玉簪抓住荼蘼②架。夜凉苔径滑，露珠儿湿透了凌波袜。

我看那生和俺小姐巴不得到晚。

［乔牌儿］自从那日初时想月华，捱一刻似一夏。见柳梢斜日迟迟下，早道"好教贤圣打"③。

［搅筝琶］打扮的身子儿诈④，准备著云雨会巫峡。只为这燕侣莺俦⑤，锁不住心猿意马。

不则俺那姐姐害，那生呵——二三日来水米不粘牙。因姐姐闭月羞花，真假，这其间性儿难按纳，一地里胡拿⑥。

姐姐这湖山下立地，我开了寺里角门儿。怕有人听俺说话，我且看一看。［做意了］偌早晚，傻角却不来"赫赫赤赤⑦"来？［末云］这其间正好去也，赫赫赤赤。［红云］那鸟⑧来了。

［沉醉东风］我则道槐影风摇暮鸦，元来是玉人帽侧乌纱。一个潜身在曲槛边，一个背立在湖山下。那里叙寒温？并不曾打话。

［红云］赫赫赤赤，那鸟来了。［末云］小姐，你来也。［搂住红科］［红云］禽兽！［末云］是我。［红云］你看得好仔细著！若是夫人怎了！［末云］小生害得眼花，搂得慌了些儿，不知是谁。望乞恕罪。［红唱］

便做道搂得慌呵，你也索觑咱，多管是饿得你个穷神眼花。

［末云］小姐在那里？［红云］在湖山下。我问你咱：真个著你来哩？［末云］小生猜诗谜社家，风流隋何，浪子陆贾，准定扢扎帮便倒地。［红云］你休从门里去，则道我使你来。你跳过这墙去，今夜这一弄儿助你两个成亲。我说与你，依著我者。

［乔牌儿］你看那淡云笼月华，似红纸护银蜡；柳丝花朵垂帘下，绿莎茵铺着绣榻。

［甜水令］良夜迢迢，闲庭寂静，花枝低亚⑨。他是个女孩儿家，你索将性

---

①菱花：古代铜镜映日，其光影如菱花，故以菱花指代铜镜。②荼蘼（tú mí）：蔷薇科植物，开白色重瓣花。③好教贤圣打：意思是应该让羲和把太阳赶下山去。贤圣，指羲和，传说中的日之母，为日驾车之神。④诈：漂亮，体面。⑤俦（chóu）：伴侣。⑥胡拿：胡闹，乱来。⑦赫赫赤赤：嘴里发出的一种声响，拟声词，无义。⑧鸟（diǎo）：同屌。⑨低亚：低压，低垂的样子。

儿温存，话儿摩弄，意儿谦洽。休猜做败柳残花①。

［折桂令］他是个娇滴滴美玉无瑕，粉脸生春，云鬓堆鸦。恁的般受怕担惊，又不图甚浪酒闲茶②。则你那夹被儿时当奋发，指头儿告了消乏。打叠起嗟呀，毕罢了牵挂，收拾了忧愁，准备著撑达③。

［末做跳墙搂旦科］［旦云］是谁？［末云］是小生。［旦怒云］张生，你是何等之人！我在这里烧香，你无故至此。若夫人闻知，有何理说！［末云］呀，变了卦也！［红唱］

［锦上花］为甚媒人，心无惊怕？赤紧的夫妻每、意不争差④。我这里蹑足潜踪，悄地听咱：一个羞惭，一个怒发。

［幺篇］张生无一言，呀，莺莺变了卦。一个悄悄冥冥，一个絮絮答答。却早禁住隋何，迸住陆贾，叉手躬身，妆聋做哑。

张生背地里嘴那里去了？向前搂住丢翻，告到官司，怕羞了你？

［清江引］没人处则会闲嗑牙⑤，就里⑥空奸诈。怎想湖山边，不记“西厢下”。香美娘处分破花木瓜⑦。

［旦］红娘，有贼！［红云］是谁？［末云］是小生。［红云］张生，你来这里有甚么勾当？［旦云］扯到夫人那里去。［红云］到夫人那里，怕坏了他行止⑧。我与姐姐处分他一场。张生，你过来，跪著！你既读孔圣之书，必达周公之礼，夤夜⑨来此何干？

［雁儿落］不是俺一家儿乔作衙⑩，说几句衷肠话：我则道你文学海样深，谁知你色胆有天来大？

［红云］你知罪么？［末云］小生不知罪。［红唱］

［得胜令］谁著你夤夜入人家？非奸做贼拿。你本是个折桂客，做了偷花汉；不想去跳龙门，学骗马⑪。

姐姐，且看红娘面，饶过这生者。［旦云］若不看红娘面，扯你到夫人那里去，看你有何面目见江东父老！起来。［红唱］

谢小姐贤达，看我面遂情罢。若到官司详察，

“你既是秀才，只合苦志于寒窗之下，谁教你夤夜辄入人家花园？做得个非

---

①败柳残花：比喻已破身的女子。②浪酒闲茶：男女调情时吃的酒菜。③撑达：如意、快意的意思。④意不争差：指莺莺张生相会心思想法一致，没有差错。⑤闲嗑（kè）牙：扯淡，说闲话。⑥就里：内里。⑦香美娘：指莺莺。处分：责备，数落。破：语气助词，相当于着，了。花木瓜：比喻好看而无实用，徒有其表的人和事，此处指张生。⑧行止：名誉品德。⑨夤（yín）夜：深夜。⑩乔作衙：乔，假装，模仿。不是官员却假装官员来审案，有妄自尊大之意，为元代流行语。⑪骗马：骗，跃。跳篱骗马乃鸡鸣狗盗之术，是元人成语。此处红娘讥讽张生不去学鲤鱼跳龙门，谋取功名，反而甘趋下流。

奸即盗。”先生呵，整备著精皮肤吃顿打。

［旦云］先生虽有活人之恩，恩则当报。既为兄妹，何生此心？万一夫人知之，先生何以自安？今后再勿如此，若更为之，与足下决无干休！［下］［末朝鬼门道云］你著我来，却怎么有偌多说话？［红扳过末云］羞也，羞也！却不“风流隋何，浪子陆贾”？［末云］得罪波“社家”，今日便早则死心塌地。［红唱］

［离亭宴带歇拍煞］再休题春宵一刻千金阶，准备著寒窗更守十年寡。猜诗谜的社家，亝拍了①“迎风户半开”，山障了“隔墙花影动”，绿惨了“待月西厢下”。你将何郎粉面搽，他自把张敞眉儿画。强风情措大②。晴干了尤云殢雨③心，悔过了窃玉偷香胆，删抹了倚翠偎红④话。

［末云］小生再写一简，烦小娘子将去，以尽衷情如何？［红唱］淫词儿早则休，简帖儿从今罢。犹古自参不透风流调法。从今后悔罪也卓文君，你与我学去波汉司马。［下］

［末云］你这小姐送了人也！此一念小生再不敢举。奈有病体日笃⑤，将如之奈何？夜来得简方喜，今日强扶至此，又值这一场怨气，眼见得休也。只索回书房中纳闷去。桂子闲中落，槐花病里看。［下］

第四折

［夫人上云］早间长老使人来，说张生病重。我著长老使人请个太医去看了，一壁道与红娘，看哥哥行问汤药去者，问太医下甚么药，证候如何，便来回话。［下］［红上云］老夫人才说张生病沉重，昨晚吃我那一场气，越重了。莺莺呵，你送了他人。［下］［旦上云］我写一简，则说道药方，著红娘将去与他，证候便可。［旦唤红科］［红云］姐姐，唤红娘怎么？［旦云］张生病重，我有一个好药方儿，与我将去咱。［红云］又来也。娘呵，休送了他人！［旦云］好姐姐，救人一命，将去咱。［红云］不是你，一世也救他不得！如今老夫人使我去哩，我就与你将去走一遭。［下］［旦云］红娘去了，我绣房里等他回话。［下］［末上云］自从昨夜花园中吃了这一场气，投著⑥旧证候，眼见得休了也。老夫人说，著长老唤太医来看我；我这颓证候，非是太医所治的。则除是那小姐美甘

①亝（qí）拍了：古代曲以板为节拍，用亝板打奏，称为亝拍，这里是参差不着调的意思，比喻张生与莺莺约会遇到了种种困难。②强（qiǎng）风情措大：本无爱情而勉强装作有爱情的酸秀才。③尤云殢（tì）雨：缠绵不尽的情爱。④倚翠偎红：指男女依偎亲昵。⑤日笃：指病情日益严重。⑥投著：正中，应合。

甘、香喷喷、凉渗渗、娇滴滴一点儿唾津儿咽下去，这鸟病便可。［洁引太医上，“双斗医”科范①了］［下］［洁云］下了药了，我回夫人话去，少刻再来相望。［下］［红上云］俺小姐送得人如此，又著我去动问，送药方儿去，越著他病沉了也。我索走一遭。异乡易得离愁病，妙药难医肠断人！

［越调］［斗鹌鹑］则为你彩笔题诗，回文织锦；送得人卧枕著床，忘餐废寝；折倒②得鬓似愁潘，腰如病沈。恨已深，病已沉，昨夜个热脸儿对面抢白，今日个冷句儿将人厮侵③。

昨夜这般抢白他呵！

［紫花儿序］把似④你休倚著栊门儿待月，依著韵脚儿联诗，侧著耳朵儿听琴。见了他撇假偌多话：“张生，我与你兄妹之礼，甚么勾当！”

怒时节把一个书生来迭噷⑤。

欢时节：“红娘，好姐姐，去望他一遭！”

将一个侍妾来逼临⑥。难禁，好著我似线脚儿般殷勤不离了针。从今后教他一任，这的是俺老夫人的不是——

将人的义海恩山，都做了远水遥岑。

［红见末问云］哥哥病体若何？［末云］害杀小生也！我若是死呵，小娘子，阎王殿前少不得你做个干连人⑦。［红叹云］普天下害相思的，不似你这个傻角。

［天沙净］心不存学海文林，梦不离柳影花阴，则去那窃玉偷香上用心。又不曾得甚，自从海棠开想到如今。

因甚的便病得这般了？［末云］都因你行——怕说的谎⑧——因小侍长上来！当夜书房一气一个死。小生救了人，反被害了。自古云：“痴心女子负心汉。”今日反其事了。［红唱］

［调笑令］我这里自审，这病为邪淫，尸骨喦喦⑨鬼病侵。更做道秀才每从来恁，似这般干相思的好撒吞⑩。功名上早则不遂心，婚姻上更返吟复吟⑪。

［红云］老夫人著我来，看哥哥要甚么汤药。小姐再三伸敬，有一药方，送来与先生。［末做慌科］在那里？［红云］用著几般儿生药，各有制度⑫，我说与你：

---

①“双斗医”科范：科范，指剧中人表演的一定程式、规范。“双斗医”科范指在这里要进行“双斗医”里地一段表演，而把表演的具体内容略去不写。②折倒：折磨。③厮侵：相近。④把似：不如。⑤迭噷：即“撅窖”，参见第二本第三折注释。⑥逼临：逼迫，欺凌。⑦干连人：牵连在内之人。⑧怕说的谎：难道这是说谎？⑨喦（yán）喦：形容山势高峻，这里形容消瘦。⑩撒吞（tǔn）：装傻，痴呆。⑪返吟复吟：算卦相命时的术语。⑫制度：此指配药的方法。

［小桃红］“桂花”摇影夜深沉，酸醋“当归”浸①。

［末云］桂花性温，当归活血，怎生制度？［红唱］

面靠着湖山背阴里窨②，这方儿最难寻。一服两服令人恁。

［末云］忌甚么物？［红唱］

忌的是“知母”未寝，怕的是“红娘”撒沁③。吃了呵，稳情取“使君子”④ 一星儿“参”。

这药方儿，小姐亲笔写的。［末看药方大笑科］［末云］早知姐姐书来，只合远接。小娘子……［红云］又怎么？却早两遭儿也。［末云］不知这首诗意，小姐待和小生“哩也波”哩。［红云］不少了一些儿？

［鬼三台］足下其实啉⑤，休装唔。笑你个风魔的翰林，无处问佳音，向简帖儿上计禀⑥。得了个纸条儿恁般绵里针，若见玉天仙怎生软厮禁⑦？俺那小姐忘恩，赤紧的偻人⑧负心。

书上如何说？你读与我听咱。［末念云］“休将闲事苦萦怀，取次摧残天赋才。不意当时完妾命，岂防今日作君灾？仰图厚德难从礼，谨奉新诗可当媒。寄语高唐休咏赋，今宵端的雨云来。”此韵非前日之比，小姐必来。［红云］他来呵，怎生？

［秃厮儿］身卧著一条布衾，头枕著三尺瑶琴，他来时怎生和你一处寝？冻得来战兢兢，说甚知音？

［圣药王］果若你有心，他有心，昨日秋千院宇夜深沉；花有阴，月有阴，“春宵一刻抵千金”，何须“诗对会家吟⑨”？

［末云］小生有花银十两，有铺盖凭与小生一付。［红唱］

［东原乐］俺那鸳鸯枕，翡翠衾，便遂杀了人心，如何肯赁？至如你不脱解和衣儿更怕甚？不强如手执定指尖儿恁⑩。倘或成亲，到大来福荫。

［末云］小生为小姐如此容色，莫不小姐为小生也减动丰韵么？［红唱］

［绵搭絮］他眉弯远山不翠，眼横秋水无光，体若凝酥，腰如弱柳，俊的是庞儿俏的是心，体态温柔性格儿沉。虽不会法灸神针，更胜似救苦难观世音。

［末云］今夜成了事，小生不敢有忘。［红唱］

---

①酸醋“当归”浸：酸醋，代指秀才；意思是说，才桂影摇曳的月夜，穷酸秀才就要就寝的时候。 ②窨（yìn）：地窖，此处为藏的意思。 ③忌的是“知母”句：“知母”“红娘”都是中药名，此处谐音暗指剧中人。撒沁：猫狗吐食。 ④使君子：中药名，谐音暗指张生。⑤啉（lín）：呆傻。 ⑥计禀（bīn）：诉说。 ⑦软厮禁：不硬来，体贴顺从的意思。 ⑧偻人：邪曲之人，指花言巧语、能说会道而不诚实的人，此处指老夫人。 ⑨诗对会家吟：诗句要向懂得自己诗意的人吟诵。会家，行家，这里有知音的意思。 ⑩手执定指尖儿恁：手淫。

［幺篇］你口儿里谩沉吟①，梦儿里苦追寻。往事已沉，只言目今，今夜相逢管教恁。不图你甚白璧黄金，则要你满头花，拖地锦。

［末云］怕夫人拘系，不能够出来。［红云］则怕小姐不肯，果有意呵，

［煞尾］虽然是老夫人晓夜将门禁，好共歹须教你称心。

［末云］休似昨夜不肯。［红云］你挣揣②咱。

来时节肯不肯尽由他，见时节亲不亲在于恁。［并下］

［络丝娘煞尾］因今宵传言送语，看明日携云握雨。

题目正名

老夫人命医士　崔莺莺寄情诗

小红娘问汤药　张君瑞害相思

第四本　草桥店梦莺莺

楔　子

［旦上云］昨夜红娘传简去与张生，约今夕和他相见，等红娘来做个商量。［红上云］姐姐著我传简儿与张生，约他今宵赴约。俺那小姐，我怕又有说谎。送了他性命，不是耍处③。我见小姐去，看他说甚么。［旦云］红娘，收拾卧房，我睡去。［红云］不争你要睡呵，那里发付那生？［旦云］甚么那生？［红云］姐姐，你又来也，送了人性命，不是耍处！你若又番悔，我出首与夫人：你著我将简帖儿约下他来。［旦云］这小贱人倒会放刁。羞人答答的，怎生去！［红云］有甚的羞？到那里则合著眼者！［红催莺云］去来，去来！老夫人睡了也。［旦走科］［红云］俺姐姐语言虽是强，脚步儿早先行也。

［仙吕］［端正好］因姐姐玉精神，花模样，无倒断④晓夜思量。著一片志诚心，盖抹了漫天谎。出画阁，向书房，离楚岫⑤，赴高唐，学窃玉，试偷香，巫娥女，楚襄王。楚襄王敢先在阳台上。［下］

①谩沉吟：不停地念叨。②挣揣：挣扎，努力。③处：语气助词，啊，呢。④无倒断：无休止，没完没了。⑤楚岫：指巫山。

第一折

［末上云］昨夜红娘所遗①之简，约小生今夜成就。这早晚初更尽也，不见来呵，小姐休说谎咱！人间良夜静复静，天上美人来不来？

［仙吕］［点绛唇］伫立闲阶，夜深香霭、横金界②。潇洒书斋，闷杀读书客。

［混江龙］彩云③何在？月明如月浸楼台。僧居禅室，鸦噪庭槐。风弄竹声，则道似金佩响，月移花影、疑是玉人来。意悬悬业眼，急攘攘情怀，身心一片，无处安排，则索呆答孩④倚定门儿待。越越的⑤青鸾信杳，黄犬音乖。

小生一日十二时，无一刻放下小姐，你那里知道呵！

［油葫芦］情思昏昏眼倦开，单枕侧，梦魂飞入楚阳台。早知道无明无夜因他害，想当初不如不遇倾城色。人有过，必自责，勿惮改。我却待"贤贤易色"将心戒，怎禁他兜的上心来。

［天下乐］我则索倚定门儿手托腮，好著我难猜：来也那不来？夫人行料应难离侧。望得人眼欲穿，想得人心越窄，多管是冤家不自在。

偌早晚不来，莫不又是谎么？

［那吒令］他若是肯来，早身离贵宅；他若是到来，便春生敝斋；他若是不来，似石沉大海。数著他脚步儿行，倚定窗棂儿待。寄语多才：

［鹊踏枝］恁的般恶抢白，并不曾记心怀；拨得⑥个意转心回，夜去明来。空调眼色经今半载⑦，这其间委实难捱。

小姐这一遭若不来呵——

［寄生草］安排著害，准备著抬⑧。想著这异乡身强把茶汤捱，则为这可憎才熬得心肠耐，办一片志诚心留得形骸在。试著那司天台打算半年愁，端的是太平车约有十馀载⑨。

［红上云］姐姐，我过去，你在这里。［红敲科］［末问云］是谁？［红云］是你前世的娘。［末云］小姐来么？［红云］你接了衾枕者，小姐入来也。张生，你怎么谢我？［末拜云］小生一言难尽，寸心相报，惟天可表！［红云］你放轻者，休唬了他。［红推旦入云］姐姐，你入去，我在门儿外等你。［末见旦跪云］

---

①遗：赠送。②金界：即佛寺。③彩云：天空的云彩，也指心爱的女子，一语双关。④呆答孩：痴呆发愣的样子。⑤越越的：静悄悄的。⑥拨得：博得。⑦空调眼色经今半载：半年以来只能以眉目传情。⑧抬：指因害相思病死被抬走。⑨此句是说忧愁之大，让司天台计算，也得计算半年；让太平车来拉，也得要十多辆车。

张生有何德能，敢劳神仙下降，知他是睡里梦里？

［村里迓鼓］猛见他可憎模样，

小生那里病来？

早医可九分不快。先前见责，谁承望今宵欢爱！著小姐这般用心，不才张珙，合当跪拜。小生无宋玉般容，潘安般貌，子建般才。姐姐，你则是可怜见为人在客。

［元和令］绣鞋儿刚半拆①，柳腰儿勾一搦②，羞答答不肯把头抬，只将鸳枕捱。云鬟仿佛坠金钗，偏宜鬏髻儿歪。

［上马娇］我将这钮扣儿松，把搂带儿解，兰麝散幽斋。不良会③把人禁害，咍④，怎不肯回过脸儿来？

［胜葫芦］我这里软玉温香抱满怀。呀，阮肇到天台。春至人间花弄色。将柳腰款摆，花心轻拆，露滴牡丹开。

［幺篇］但蘸著些麻儿上来，鱼水得和谐，嫩蕊娇香蝶恣采。半推半就，又惊又爱，檀口揾⑤香腮。

［末跪云］谢小姐不弃，张珙今夕得就枕席，异日犬马之报。［旦云］妾千金之躯，一旦弃之。此身皆托于足下，勿以他日见弃，使妾有白头之叹。［末云］小生焉敢如此？［末看手帕科］

［后庭花］春罗⑥原莹白，早见红香点嫩色。

［旦云］羞人答答的，看甚么？［末唱］

灯下偷睛觑，胸前著肉揣。畅奇哉！浑身通泰，不知春从何处来？无能的张秀才，孤身西洛客，自从逢稔色，思量的不下怀。忧愁因间隔，相思无摆划⑦。谢芳卿不见责。

［柳叶儿］我将你做心肝儿般看待，点污了小姐清白。忘餐废寝舒心害，若不是真心耐，志诚捱，怎能勾这相思苦尽甘来？

［青哥儿］成就了今宵欢爱，魂飞在九霄云外。投至得见你多情小奶奶，憔悴形骸，瘦似麻秸。今夜和谐，犹自疑猜。露滴香埃，风静闲阶，月射书斋，云锁阳台。审问明白，只疑是昨夜梦中来，愁无奈。

［旦云］我回去也，怕夫人觉来寻我。［末云］我送小姐出来。

［寄生草］多丰韵，忒稔色。乍时相见教人害，霎时不见教人怪，些时得见教人爱。今宵同会碧纱厨⑧，何时重解香罗带？

---

①拆：拇指与中指伸开量物的长度，半拆，是说莺莺的足之小。②一搦（nài）：一把，一握。③不良会：本为良善的反义，此处为反话，好的意思，与可憎、冤家的意义一样。④咍（hāi）：招呼声，喂的意思。⑤揾（wèn）：吻。⑥春罗：绢帕。⑦摆划（huāi）：安排，处理。⑧碧纱厨：绿纱蒙成的床帐。

［红云］来拜你娘！张生，你喜也！姐姐，咱家去来。［末唱］

［煞尾］春意透酥胸，春色横眉黛，贱却人间玉帛。杏脸桃腮，乘著月色，娇滴滴越显得红白。下香阶，懒步苍苔，动人处弓鞋凤头窄。叹鲰生①不才，谢多娇错爱。

若小姐不弃小生，此情一心者，你是必破工夫明夜早些来。［下］

第二折

［夫人引俫上云］这几日窃见莺莺语言恍惚，神思加倍，腰肢体态，比向日不同。莫不做下来了么？［俫云］前日晚夕，奶奶睡了，我见姐姐和红娘烧香，半晌不回来，我家去睡了。［夫人云］这桩事都在红娘身上。唤红娘来！［俫来唤红科］［红云］哥哥唤我怎么？［俫云］奶奶知道你和姐姐去花园里去，如今要打你哩！［红云］呀，小姐，你带累我也！小哥哥你先去，我便来也。［红唤旦科］［红云］姐姐，事发了也。老夫人唤我哩，却怎了？［旦云］好姐姐，遮盖咱！［红云］娘呵，你做的稳秀②者——我道你做下来也！［旦念］月圆便有阴云蔽，花发须教急雨催。［红唱］

［越调］［斗鹌鹑］则著你夜去明来，到有个天长地久；不争③你握雨携云，常使我提心在口④。则合带月披星，谁著你停眠整宿？老夫人心数多，情性㑇⑤，使不著我巧语花言，将没做有。

［紫花儿序］老夫人猜那穷酸做了新婿，小姐做了娇妻，“这小贱人做了牵头⑥”。俺小姐这些时春山低翠，秋水凝眸。别样的都休⑦，试把你裙带儿拴，纽门儿扣，比著你旧时肥瘦，出落得精神，别样的风流。

［旦云］红娘，你到那里，小心回话者。［红云］我到夫人处，必问：“这小贱人！

［金蕉叶］我著你但去处行监坐守⑧，谁著你迤逗的胡行乱走？”若问著此一节呵如何诉休⑨？你便索与他个知情的犯由⑩。

姐姐，你受责理当，我图甚么来？

［调笑令］你绣帏里效绸缪，倒凤颠鸾百事有。我在窗儿外几曾轻咳嗽，立苍苔将绣鞋儿冰透。今日个嫩皮肤倒将粗棍抽，姐姐呵，俺这通殷勤的著甚

---

①鲰（zōu）生：小子，小人，有愚陋的意思。②隐秀：藏而不露之意。③不争：因为。④提心在口：提心吊胆。⑤㑇（zhòu）：固执，刚愎。⑥牵头：男女私通的拉线人。⑦别样的都休：其他变化且不用说。⑧但去处：只是去；行监坐守：一举一动都要监视看守。⑨如何诉休：如何诉说呵。休，语气助词。⑩犯由：犯罪的原因，罪状。

来由？

姐姐在这里等著，我过去。说过呵，休欢喜；说不过，休烦恼。［红见夫人科］［夫人云］小贱人，为甚么不跪下！你知罪么？［红跪云］红娘不知罪。［夫人云］你故自口强哩。若实说呵，饶你；若不实说呵，我直打死你这个贱人！谁著你和小姐花园里去来？［红云］不曾去，谁见来？［夫人云］欢郎见你去来，尚故自推哩！［打科］［红云］夫人，休闪了手，且息怒停嗔，听红娘说。

［鬼三台］夜坐时停了针绣，共姐姐闲穷究①，说张生哥哥病久。咱两个背著夫人，向书房问候。

［夫人云］问候呵，他说甚么？［红云］他说来，

道“老夫人事已休，将恩变为仇，著小生半途喜变做忧”。他道：“红娘你且先行，教小姐权时落后②。”

［夫人云］他是个女孩儿家，著他落后怎么？［红唱］

［秃厮儿］我则道神针法灸，谁承望燕侣莺俦。他两个经今月馀则是一处宿，何须你一一问缘由？

［圣药王］他每不识忧，不识愁，一双心意两下投。夫人得好休，便好休，这其间何必苦追求？常言道“女大不中留”。

［夫人云］这端事，都是你个贱人！［红云］非是张生、小姐、红娘之罪，乃夫人之过也。［夫人云］这贱人倒指下我来，怎么是我之过？［红云］信者，人之根本，“人而无信，不知其可也。大车无輗，小车无軏③，其何以行之哉？”当日军围普救，夫人所许退军者，以女妻之。张生非慕小姐颜色，岂肯区区退军之策？兵退身安，夫人悔却前言，岂得不为失信乎？既然不肯成就其事，只合酬之以金帛，令张生舍此而去。却不当留请张生于书院，使怨女旷夫④，各相早晚窥视，所以夫人有此一端。目下老夫人若不息其事，一来辱没相国家谱，二来张生日后名重天下，施恩于人，忍令反受其辱哉！使至官司，夫人亦得治家不严之罪。官司若推其详，亦知老夫人背义而忘恩，岂得为贤哉？红娘不敢自专，乞望夫人台鉴：莫若恕其小过，成就大事，㨎⑤之以去其污，岂不为长便乎？

［麻郎儿］秀才是文章魁首，姐姐是仕女班头；一个通彻三教九流，一个晓尽描鸾刺绣。

---

①穷究：本指追根问底，此指聊天，说话。②权时落后：暂时晚走一会儿。③大车无輗，小车无軏：大车指牛车，小车指驷马之车。輗：辕端的横木，以绑轭驾牛车；軏，辕端的曲钩以驾两服之马。这句话是说，作为一个人言而无信，就像大车上没有輗，小车上没有軏一样。④怨女旷夫：成年未嫁之女为怨女，成年未娶之男为旷夫。⑤㨎（ruán）：摩弄，揉搓，此为迁就、撮合的意思。

［幺篇］世有、便休、罢手①，大恩人怎做敌头？起②白马将军故友，斩飞虎叛贼草寇。

［络丝娘］不争和张解元参辰卯酉③，便是与崔相国出乖弄丑④。到底干连著自己骨肉，夫人索穷究⑤。

［夫人云］这小贱人也道得是。我不合养了这个不肖⑥之女。待经官呵，玷辱家门。罢，罢，俺家无犯法之男，再婚之女，与了这厮罢！红娘唤那贱人来！［红见旦云］且喜姐姐，那棍子则是滴溜溜在我身上，吃⑦我直说过了，我也怕不得许多。夫人如今唤你来，待成合亲事。［旦云］羞人答答的，怎么见夫人？［红云］娘根前有甚么羞！

［小桃红］当日个月明才上柳梢头，却早人约黄昏后。羞的我脑背后将牙儿衬著衫儿袖。猛凝眸，看时节则见鞋底尖儿瘦。一个恣情的不休，一个哑声儿厮耨⑧。呸！那其间可怎生不害半星儿羞？

［旦见夫人科］［夫人云］莺莺，我怎生抬举你来？今日做这等的勾当！则是我的孽障，待怨谁的是！我待经官来，辱没了你父亲，这等事，不是俺相国人家的勾当。罢罢罢，谁似俺养女的不长俊！红娘，书房里唤将那禽兽来！［红唤末科］［末云］小娘子，唤小生做甚么？［红云］你的事发了也，如今夫人唤你来，将小姐配与你哩。小姐先招了也，你过去。［末云］小生徨恐，如何见老夫人？当初谁在老夫人行说来？［红云］休佯小心，过去便了。

［幺篇］既然泄漏怎干休？是我相投首⑨。俺家里陪酒陪茶到撋就，你休愁，何须约定通媒媾⑩？我弃了部署⑪不收，你元来“苗而不秀”。呸！你是个银样镴枪头。

［末见夫人科］［夫人云］好秀才呵！岂不闻“非先王之德行不敢行⑫”？我待送你去官司里去来，恐辱没了俺家谱。我如今将莺莺与你为妻，则是俺三辈儿不招白衣⑬女婿，你明日便上朝取应去，我与你养着媳妇。得官呵，来见我；驳落⑭呵，休来见我。［红云］张生早则喜也。

［东原乐］相思事，一笔勾，早则展放从前眉儿皱，美爱幽欢恰动头⑮。既

---

①世有、便休、罢手：既然张生与莺莺做出了这种事，就只能了结，放开手不必追究。②起：举荐。③参（shēn）辰卯酉：参星和辰星此出彼落，不同时出现，故比喻不睦或不能相见。卯时和酉时为互相对立的时辰，比喻对立不合。④出乖弄丑：做出错事丑事而丢人现眼。⑤穷究：慎重考虑。与前文那个“穷究”意思不同。⑥不肖：不似。子弟不贤，不似父母谓不肖子孙。⑦吃：被。⑧厮耨（nòu）：纠缠、戏弄的意思。⑨投首：自首。⑩媒媾（gòu）：因媒而结姻。⑪部署：宋元时期的枪棒师傅。⑫非先王之德行不敢行：不敢做不符合先王道德标准的事。⑬白衣：古代没有做官的人穿白衣，故以“白衣”代指没有功名官职的人，即平民。⑭驳落：落第。⑮恰动头：才开始。

能勾，张生，你觑兀的般可喜娘庞儿也要人消受。

［夫人云］明日收拾行装，安排果酒，请长老一同送张生，到十里长亭去。［旦念］寄语西河堤畔柳，安排青眼①送行人。［同夫人下］［红唱］

［收尾］来时节画堂箫鼓鸣春昼，列著一对儿鸾交凤友。那其间才受你说媒红②，方吃你谢亲酒③。［并下］

第三折

［夫人长老上云］今日送张生赴京，十里长亭安排下筵席。我和长老先行，不见张生、小姐来到。［旦末红同上］［旦云］今日送张生上朝取应，早是离人伤感，况值那暮秋天气，好烦恼人也呵！悲欢聚散一杯酒，南北东西万里程。

［正宫］［端正好］碧云天，黄花地，西风紧。北雁南飞。晓来谁染霜林醉？总是离人泪。

［滚绣球］恨相见得迟，怨归去得疾。柳丝长玉骢难系④。恨不倩⑤疏林挂住斜晖。马儿迍迍⑥的行，车儿快快的随，却告了相思回避，破题儿又早别离⑦。听得一声“去也”，松了金钏；遥望见十里长亭，减了玉肌。此恨谁知！

［红云］姐姐今日怎么不打扮？［旦云］你那知我的心里呵！

［叨叨令］见安排著车儿、马儿，不由人熬熬煎煎的气；有甚么心情花儿、靥儿，打扮得娇娇滴滴的媚；准备著被儿、枕儿，则索昏昏沉沉的睡；从今后衫儿、袖儿，都揾做重重叠叠的泪。兀的不闷杀人也么哥，兀的不闷杀人也么哥！久已后书儿、信儿，索与我恓恓惶惶的寄。

［做到见夫人科］［夫人云］张生和长老坐，小姐这壁坐，红娘将酒来。张生，你向前来，是自家亲眷，不要回避。俺今日将莺莺与你，到京师休辱末了俺孩儿，挣揣一个状元回来者。［末云］小生托夫人馀荫，凭著胸中之才，视官如拾芥耳⑧。［洁云］夫人主见不差，张生不是落后的人。［把酒了，坐］［旦长吁科］

---

①青眼：本为柳叶，晋代阮籍善为青白眼，见俗人以白眼视之，后以青眼表示对人的重视、喜爱。②说媒红：赏给媒人的谢礼。③谢亲酒：婚后男往女家谢亲宴饮，称为谢亲酒。④玉骢（cōng），又名玉花骢，一种青白色的骏马。此处是说柳丝虽长却系不住玉骢，比喻情虽长却留不住张生。⑤倩（qìng）：请人代自己做事。⑥迍（tún）迍：行动缓慢，流连不进的样子。⑦“却告了”二句：却，恰；破题，起头。这两句的意思是相思才了，别离又起。⑧视官如拾芥耳：把取得官职看得像从地上拾取一根草棍那样容易。

［脱布衫］下西风黄叶纷飞，染寒烟衰草萋迷。酒席上斜签著坐①的，蹙愁眉死临侵地②。

［小梁州］我见他阁泪汪汪不敢垂③，恐怕人知；猛然见了把头低，长吁气，推整素罗衣④。

［幺篇］虽然久后成佳配，奈时间⑤怎不悲啼。意似痴，心如醉，昨宵今日，清减了小腰围。

［夫人云］小姐把盏者。［红递酒，旦把盏长吁科云］请吃酒。

［上小楼］合欢未已，离愁相继。想著俺前暮私情，昨夜成亲，今日别离。我谂⑥知这几日相思滋味，却元来此别离情更增十倍。

［幺篇］年少呵轻远别，情薄呵易弃掷。全不想腿儿相挨，脸儿相偎，手儿相携。你与俺崔相国做女婿，妻荣夫贵，但得一个并头莲，煞强如状元及第。

［夫人云］红娘把盏者。［红把酒科］［旦唱］

［满庭芳］供食太急，须臾对面，顷刻别离。若不是酒席间子母每当回避，有心待与他举案齐眉。虽然是厮守得一时半刻，也合著俺夫妻每共桌而食。眼底空留意⑦，寻思起就里，险化做望夫石。

［红云］姐姐不曾吃早饭，饮一口儿汤水。［旦云］红娘，甚么汤水咽得下。

［快活三］将来的酒共食，尝著似土和泥；假若便是土和泥，也有些土气息，泥滋味。

［朝天子］暖溶溶玉醅⑧，白泠泠似水。多半是相思泪。眼面前茶饭怕不待要吃，恨塞满愁肠胃。蜗角虚名，蝇头微利，拆鸳鸯在两下里。一个这壁，一个那壁，一递一声长吁气。

［夫人云］辆起车儿，俺先回去，小姐随后和红娘来。［下］［末辞洁科］［洁云］此一行别无话儿，贫僧准备买登科录看，做亲的茶饭，少不得贫僧的。先生在意，鞍马上保重者。从今经忏无心礼，专听春雷第一声。［下］［旦唱］

［四边静］霎时间杯盘狼籍，车儿投东，马儿向西，两意徘徊，落日山横翠。知他今宵宿在那里？在梦也难寻觅。

张生，此一行得官不得官，疾便回来。［末云］小生这一去，白夺一个状元。正是：青霄有路终须到，金榜无名誓不归。［旦云］君行别无所谓，口占一绝⑨，为君送行：弃掷今何在，当时且自亲。还将旧来意，怜取眼前人。［末云］

---

①斜签著坐：侧身半坐，封建时代晚辈在长辈面前不能实坐。②死临侵地：呆呆地，没精打采的样子。③阁泪汪汪不敢垂：强忍泪水而不敢任其流出。④推整素罗衣：装作整理衣裳。⑤时间：眼下，目前。⑥谂（shěn）：知悉，知道。⑦眼底空留意：母亲在座，有所避忌，不能够与张生同桌共食以诉衷曲，只能以眉眼传达心意。⑧玉醅（pēi）：美酒。⑨口占一绝：随口吟出一首绝句诗。

小姐之意差矣，张珙更敢怜谁？谨赓①一绝，以剖寸心：人生长远别，孰与最关亲？不遇知音者，谁怜长叹人？［旦唱］

［耍孩儿］淋漓襟袖啼红泪，比司马青衫更湿。伯劳东去燕西飞，未登程先问归期。虽然眼底人千里，且尽生前酒一杯。未饮心先醉，眼中流血，心里成灰。

［五煞］到京师服水土，趁程途节饮食②，顺时自保揣身体。荒村雨露宜眠早，野店风霜要起迟。鞍马秋风里，最难调护，最要扶持。

［四煞］这忧愁诉与谁？相思只自知，老天不管人憔悴。泪添九曲黄河溢，恨压三峰华岳低。到晚来闷把西楼倚，见了些夕阳古道，衰柳长堤。

［三煞］笑吟吟一处来，哭啼啼独自归。归家若到罗帏里，昨宵个绣衾香暖留春住，今夜个翠被生寒有梦知。留恋你别无意，见据鞍③上马，阁不住泪眼愁眉。

［末云］有甚言语，嘱咐小生咱？［旦唱］

［二煞］你休忧文齐福不齐④，我则怕你“停妻再娶妻”。休要一春鱼雁无消息，我这里青鸾有信频须寄，你却休金榜无名誓不归。此一节君须记：若见了那异乡花草，再休似此处栖迟⑤。

［末云］再谁似小姐？小生又生此念？［旦唱］

［一煞］青山隔送行，疏林不做美，淡烟暮霭相遮蔽。夕阳古道无人语，禾黍秋风听马嘶。我为甚么懒上车儿内？来时甚急，去后何迟！

［红云］夫人去好一会，姐姐，咱家去。［旦唱］

［收尾］四围山色中，一鞭残照里。遍人间烦恼填胸臆，量这些大小车儿如何载得起？

［旦红下］［末云］仆童，赶早行一程儿，早寻个宿处。泪随流水急，愁逐野云飞。［下］

第四折

［末引仆骑马上开］离了蒲东早三十里也，兀的前面是草桥，店里宿一宵，明日赶早行。这马百般儿不肯走。行色一鞭催去马，羁愁万斛引新诗。

［双调］［新水令］望蒲东萧寺暮云遮，惨离情半林黄叶。马迟人意懒，风急雁行斜。离恨重叠，破题儿第一夜。

---

①赓：续作。②趁程途节饮食：路途中要节制饮食。趁：赶路。③据鞍：跨鞍。④文齐福不齐：有文才而缺少福分，不能考中。⑤栖迟：流连，逗留。

想着昨日受用，谁知今日凄凉！

［步步娇］昨夜个翠被香浓熏兰麝，欹珊枕把身躯儿趄①。脸儿厮揾②者，仔细端详，可憎的别③。铺云鬓玉梳斜，恰便似半吐初生月④。

早至也。店小二哥那里？［小二哥上云］官人，俺这头房里下。［末云］琴童，接了马者。点上灯，我诸般不要吃，则要睡些儿。［仆云］小人也辛苦，待歇息也。［在床前打铺做睡科］［末云］今夜甚睡得到我眼里来也！

［落梅风］旅馆欹单枕，秋蛩鸣四野，助人愁的是纸窗儿风裂。乍孤眠被儿薄又怯，冷清清几时温热！

［末睡科］［旦上云］长亭畔别了张生，好生放不下。老夫人和梅香都睡了，我私奔出城，赶上和他同去。

［乔木查］走荒郊旷野，把不住心娇怯，喘吁吁难将两气接。疾忙赶上者，打草惊蛇。

［搅筝琶］他把我心肠扯，因此不避路途赊⑤。瞒过俺能拘管的夫人，稳住俺厮齐攒⑥的侍妾。想著他临上马痛伤嗟，哭得我也似痴呆。不是我心邪，自别离已后，到西日初斜，愁得来陡峻，瘦得来咗嗻⑦。则离得半个日头，却早又宽掩过翠裙三四褶⑧。谁曾经这般磨灭⑨？

［锦上花］有限姻缘⑩，方才宁贴；无奈功名，使人离缺。害不了的愁怀⑪，恰才觉些：掉不下的相思，如今又也。清霜净碧波，白露下黄叶。下下高高，道路曲折；四野风来，左右乱踅⑫。我这里奔驰，他何处困歇？

［清江引］呆答孩店房儿里没话说，闷对如年夜。暮雨催寒蛩，晓风吹残月，今宵酒醒何处也？

［旦云］在这个店儿里，不免敲门。［末云］谁敲门哩？是一个女人的声音。我且开门看咱。这早晚是谁？

［庆宣和］是人呵疾忙快分说，是鬼呵合速灭。

［旦云］是我。老夫人睡了，想你去了呵，几时再得见，特来和你同去。［末唱］

听说罢将香罗袖儿拽，却元来是姐姐、姐姐。

难得小姐的心勤！

---

①趄（qiè）：歪斜。②脸儿厮揾：手捧着脸仔细端详。③可憎的别：特别可爱，异常可爱。④“铺云鬓”二句：是张生回想莺莺梳妆的情景。⑤赊（shē）：远。⑥齐攒：搅闹。⑦咗嗻：程度副词，形容很厉害。⑧“则离得”二句：意思是刚刚分离半日，已经人瘦衣肥。⑨磨灭：折磨。⑩有限姻缘：是说莺莺和张生婚姻此时才刚刚被有条件地允许。⑪害不了的愁怀：没完没了的愁思。⑫踅（xué）：盘旋。

［乔牌儿］你是为人须为彻①，将衣袂不藉②。绣鞋儿被露水泥沾惹，脚心儿管③踏破也。

［旦云］我为足下呵，顾不得迢递。［旦唧唧④了］

［甜水令］想著你废寝忘餐，香消玉减，花开花谢，犹自觉争⑤些。便枕冷衾寒，凤只鸾孤，月圆云遮，寻思来有甚伤嗟？

［折桂令］想人生最苦离别！可怜见千里关山，犹自跋涉。似这般割肚牵肠，到不如义断恩绝。虽然是一时间花残月缺，休猜做瓶坠簪折。不恋豪杰，不羡骄奢，生则同衾，死则同穴。

［外净一行扮卒子上叫云］恰才见一女子渡河，不知那里去了，打起火把者！分明见他走在这店中去也。将出来！将出来！［末云］却怎了？［旦云］你近后，我自开门对他说。

［水仙子］硬围著普救寺下锹撅，强当住咽喉仗剑钺。贼心肠馋眼脑天生得劣。［卒子云］你是谁家女子，夤夜渡河？［旦唱］

休言语，靠后些！杜将军你知道他是英杰，觑不觑著你为了醯酱⑥，指一指教你化做背血⑦——骑著匹白马来也。

［卒子抢旦下］［末惊觉云］呀，元来却是梦里。且将门儿推开看。只见一天露气，满地霜华，晓星初上，残月犹明。无端燕鹊高枝上，一枕鸳鸯梦不成。

［雁儿落］绿依依墙高柳半遮，静悄悄门掩清秋夜。疏剌剌林梢落叶风，昏惨惨云际穿窗月。

［得胜令］惊觉我的是颤巍巍竹影走龙蛇，虚飘飘庄周梦蝴蝶，絮叨叨促织儿无休歇，韵悠悠砧声⑧儿不断绝。痛煞煞伤别，急剪剪好梦儿应难舍；冷清清的咨嗟，娇滴滴玉人儿何处也？

［仆云］天明也，咱早行一程儿，前面打火⑨去。［末云］店小二哥，还你房钱，鞴了马者。

［鸳鸯煞］柳丝长咫尺情牵惹，水声幽仿佛人呜咽。斜月残灯，半明不灭。唱道是旧恨连绵，新愁郁结；恨塞离愁，满肺腑难淘泻⑩。除纸笔代喉舌，千种相思对谁说！［并下］

［络丝娘煞尾］都则为一官半职，阻隔得千山万水。

题目正名

小红娘成好事　老夫人问私情

短长亭斟别酒　草桥店梦莺莺

---

①为人须为彻：宋元俗语，帮人帮到底。②将衣袂（mèi）不藉（jiè）：不顾惜衣衫。③管：包管，一定是。④唧唧：叹息声。⑤争：差。⑥醯（xī）酱：醯，醋。醯酱这里指肉酱。⑦背（liáo）血：血水。⑧砧（zhēn）声：捣衣声。⑨打火：旅途中吃饭叫打火，亦作打尖。⑩淘泻：排遣、抒发的意思。

第五本　张君瑞庆团圞

楔　子

［末引仆人上开云］自暮秋与小姐相别，倏①经半载之际，托赖祖宗之荫，一举及第，得了头名状元。如今在客馆，听候圣旨御笔除授②。惟恐小姐挂念，且修一封书，令琴童家去，达知夫人，便如小生得中，以安其心。琴童过来，你将文房四宝来，我写就家书一封，与我星夜到河中府去。见小姐时，说："官人怕娘子忧，特地先著小人将书来。"即忙接了回书来者。过日月好疾也呵！

［仙吕］［赏花时］相见时红雨纷纷点绿苔，别离后黄叶萧萧凝暮霭。今日见梅开，别离半载。

琴童，我嘱咐你的言语记著：

则说道特地寄书来。［下］

［仆云］得了这书，星夜望河中府走一遭。［下］

第一折

［旦引红娘上开云］自张生去京师，不觉半年，杳无音信。这些时神思不快，妆镜懒抬，腰肢瘦损，茜裙宽褪，好烦恼人也呵！

［商调］［集贤宾］虽离了我眼前，却在心上有；不甫能离了心上，又早眉头。忘了时依然还又，恶思量③无了无休。大都来④一寸眉峰，怎当他许多颦皱？新愁近来接著旧愁，厮混了难分新旧。旧愁似太行山隐隐，新愁似天堑水悠悠。

［红云］姐姐往常针尖不倒⑤，其实不曾闲了一个绣床，如今百般的闷倦。往常也曾不快，将息便可，不似这一场，清减得十分利害。［旦唱］

［逍遥乐］曾经消瘦，每遍犹闲⑥，这番最陡。

---

①倏（shū）：倏忽，很快。形容时间过得很快。②除授：拜官授职。③恶思量：形容相思得厉害。④大都来：只不过。⑤针尖不倒：手工不停，指常做女红。⑥每遍犹闲：每次都还平常。

［红云］姐姐心儿闷呵，那里散心耍咱。［旦唱］

何处忘忧？看时节独上妆楼，手卷帘上玉钩，空目断山明水秀。见苍烟迷树，衰草连天，野渡横舟。

［旦云］红娘，我这衣裳，这些时都不似我穿的。［红云］姐姐，正是“腰细不胜衣”。［旦唱］

［挂金索］裙染榴花，睡损胭脂皱①；纽结丁香，掩过芙蓉扣②；线脱珍珠，泪湿香罗袖；杨柳眉颦，人比黄花瘦。

［仆人上云］奉相公言语，特将书来与小姐。恰才前厅上见了夫人，夫人好生欢喜，著人来见小姐。早至后堂。［咳嗽科］［红问云］谁在外面？［见科］［红见仆人，红笑云］你几时来？可知道昨夜灯花报，今朝喜鹊噪。姐姐正烦恼哩。你自来？和哥哥来？［仆云］哥哥得了官也，著我寄书来。［红云］你则在这里等著，我对俺姐姐说了呵，你进来。［红见旦笑科］［旦云］这小妮子怎么？［红云］姐姐大喜，大喜！咱姐夫得了官也！［旦云］这妮子见我闷呵，特故哄我。［红云］琴童在门首，见了夫人了，使他进来见姐姐，姐夫有书。［旦云］惭愧，我也有盼著他的日头！唤他入来。［仆入见旦科］［旦云］琴童，你几时离京师？［仆云］离京一月多。我来时，哥哥去吃游街棍子③去了。［旦云］这禽兽不省得，状元唤做夸官，游街三日。［仆云］夫人说的便是，有书在此，［旦做接书科］

［金菊香］早是我只因他去减了风流，不争你寄得书来又与我添些儿证候。说来的话儿不应口，无语低头，书在手，泪凝眸。［旦开书看科］

［醋葫芦］我这里开时和泪开，他那里修时和泪修，多管阁著笔尖儿未写早泪先流，寄来的书泪点儿兀自有。我将这新痕把旧痕湮透，正是一重愁翻做两重愁。

［旦念书科］“张珙百拜，奉启芳卿可人妆次：自暮秋拜违，倏尔半载。上赖祖宗之荫，下托贤妻之德，举中甲第。即目于招贤馆寄迹，以伺圣旨御笔除授。惟恐夫人与贤妻忧念，特令琴童奉书驰报，庶几免虑。小生身虽遥而心常迩矣，恨不得鹣鹣④比翼，邛邛⑤并躯。重功名而薄恩爱者，诚有浅见贪饕之罪。他日面会，自当请谢不备。后成一绝，以奉清照⑥：玉京仙府探花郎，寄语蒲东窈窕娘，指日拜恩衣昼锦，定须休作倚门妆。”

---

①“裙染”句：意思是和衣而睡，把红裙子压出许多褶皱。②“纽结”句：意思是人瘦衣肥，穿时要掩起许多。丁香纽、芙蓉扣，都是纽扣的美称。③吃游街棍子：元代对犯人“游街处置”的刑罚，即将犯人绑在马背上，一路游街示众，两边兵士则乱棒齐下。④鹣（jiān）鹣：即比翼鸟。⑤邛（qióng）邛：传说中的一种兽，据说它腿长善跑，但不善觅食。蟨（jué），兽名，腿短，善觅食而不善跑。二者经常结伴并行，蟨觅食给邛邛，遇危险则邛邛背负蟨逃跑。常用以比喻恋人、夫妇。⑥清照：旧时书信中常用的敬语，义近于明鉴、雅鉴。

［幺篇］当日向西厢月底潜，今日向琼林宴上㑇①。谁承望东墙脚步儿占了鳌头？怎想道惜花心养成折桂手？脂粉丛里包藏着锦绣？从今后晚妆楼改做了至公楼②！

［旦云］你吃饭不曾？［仆云］上告夫人知道：早晨至今，空立厅前，那有饭吃？［旦云］红娘，你快取饭与他吃。［仆云］感蒙赏赐，我每就此吃饭。夫人写书。哥哥著小人索了夫人回书，至紧，至紧。［旦云］红娘，将笔砚来。［红将来科］［旦云］书却写了，无可表意。只有汗衫一领，裹肚一条，袜儿一双，瑶琴一张，玉簪一枚，斑管一枝。琴童，你收拾得好者。红娘，取银十两来，就与他盘缠。［红娘云］姐夫得了官，岂无这几件东西，寄与他有甚缘故？［旦云］你不知道。这汗衫儿呵，［梧叶儿］他若是和衣卧，便是和我一处宿；但粘著他皮肉，不信不想我温柔。［红云］这裹肚要怎么？［旦唱］

常则不要离了前后，守著他左右，紧紧的系在心头。

［红云］这袜儿如何？［旦唱］

拘管他胡行乱走。

［红云］这琴他那里自有，又将去怎么？［旦唱］

［后庭花］当日五言诗紧趁逐，后来因七弦琴成配偶。他怎肯冷落了诗中意，我则怕生疏了弦上手。

［红云］玉簪呵，有甚主意？［旦唱］

我须有个缘由，他如今功名成就，只怕他撇人有脑背后。［红云］斑管，要怎的？［旦唱］

湘江两岸秋，当日娥皇因虞舜愁，今日莺莺为君瑞忧。这九嶷山下竹，共香罗衫袖口——

［青哥儿］都一般啼痕湮透。似这等泪斑宛然依旧，万古情缘一样愁。涕泪交流，怨慕难收，对学士叮咛说缘由，是必休忘旧。

［旦云］琴童，这东西收拾好者。［仆云］理会得。［旦唱］

［醋葫芦］你逐宵野店上宿，休将包袱做枕头，怕油脂腻展污了恐难酬。倘或水侵雨湿休便扭，我则怕干时节熨不开褶皱。一桩桩一件件细收留。

［金菊花］书封雁足此时修，情系人心早晚休？长安望来天际头，倚遍西楼，人不见，水空流。

---

①㑇（chōu）：本意是以手搀扶他人，这里指出风头、露脸面。②至公楼：科举考试试院大堂。

［仆云］小人拜辞，即便去也。［旦云］琴童，你见官人对他说。［仆云］说甚么？［旦唱］

［浪里来煞］他那里为我愁，我这里因他瘦。临行时啜赚①人的巧舌头：指归期约定九月九，不觉的过了小春时候。到如今悔教夫婿觅封侯。

［仆云］得了回书，星夜回俺哥哥话去。［下］

第二折

［末云］画虎未成君莫笑，安排牙爪始惊人②。本是举过便除，奉圣旨著翰林院编修国史。他每那知我的心，甚么文章做得成！使琴童递佳音，不见回来。这几日睡卧不宁，饮食少进，给假在驿亭中将息。早间太医著人来看视，下药去了。我这病，卢扁③也医不得。自离了小姐，无一日心闲也呵！

［中吕］［粉蝶儿］从到京师，思量心旦夕如是，向心头横躺著俺那莺儿。请医师，看诊罢，一星星说是④。本意待推辞，则被他察虚实⑤不须看视。

［醉春风］他道是医杂证有方术，治相思无药饵。莺莺呵，你若是知我害相思，我甘心儿死、死。四海无家，一身客寄，半年将至。

［仆上云］我则道哥哥除了，元来在驿亭中抱病，须索回书去咱。［见了科］［末云］你回来了也。

［迎仙客］疑怪这噪花枝灵鹊儿，垂帘幕喜蛛儿，正应著短檠上夜来灯爆时。若不是断肠词，决定是断肠评理。

［仆云］小夫人有书至此。［末接科］

写时管情泪如丝，既不呵，怎生泪点儿封皮上渍⑥？

［末读书科］"薄命妾崔氏拜覆，敬奉才郎君瑞文几：自音容去后，不觉许时，仰敬之心，未尝少怠。纵云日近长安远，何故鳞鸿之杳矣？莫因花柳之心，弃妾恩情之意。正念间，琴童至，得见翰墨，始知中科，使妾喜之如狂。郎之才望，亦不辱相国之家谱也。今因琴童回，无以奉贡，聊有瑶琴一张，玉簪一枝，斑管一枚，裹肚一条，汗衫一领，袜儿一双，权表妾之真诚。匆匆草字欠恭，伏乞情恕不备。谨依来韵，遂继一绝云：阑干倚遍盼才郎，莫恋宸京黄四娘⑦。病里得书如中甲，窗前览镜试新妆。"那风风流流的姐姐！似这等女子，张珙死也

①啜赚：诳骗。②"画虎"二句：这句话比喻人未发达时不可取笑他，一旦功成名就便会惊人。③卢扁：春秋时良医。④一星星说是：一件件都说得对头。⑤虚实：中医辨别人体正气强弱和病邪盛衰的两个概念。⑥渍：浸湿，沾染。⑦宸京黄四娘：宸京，即帝京，京城。黄四娘，代指美女。

死得著了。

［上小楼］这的堪为字史①，当为款识。有柳骨颜筋，张旭张芝，羲之献之。此一时，彼一时，佳人才思，俺莺莺世间无二。

［幺篇］俺做经咒般持②，符篆般使。高似金章，重似金帛，贵似金赀。这上面若佥个押字，使个令史，差个勾使，则是一张忙不及印赴期的咨示。

［末拿汗衫儿科］休说文章，只看他这针凿，人间少有。

［满庭芳］怎不教张生爱尔，堪针工出色，女教为师③。几千般用意针针是，可索寻思。长共短又没个样子，窄和宽想象著腰肢，好共歹无人试。想当初做时，用煞那小心儿。

小姐寄来这几件东西，都有缘故，一件件我都猜著了。

［白鹤子］这琴，他教我闭门学禁指④，留意谱声诗，调养圣贤心，洗荡巢由耳。

［二］这玉簪，纤长如竹笋，细白似葱枝，温润有清香，莹洁无瑕玼。

［三］这斑管，霜枝曾栖凤凰，泪点渍胭脂，当时舜帝恸娥皇，今日淑女思君子。

［四］这裹肚，手中一叶绵，灯下几回丝⑤，表出腹中愁，果称心间事。

［五］这鞋袜儿，针脚儿细似虮子，绢帛儿腻似鹅脂，既知礼不胡行，愿足下当如此。

琴童，你临行，小夫人对你说什么？［仆云］著哥哥休别继良姻。［末云］小姐，你尚然不知我的心哩！

［快活三］冷清清客店儿，风淅淅雨丝丝，雨儿零风儿细梦回时，多少伤心事！

［朝天子］四肢不能动止，急切里盼不到蒲东寺。小夫人须是你见时，别有甚闲传示？我是个浪子官人，风流学士，怎肯带残花折旧枝⑥。自从、到此，甚的是闲街市。

［贺圣朝］少甚宰相人家，招婿的娇姿？其间或有个人儿似尔，那里取那温柔，这般才思？想莺莺意儿，怎不教人梦想眠思？

琴童，将这衣裳东西收拾好者。

---

①堪为字史：是说莺莺的字写得好，都可以做掌管字的官员了。②做经咒般持：把莺莺的信当作经文、咒文一样对待。③女教为师：教育女子的师表。④闭门学禁指：闭门弹琴，学习禁淫邪、正心术的意旨。指，意旨。⑤一叶绵，谐音一夜眠；几回丝，谐音“思”。这里指莺莺一夜无眠，思念张生。⑥带残花折旧枝：指不肯去歌楼妓馆。残花、旧枝，比喻妓女。

［耍孩儿］则在书房中倾倒个藤箱子，向箱子里面铺几张纸。放时节须索用心思，休教藤刺儿抓住绵丝。高抬在衣架怕吹了颜色，乱穰在包袱中恐剉了褶儿。当如此，切须爱护，勿得因而。

［二煞］恰新婚才燕尔，为功名来到此。长安忆念蒲东寺。昨宵爱春风桃李花开夜，今日愁秋雨梧桐叶落时。愁如是，身遥心迩，坐想行思。

［三煞］这天高地厚情，直到海枯石烂时，此时作念何时止，直到烛灰眼下才无泪，蚕老心中罢却丝。我不比游荡轻薄子，轻夫妇的琴瑟，拆鸾凤的雄雌。

［四煞］不闻黄犬音，难传红叶诗，驿长不遇梅花使①。孤身去国三千里，一日归心十二时。凭栏视，听江声浩荡，看山色参差。

［尾］忧则忧我在病中，喜则喜你来到此。投至得引人魂卓氏音书至，险将这害鬼病②的相如盼望死。［下］

第三折

［净扮郑恒上开云］自家姓郑，名恒，字伯常。先人拜礼部尚书，不幸早丧。后数年，又丧母。先人在时，曾定下俺姑娘的女孩儿莺莺为妻，不想姑夫亡化，莺莺孝服未满，不曾成亲。俺姑娘将著这灵榇，引著莺莺，回博陵下葬。为因路阻，不能得去。数月前写书来唤我同扶柩去。因家中无人，来得迟了。我离京师，来到河中府，打听得孙飞虎欲掳莺莺为妻，得一个张君瑞退了贼兵。俺姑娘许了他。我如今到这里，没这个消息便好去见他；既有这个消息，我便撞将去呵，没意思。这一件事，都在红娘身上。我著人去唤他，则说："哥哥从京师来，不敢来见姑娘，著红娘来下处③来，有话去对姑娘行说去"。去的人好一会了，不见来。见姑娘和他有话说。［红上云］郑恒哥哥在下处，不来见夫人，却唤我说话。夫人著我来，看他说甚么。［见净科］哥哥万福。夫人道："哥哥来到呵，怎么不来家里来?"［净云］我有甚颜色见姑娘?我唤你来的缘故是怎生?当日姑夫在时，曾许下这门亲事。我今番到这里，姑夫孝已满了，特地央及你去夫人行说知，拣一个吉日，了这件事，好和小姐一答里下葬去。不争不成合，一答里路上难厮见。若说得肯呵，我重重的相谢你。［红云］这一节话再也休题，莺莺已与了别人了也。［净云］道不得"一马不跨双鞍④"!可怎生父在时曾许了我，父丧之后母到悔亲?这个道理那里有!［红云］却非如此说。当日孙飞虎将半万贼兵来时，哥哥你在那里?若不是那生呵，那里得俺一家儿来?今日太平无事，却来争亲；倘被贼人掳去呵，哥哥如何去争?［净云］与了一个富家，也不枉了，却与了这个穷酸饿醋。偏我不如他?

①梅花使：驿使，代指传书送信之人。②害鬼病：《史记》记载，司马相如有消渴疾，即糖尿病。③下处：旅店，住处。④一马不跨双鞍：犹言一女不配二夫。

我仁者能仁、身里出身①的根脚②，又是亲上做亲，况兼他父命。[红云]他倒不如你,噤声!

[越调][斗鹌鹑]卖弄你仁者能仁，倚仗你身里出身；至如你官上加官，也不合亲上做亲。又不曾执羔雁邀媒③，献币帛问肯。恰洗了尘④，便待要过门。枉腌了他金屋银屏，枉污了他锦衾绣裀。

[紫花儿序]枉蠢了他梳云掠月，枉羞了他惜玉怜香，枉村了他殢雨尤云。当日三才始判，两仪初分；乾坤，清者为乾，浊者为坤，人在中间相混。君瑞是君子清贤，郑恒是小人浊民。

[净云]贼来，怎地他一个人退得？都是胡说！[红云]我对你说。

[天净沙]把河桥飞虎将军，叛蒲东掳掠人民，半万贼屯合⑤寺门，手横著霜刃，高叫道要莺莺做压寨夫人。

[净云]半万贼兵，他一个人济甚么事？[红云]贼围之甚迫，夫人慌了，和长老商议，拍手高叫："两廊不问僧俗，如退得贼兵的，便将莺莺与他为妻。"忽有游客张生，应声而前曰："我有退兵之策，何不问我？"夫人大喜，就问其计何在。生云："我有一故人白马将军，见统十万之众，镇守蒲关。我修书一封，著人寄去，必来救我。"不想书至兵来，其困即解。

[小桃红]洛阳才子善属文⑥，火急修书信。白马将军到时分，灭了烟尘。夫人小姐都心顺，则为他威而不猛，言而有信，因此上不敢慢于人。

[净云]我自来未尝闻其名，知他会也不会！你这个小妮子，卖弄他偌多！[红云]便又骂我。

[金蕉叶]他凭著讲性理《齐论》《鲁论》，作词赋韩文柳文，他识道理为人敬人，俺家里有信行知恩报恩。

[调笑令]你值一分，他值百十分，萤火焉能比月轮？高低远近都休论，我拆白道字⑦辨与你个清浑⑧。

[净云]这小妮子省得甚么拆白道字，你拆与我听。[红唱]

君端是个"肖"字这壁著个"立人"，你是个"木寸""马户""尸巾"。

[净云]木寸、马户、尸巾，你道我是个"村驴屌"？我祖代是相国之门，到不如你个白衣饿夫穷士？做官的则是做官！[红唱]

[秃厮儿]他凭师友君子务本，你倚父兄仗势欺人。齑盐日月⑨不嫌贫，治百姓新民、传闻。

---

①身里出身：指能继承父业。②根脚：根底，出身。③羔雁邀媒：请媒人行聘礼。小羊和雁都是古时嫁女的聘礼。④洗了尘：接风。⑤屯合：聚合，包围。⑥洛阳才子善属文：洛阳才子，指汉代贾谊。属文，作文章。⑦拆白道字：拆字格，一种字谜游戏。⑧清浑：贤愚。⑨齑盐日月：清贫的读书生活。

［圣药王］这厮乔议论①，有向顺。你道是官人则合做官人，信口喷，不本分。你道穷民到老是穷民，却不道“将相出寒门”！

［净云］这桩事都是那长老秃驴弟子孩儿，我明日慢慢的和他说话。［红唱］

［麻郎儿］他出家儿慈悲为本，方便为门。横死眼不识好人，招祸口知分寸。

［净云］这是姑夫的遗留②，我拣日，牵羊担酒③，上门去，看姑娘怎么发落我。［红唱］

［幺篇］讪筋④，发村⑤，使狠，甚的是软款温存。硬打捱⑥强为眷姻，不睹事强谐秦晋。

［净云］姑娘若不肯，著二三十个伴儅⑦，抬上轿子，到下处脱了衣裳，赶将来，还你一个婆娘。［红唱］

［络丝娘］你须是郑相国嫡亲的舍人，须不是孙飞虎家生的莽军。乔嘴脸、腌躯老、死身分，少不得有家难奔。

［净云］兀的那小妮子，眼见得受了招安了也。我也不对你说，明日我要娶，我要娶！［红云］不嫁你，不嫁你！

［收尾］佳人有意郎君俊，我待不喝采其实怎忍。

［净云］你喝一声我听。［红笑云］你这般颓嘴脸，

只好偷韩寿下风头香，傅何郎左壁厢粉⑧。［下］

［净脱衣科云］这妮子拟定都和那酸丁演撒！我明日自上门去见俺姑娘，则做不知。我则道：“张生赘⑨在卫尚书家，做了女婿。”俺姑娘最听是非，他自小又爱我，必有话说。休说别个，则这一套衣服也冲动他。自小京师同住，惯会寻章摘句，姑夫许我成亲，谁敢将言相拒。我若放起刁来，且看莺莺那去！且将压善欺良意，权作尤云殢雨心。［下］［夫人上云］夜来郑恒至，不来见我，唤红娘去问亲事。据我的心，则是与孩儿是；况兼相国在时已许下了。我便是违了先夫的言语。做我一个主家的不著⑩，这厮每做下来。拟定则与郑恒，他有言语，怪他不得也。料持下酒者，今日他敢来见我也。［净上云］来到也，不索报覆，自入去见夫人。［拜夫人哭科］［夫人云］孩儿既来到这里，怎么不来见我？［净云］小孩儿有甚嘴脸来见姑娘！［夫人云］莺莺为孙飞虎一节，等你不来，无可解危，许张生也。［净云］那个张生？敢便是状元？我在京师看榜来，年纪有二十四五岁，洛阳张珙，夸官游街三日。第二日，头答⑪正来到卫尚书家门首，尚书的小姐十八岁也，结著彩楼，在那御街上，则一球正打著他。我也骑著马看，

---

①乔议论：胡说乱道。②遗留：遗愿、遗嘱。③牵羊担酒：带着订婚礼物。④讪筋：因暴怒而头上筋脉喷张。⑤发村：撒野。⑥硬打捱：强行。⑦伴儅：仆人。⑧下风头、左壁厢：拜下风，不是对手的意思。⑨赘：入赘，倒插门。⑩做我一个主家的不着：由我担当的意思。⑪头答：头达，官员出行时，走在前面的仪仗。

险些打著我。他家粗使梅香十馀人，把那张生横拖倒拽入去。他口叫道："我自有妻，我是崔相国女婿!"那尚书有权势气象，那里听？则管拖将入去了。这个却才便是他本分，出于无奈，尚书说道："我女奉圣旨，结彩楼，你著崔小姐做次妻。他是先奸后娶的，不应娶他。"闹动京师，因此认得他。[夫人怒云]我道这秀才不中抬举，今日果然负了俺家。俺相国之家，世无与人做次妻之理。既然张生奉圣旨娶了妻，孩儿，你拣个吉日良辰，依著姑夫的言语，依旧入来做女婿者。[净云]倘或张生有言语，怎生？[夫人云]放著我哩，明日拣个吉日良辰，你便过门来。[下][净云]中了我的计策了，准备筵席茶礼花红，克日过门者。[下][洁上云]老僧昨日买登科记看来，张生头名状元，授著河中府尹。谁想老夫人没主张，又许了郑恒亲事。老夫人不肯去接，我将著肴馔直至十里长亭，接官走一遭。[下][杜将军上云]奉圣旨，著小官主兵蒲关，提调①河中府事，上马管军，下马管民。谁想君瑞兄弟一举及第，正授河中府尹，不曾接得。眼见得在老夫人宅里下，拟定乘此机会成亲。小官牵羊担酒，直至老夫人宅上，一来庆贺状元，二来就主亲②，与兄弟成此大事。左右那里？将马来，到河中府走一遭。[下]

第四折

[夫人上云]谁想张生负了俺家，去卫尚书家做女婿去，今日不负老相公遗言，还招郑恒为婿。今日好个日子，过门者。准备下筵席，郑恒敢待来也。[末上云]小官奉圣旨，正授河中府尹。今日衣锦还乡，小姐的金冠霞帔都将著，若见呵，双手索送过去。谁想有今日也呵！文章旧冠乾坤内，姓字新闻日月③边。

[双调][新水令]玉鞭骄马出皇都，畅风流玉堂人物。今朝三品职，昨日一寒儒。御笔亲除，将名姓翰林注。

[驻马听]张珙如愚④，酬志了三尺龙泉万卷书；莺莺有福，稳请了五花官诰七香车⑤。身荣难忘借僧居，愁来犹记题诗处。从应举，梦魂儿不离了蒲东路。

[末云]接了马者。[见夫人科]新状元河中府尹婿张珙参见。[夫人云]休拜，休拜，你是奉圣旨的女婿，我怎消受得你拜！[末唱]

[乔牌儿]我谨躬身问起居，夫人这慈色为谁怒？我则见丫鬟使数⑥都厮觑，莫不我身边有甚事故？

---

①提调：管理。②主亲：主婚。③日月：帝后。④如愚：内秀，不露锋芒而内藏智慧。⑤请：得到，接受。五花官诰，朝廷册封命妇或官员的文书，因用五色绫而得名。七香车，多种香木制成或多种香料装饰的车，此指女子所乘的华美之车。⑥使数：仆人。

［末云］小生去时，夫人亲自饯行，喜不自胜。今日中选得官，夫人反行不悦，何也？［夫人云］你如今那里想著俺家？道不得个“靡不有初，鲜克有终”。我一个女孩儿，虽然妆残貌陋，他父为前朝相国，若非贼来，足下甚气力到得俺家？今日一旦置之度外，却于卫尚书家作婿，岂有是理！［末云］夫人听谁说？若有此事，天不盖，地不载，害老大小①疔疮！

［雁儿落］若说著丝鞭仕女图，端的是塞满章台路。小生呵此间怀旧恩，怎肯别处寻亲去。

［得胜令］岂不闻“君子断其初②”，我怎肯忘得有恩处？那一个贼畜生行嫉妒，走将来老夫人行厮间阻？不能勾娇姝③，早共晚施心数；说来的无徒④，迟和疾上木驴⑤。

［夫人云］是郑恒说来，绣球儿打著马了，做女婿也。你不信呵，唤红娘来问。［红上云］我巴不得见他，元来得官回来。惭愧，这是非对著也。［末背问云］红娘，小姐好么？［红云］为你别做了女婿，俺小姐依旧嫁了郑恒也。［末云］有这般跷蹊的事！

［庆东原］那里有粪堆上长出连枝树，淤泥中生出比目鱼？不明白殿污了姻缘簿？莺莺呵，你嫁个油炸猢狲⑥的丈夫；红娘呵，你伏侍个烟薰猫儿⑦的姐夫；张生呵，你撞著个水浸老鼠⑧的姨夫。这厮坏了风俗，伤了时务。［红唱］

［乔木查］妾前来拜覆，省可里⑨心头怒。间别来安乐否？你那新夫人何处居？比俺姐姐是何如？

［末云］和你也葫芦题了也。小生为小姐受过的苦，诸人不知，瞒不得你。不甫能成亲，焉有是理？

［搅筝琶］小生若求了媳妇，则目下便身殂。怎肯忘得待月回廊，难撇下吹箫伴侣。受了些活地狱，下了些死工夫。不甫能得做妻夫，见将著夫人诰敕，县君名称，怎生待欢天喜地，两只手儿分付⑩与。你划地⑪倒把人赃诬。

［红对夫人云］我道张生不是这般人，则唤小姐出来自问他。［叫旦科］姐姐，快来问张生，我不信他直恁般薄情。我见他呵，怒气冲天，实有缘故。［旦见末科］［末云］小姐间别无恙？［旦云］先生万福。［红云］姐姐有的言语，和他说破。［旦长吁云］待说甚么的是！

［沉醉东风］不见时准备著千言万语，得相逢都变做短叹长吁。他急攘攘却才来，我羞答答怎生觑。将腹中愁恰待申诉，及至相逢一句也无。只道个“先生

①老大小：很大。②君子断其初：君子在当初做了决定后，便再不反悔。③娇姝：美女，此做动词，得到美女的意思。④说来的无徒：说起这个无赖来。⑤迟和疾上木驴：早晚要挨千刀万剐。⑥油炸猢狲：比喻轻狂。⑦烟熏猫儿：比喻面貌污秽不堪。⑧水浸老鼠：比喻鄙俗猥琐之状。⑨省可里：省得，休要。⑩分付：交给。⑪划（chǎn）地：平白地。

万福”。

［旦云］张生，俺家何负足下？足下见弃妾身，去卫尚书家为婿，此理安在？［末云］谁说来？［旦云］郑恒在夫人行说来。［末云］小姐如何听这厮？张珙之心，惟天可表！

［落梅风］从离了蒲东路，来到京兆府，见个佳人世不曾回顾。硬揣个卫尚书家女孩儿为了眷属，曾见他影儿的也教灭门绝户！

［末云］这一桩事都在红娘身上，我则将言语傍著他，看他说甚么。红娘，我问人来，说道你与小姐将简帖儿去唤郑恒来。［红云］痴人！我不合与你作成，你便看得我一般了。［红唱］

［甜水令］君瑞先生，不索踌躇，何须忧虑。那厮本意糊涂；俺家世清白，祖宗贤良，相国名誉。我怎肯他跟前寄简传书？

［折桂令］那吃敲才①怕不口里嚼蛆，那厮待数黑论黄②，恶紫夺朱③。俺姐姐更做道软弱囊揣④，怎嫁那不值钱人样豭驹⑤。你个东君索与莺莺做主，怎肯将嫩枝柯折与樵夫，那厮本意嚣虚，将足下亏图，有口难言，气夯破胸脯。

［红云］张生，你若端的不曾做女婿呵，我去夫人跟前一力保你。等那厮来，你和他两个对证。［红见夫人云］张生并不曾人家做女婿，都是郑恒谎，等他两个对证。［夫人云］既然他不曾呵，等郑恒那厮来对证了呵，再做说话。［洁上云］谁想张生不举成名，得了河中府尹，老僧一径到夫人那里庆贺。这门亲事，几时成就？当初也有老僧来，老夫人没主张，便待要与郑恒。若与了他，今日张生来，却怎生？［洁见末叙寒温科］［对夫人云］夫人今日却知老僧说的是，张生决不是那一等没行止的秀才。他如何敢忘了夫人？况兼杜将军是证见，如何悔得他这亲事？［旦云］张生此一事，必得杜将军来方可。

［雁儿落］他曾笑孙庞真下愚，若是论贾马非英物，正授著征西元帅府，兼领著陕右河中路。

［得胜令］是咱前者护身符，今日有权术。来时节定把先生助，决将贼子诛。他不识亲疏，啜赚良人妇。你不辨贤愚，无毒不丈夫。

［夫人云］著小姐去卧房里去者。［旦下］［杜将军上云］下官离了蒲关，到普救寺。第一来庆贺兄弟咱；第二来就与兄弟成就了这亲事。［末对将军云］小弟托兄长虎威，得中一举。今者回来，本待做亲，有夫人的侄儿郑恒，来夫人行说道，你兄弟在卫尚书家作赘了。夫人怒欲悔亲，依旧要将莺莺与郑恒，焉有此理？道不得个“烈女不更二夫”。［将军云］此事夫人差矣。君瑞也是礼部尚书

①吃敲才：该死的东西。②数黑论黄：说长道短，搬弄是非。③恶紫夺朱：以邪压正，指郑恒与莺莺成亲，夺去张生地位，是以邪压正。④囊揣：软弱，不中用。⑤人样豭（jiā）驹：猪狗般的人。豭，猪。

之子，况兼又得一举。夫人世不招白衣秀士，今日反欲罢亲，莫非理上不顺？[夫人云] 当初夫主在时，曾许下这厮，不想遇此一难，亏张生请将军来，杀退贼众。老身不负前言，欲招他为婿。不想郑恒说道，他在卫尚书家做了女婿也，因此上我怒他，依旧许了郑恒。[将军云] 他是贼心，可知道诽谤他。老夫人如何便信得他？[净上云] 打扮得整整齐齐的，则等做女婿。今日好日头，牵羊担酒，过门走一遭。[末云] 郑恒，你来怎么？[净云] 苦也！闻知状元回，特来贺喜。[将军云] 你这厮，怎么要诳骗良人的妻子，行不仁之事，我跟前有甚么话说？我奏闻朝廷，诛此贼子。[末唱]

[落梅风] 你硬入桃源路，不言个谁是主，被东君把你个蜜蜂儿拦住。不信呵去那绿杨影里听杜宇，一声声道"不如归去"。

[将军云] 那厮若不去呵，祗候①拿下。[净云] 不必拿，小人自退亲事与张生罢。[夫人云] 相公息怒，赶出去便罢。[净云] 罢，罢！要这性命怎么，不如触树身死。妻子空争不到头，风流自古恋风流。三寸气在千般用，一日无常万事休②。[净倒科] [夫人云] 俺不曾逼死他，我是他亲姑娘，他又无父母，我做主葬了者。著唤莺莺出来，今日做个庆喜的茶饭，著他两口儿成合者。[旦、红上，末旦拜科] [末唱]

[沽美酒] 门迎著驷马车，户列著八椒图，四德三从宰相女，平生愿足，托赖著众亲故。

[太平令] 若不是在恩人拨刀相助，怎能勾好夫妻似水如鱼。得意也当时题柱，正酬了今生夫妇。自古、相女、配夫，新状元花生满路。[使臣上科] [末唱]

[锦上花] 四海无虞，皆称臣庶；诸国来朝，万岁山呼；行迈羲轩③，德过舜禹；圣策神机，仁文义武。朝中宰相贤，天下庶民富；万里河清，五谷成熟；户户安居，处处乐土；凤凰来仪，麒麟屡出。

[清江引] 谢当今盛明唐圣主，敕赐为夫妇。永老无别离，万古常完聚，愿普天下有情人的都成了眷属。

---

①祗（zhī）候：在宋代，祗候为传宣引赞的武官，此处指差役。②这句话的意思是，只要活着什么事都可以办，一旦死了，就什么事都完了。③行迈羲轩：德行超过了伏羲和轩辕。

吴门王文卓写

［随尾］则因月底联诗句，成就了怨女旷夫。显得有志的状元能，无情的郑恒苦。［下］

题目正名

小琴童传捷报　崔莺莺寄汗衫

郑伯常干舍命　张君瑞庆团圆

总目

张君瑞巧做东床婿

法本师住持南赡①地

老夫人开宴北堂②春

崔莺莺待月西厢记

①南瞻：南瞻部洲，佛教认为须弥山四方诸海有四洲，中国即在南瞻部洲。②北堂：主母所居之处。

牧丹亭

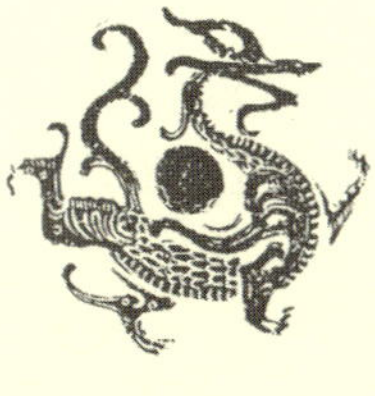

天下女子有情，宁有如杜丽娘者乎！梦其人即病，病即弥连，至手画形容，传于世而后死。死三年矣，复能溟莫中求得其所梦者而生。如丽娘者，乃可谓之有情人耳。情不知所起，一往而深。生者可以死，死可以生。生而不可与死，死而不可复生者，皆非情之至也。梦中之情，何必非真？天下岂少梦中之人耶！必因荐枕而成亲，待挂冠而为密者，皆形骸之论也。传杜太守事者，仿佛晋武都守李仲文、广州守冯孝将儿女事。予稍为更而演之。至于杜守收拷柳生，亦如汉睢阳王收拷谈生也。嗟夫！人世之事，非人世所可尽。自非通人，恒以理相格耳！第云理之所必无，安知情之所必有邪！

——万历戊戌秋清远道人

第一出　标目[①]

【蝶恋花】〔末上〕忙处抛人[②]闲处住。百计思量，没个为欢处。白日消磨肠断句，世间只有情难诉。玉茗堂[③]前朝复暮，红烛迎人，俊得江山助[④]。但是[⑤]相思莫相负，牡丹亭上三生路[⑥]。〔汉宫春〕杜宝黄堂[⑦]，生丽娘小姐，爱踏春阳。感梦书生折柳，竟为情伤。写真[⑧]留记，葬梅花道院凄凉。三年上，有梦梅柳子，于此赴高唐[⑨]。果尔回生定配。赴临安取试，寇起淮扬。正把杜公围困，小姐惊惶。教柳郎行探，反遭疑激恼平章[⑩]。风流况，施行[⑪]正苦，报中状元郎。

杜丽娘梦写丹青记。陈教授说下梨花枪[⑫]。

柳秀才偷载回生女。杜平章刁打状元郎。

---

①标目：传奇的第一出，一般在这部分交代戏曲的创作缘起及剧情梗概。②忙处抛人：指离开繁忙喧闹的官场。《牡丹亭》在1598年秋完成，汤显祖在这一年春离职。③玉茗堂：汤显祖为自己的住所取的名字，玉茗，白山茶花。④俊得江山助：江山之美使我的文章为之生色。⑤但是：只要。⑥牡丹亭上三生路：牡丹亭是约定再世姻缘的地方。⑦黄堂：太守。黄堂本是太守的厅堂，后用来指代太守。⑧写真：画像。⑨赴高唐：楚怀王梦游高唐，与美女交欢。后来被用来比喻男女欢会。故事见宋玉《高唐赋》。⑩平章：官名，为平章军国重事或同平章军国重事的简称，宋制，相当于丞相，这里指杜宝。⑪施行：用刑。⑫陈教授说下梨花枪：指杜宝派陈最良去招降李全，先说服他的妻子。梨花枪，此处代指李全妻。

第二出　言怀

【真珠帘】〔生上〕河东旧族①、柳氏名门最。论星宿，连张带鬼②。几叶③到寒儒，受雨打风吹。谩说④书中能富贵，颜如玉，和黄金那里？贫薄把人灰，且养就这浩然之气。〔鹧鸪天⑤〕“刮尽鲸鳌背上霜⑥，寒儒偏喜住炎方⑦。凭依造化三分福，绍接诗书一脉香。能凿壁，会悬梁，偷天妙手绣文章。必须砍得蟾宫桂，始信人间玉斧长。”小生姓柳，名梦梅，表字春卿。原糷唐朝柳州司马柳宗元之后，留家岭南。父亲朝散⑧之职，母亲县君⑨之封。〔叹介〕所恨俺自小孤单，生事微渺⑩。喜的是今日成人长大，二十过头，志慧聪明，三场得手⑪。只恨未遭时势⑫，不免饥寒。赖有始祖柳州公，带下郭橐驼，柳州衙舍，栽接花果。橐驼遗下一个驼孙，也跟随俺广州种树，相依过活。虽然如此，不是男儿结果之场。每日情思昏昏，忽然半月之前，做下一梦。梦到一园，梅花树下，立着个美人，不长不短，如送如迎。说道：“柳生，柳生，遇俺方有姻缘之分，发迹⑬之期。”因此改名梦梅，春卿为字。正是：“梦短梦长俱是梦，年来年去是何年！”

【九回肠】〔解三酲〕虽则俺改名换字，俏魂儿⑭未卜先知？定佳期盼煞蟾宫桂，柳梦梅不卖查梨⑮。还则怕嫦娥妒色花颓气⑯，等的俺梅子酸心柳皱眉，浑如醉。〔三学士〕无萤凿遍了邻家壁，甚东墙不许人窥⑰！有一日春光暗度黄金

---

①河东旧族：柳姓，原是河东郡的望族大姓。②论星宿，连张带鬼：张、鬼为二十八星宿，表明了河东郡的位置。另，迷信说法认为，掌管文章、功名的梓潼君是张宿的精灵，此处为暗喻。③几叶：几代。这句话是说家道败落。④谩说：枉说，说什么。⑤鹧鸪天：词牌名。这是本出生角的上场诗，上场诗可以用前人的诗或词，也可以由剧作家自己撰写。⑥刮尽鲸鳌背上霜：刻苦努力，仍然没有占鳌头。⑦炎方：南方。⑧朝散：朝散大夫，散职文官的一个爵位。⑨县君：唐代五品官员妻子所受的封号。⑩生事微渺：生活困难。生事，谋生之事，生活。⑪三场得手：科举时代，童生经考试及格，进入府、州、县学的称生员，即秀才。生员经乡试取得举人资格，举人参加会试、廷试取为进士。乡试分三场，一场考三天，三场得手是说三场都很顺利。⑫未遭时势：没有遇到机会，这里指还没考上进士。⑬发迹：飞黄腾达，指做官。⑭俏魂儿：指梦中的美人。⑮不卖查梨：不空口说大话。本句的“查梨”与前后句的桂、梅、柳都从柳梦梅的姓名联想到。⑯嫦娥妒色花颓气：嫦娥妒忌花的美色，使它凋谢。⑰甚东墙不许人窥：宋玉《登徒子好色赋》记载，美貌的东家之女曾登墙窥登徒子三年。后用东墙之事比喻男女相爱的故事。

柳，雪意冲开了白玉梅。〔急三枪〕那时节走马在、章台①内，丝儿翠、笼定个、百花魁②。虽然这般说，有个朋友韩子才，是韩昌黎之后，寄居赵佗王台③。他虽是香火秀才④，却有些谈吐，不免随喜⑤一会。

门前梅柳烂春晖，（张窈窕）见君王觉后疑。（王昌龄）

心似百花开未得，（曹松）托身须上万年枝。（韩偓）⑥

第三出　训女

【满庭芳】〔外扮杜太守上〕西蜀名儒，南安⑦太守，几番廊庙江湖⑧。紫袍金带⑨，功业未全无。华发⑩不堪回首。意抽簪万里桥西⑪，还只怕君恩未许，五马欲踟蹰⑫。"一生名宦守南安，莫作寻常太守看。到来只饮官中水⑬，归去惟看屋外山。"自家南安太守杜宝，表字子充，乃唐朝杜子美之后。流落巴蜀，年过五旬。想廿岁登科，三年出守，清名惠政，播在人间。内有夫人甄氏，乃魏朝甄皇后嫡派。此家峨眉山，见世出贤德夫人。单生小女，才貌端妍，唤名丽娘，未议婚配。看起自来淑女，无不知书。今日政有馀闲，不免请出夫人，商议此事。正是："中郎学富单传女⑭，伯道⑮官贫更少儿。"

【绕池游】〔老旦上〕甄妃洛浦，嫡派来西蜀，封大郡南安杜母。〔见介〕〔外〕"老拜名邦无甚德，〔老旦〕妾沾封诰有何功！〔外〕春来闺阁闲多少？〔老旦〕也长向花阴课女工。"〔外〕女工一事，想女儿精巧过人。看来古今贤淑，多

---

①章台：秦汉时期的一座宫殿建筑物，用来指京城内最繁华的地方。句子意思为，一旦功名得意，就去夸官游街。②丝儿翠、笼定个、百花魁：官宦人家要我接受他们的丝鞭（丝儿翠），和他们的小姐结亲。接受女家的丝鞭是古代订婚的仪式。百花魁，梦中的美人。③赵佗王台：即越王台，在今广州市。④香火秀才：奉祀生，即因为是"圣贤之后"，所以可不经科举考试而获得秀才功名，因通常管理祖先的祠庙，故名奉祀生。⑤随喜：游览寺院。⑥本剧每一出结尾的下场诗均采用全唐诗。诗句与原作有出入的，不加改正，保持作者原貌，因有一部分是作者有意改动的。⑦南安：宋代南安军，府治在今江西大庾。⑧几番廊庙江湖：几次出仕又退隐。⑨紫袍金带：贵官的服装。唐代五品以上官员才可以穿红色、紫色袍服，宋代四品以上才可以腰系金带。⑩华发：花发，白发。⑪意抽簪万里桥西：想要归隐还乡。古代官员才用簪子束发，抽簪就是不束发戴冠，引申为归隐。⑫五马欲踟蹰：去留不定。⑬到来只饮官中水：形容做官廉洁。⑭中郎学富单传女：中郎，指蔡邕，东汉著名学者，曾做过中郎将。他只有一个女儿蔡文姬，是有名的才女。⑮伯道：邓攸，字伯道，晋代人，做河东太守时，遇石勒之乱，为保全侄儿，把儿子弄丢。

晓诗书。他日嫁一书生，不枉了谈吐相称。你意下如何？〔老旦〕但凭尊意。

【前腔①】〔贴持酒台，随旦上〕娇莺欲语，眼见春如许。寸草心怎报的春光一二！〔见介〕爹娘万福②。〔外〕孩儿，后面捧着酒肴，是何主意？〔旦跪介〕今日春光明媚，爹娘宽坐后堂，女孩儿敢进三爵之觞③，少效千春之祝。〔外笑介〕生受④你。

【玉山颓】〔旦进酒介〕爹娘万福，女孩儿无限欢娱。坐黄堂百岁春光，进美酒一家天禄。祝萱花椿树⑤，虽则是子生迟暮，守得见这蟠桃⑥熟。〔合〕且提壶，花间竹下长引着凤凰雏。〔外〕春香，酌小姐一杯。

【前腔】吾家杜甫，为飘零老愧妻孥⑦。〔泪介〕夫人，我比子美公公更可怜也。他还有念老夫诗句男儿，俺则有学母氏画眉娇女。〔老旦〕相公休焦，倘然招得好女婿，与儿子一般。〔外笑介〕可一般呢！〔老旦〕“做门楣”古语⑧，为甚的这叨叨絮絮，才到中年路。〔合前⑨〕〔外〕女孩儿，把台盏收去。〔旦下介〕〔外〕叫春香。俺问你小姐终日绣房，有何生活⑩？〔贴〕绣房中则是绣。〔外〕绣的许多？〔贴〕绣了打緜⑪。〔外〕甚么緜？〔贴〕睡眠。〔外〕好哩，好哩。夫人，你才说“长向花阴课女工”，却纵容女孩儿闲眠，是何家教？叫女孩儿。〔旦上〕爹爹有何分付？〔外〕适问春香，你白日眠睡，是何道理？假如刺绣馀闲，有架上图书，可以寓目。他日到人家，知书知礼，父母光辉。这都是你娘亲失教也。

【玉抱肚】宦囊清苦，也不曾诗书误儒。你好些时做客为儿⑫，有一日把家当户。是为爹的疏散不儿拘，道的个为娘是女模⑬。

【前腔】〔老旦〕眼前儿女，俺为娘心苏体劬⑭。娇养他掌上明珠，出落的人中美玉。儿啊，爹三分说话你自心模⑮，难道八字梳头做目呼⑯。

---

①前腔：南曲某一曲牌连用两次以上，第二次后曲牌名不重出，省称前腔。②万福：古代妇女的一种礼节，敛衽，向人道万福。③三爵之觞：进三杯酒。④生受：辛苦、麻烦、难为。对人说，有告劳、道谢的意思。⑤萱花椿树：萱花又名忘忧草，指母；椿树以长寿著称，指父。⑥蟠桃：神话中的仙桃，相传三千年结一次果，这里比喻迟生的孩子好。⑦妻孥：妻子儿女。⑧“做门楣”古语：由于杨贵妃受到唐明皇的宠幸，杨氏一家都得到高官厚禄，于是当时有民谣说：“生男勿喜女勿悲，君今看女做门楣”。做门楣是说女儿嫁个好女婿，可以替娘家撑门面，提高家族的社会地位。⑨合前：重复前一曲的末数句，即“且提壶，花间竹下长引着凤凰雏”。南曲同一曲牌连用两次以上，结尾相同的数句合唱词，叫合头，或称合前。⑩生活：指劳动、工作。⑪打緜：纺纱，这里用作“打眠”的谐音。⑫做客为儿：女儿在母家好像做客一样。⑬女模：女儿的榜样。⑭心苏体劬：身体累心里却很高兴。苏：精神恢复的意思。⑮模：摸。这句话的意思是，爹的含蓄的话你自己体会、揣摩。⑯难道八字梳头做目呼：难道一个小姐连字也不识！八字梳头，一种头梳，这里指小姐。

【前腔】〔旦〕黄堂父母，倚娇痴惯习如愚。刚打①的秋千画图，闲榻②著鸳鸯绣谱。从今后茶馀饭饱破工夫，玉镜台前插架书。〔老旦〕虽然如此，要个女先生讲解才好。〔外〕不能勾。

【前腔】后堂公所③，请先生则是黉门腐儒。〔老旦〕女儿啊，怎念遍的孔子诗书，但略识周公礼数。〔合〕不枉了银娘玉姐只做个纺砖儿，谢女班姬女校书④。〔外〕请先生不难，则要好生管待。

【尾声】说与你夫人爱女休禽犊⑤，馆明师⑥茶饭须清楚。你看俺治国齐家、也则是数卷书。

往年何事乞西宾⑦？（柳宗元）主领春风⑧只在君。（王建）

伯道暮年无嗣子，（苗发）女中谁是卫夫人⑨？（刘禹锡）

第四出　腐叹

【双劝酒】〔末扮老儒上〕灯窗苦吟，寒酸撒吞⑩。科场苦禁⑪，蹉跎直恁⑫！可怜辜负看书心。吼儿病⑬年来进侵。“咳嗽病多疏酒盏，村童俸薄减厨烟。争⑭知天上无人住，吊下春愁鹤发仙。”自家南安府儒学生员陈最良，表字伯粹。祖父行医。小子自幼习儒。十二岁进学，超增补廪⑮。观场⑯一十五次。不幸前任宗师⑰，考居劣等停廪。兼且两年失馆，衣食单薄。这些后生都顺口叫我“陈绝粮⑱”。因我医、卜、地理⑲，所事皆知，又改我表字伯粹做“百杂碎”。明年是

①打：画。②榻：学写字时，将字帖置于纸下，映光透视，摹写其笔划。这里指摹画绣谱上的图样。③后堂公所：衙门里面的官员住宅。④银娘玉姐，原是女孩儿常取的名字，这里是小姐的代称。全句意思是，官家小姐只会做点女工，岂不冤枉，应该像谢女、班姬一样做女才子。⑤休禽犊：不要吝惜送给教师的礼物。禽犊，很小的牛，代指馈献之物。⑥明师：有学问的先生。⑦西宾：也叫西席，指座位坐西朝东，古代总是请先生坐此位置，表示尊敬，所以西宾、西席成为塾师的代称。⑧春风：指教育。⑨卫夫人：晋代人，名铄，李矩的妻子，以书法著名。这里泛指有才学的女人。⑩撒吞：吞，痴呆。这里有痴心妄想的意思。⑪科场苦禁：一直没有考取举人。禁，禁受，抑止的意思。⑫直恁：竟然如此、简直到了这个样子。⑬吼儿病：哮喘病。⑭争：怎。⑮超增补廪（lǐn）：生员有定额，额外增加的叫增广生员。由政府供给膳食的生员叫廪生，增广生成绩考得好，补入廪生的名额内，就叫超增补廪。廪生成绩差，就停止供给，叫作停廪。⑯观场：参加考试。⑰宗师：秀才由主持一省举业的学政取中，秀才称学政为宗师。⑱陈绝粮：《论语》中记载孔子有一次“在陈绝粮”，这里用这个绰号，有跟陈最良开玩笑的意思。⑲地理：堪舆、风水。

第六个旬头，也不想甚的了。有个祖父药店，依然开张在此。“儒变医，菜变虀①”,这都不在话下。昨日听见本府杜太守，有个小姐，要请先生。好些奔竞的钻去。他可为甚的？乡邦好说话，一也；通关节②，二也；撞太岁③，三也；穿他门子管家④，改窜文卷，四也；别处吹嘘进身，五也；下头官儿怕他，六也；家里骗人，七也。为此七事，没了头⑤要去。他们都不知官衙可是好踏的！况且女学生一发难教，轻不得，重不得。倘然间体面有些不臻⑥，啼不得，笑不得。似我老人家罢了。“正是有书遮老眼，不妨无药散闲愁。”〔丑扮府学门子上〕“天下秀才穷到底，学中门子老成精。”〔见介〕陈斋长⑦报喜。〔末〕何喜？〔丑〕杜太爷要请个先生教小姐，掌教老爷开了十数名去都不中，说要老成的。我去掌教老爷⑧处禀上了你，太爷有请帖在此。〔末〕“人之患在好为人师”。〔丑〕人之饭，有得你吃哩。〔末〕这等便行。〔行介〕

【洞仙歌】〔末〕咱头巾破了修，靴头绽了兜⑨。〔丑〕你坐老斋头，衫襟没了后头。〔合〕砚水漱净口，去承官饭溲，剔牙杖敢黄虀臭⑩。

【前腔】〔丑〕咱门儿寻事头，你斋长干罢休⑪？〔末〕要我谢酬，知那里留不留？〔合〕不论端阳九，但逢出府游，则捻着衫儿袖⑫。〔丑〕望见府门了。

〔丑〕世间荣乐本逡巡⑬，（李商隐）〔末〕谁睬髭鬚白似银？（曹唐）

〔丑〕风流太守容闲坐，（朱庆馀）〔合〕便有无边求福人。（韩愈）

①虀（jī）：咸菜。②通关节：收人贿赂，替人在官府里面活动。③撞太岁：依托官府，赚人钱财。④穿他门子管家：穿，串通。门子，州县长官的贴身仆役。⑤没了头：拼命。⑥不臻：不周到，不完备。⑦斋长：对秀才的敬称。⑧掌教老爷：府学的教官，即教授。⑨绽了兜：破了补起来。⑩这句话是说，初到官府吃饭，饭后剔牙，牙签上恐怕还沾着先前吃的咸菜的臭味呢。⑪这句话是说，我做门子的替你找到了差事，你难道不酬谢我就这样算了吗？⑫则捻着衫儿袖：旧时在端午、重阳两节，要给塾师请酒、送礼，门子请陈最良把他收到的东西带点出来也给自己分享一下。⑬逡巡：顷刻，来去不定。

添眉翠搖佩珠
繡屏中生成士
女圖

第五出　延师

【浣沙溪】〔外引贴扮门子；丑扮皂隶上〕山色好，讼庭稀。朝看飞鸟暮飞回。印床花落帘垂地①。“杜母②高风不可攀，甘棠③游憩在南安。虽然为政多阴德，尚少阶前玉树兰④。”我杜宝出守此间，只有夫人一女。寻个老儒教训他。昨日府学开送一名廪生陈最良。年可六旬，从来饱学。一来可以教授小女，二来可以陪伴老夫。今日放了衙参⑤，分付安排礼酒，叫门子伺候。〔众应介〕

【前腔】〔末儒巾蓝衫⑥上〕须抖擞，要拳奇⑦。衣冠欠整老而衰。养浩然分庭还抗礼。〔丑禀介〕陈斋长到门。〔外〕就请衙内相见。〔丑唱门⑧介〕南安府学生员进。〔下〕〔末跪，起揖，又跪介〕生员陈最良禀拜。〔拜介〕〔末〕“讲学开书院，〔外〕崇儒引席珍⑨。〔末〕献酬樽俎⑩列，〔外〕宾主位班陈⑪。”叫左右，陈斋长在此清叙，着门役散回，家丁伺候。〔众应下〕〔净扮家童上〕〔外〕久闻先生饱学。敢问尊年有几，祖上可也习儒?〔末〕容禀。

【锁南枝】将耳顺，望古稀，儒冠误人霜鬓丝。〔外〕近来?〔末〕君子要知医，悬壶⑫旧家世。〔外〕原来世医。还有他长?〔末〕凡杂作，可试为；但诸家，略通的。〔外〕这等一发有用。

【前腔】闻名久，识面初，果然大邦生大儒。〔末〕不敢。〔外〕有女颇知书，先生长训诂⑬。〔末〕当得。则怕做不得小姐之师。〔外〕那女学士，你做的班大姑⑭。今日选良辰，叫他拜师傅。〔外〕院子，敲云板，请小姐出来。

【前腔】〔旦引贴上〕添眉翠，摇佩珠，绣屏中生成士女图。莲步鲤庭趋，儒门旧家数。〔贴〕先生来了怎好?〔旦〕那少不得去。丫头，那贤达女，都是

---

①印床花落帘垂地：印床，放印章的一种文具，作床形。是说花落在案头上的印床上面，形容衙门清闲无事。②杜母：东汉人杜诗，汉代召信臣和他都做过南阳太守，很受人爱戴，有“前有召父，后有杜母”的谚语。③甘棠：周代召公出巡，曾在甘棠树下休息。人民怀念他，作了一首颂诗，即《诗经．甘棠》。后来用甘棠代指好官。④玉树兰：玉树、芝兰，比喻好弟子。⑤放了衙参：不办公。衙参，召集官员办事。⑥蓝衫：明代生员的制服，蓝色，镶以青色的边缘。⑦拳奇：奇谲非常。⑧唱门：通报来客姓名。⑨席珍：原来比喻儒者珍视自己，等待政府的聘用，这里指优秀的儒生。⑩樽俎（zǔ）：樽，酒器；俎，食器。⑪位班陈：座位按次序排列好。⑫悬壶：行医。⑬训诂：原指解释字义的一种专门学问，这里指教人读书。⑭班大姑：即《女诫》的作者班昭。她曾为宫廷后妃的教师，称为“大家（gū）”，后来演化成班大姑。

些古镜模①。你便略知书，也做好奴仆。〔净报介〕小姐到。〔见介〕〔外〕我儿过来。“玉不琢，不成器；人不学，不知道。”今日吉辰，来拜了先生。〔内鼓吹介〕〔旦拜〕学生自愧蒲柳之姿②，敢烦桃李之教。〔末〕愚老恭承捧珠之爱，谬加琢玉之功。〔外〕春香丫头，向陈师父叩头。着他伴读。〔贴叩头介〕〔末〕敢问小姐所读何书？〔外〕男、女《四书》，他都成诵了。则看些经旨罢。《易经》以道阴阳，义理深奥；《书》以道政事，与妇女没相干；《春秋》《礼记》，又是孤经；则《诗经》开首便是后妃之德，四个字儿顺口，且是学生家传，习《诗》罢。其馀书史尽有，则可惜他是个女儿。

【前腔】我年将半，性喜书，牙签插架三万馀③。〔叹介〕我伯道恐无儿，中郎有谁付？先生，他要看的书尽看。有不臻的所在，打丫头。〔贴〕哎哟！〔外〕冠儿④下，他做个女秘书。小梅香，要防护。〔末〕谨领。〔外〕春香伴小姐进衙，我陪先生酒去。〔旦拜介〕“酒是先生馔，女为君子儒。”〔下〕〔外〕请先生后花园饮酒。

〔外〕门馆无私白日闲，（薛能）〔末〕百年粗粝腐儒餐。（杜甫）

〔外〕左家弄玉惟娇女⑤，（柳宗元）〔合〕花里寻师到杏坛⑥。（钱起）

第六出　怅眺

【番卜算】〔丑扮韩秀才上〕家世大唐年，寄籍潮阳县。越王台上海连天，可是鹏程便？“榕树梢头访古台，下看甲子海门⑦开。越王歌舞今何在？时有鹧鸪飞去来。”自家韩子才。俺公公唐朝韩退之，为上了《破佛骨表》⑧，贬落潮州。一出门蓝关⑨雪阻，马不能前。先祖心里暗暗道，第一程采头罢了⑩。正苦中间，忽然有个湘子侄儿，乃下八洞神仙，蓝缕相见。俺退之公公一发心里不快。呵融冻笔，题一首诗在蓝关草驿之上。末二句单指着湘子说道：“知汝远来

①镜模：榜样，借鉴。②蒲柳之姿：原意是像蒲柳一样早衰，这里表示自谦。③牙签插架三万余：形容藏书之多。牙签，夹在书上的标签。④冠儿：男子二十而冠，表示成人，这里指女儿杜丽娘，谓杜丽娘成人后能阅读和保存父亲的藏书。⑤左家弄玉惟娇女：没有儿子，只得把女儿当作男孩。弄玉，即弄璋，指生男孩子。⑥杏坛：孔子讲学之处，在山东曲阜。⑦甲子海门：广东省陆丰县东南有甲子门海口。⑧破佛骨表：即《论佛骨表》，唐宪宗迎接释迦佛骨入宫，韩愈上表反对，被贬为潮州刺史。⑨蓝关：地名，在今陕西。⑩采头罢了：采头，兆头。意思是说，兆头不好也就算了。

应有意，好收吾骨瘴江边。”湘子袖①了这诗，长笑一声，腾空而去。果然后来退之公公潮州瘴死，举目无亲。那湘子恰在云端看见，想起前诗，按下云头，收其骨殖。到得衙中，四顾无人，单单则有湘子原妻一个在衙。四目相视，把湘子一点凡心顿起。当时生下一支，留在水潮②，传了宗祀。小生乃其嫡派苗裔也。因乱流来广城③。官府念是先贤之后，表请敕封小生为昌黎祠香火秀才。寄居赵佗王台子之上。正是：“虽然乞相④寒儒，却是仙风道风。”呀，早一位朋友上来。谁也？

【前腔】〔生上〕经史腹便便，昼梦人还倦。欲寻高耸看云烟，海色光平面。〔相见介〕〔丑〕是柳春卿，甚风儿吹的老兄来？〔生〕偶尔孤游上此台。〔丑〕这台上风光尽可矣。〔生〕则无奈登临不快哉。〔丑〕小弟此间受用也。〔生〕小弟想起来，到是不读书的人受用。〔丑〕谁？〔生〕赵佗王便是。

【锁窗寒】祖龙飞、鹿走中原⑤，尉佗啊，他倚定着摩崖半壁天。称孤道寡⑥，是他英雄本然。白占了江山，猛起些宫殿。似吾侪读尽万卷书，可有半块土么？那半部⑦上山河不见。〔合〕由天，那攀今吊古也徒然，荒台古树寒烟。〔丑〕小弟看兄气象言谈，似有无聊之叹。先祖昌黎公有云：“不患有司之不明，只患文章之不精；不患有司之不公，只患经书之不通。”老兄，还则怕工夫有不到处。〔生〕这话休提。比如我公公柳宗元，与你公公韩退之，他都是饱学才子，却也时运不济。你公公错题了《佛骨表》，贬职潮阳。我公公则为在朝阳殿与王叔文丞相下棋子，惊了圣驾，直贬做柳州司马。都是边海烟瘴地方。那时两公一路而来，旅舍之中，两个挑灯细论。你公公说道：“宗元，宗元，我和你两人文章，三六九比势⑧：我有《王泥水传》，你便有《梓人传》；我有《毛中书传》，你便有《郭驼子传》；我有《祭鳄鱼文》，你便有《捕蛇者说》⑨。这也罢了。则我《进平淮西碑》，取奉取奉⑩朝廷，你却又进个平淮西的雅。一篇一篇，你都放俺不过。恰如今贬窜烟方⑪，也合着一处。岂非时乎，运乎，命乎！”韩兄，这长远的事休提了。假如俺和你论如常，难道便应这等寒落。因何俺公公造下一篇《乞巧文》，到俺二十八代元孙，再不曾乞得一些巧来？便是你公公立意做下《送穷文》，到老兄二十几辈了，还不曾送的个穷去？算来都则为时运二字所亏。〔丑〕是也。春卿兄，

---

①袖：动词，放入衣袖内。②水潮：潮州。③广城：广州。④乞相：乞丐相，穷样子。⑤祖龙飞、鹿走中原：祖龙，指秦始皇，飞，死。鹿走中原，指政局失去控制。全句指秦末农民起义大爆发的形势。⑥称孤道寡：自立为王。⑦半部：指半部《论语》。⑧三六九比势：旗鼓相当，势均力敌。⑨这里提到的文学作品均为韩愈、柳宗元的，可以在他们各自的文集中看到。⑩取奉取奉：取奉，原是指向皇帝效劳、贡献，这里叠用，表示趋炎附势、奉承讨好的意思。⑪烟方：多雾的瘴气流行地区。

【前腔】你费家资制买书田①，怎知他卖向明时②不值钱。虽然如此，你看赵佗王当时，也是个秀才陆贾，拜为奉使中大夫到此。赵佗王多少尊重他。他归朝燕，黄金累千。那时汉高皇厌见读书之人，但有个带儒巾③的，都拿来溺尿。这陆贾秀才，端然带了四方巾，深衣大摆，去见汉高皇。那高皇望见，这又是个掉尿鳖子④的来了。便迎着陆贾骂道："你老子用马上得天下，何用诗书？"那陆生有趣，不多应他，只回他一句："陛下马上取天下，能以马上治之乎？"汉高皇听了，哑然一笑，说道："便依你说。不管什么文字，念了与寡人听之。"陆大夫不慌不忙，袖里出一卷文字，恰是平日灯窗下纂集的《新语》一十三篇，高声奏上。那高皇才听了一篇，龙颜大喜。后来一篇一篇，都喝采称善。立封他做个关内侯。那一日好不气象⑤！休道汉高皇，便是那两班文武，见者皆呼万岁。一言掷地，万岁喧天。〔生叹介〕则俺连篇累牍无人见。〔合前〕〔丑〕再问春卿，在家何以为生？〔生〕寄食园公⑥。〔丑〕依小弟说，不如干谒⑦些须，可图前进。〔生〕你不知，今人少趣哩。〔丑〕老兄可知？有个钦差识宝中郎苗老先生，到是个知趣人。今秋任满，例于香山嶴⑧多宝寺中赛宝。那时一往何如？〔生〕领教。

应念愁中恨索居，（段成式）青云器业⑨俺全疏。（李商隐）
越王自指高台笑，（皮日休）刘项原来不读书。（章碣）

第七出　闺塾

〔末上〕"吟余改抹前春句，饭后寻思午晌茶。蚁上案头沿砚水，蜂穿窗眼咂瓶花。"我陈最良杜衙设帐⑩，杜小姐家传《毛诗》。极承老夫人管待。今日早膳已过，我且把毛注潜玩一遍。〔念介〕"关关雎鸠，在河之洲。窈窕淑女，君子好逑。"好者好也，逑者求也。〔看介〕这早晚了，还不见女学生进馆。却也娇养的凶。待我敲三声云板。〔敲云板介〕春香，请小姐解书。

【绕池游】〔旦引贴捧书上〕素妆才罢，缓步书堂下。对净几明窗潇洒。〔贴〕《昔氏贤文》，把人禁杀，恁时节则好教鹦哥唤茶。〔见介〕〔旦〕先生万

①制买书田：买书读和买田一样，买田可以收租，读书可以升官发财，都有利可图。这是旧时代的看法。②明时：政治清明的时代。③儒巾：读书人戴的头巾。④尿鳖子：尿壶。⑤气象：形容词，表示很神气。⑥园公：园丁。⑦干谒：向有地位的人拜见、求请。⑧香山嶴（ào）：今澳门。⑨青云器业：做官的才能。⑩设帐：教书。

福，〔贴〕先生少怪。〔末〕凡为女子，鸡初鸣，咸盥、漱、栉、笄，问安于父母。日出之后，各供其事。如今女学生以读书为事，须要早起。〔旦〕以后不敢了。〔贴〕知道了。今夜不睡，三更时分，请先生上书。〔末〕昨日上的《毛诗》，可温习？〔旦〕温习了。则待讲解。〔末〕你念来。〔旦念书介〕“关关雎鸠，在河之洲。窈窕淑女，君子好逑。”〔末〕听讲。“关关雎鸠”，雎鸠是个鸟，关关鸟声也。〔贴〕怎样声儿？〔末作鸠声〕〔贴学鸠声诨①介〕〔末〕此鸟性喜幽静，在河之洲。〔贴〕是了。不是昨日是前日，不是今年是去年，俺衙内关着个斑鸠儿，被小姐放去，一去去在何知州②家。〔末〕胡说，这是兴③。〔贴〕兴个甚的那？〔末〕兴者起也。起那下头窈窕淑女，是幽闲女子，有那等君子好好的来求他。〔贴〕为甚好好的求他？〔末〕多嘴哩。〔旦〕师父，依注解书，学生自会。但把《诗经》大意，敷演④一番。

【掉角儿】〔末〕论《六经》，《诗经》最葩，闺门内许多风雅：有指证，姜嫄产哇⑤；不嫉妒，后妃贤达。更有那咏鸡鸣，伤燕羽，泣江皋，思汉广，洗净铅华。有风有化，宜室宜家。〔旦〕这经文偌多？〔末〕《诗》三百，一言以蔽之，没多些，只“无邪”两字，付与儿家。书讲了。春香取文房四宝来模字。〔贴下取上〕纸、墨、笔、砚在此。〔末〕这甚么墨？〔旦〕丫头错拿了，这是螺子黛，画眉的。〔末〕这甚么笔？〔旦作笑介〕这便是画眉细笔。〔末〕俺从不曾见。拿去，拿去！这是甚么纸？〔旦〕薛涛笺。〔末〕拿去，拿去。只拿那蔡伦造的来。这是甚么砚？是一个是两个？〔旦〕鸳鸯砚。〔末〕许多眼⑥？〔旦〕泪眼⑦。〔末〕哭什么子？一发换了来。〔贴背介〕好个标老儿⑧！待换去。〔下换上〕这可好？〔末看介〕着。〔旦〕学生自会临书。春香还劳把笔⑨。〔末〕看你临。〔旦写字介〕〔末看惊介〕我从不曾见这样好字。这甚么格？〔旦〕是卫夫人传下美女簪花⑩之格。〔贴〕待俺写个奴婢学夫人⑪。〔旦〕还早哩。〔贴〕先生，学生领出恭牌⑫。〔下〕〔旦〕敢问师母尊年？〔末〕目下平头六十。〔旦〕学生待绣对鞋儿上寿，请个样儿。〔末〕生受了。依《孟子》上样儿，做个“不知足而为屦”罢了。〔旦〕还不见春香来。〔末〕要唤他么？〔末叫三度介〕〔贴上〕

---

①诨：打诨，打诨的语句由演员自己添加。②知州：州的地方长官，何知州与“河之洲”谐音，此处用来开玩笑。③兴：风、雅、颂、赋、比、兴为《诗经》的六义。④敷演：解释。⑤姜嫄产哇：古代传说，姜嫄是帝喾的妃子，她在天帝的大脚趾印上踏了一脚，因而有孕，生下儿子后稷。哇，通娃。⑥眼：砚眼，砚石经磨制后出现的天然石纹，圆晕如眼。⑦泪眼：端砚上不清晰明朗的眼叫泪眼，泪眼次于活眼，比死眼好，死眼又比没有的好。⑧标老儿：不知趣的人，土老儿。⑨把笔：孩子初学写字，不会使毛笔，教师以右手握住孩子的手帮着写，也叫把字。⑩美女簪花：形容书法娟秀。⑪奴婢学夫人：学不像的意思。⑫出恭牌：请假上厕所。

害淋的。〔旦作恼介〕劣丫头那里来？〔贴笑介〕溺尿去来。原来有座大花园。花明柳绿，好耍子哩。〔末〕哎也，不攻书，花园去。待俺取荆条来。〔贴〕荆条做甚么？

【前腔】女郎行①那里应文科判衙②？止不过识字儿书涂嫩鸦。〔起介〕〔末〕古人读书，有囊萤的，趁月亮的。〔贴〕待映月，耀蟾蜍眼花；待囊萤，把虫蚁儿活支煞。〔末〕悬梁、刺股呢？〔贴〕比似你悬了梁，损头发；刺了股，添疤痆③。有甚光华！〔内叫卖花介〕〔贴〕小姐，你听一声声卖花，把读书声差。〔末〕又引逗小姐哩。待俺当真打一下。〔末做打介〕〔贴闪介〕你待打、打这哇哇，桃李门墙④，崄⑤把负荆人諕煞。〔贴抢荆条投地介〕〔旦〕死丫头，唐突了师父，快跪下。〔贴跪介〕〔旦〕师父看他初犯，容学生责认一遭儿。

【前腔】手不许把秋千索拿，脚不许把花园路踏。〔贴〕则瞧罢。〔旦〕还嘴，这招风嘴，把香头来绰疤⑥；招花眼，把绣针儿签⑦瞎。〔贴〕瞎了中甚用？〔旦〕则要你守砚台，跟书案，伴"诗云"，陪"子曰"，没的争差⑧。〔贴〕争差些罢。〔旦挦⑨贴发介〕则问你几丝儿头发，几条背花⑩？敢也怕些些夫人堂上那些家法。〔贴〕再不敢了。〔旦〕可知道？〔末〕也罢，松这一遭儿。起来。〔贴起介〕

【尾声】〔末〕女弟子则争个不求闻达，和男学生一般儿教法。你们工课完了，方可回衙。咱和公相陪话去。〔合〕怎辜负的这一弄⑪明窗新绛纱。〔下〕〔贴作背后指末骂介〕村老牛，痴老狗，一些趣也不知。〔旦作扯介〕死丫头，"一日为师，终身为父"，他打不的你？俺且问你那花园在那里？〔贴做不说〕〔旦做笑问介〕〔贴指介〕兀那不是！〔旦〕可有什么景致？〔贴〕景致么，有亭台六七座，秋千一两架。绕的流觞曲水，面着太湖山石。名花异草，委实华丽。〔旦〕原来有这等一个所在，且回衙去。

〔旦〕也曾飞絮谢家庭⑫，（李山甫）〔贴〕欲化西园蝶未成。（张泌）

〔旦〕无限春愁莫相问，（赵嘏）〔合〕绿阴终借暂时行。（张祜）

---

①行：用在人称词之后，有"辈""家"的意思，女郎行类似女儿家。 ②应文科判衙：去应考，考取后做官坐堂办事。 ③痆（niè）：疤。 ④门墙：师门。 ⑤崄：同险。 ⑥把香头来绰疤：用点着的香来戳，烫一个疤。绰，戳。 ⑦签：刺。 ⑧没的争差：不要出差错。 ⑨挦（xún）：用手扯，拔。 ⑩背花：背上被鞭打的伤痕。 ⑪一弄：一带。 ⑫也曾飞絮谢家庭：是说自己也像谢道韫一样有诗才。

第八出　肃苑

【一江风】〔贴上〕小春香，一种①在人奴上，画阁里从娇养。侍娘行，弄粉调朱，贴翠拈花，惯向妆台傍。陪他理绣床，陪他烧夜香。小苗条吃的是夫人杖。“花面丫头十三四，春来绰约省人事。终须等着个助情花②，处处相随步步觑。”俺春香日夜跟随小姐。看他名为国色，实守家声。嫩脸娇羞，老成尊重。只因老爷延师教授，读到《毛诗》第一章：“窈窕淑女，君子好逑。”悄然废书而叹曰：“圣人之情，尽见于此矣。今古同怀，岂不然乎？”春香因而进言：“小姐读书困闷，怎生消遣则个？”小姐一会沉吟，逡巡而起。便问道：“春香，你教我怎生消遣那？”俺便应道：“小姐，也没个甚法儿，后花园走走罢。”小姐说：“死丫头，老爷闻知怎好？”春香应说：“老爷下乡，有几日了。”小姐低回不语者久之，方才取过历书选看。说明日不佳，后日欠好，除大后日，是个小游神③吉期。预唤花郎，扫清花径。我一时应了，则怕老夫人知道。却也由他。且自叫那小花郎分付去。呀，回廊那厢，陈师父来了。正是：“年光到处皆堪赏，说与痴翁总不知。”

【前腔】〔末上〕老书堂，暂借扶风帐④。日暖钩帘荡。呀，那回廊，小立双鬟⑤，似语无言，近看如何相⑥？是春香，问你恩官在那厢？夫人在那厢？女书生怎不把书来上？〔贴〕原来是陈师父。俺小姐这几日没工夫上书。〔末〕为甚？〔贴〕听啊，

【前腔】甚年光！忒煞通明相⑦，所事关情况。〔末〕有甚么情况？〔贴〕老师父还不知，老爷怪你哩。〔末〕何事？〔贴〕说你讲《毛诗》，毛的忒精了。小姐呵，为诗章，讲动情肠。〔末〕则讲了个“关关雎鸠”。〔贴〕故此了。小姐说，关了的雎鸠，尚然有洲渚之兴，可以人而不如鸟乎！书要埋头，那景致则抬头望。如今分付，明后日游后花园。〔末〕为甚去游？〔贴〕他平白地为春伤。因春去的忙，后花园要把春愁漾。〔末〕一发不该了。

【前腔】论娘行，出入人观望，步起须屏障。春香，你师父靠天也六十来

---

①一种：同样。②助情花：据说是安禄山献给唐明皇的一种春药。③小游神：古人迷信，出行要避免凶煞，选择吉日，小游神当值的那天被认为是出行吉日。④扶风帐：指教书。⑤双鬟：古代少女所梳的一种发髻，这里代指春香。⑥近看如何相：走近些看看是谁。⑦忒煞通明相：太聪明的模样儿。

岁，从不晓得伤个春，从不曾游个花园。〔贴〕为甚？〔末〕你不知。孟夫子说的好，圣人千言万语，则要人“收其放心”。但如常，著甚春伤？要甚春游？你放春归，怎把心儿放？小姐既不上书，我且告归几日。春香呵，你寻常到讲堂，时常向琐窗①，怕燕泥香点涴在琴书上。我去了。“绣户女郎闲斗草，下帷老子不窥园。”〔下〕〔贴吊场②〕且喜陈师父去了。叫花郎在么？〔叫介〕花郎！

【普贤歌】〔丑扮小花郎醉上〕一生花里小随衙，偷去街头学卖花。令史们将我揸③，祗候们将我搭，狠烧刀④、险把我嫩盘肠生灌杀。〔见介〕春姐在此。〔贴〕好打。私出衙前骗酒，这几日菜也不送。〔丑〕有菜夫。〔贴〕水也不枧⑤。〔丑〕有水夫。〔贴〕花也不送。〔丑〕每早送花，夫人一分，小姐一分。〔贴〕还有一分哩？〔丑〕这该打。〔贴〕你叫什么名字？〔丑〕花郎。〔贴〕你把花郎的意思，挡个曲儿俺听。挡的好，饶打。〔丑〕使得。

【梨花儿】小花郎看尽了花成浪，则春姐花沁的水洸浪。和你这日高头偷眼眼，嗏，好花枝干鳖了作么朗！〔贴〕待俺还你也哥。

【前腔】小花郎做尽花儿浪，小郎当夹细的大当郎？〔丑〕哎哟，〔贴〕俺待到老爷回时说一浪，〔采丑发介〕嗏，敢几个小榔头把你分的朗⑥。〔丑倒介〕罢了，姐姐为甚事光降小园？〔贴〕小姐大后日来瞧花园，好些扫除花径。〔丑〕知道了。

东郊风物正薰馨，（崔日用）应喜家山接女星。（陈陶）
莫遣儿童触红粉⑦，（韦应物）便教莺语太丁宁。（杜甫）

---

①琐窗：装潢得很好的房子，此指书房。②吊场：一出戏的结尾，其他演员都已下场，留下一二人念下场诗，叫吊场。③揸：抓。④烧刀：烧酒。⑤枧：水管，这里作动词，接通水管的意思。⑥这句话意思是，怕是只要几下棒槌就把你打成两段。⑦这句诗意思是不要让少男少女懂男女人事。

荒臺古樹
寒烟

第九出　惊梦

【绕池游】〔旦上〕梦回莺啭，乱煞年光遍。人立小庭深院。〔贴〕炷尽沉烟，抛残绣线，恁今春关情似去年？〔乌夜啼〕“〔旦〕晓来望断梅关①，宿妆残。〔贴〕你侧著宜春髻子②恰凭阑。〔旦〕翦不断，理还乱，闷无端。〔贴〕已分付催花莺燕借春看。”〔旦〕春香，可曾叫人扫除花径？〔贴〕分付了。〔旦〕取镜台衣服来。〔贴取镜台衣服上〕“云髻罢梳还对镜，罗衣欲换更添香。”镜台衣服在此。

【步步娇】〔旦〕袅晴丝吹来闲庭院，摇漾春如线。停半晌、整花钿。没揣菱花③，偷人半面，迤逗的彩云偏。〔行介〕步香闺怎便把全身现！〔贴〕今日穿插的好。

【醉扶归】〔旦〕你道翠生生出落的裙衫儿茜，艳晶晶花簪八宝填④，可知我常一生儿爱好是天然。恰三春好处无人见。不提防沉鱼落雁鸟惊喧，则怕的羞花闭月花愁颤。〔贴〕早茶时了，请行。〔行介〕你看：“画廊金粉半零星，池馆苍苔一片青。踏草怕泥新绣袜，惜花疼煞小金铃⑤。”〔旦〕不到园林，怎知春色如许！

【皂罗袍】原来姹紫嫣红开遍，似这般都付与断井颓垣。良辰美景奈何天，赏心乐事谁家院！恁般景致，我老爷和奶奶再不提起。〔合〕朝飞暮卷，云霞翠轩；雨丝风片，烟波画船——锦屏人忒看的这韶光贱！〔贴〕是花都放了，那牡丹还早。

【好姐姐】〔旦〕遍青山啼红了杜鹃，荼蘼外烟丝醉软。春香呵，牡丹虽好，他春归怎占的先！〔贴〕成对儿莺燕呵。〔合〕闲凝眄，生生燕语明如翦，呖呖莺歌溜的圆。〔旦〕去罢。〔贴〕这园子委是观之不足也。〔旦〕提他怎的！〔行介〕

【隔尾】观之不足由他缱⑥，便赏遍了十二亭台是枉然。到不如兴尽回家闲

①梅关：即大庾岭，宋代在这里设有梅关。故事发生地点江西省南安府即在梅关之北。②宜春髻子：立春时妇女剪彩做燕子状，戴在髻子上，上贴“宜春”二字。③菱花：镜子。④艳晶晶花簪八宝填：镶嵌着多种宝石的光灿灿的簪子。⑤惜花疼煞小金铃：唐朝年间，有人在花园中系红丝，上缀金铃，每有鸟雀翔集，就令园丁摇铃赶走鸟雀。⑥缱：留恋、牵绾。

过遣。〔作到介〕〔贴〕"开我西阁门，展我东阁床。瓶插映山紫，炉添沉水香。"小姐，你歇息片时，俺瞧老夫人去也。〔下〕〔旦叹介〕"默地游春转，小试宜春面。"春呵，得和你两留连，春去如何遣？咳，恁般天气，好困人也。春香那里？〔作左右瞧介〕〔又低首沉吟介〕天呵，春色恼人，信有之乎！常观诗词乐府，古之女子，因春感情，遇秋成恨，诚不谬矣。吾今年已二八，未逢折桂之夫；忽慕春情，怎得蟾宫之客？昔日韩夫人得遇于郎，张生偶逢崔氏，曾有《题红记》《崔徽传》二书。此佳人才子，前以密约偷期，后皆得成秦晋。〔长叹介〕吾生于宦族，长在名门。年已及笄，不得早成佳配，诚为虚度青春，光阴如过隙耳。〔泪介〕可惜妾身颜色如花，岂料命如一叶乎！

【山坡羊】没乱里①春情难遣，蓦地里怀人幽怨。则为俺生小婵娟，拣名门一例、一例里神仙眷。甚良缘，把青春抛的远！俺的睡情谁见？则索因循腼腆。想幽梦谁边，和春光暗流传？迁延，这衷怀那处言！淹煎，泼残生②，除问天！身子困乏了，且自隐几③而眠。〔睡介〕〔梦生介〕〔生持柳枝上〕"莺逢日暖歌声滑，人遇风情笑口开。一径落花随水入，今朝阮肇到天台④。"小生顺路儿跟着杜小姐回来，怎生不见？〔回看介〕呀，小姐，小姐！〔旦作惊起介〕〔相见介〕〔生〕小生那一处不寻访小姐来，却在这里！〔旦作斜视不语介〕〔生〕恰好花园内，折取垂柳半枝。姐姐，你既淹通书史，可作诗以赏此柳枝乎？〔旦作惊喜，欲言又止介〕〔背想〕这生素昧平生，何因到此？〔生笑介〕小姐，咱爱杀你哩！

【山桃红】则为你如花美眷，似水流年，是答儿⑤闲寻遍。在幽闺自怜。小姐，和你那答儿讲话去。〔旦作含笑不行〕〔生作牵衣介〕〔旦低问〕那边去？〔生〕转过这芍药栏前，紧靠着湖山石边。〔旦低问〕秀才，去怎的？〔生低答〕和你把领扣松，衣带宽，袖梢儿揾着牙儿苫也，则待你忍耐温存一晌眠。〔旦作羞〕〔生前抱〕〔旦推介〕〔合〕是那处曾相见，相看俨然，早难道这好处相逢无一言？〔生强抱旦下〕〔末扮花神束发冠，红衣插花上〕"催花御史惜花天，检点春工又一年。蘸客伤心红雨下，勾人悬梦采云边。"吾乃掌管南安府后花园花神是也。因杜知府小姐丽娘，与柳梦梅秀才，后日有姻缘之分。杜小姐游春感伤，致使柳秀才入梦。咱花神专掌惜玉怜香，竟来保护他，要他云雨十分欢幸也。

【鲍老催】〔末〕单则是混阳烝变，看他似虫儿般蠢动把风情扇。一般儿娇凝翠绽魂儿颠⑥。这是景上缘，想内成，因中见。呀，淫邪展污了花台殿。咱待拈片落花儿惊醒他。〔向鬼门丢花介〕他梦酣春透了怎留连？拈花闪碎的红如

---

①没乱里：形容心情很乱。②淹煎，泼残生：淹煎，受煎熬；泼残生，苦命儿。③隐几：靠着几案。④阮肇到天台：刘晨和阮肇在天台山桃源洞遇见仙女的故事来比喻见到爱人。⑤是答儿：到处。⑥"单则是……魂儿颤"：形容幽会。

片。秀才才到的半梦儿；梦毕之时，好送杜小姐仍归香阁。吾神去也。〔下〕

【山桃红】〔生、旦携手上〕〔生〕这一霎天留人便，草藉花眠。小姐可好？〔旦低头介〕〔生〕则把云鬟点，红松翠偏。小姐休忘了呵，见了你紧相偎，慢厮连，恨不得肉儿般团成片也，逗的个日下胭脂雨上鲜。〔旦〕秀才，你可去啊？〔合〕是那处曾相见，相看俨然，早难道这好处相逢无一言？〔生〕姐姐，你身子乏了，将息，将息。〔送旦依前作睡介〕〔轻拍旦介〕姐姐，俺去了。〔作回顾介〕姐姐，你可十分将息，我再来瞧你那。“行来春色三分雨，睡去巫山一片云。”〔下〕〔旦作惊醒，低叫介〕秀才，秀才，你去了也？〔又作痴睡介〕〔老旦上〕“夫婿坐黄堂，娇娃立绣窗。怪他裙衩上，花鸟绣双双。”孩儿，孩儿，你为甚瞌睡在此？〔旦作醒，叫秀才介〕咳也。〔老旦〕孩儿怎的来？〔旦作惊起介〕奶奶到此！〔老旦〕我儿，何不做些针指，或观玩书史，舒展情怀？因何昼寝于此？〔旦〕孩儿适在花园中闲玩，忽值春暄恼人，故此回房。无可消遣，不觉困倦少息。有失迎接，望母亲恕儿之罪。〔老旦〕孩儿，这后花园中冷静，少去闲行。〔旦〕领母亲严命。〔老旦〕孩儿，学堂看书去。〔旦〕先生不在，且自消停。〔老旦叹介〕女孩儿长成，自有许多情态，且自由他。正是：“宛转随儿女，辛勤做老娘。”〔下〕〔旦长叹介〕〔看老旦下介〕哎也，天那，今日杜丽娘有些侥幸也。偶到后花园中，百花开遍，睹景伤情。没兴而回，昼眠香阁。忽见一生，年可弱冠，丰姿俊妍。于园中折得柳丝一枝，笑对奴家说：“姐姐既淹通书史，何不将柳枝题赏一篇？”那时待要应他一声，心中自忖，素昧平生，不知名姓，何得轻与交言。正如此想间，只见那生向前说了几句伤心话儿，将奴搂抱去牡丹亭畔，芍药阑边，共成云雨之欢。两情和合，真个是千般爱惜，万种温存。欢毕之时，又送我睡眠，几声“将息”。正待自送那生出门，忽值母亲来到，唤醒将来。我一身冷汗，乃是南柯一梦。忙身参礼母亲，又被母亲絮了许多闲话。奴家口虽无言答应，心内思想梦中之事，何曾放怀。行坐不宁，自觉如有所失。娘呵，你教我学堂看书去，知他看那一种书消闷也。〔作掩泪介〕

【绵搭絮】雨香云片，才到梦儿边。无奈高堂，唤醒纱窗睡不便。泼新鲜冷汗粘煎，闪的俺心悠步亸①，意软鬟偏。不争多费尽神情，坐起谁饮②？则待去眠。〔贴上〕“晚妆销粉印，春润费香篝③。”小姐，薰了被窝睡罢。

【尾声】〔旦〕困春心游赏倦，也不索香薰绣被眠。天呵，有心情那梦儿还去不远。

春望逍遥出画堂，（张说）间梅遮柳不胜芳。（罗隐）

可知刘阮逢人处？（许浑）回首东风一断肠。（韦庄）

---

①步亸：脚步挪不动。②饮：惬意。③香篝：薰香用的薰笼。

第十出　寻梦

【夜游宫】〔贴上〕腻脸朝云罢盥，倒犀簪斜插双鬟。侍香闺起早，睡意阑珊：衣桁①前，妆阁畔，画屏间。伏侍千金小姐，丫鬟一位春香。请过猫儿师父，不许老鼠放光。侥幸《毛诗》感动，小姐吉日时良。拖带春香遣闷，后花园里游芳。谁知小姐瞌睡，恰遇着夫人问当。絮了小姐一会，要与春香一场。春香无言知罪，以后劝止娘行。夫人还是不放，少不得发咒禁当②。〔内介〕春香姐，发个甚咒来？〔贴〕敢再跟娘胡撞，教春香即世里不见儿郎③。虽然一时抵对，乌鸦管的凤凰？一夜小姐焦躁，起来促水朝妆。由他自言自语，日高花影纱窗。〔内介〕快请小姐早膳。〔贴〕"报道官厨饭熟，且去传递茶汤。"〔下〕

【月儿高】〔旦上〕几曲屏山展，残眉黛深浅。为甚衾儿里不住的柔肠转？这憔悴非关爱月眠迟倦，可为惜花，朝起庭院？""忽忽花间起梦情，女儿心性未分明。无眠一夜灯明灭，分④煞梅香唤不醒。"昨日偶尔春游，何人见梦。绸缪顾盼，如遇平生。独坐思量，情殊怅恍。真个可怜人也。〔闷介〕〔贴捧茶食上〕"香饭盛来鹦鹉粒，清茶擎出鹧鸪斑⑤。"小姐早膳哩。〔旦〕咱有甚心情也！

【前腔】梳洗了才匀面，照台儿未收展。睡起无滋味，茶饭怎生咽？〔贴〕夫人分付，早饭要早。〔旦〕你猛说夫人，则待把饥人劝。你说为人在世，怎生叫做吃饭？〔贴〕一日三餐。〔旦〕咳，甚瓯儿气力与擎拳！生生的了前件⑥。你自拿去吃便了。〔贴〕"受用馀杯冷炙，胜如剩粉残膏。"〔下〕〔旦〕春香已去。天呵，昨日所梦，池亭俨然。只图旧梦重来，其奈新愁一段。寻思展转，竟夜无眠。咱待乘此空闲，背却春香，悄向花园寻看。〔悲介〕哎也，似咱这般，正是："梦无彩凰双飞翼，心有灵犀一点通。"〔行介〕一迳行来，喜的园门洞开，守花的都不在。则这残红满地呵！

【懒画眉】最撩人春色是今年。少甚么低就高来粉画垣，元来春心无处不飞悬。〔绊介〕哎，睡荼蘼抓住裙衩线，恰便是花似人心好处牵。这一湾流水呵！

【前腔】为甚呵，玉真重溯武陵源？也则为水点花飞在眼前。是天公不费买

---

①衣桁（hàng）：衣架。 ②禁当：禁和当同义，这里同义反复，加强语气，是抵对、对付的意思。 ③即世里不见儿郎：一辈子嫁不到丈夫。 ④分：忿。 ⑤鹧鸪斑：形容盏中茶影。 ⑥甚瓯儿气力与擎拳！生生的了前件：哪有力气捧着碗吃饭！勉强算是吃过了。前件，指吃饭。

花钱，则咱人心上有啼红怨。咳，辜负了春三二月天。〔贴上〕吃饭去，不见了小姐，则得一迳寻来。呀，小姐，你在这里！

【不是路】何意婵娟，小立在垂垂花树①边。才朝膳，个人无伴怎游园？〔旦〕画廊前，深深蓦见衔泥燕，随步名园是偶然。〔贴〕娘回转，幽闺窣地教人见，“那些儿闲串②？那些儿闲串？”

【前腔】〔旦作恼介〕哇，偶尔来前，道的咱偷闲学少年。〔贴〕咳，不偷闲，偷淡。〔旦〕欺奴善，把护春台都猜做谎桃源。〔贴〕敢胡言，这是夫人命，道春多刺绣宜添线，润逼炉香好腻③笺。〔旦〕还说甚来？〔贴〕这荒园堑，怕花妖木客寻常见。去小庭深院，去小庭深院！〔旦〕知道了。你好生答应夫人去，俺随后便来。〔贴〕“闲花傍砌如依主，娇鸟嫌笼会骂人。”〔下〕〔旦〕丫头去了，正好寻梦。

【忒忒令】那一答可是湖山石边，这一答似牡丹亭畔。嵌雕阑芍药芽儿浅，一丝丝垂杨线，一丢丢榆荚钱。线儿春甚金钱吊转！呀，昨日那书生将柳枝要我题咏，强我欢会之时。好不话长！

【嘉庆子】是谁家少俊来近远，敢迤逗这香闺去沁园？话到其间腼腆。他捏这眼，奈烦也天；咱噷这口，待酬言④。

【尹令】那书生可意呵，咱不是前生爱眷，又素乏平生半面。则道来生出现，乍便今生梦见。生就个书生，恰恰生生抱咱去眠。那些好不动人春意也。

【品令】他倚太湖石，立著咱玉婵娟。待把俺玉山⑤推倒，便日暖玉生烟。捱过雕阑，转过秋千，掯⑥著裙花展。敢席著地，怕天瞧见。好一会分明，美满幽香不可言。梦到正好时节，甚花片儿吊下来也！

【豆叶黄】他兴心儿⑦紧咽咽，呜⑧著咱香肩。俺可也慢掂掂做意儿周旋。等闲间把一个照人儿昏善，那般形现，那般软绵。忑⑨一片撒花心的红影儿吊将来半天。敢是咱梦魂儿厮缠？咳，寻来寻去，都不见了。牡丹亭，芍药阑，怎生这般凄凉冷落，杳无人迹？好不伤心也！

【玉交枝】〔泪介〕是这等荒凉地面，没多半亭台靠边，好是咱眯瞍色眼寻难见。明放著白日青天，猛教人抓不到魂梦前。霎时间有如活现，打方旋⑩再得俄延，呀，是这答儿压黄金钏匾。要再见那书生呵，

【月上海棠】怎赚骗，依稀想像人儿见。那来时荏苒，去也迁延。非远，那雨迹云踪才一转，敢依花傍柳还重现。昨日今朝，眼下心前，阳台一座登时变。

①垂垂花树：指梅花。②那些儿闲串：哪儿乱跑？学杜丽娘的母亲可能责备她的口气。③腻：处理纸张使它更加润滑。④“他捏这眼”句：回忆梦中幽会时少年对她的爱抚，奈烦也天，极言少年对她温柔体贴，百般爱惜。噷，动，开。⑤玉山：身体。⑥掯：把持，勒住。⑦兴心儿：着意。⑧呜：吻。⑨忑：受惊。⑩打方旋：盘旋，徘徊。

再消停一番。〔望介〕呀，无人之处，忽然大梅树一株，梅子磊磊可爱。

【二犯幺令】偏则他暗香清远，伞儿般盖的周全。他趁这，他趁这春三月红绽雨肥天，叶儿青，偏迸著苦仁儿里撒圆①。爱杀这昼阴便，再得到罗浮梦边②。罢了，这梅树依依可人，我杜丽娘若死后，得葬于此，幸矣。

【江儿水】偶然间心似缱，梅树边。这般花花草草由人恋，生生死死随人愿，便酸酸楚楚无人怨。待打并香魂一片，阴雨梅天，守的个梅根相见。〔倦坐介〕〔贴上〕"佳人拾翠春亭远，侍女添香午院清。"咳，小姐走乏了，梅树下盹。

【川拨棹】你游花院，怎靠著梅树偃？〔旦〕一时间望，一时间望眼连天，忽忽地伤心自怜。〔泣介〕〔合〕知怎生情怅然，知怎生泪暗悬？〔贴〕小姐甚意儿？

【前腔】〔旦〕春归人面，整相看无一言，我待要折，我待要折的那柳枝儿问天，我如今悔，我如今悔不与题笺。〔贴〕这一句猜头儿③是怎言？〔合前〕〔贴〕去罢。〔旦作行又住介〕

【前腔】为我慢归休，缓留连。〔内鸟啼介〕听，听这不如归春暮天，难道我再，难道我再到这亭园，则挣的个长眠和短眠！〔合前〕〔贴〕到了，和小姐瞧奶奶去。〔旦〕罢了。

【意不尽】软咍咍④刚扶到画阑偏，报堂上夫人稳便。咱杜丽娘呵，少不得楼上花枝也则是照独眠。

〔旦〕武陵何处访仙郎？（释皎然）〔贴〕只怪游人思易忘。（韦庄）

〔旦〕从此时时春梦里，（白居易）〔贴〕一生遗恨系心肠。（张祜）

第十一出　诀谒

【杏花天】〔生上〕虽然是饱学名儒，腹中饥，峥嵘胀气⑤。梦魂中紫阁丹墀⑥，猛抬头、破屋半间而已。"蛟龙失水砚池枯，狡兔腾天笔势孤。百事不成真画虎，一枝难稳又惊乌。"我柳梦梅在广州学里，也是个数一数二的秀才，捱了些

①偏迸著苦仁儿里撒圆：梅子是圆的，它的果仁是苦的。仁，双关人。埋怨梅子偏偏在苦命的人面前结得圆圆的，反衬丽娘的孤单。②再得到罗浮梦边：能和柳梦梅再在梦里相会。③猜头儿：谜。④软咍咍：软绵绵。⑤指一肚皮的闷气。⑥紫阁丹墀：宫殿，指在朝廷做官。

数伏数九的日子。于今藏身荒圃，寄口髯奴①。思之，思之，惶愧，惶愧。想起韩友之谈，不如外县傍州，寻觅活计。正是："家徒四壁求杨意②，树少千头愧木奴③。"老园公那里？

【字字双】〔净扮郭驼上〕前山低坬后山堆④，驼背；牵弓射弩做人儿，把势⑤；一连十个偌来回，漏地⑥；有时跌做绣球儿，滚气。自家种园的郭驼子是也。祖公公郭橐驼，从唐朝柳员外来柳州。我因兵乱，跟随他二十八代玄孙柳梦梅秀才的父亲，流转到广，又是若干年矣。卖果子回来，看秀才去。〔见介〕秀才，读书辛苦。〔生〕园公，正待商量一事。我读书过了廿岁，并无发迹之期。思想起来，前路多长，岂能郁郁居此。搬柴运水，多有劳累。园中果树，都判与伊。听我道来：

【桂花锁南枝】俺有身如寄，无人似你。俺吃尽了黄⑦淡酸甜，费你老人家浇培接植。你道俺像甚的来？镇日里似醉汉扶头⑧。甚日的和老驼伸背？自株守，教怨谁？让荒园，你存济。

【前腔】〔净〕俺橐驼风味，种园家世。〔揖介〕不能够展脚伸腰，也和你鞠躬尽力。秀才，你贴了俺果园那里去？〔生〕坐食三餐，不如走空一棍。〔净〕怎生叫做一棍？〔生〕混名打秋风⑨哩！〔净〕咳，你费工夫去撞府穿州，不如依本分登科及第。〔生〕你说打秋风不好？"茂陵刘郎秋风客"，到大来⑩做了皇帝。〔净〕秀才，不要攀今吊古的。你待秋风谁？你道滕王阁，风顺随⑪；则怕鲁颜碑，响雷碎⑫。〔生〕俺干谒之兴甚浓，休的阻挡。〔净〕也整理些衣服去。

【尾声】把破衫衿彻骨捶挑洗。〔生〕学干谒黉门一布衣。〔净〕秀才，则要你衣锦还乡俺还见的你。

〔生〕此身飘泊苦西东，（杜甫）〔净〕笑指生涯树树红。（陆龟蒙）

〔生〕欲尽出游那可得？（武元衡）〔净〕秋风还不及春风⑬。（王建）

---

①寄口髯奴：倚靠奴仆为生。②求杨意：求人推荐。杨意，西汉人，由于他的推荐，司马相如才能够被汉武帝赏识。③树少千头愧木奴：果木少，不能维持生活。④前山低坬（guà）后山堆：形容腹部凹下，背部隆起的样子，驼背。⑤把势：装样子。⑥漏地：走不快，走不稳。⑦黄：黄齑，咸菜。⑧扶头：醉态。⑨打秋风：利用各种关系向人要钱要东西。科举时代，新进学的秀才、举人会以拜客为名，要人送贺礼或路费，拜客的人叫秋风客。⑩到大来：反倒。⑪滕王阁，风顺随：指运道好。⑫鲁颜碑，响雷碎：指运道差。⑬秋风还不及春风：打秋风还不如考试及第。

樓上花枝照獨眠

第十二出 写真

【破齐阵】〔旦上〕径曲梦回人杳，闺深佩冷魂销。似雾曬花，如云漏月，一点幽情动早。〔贴上〕怕待寻芳迷翠蝶，倦起临妆听伯劳①。春归红袖招。〔醉桃源〕"〔旦〕不经人事意相关，牡丹亭梦残。〔贴〕断肠春色在眉弯，倩谁临远山②？〔旦〕排恨叠，怯衣单，花枝红泪③弹。〔合〕蜀妆晴雨画来难，高唐云影间。"〔贴〕小姐，你自花园游后，寝食悠悠，敢为春伤，顿成消瘦？春香愚不谏贤，那花园以后再不可行走了。〔旦〕你怎知就里？这是："春梦暗随三月景，晓寒瘦减一分花。

【刷子序犯】〔旦低唱〕春归恁寒峭，都来几日意懒心乔，竟妆成熏香独坐无聊。逍遥，怎刬尽助愁芳草，甚法儿点活心苗！真情强笑为谁娇？泪花儿打迸着梦魂飘。

【朱奴儿犯】〔贴〕小姐，你热性儿怎不冰著，冷泪儿几曾干燥？这两度春游忒分晓，是禁不的燕抄④莺闹。你自窨约⑤，敢夫人见焦⑥。再愁烦，十分容貌怕不上九分瞧。〔旦作惊介〕咳，听春香言话，俺丽娘瘦到九分九了。俺且镜前一照，委是如何？〔照介〕〔悲介〕哎也，俺往日艳冶轻盈，柰何一瘦至此！若不趁此时自行描画，流在人间，一旦无常⑦，谁知西蜀杜丽娘有如此之美貌乎！春香，取素绢、丹青，看我描画。〔贴下取绢、笔上〕"三分春色描来易，一段伤心画出难。"绢幅、丹青，俱已齐备。〔旦泣介〕杜丽娘二八春容，怎生便是杜丽娘自手生描也呵！

【普天乐】这些时把少年人如花貌，不多时憔悴了。不因他福分难销，可甚的红颜易老？论人间绝色偏不少，等把风光丢抹早。打灭起离魂舍欲火三焦，摆列着昭容阁文房四宝，待画出西子湖眉月双高。

【雁过声】〔照镜叹介〕轻绡，把镜儿擘掠⑧。笔花尖淡扫轻描。影儿呵，和你细评度：你腮斗儿⑨恁喜谑，则待注樱桃⑩，染柳条⑪，渲云鬟烟霭飘萧；眉梢青未了，个中人全在秋波妙，可可的淡春山钿翠小。

【倾杯序】〔贴〕宜笑，淡东风立细腰，又以被春愁著。〔旦〕谢半点江山，

---

①伯劳：一种鸟。②临远山：画眉毛。远山，眉毛的一种式样。③红泪：花上的露水，这里杜丽娘以花自喻。④抄：吵。⑤窨约：思忖。⑥敢夫人见焦：恐怕夫人焦心。⑦无常：这里是死的意思。⑧擘掠：揩拭。⑨腮斗儿：脸颊。⑩注樱桃：画朱唇。⑪染柳条：画眉毛。

三分门户，一种人才，小小行乐，捻青梅闲厮调。倚湖山梦晓，对垂杨风袅。忒苗条，斜添他几叶翠芭蕉。春香，噔起来，可厮像也？

【玉芙蓉】〔贴〕丹青女易描，真色人难学。似空花水月，影儿相照。〔旦喜介〕画的来可爱人也。咳，情知画到中间好，再有似生成别样娇。〔贴〕只少个姐夫在身傍。若是姻缘早，把风流婿招，少什么美夫妻图画在碧云高！〔旦〕春香，咱不瞒你，花园游玩之时，咱也有个人儿。〔贴惊介〕小姐，怎的有这等方便呵？〔旦〕梦哩！

【山桃犯】有一个曾同笑，待想象生描著，再消详邈入其中妙①，则女孩家怕漏泄风情稿。这春容呵，似孤秋片月离云峤，甚蟾宫贵客傍的云霄②？春香，记起来了。那梦里书生，曾折柳一枝赠我。此莫非他日所适之夫姓柳乎？故有此警报耳。偶成一诗，暗藏春色，题于帧首之上何如？〔贴〕却好。〔旦题吟介〕“近睹分明似俨然，远观自在若飞仙。他年得傍蟾宫客，不在梅边在柳边。”〔放笔叹介〕春香，也有古今美女，早嫁了丈夫相爱，替他描模画样；也有美人自家写照，寄与情人。似我杜丽娘寄谁呵！

【尾犯序】心喜转心焦。喜的明妆俨雅，仙珮飘飖。则怕呵，把俺年深色浅，当了个金屋藏娇。虚劳，寄春容教谁泪落，做真真无人唤叫。〔泪介〕堪愁夭，精神出现留与后人标。春香，悄悄唤那花郎分付他。〔贴叫介〕〔丑扮花郎上〕“秦宫一生花里活，崔徽不似卷中人。”小姐有何分付？〔旦〕这一幅行乐图，向行家裱去。叫人家收拾好些。

【鲍老催】这本色人儿妙，助美的谁家裱？要练花绡帘儿莹、边阑小，教他有人问著休胡嘌③。日炙风吹悬衬的好，怕好物不坚牢。把咱巧丹青休涴了。〔丑〕小姐，裱完了，安奉在那里？

【尾声】〔旦〕尽香闺赏玩无人到，〔贴〕这形模则合挂巫山庙。〔合〕又怕为雨为云飞去了。

〔贴〕眼前珠翠与心违，（崔道融）〔旦〕却向花前痛哭归。（韦庄）

〔贴〕好写妖娆与教看，（罗虬）〔旦〕令人评泊画杨妃。（韩偓）

---

①再消详邈入其中妙：再慢慢地把他的神情描入画中。②甚蟾宫贵客傍的云霄：谁能和画中的美人挨在一起呢？③胡嘌：胡说。

第十三出　虏谍

【一枝花】〔净扮番王引众上〕天心起灭了辽，世界平分了赵。静鞭①儿替了胡笳哨。擂鼓鸣钟，看文武班齐到。骨碌碌南人笑，则个鼻凹儿蹻②，脸皮儿黲③，毛梢儿魋④。“万里江山万里尘。一朝天子一朝臣。俺北地怎禁沙日月，南人偏占锦乾坤。”自家大金皇帝完颜亮是也。身为夷虏，性爱风骚。俺祖公阿骨都，抢了南朝天下，赵康王走去杭州，今又三十馀年矣。听得他妆点杭州，胜似汴梁风景。一座西湖，朝欢暮乐。有个曲儿，说他“三秋桂子，十里荷花。”便待起兵百万，吞取何难？兵法虚虚实实，俺待用个南人，为我乡导。喜他淮扬贼汉李全⑤，有万夫不当之勇。他心顺溜于俺，俺先封他为溜金王之职。限他三年内招兵买马，骚扰淮扬地方。相机而行，以开征进之路。哎哟，俺巴不到西湖上散闷儿也！

北【二犯江儿水】平分天道，虽则是平分天道，高头偏俺照。俺司天台标着那南朝，标着他那答儿好〔众〕那答里好？〔净笑介〕你说西子怎娇娆，向西湖上笑倚着兰桡。〔众〕西湖有俺这南海子、北海子大么？〔净〕周围三百里。波上花摇，云外香飘。无明夜、锦笙歌围醉绕。〔众〕万岁爷，借他来耍耍。〔净〕已潜遣画工，偷将他全景来了。那湖上有吴山⑥第一峰，画俺立马其上。俺好不狠也！吴山最高，俺立马在吴山最高。江南低小，也看见了江南低小。〔舞介〕俺怕不占场儿砌一个《锦西湖上马娇》。〔众〕奏万岁爷，怕急不能勾到西湖，何方驻驾？

北【尾】〔净〕呀，急切要画图中匹马把西湖哨，且迤递的看花向洛阳道。我呵，少不的把赵康王剩水残山都占了。

线大长江扇大天，（谭峭）旌旗遥拂雁行偏。（司空图）

可胜饮尽江南酒？（张祜）交割山川直到燕。（王建）

---

①静鞭：一称鸣鞭，仪仗的一种。②鼻凹儿蹻：高鼻梁。③黲：黑。④魋：椎状的发髻。⑤李全：南宋农民起义的一个首领。本书所描写的李全与历史人物并不相符。⑥吴山：城隍山，在杭州。

第十四出　诊祟

【一江风】〔贴扶病旦上〕〔旦〕病迷厮。为甚轻憔悴？打不破愁魂谜。梦初回，燕尾翻风，乱飒起湘帘翠。春去偌多时，春去偌多时，花容只顾衰。井梧声刮的我心儿碎。〔行香子〕春香呵，我"楚楚精神，叶叶腰身，能禁多病逡巡①！〔贴〕你星星措与②，种种生成，有许多娇，许多韵，许多情。〔旦〕咳，咱弄梅心事，那折柳情人，梦淹渐暗老残春。〔贴〕正好簟炉香午，枕扇风清。知为谁颦，为谁瘦，为谁疼？"〔旦〕春香，我自春游一梦，卧病如今。不痒不疼，如痴如醉。知他怎生？〔贴〕小姐，梦儿里事，想他则甚！〔旦〕你教我怎生不想呵！

【金落索】贪他半晌痴，赚了多情泥。待不思量，怎不思量得？就里暗销肌，怕人知。嗽腔腔嫩喘微。哎哟，我这惯淹煎的样子谁怜惜？自噤窄③的春心怎的支？心儿悔，悔当初一觉留春睡。〔贴〕老夫人替小姐冲喜。〔旦〕信他冲的个甚喜？到的年时，敢犯杀花园内？

【前腔】〔贴〕看他春归何处归，春睡何曾睡？气丝儿怎度的长天日？把心儿捧凑眉，病西施。小姐，梦去知他实实谁？病来只送的个虚虚的你。做行云先渴倒在巫阳会。全无谓，把单相思害得忒明昧④。又不是困人天气，中酒心期⑤，魆魆地⑥常如醉。〔末上〕"日下晒书嫌鸟迹，月中捣药要蟾酥。"我陈最良承公相命，来诊视小姐脉息。到此后堂，不免打叫一声。春香贤弟有么？〔贴见介〕是陈师父。小姐睡哩。〔末〕免惊动他。我自进去。〔见介〕小姐。〔旦作惊介〕谁？〔贴〕陈师父哩。〔旦扶起介〕〔旦〕师父，我学生患病。久失敬了。〔末〕学生，学生，古书有云："学精于勤，荒于嬉。"你因为后花园汤风冒日，感下这疾，荒废书工。我为师的在外，寝食不安。幸喜老公相请来看病。也不料你清减至此。似这般样，几时能够起来读书？早则端阳节哩。〔贴〕师父，端节有你的。〔末〕我说端阳，难道要你粽子？小姐，望闻问切，我且问你病症因何？〔贴〕师父问什么！只因你讲《毛诗》，这病便是"君子好求"上来的。〔末〕是那一位君子？〔贴〕知他是那一位君子。〔末〕这般说，《毛诗》病用《毛诗》

---

①多病逡巡：久病缠绵。②星星措与：每一件的举措、行事。③噤窄：闷在心里，有心事不对人说。④明昧：不明不白。⑤心期：心中向往，此处是心绪的意思。⑥魆魆地：精神恍惚状。

去医。那头一卷就有女科圣惠方①在哩。〔贴〕师父，可记的《毛诗》上方儿？〔末〕便依他处方。小姐害了“君子”的病，用的史君子②。《毛诗》：“既见君子，云胡不瘳③？”这病有了君子抽一抽，就抽好了。〔旦羞介〕哎也！〔贴〕还有甚药？〔末〕酸梅十个。《诗》云：“摽有梅，其实七兮④”，又说：“其实三兮。”三个打七个，是十个。此方单医男女过时思酸之病。〔旦叹介〕〔贴〕还有呢？〔末〕天南星⑤三个。〔贴〕可少？〔末〕再添些。《诗》云：“三星在天。”专医男女及时之病。〔贴〕还有呢？〔末〕俺看小姐一肚子火，你可抹净一个大马桶，待我用栀子仁、当归，泻下他火来。这也是依方：“之子于归，言秣其马。”〔贴〕师父，这马不同那“其马”。〔末〕一样髀簸窟洞下。〔旦〕好个伤风切药陈先生。〔贴〕做的按月通经陈妈妈。〔旦〕师父不可执方⑥，还是诊脉为稳。〔末看脉，错按旦手背介〕〔贴〕师父，讨个转手。〔末〕女人反此背看之，正是王叔和《脉诀》。也罢，顺手看是。〔诊脉介〕呀，小姐脉息，到这个分际了。

【金索挂梧桐】他人才忒整齐，脉息恁微细。小小香闺，为甚伤憔悴？〔起介〕春香啊，似他这伤春怯夏肌，好扶持。病烦人容易伤秋意。小姐，我去咀药⑦来。〔旦叹介〕师父，少不得情栽了窍髓针难入⑧，病躲在烟花⑨你药怎知？〔泣介〕承尊觑，何时何日来看这女颜回⑩？〔合〕病中身怕的是惊疑。且将息，休烦絮。〔旦〕师父且自在。送不得你了。可曾把俺八字推算么？〔末〕算来要过中秋好。“当生止有八个字，起死曾无三世医。”〔下〕〔贴〕一个道姑走来了。〔净上〕“不闻弄玉吹箫去，又见嫦娥窃药来。”自家紫阳宫石道姑便是。承杜老夫人呼唤，替小姐禳解。〔见贴介〕〔贴〕姑姑为何而来？〔净〕吾乃紫阳宫石道姑。承夫人命，替小姐禳解。不知害的甚病？〔贴〕魑魅病⑪。〔净〕为谁来？〔贴〕后花园耍来。〔净举三指，贴摇头介〕〔净举五指，贴又摇头介〕〔净〕咳，你说是三是五，与他做主。〔贴〕你自问他去。〔净见旦介〕小姐，小姐，道姑稽首那。〔旦作惊介〕那里道姑？〔净〕紫阳宫石道姑。夫人有召，替小姐保禳。闻说小姐在后花园着魅，我不信。

【前腔】你惺惺的怎著迷？设设的⑫浑如魅。〔旦作魇语介〕我的人那。〔净、

---

①圣惠方：灵验的处方。②史君子：应为使君子，中药名。③既见君子，云胡不瘳(chōu)：《诗经》中的一句，云，语气助词，无意义；胡，为什么；瘳，病愈。④摽有梅，其实七兮：梅子落下来了，树上还留着七个。摽，落下。《诗经》这一首是描写女子渴求及时出嫁的心理的诗。⑤天南星：中药名。⑥执方：固执。⑦咀药：中药中有些药材，在煎煮前，按照旧法，要用嘴嚼细，这里是煎药的意思。⑧情栽了窍髓针难入：相思的病根生在骨髓里面，针刺不进去。⑨烟花：风月，情爱。⑩女颜回：优秀而短命的女学生。⑪魑魅病：相思病。⑫设设的：痴迷状。

贴背介〕你听他念念呢呢①，作的风风势②。是了，身边带有个小符儿。〔取旦钗挂小符，作咒介〕“赫赫扬扬，日出东方③。此符屏却恶梦，辟除不祥。急急如律令敕。”〔插钗介〕这钗头小篆符，眠坐莫教离。把闲神野梦都回避。〔旦醒介〕咳，这符敢不中？我那人啊，须不是依花附木廉纤鬼④。咱做的弄影团风抹媚痴。〔净〕再痴时，请个五雷打他。〔旦〕些儿意，正待携云握雨，你却用掌心雷。〔合前〕〔净〕还分明说与，起个三丈高咒幡儿。〔旦〕待说个甚么子好？

【尾声】依稀则记的个柳和梅。姑姑，你也不索打符桩挂竹枝，则待我冷思量，一星星咒向梦儿里。〔贴扶旦下〕

〔贴〕绿惨双蛾不自持，（步非烟）〔净〕道家妆束厌禳时。（薛能）

〔旦〕如今不在花红处，（僧怀济）〔合〕为报东风且莫吹。（李涉）

第十五出　闹殇

【金珑璁】〔贴上〕连宵风雨重，多娇多病愁中。仙少效，药无功。“颦有为颦，笑有为笑⑤。不颦不笑，哀哉年少。”春香侍奉小姐，伤春病到深秋。今夕中秋佳节，风雨萧条。小组病转沉吟，待我扶他消遣。正是：“从来雨打中秋月，更值风摇长命灯⑥。”〔下〕

【鹊侨仙】〔贴扶病旦上〕拜月堂空，行云径拥，骨冷怕成秋梦。世间何物似情浓？整一片断魂心痛。〔旦〕“枕函敲破漏声残，似醉如呆死不难。一段暗香迷夜雨，十分清瘦怯秋寒。”春香，病境沈沈，不知今夕何夕？〔贴〕八月半了。〔旦〕哎也，是中秋佳节哩。老爷，奶奶，都为我愁烦，不曾玩赏了？〔贴〕这都不在话下了。〔旦〕听见陈师父替我推命，要过中秋。看看病势转沈，今宵欠好。你为我开轩一望，月色如何？〔贴开窗，旦望介〕

【集贤宾】〔旦〕海天悠、问冰蟾⑦何处涌？玉杵秋空，凭谁窃药把嫦娥奉？甚西风吹梦无踪！人去难逢，须不是神挑鬼弄。在眉峰，心坎里别是一般疼痛。〔旦闷介〕

【前腔】〔贴〕甚春归无端厮和哄⑧，雾和烟两不玲珑⑨。算来人命关天重，

---

①念念呢呢：说话含糊不清。②风风势：疯样子。③赫赫扬扬，日出东方：治病的咒语通常都是这样开头。赫赫扬扬，形容光芒四射。④廉纤鬼：小鬼。⑤颦有为颦，笑有为笑：当忧则忧，当喜则喜。⑥风摇长命灯：比喻生命危险。⑦冰蟾：月亮。⑧厮和哄：厮，相；和哄，欺骗、调弄。⑨雾和烟两不玲珑：形容春天不好。

会消详、直恁匆匆①！为着谁侬，俏样子等闲抛送？待我谎他。姐姐，月上了。月轮空，敢蘸破你一床幽梦。〔旦望叹介〕“轮时盼节想中秋，人到中秋不自由。奴命不中孤月照，残生今夜雨中休。”

【前腔】你便好中秋月儿谁受用？剪西风泪雨梧桐。楞生瘦骨加沉重。趱程期②是那天外哀鸿。草际寒蛩，撒剌剌纸条窗缝。〔旦惊作昏介〕冷松松，软兀剌四梢③难动。〔贴惊介〕小姐冷厥了。夫人有请。〔老旦上〕“百岁少忧夫主贵，一生多病女儿娇。”我的儿，病体怎生了？〔贴〕奶奶，欠好，欠好。〔老旦〕可怎了！

【前腔】不堤防你后花园闲梦铳④，不分明再不惺忪，睡临侵⑤打不起头梢重。〔泣介〕恨不呵早早乘龙。夜夜孤鸿，活害杀俺翠娟娟雏凤。一场空，是这答里把娘儿命送。

【啭林莺】〔旦醒介〕甚飞丝缱的阳神动，弄悠扬风马叮咚。〔泣介〕娘，儿拜谢你了。〔拜跌介〕从小来觑的千金重，不孝女孝顺无终。娘呵，此乃天之数也。当今生花开一红，愿来生把萱椿再奉。〔众泣介〕〔合〕恨西风，一霎无端碎绿摧红。

【前腔】〔老旦〕并无儿、荡得个娇香种⑥，绕娘前笑眼欢容。但成人索把俺高堂送。恨天涯老运孤穷。儿呵，暂时间月直年空⑦，返将息你这心烦意冗。〔合前〕〔旦〕娘，你女儿不幸，作何处置？〔老旦〕奔⑧你回去也。儿！

【玉莺儿】〔旦泣介〕旅榇⑨梦魂中，盼家山千万重。〔老旦〕便远也去。〔旦〕是不是⑩听女孩儿一言。这后园中一株梅树，儿心所爱。但葬我梅树之下可矣。〔老旦〕这是怎的来？〔旦〕做不的病婵娟桂窟里长生⑪，则分⑫的粉骷髅向梅花古洞。〔老旦泣介〕看他强扶头泪𠷣，冷淋心汗倾，不如我先他一命无常用。〔合〕恨苍穹，妒花风雨，偏在月明中。〔老旦〕还去与爹讲，广做道场也。儿，“银蟾谩⑬捣君臣药，纸马重烧子母钱⑭。”〔下〕〔旦〕春香，咱可有回生之日否？

【前腔】〔叹介〕你生小事依从，我情中你意中。春香，你小心奉事老爷奶奶。〔贴〕这是当的了。〔旦〕春香，我记起一事来。我那春容，题诗在上，外观不雅。葬我之后，盛着紫檀匣儿，藏在太湖石底。〔贴〕这是主何意儿？〔旦〕

---

①会消详、直恁匆匆：原以为会慢慢地好了，谁知一下子就病成这个模样。 ②趱程期：赶路，赶时辰。 ③四梢：四肢。 ④梦铳：睡梦。 ⑤睡临侵：睡昏昏地。临侵，词尾，本身无意义。 ⑥荡得个娇香种：好容易养住一个女儿。 ⑦月直年空：年和月相冲克，空，空亡，大不利，这里指丽娘病危。 ⑧奔：这里是指把遗体送走。 ⑨旅榇：寄存外乡的棺木。 ⑩是不是：无论如何、不管怎样。 ⑪做不的病婵娟桂窟里长生：做不成带病的嫦娥住在月宫里长生不死。 ⑫分：应分、应该。 ⑬谩：徒然。 ⑭纸马重烧子母钱：纸马，在纸上画彩色神像，祭奠时用，用毕焚化；子母钱，纸钱。

有心灵翰墨春容，傥直那人知重①。〔贴〕姐姐宽心。你如今不幸，坟孤独影。肯将息起来，禀过老爷，但是姓梅姓柳秀才，招选一个，同生同死，可不美哉！〔旦〕怕等不得了。哎哟，哎哟！〔贴〕这病根儿怎攻，心上医怎逢？〔旦〕春香，我亡后，你常向灵位前叫唤我一声儿。〔贴〕他一星星说向咱伤情重。〔合前〕〔旦昏介〕不好了，不好了，老爷奶奶快来！

【忆莺儿】〔外、老旦上〕鼓三鼕，愁万重。冷雨幽窗灯不红。听侍儿传言女病凶。〔贴泣介〕我的小姐，小姐！〔外、老旦同泣介〕我的儿呵，你䴵的命终，抛的我途穷。当初只望把爹娘送。〔合〕恨匆匆，萍踪浪影，风剪了玉芙蓉。〔旦作醒介〕〔外〕快苏醒！儿，爹在此。〔旦作看外介〕哎哟，爹爹扶我中堂去罢。〔外〕扶你也，儿。〔扶介〕

【尾声】〔旦〕怕树头树底不到的五更风，和俺小坟边立断肠碑一统。爹，今夜是中秋。〔外〕是中秋也，儿。〔旦〕禁了这一夜雨。〔叹介〕怎能够月落重生灯再红！〔并下〕〔贴哭上〕我的小姐，我的小姐，“天有不测之风云，人有无常之祸福。”我小姐一病伤春死了。痛杀了我家老爷、我家奶奶。列位看官们，怎了也！待我哭他一会。

【红衲袄】小姐，再不叫咱把领头香心字②烧，再不叫咱把剔花灯红泪缴③，再不叫咱拈花侧眼调歌鸟，再不叫咱转镜移肩和你点绛桃④。想着你夜深深放剪刀，晓清清临画藁。提起那春容，被老爷看见了，怕奶奶伤情，分付殉了葬罢。俺想小姐临终之言，依旧向湖山石儿靠也，怕等得个拾翠人⑤来把画粉销。老姑姑，你也来了。〔净上〕你哭得好，我也来帮你。

【前腔】春香姐，再不教你暖朱唇学弄箫。〔贴〕为此。〔净〕再不和你荡湘裙闲斗草。〔贴〕便是。〔净〕小姐不在，春香姐也松泛多少。〔贴〕怎见得？〔净〕再不要你冷温存热絮叨，再不要你夜眠迟、朝起的早。〔贴〕这也惯了。〔净〕还有省气的所在。鸡眼睛不用你做嘴儿挑⑥，马子儿不用你随鼻儿倒。〔贴啐介〕〔净〕还一件，小姐青春有了，没时间做出些儿也，那老夫人呵，少不的把你后花园打折腰。〔贴〕休胡说！老夫人来也。〔老旦哭介〕我的亲儿，

【前腔】每日绕娘身有百十遭，并不见你向人前轻一笑。他背熟的班姬《四诫》从头学，不要得孟母三迁把气淘。也愁他软苗条忒恁娇，谁料他病淹煎真不好。〔哭介〕从今后谁把亲娘叫也，一寸肝肠做了百寸焦。〔老旦闷倒，贴惊叫介〕老爷，痛杀了奶奶也。快来，快来！〔外哭上〕我的儿也，呀，原来夫人闷

---

①傥直那人知重：傥，也许；直，值，碰到；知重，知心、珍爱。②心字：香名，成心字形的香篆。③红泪缴：红泪，红蜡烛点燃时流下来的蜡液。缴，揩。④点绛桃：点，点染；绛桃，红红的嘴唇。⑤拾翠人：拾取羽毛的人，这里比喻拾画人。⑥做嘴儿挑：因有臭气，挑鸡眼的时候常努着嘴不情愿的样子。

倒在此。

【前腔】夫人，不是你坐孤辰把子宿嚣①，则是我坐公堂冤业报。较不似老仓公②多女好。撞不着赛卢医他一病蹻③。天，天，似俺头白中年啊，便做了大家缘④何处消？见放着小门楣生折倒！夫人，你且自保重。便做你寸肠千断了也，则怕女儿呵，他望帝魂归不可招。〔丑扮院公上〕"人间旧恨惊鸦去，天上新恩喜鹊来。"禀老爷，朝报⑤高升。〔外看报介〕吏部一本，奉圣旨："金寇南窥，南安知府杜宝，可升安抚使，镇守淮扬。即日起程，不得违误。钦此。"〔叹介〕夫人，朝旨催人北往，女丧不便西归。院子，请陈斋长讲话。〔丑〕老相公有请。〔末上〕"彭殇真一壑⑥，吊贺每同堂。"〔见介〕〔外〕陈先生，小女长谢你了。〔末哭介〕正是。苦伤小姐仙逝，陈最良四顾无门。所喜老公相乔迁，陈最良一发失所。〔众哭介〕〔外〕陈先生有事商量。学生奉旨，不得久停。因小女遗言，就葬后园梅树之下，又恐不便后官居住，已分付割取后园，起座梅花庵观，安置小女神位。就着这石道姑焚修看守。那道姑可承应的来？〔净跪介〕老道婆添香换水。但往来看顾，还得一人。〔老旦〕就烦陈斋长为便。〔末〕老夫人有命，情愿效劳。〔老旦〕老爷，须置些祭田才好。〔外〕有漏泽院⑦二顷虚田，拨资香火〔末〕这漏泽院田，就漏在生员身上。〔净〕咱号道姑，堪收稻谷。你是陈绝粮，漏不到你。〔末〕秀才口吃十一方，你是姑姑，我还是孤老，偏不该我收粮？〔外〕不消争，陈先生收给。陈先生，我在此数年，优待学校。〔末〕都知道。便是老公相高升，旧规有诸生遗爱记、生祠碑文，到京伴礼送人为妙。〔净〕陈绝粮，遗爱记是老爷遗下与令爱作表记么？〔末〕是老公相政迹歌谣。什么"令爱"！〔净〕怎么叫做生祠？〔末〕大祠宇塑老爷像供养，门上写着："杜公之祠"。〔净〕这等不如就塑小姐在傍，我普同供养。〔外恼介〕胡说！但是旧规，我通不用了。

【意不尽】陈先生，老道姑，咱女坟儿三尺暮云高，老夫妻一言相靠。不敢望时时看守，则清明寒食一碗饭儿浇。

〔外〕魂归冥漠魄归泉，（朱褒）〔老〕使汝悠悠十八年。（曹唐）

〔末〕一叫一回肠一断，（李白）〔合〕如今重说恨绵绵。（张籍）

---

①坐孤辰把子宿嚣：命不好，没有儿子。②老仓公：名医淳于意，汉代人，曾做过太仓公，故名。他没有儿子，只有5个女儿，曾经有罪，最小的女儿缇萦为他上书求免。③蹻：翘，死的意思。④家缘：家计，家产。⑤朝报：古代的政府公报。⑥彭殇真一壑：长寿和短命都逃不出一死。彭，彭祖，传说中寿命最长的人，活到800岁；殇，未成年而夭亡的人。⑦漏泽院：宋代官设的埋葬地。

第十六出　旅寄

【捣练子】〔生伞、袱、病容上〕人出路，鸟离巢。〔内风声介〕搅天风雪梦牢骚。这几日精神寒冻倒。“香山嶴里打包①来，三水②船儿到岸开。要寄乡心值寒岁，岭南南上半枝梅。”我柳梦梅。秋风拜别中郎，因循亲友辞饯。离船过岭③，早是暮冬。不提防岭北风严，感了寒疾，又无扫兴而回之理。一天风雪，望见南安。好苦也！

【山坡羊】树槎牙④饿鸢惊叫，岭迢遥病魂孤吊。破头巾雹打风筛，透衣单伞做张儿⑤哨。路斜抄，急没个店儿捎⑥。雪儿呵，偏则把白面书生奚落。怎生冰凌断桥，步高低蹬着。好了。有一株柳，酬⑦将过去。方便处柳跎腰。〔扶柳过介〕虚嚣⑧，尽枯杨命一条。蹊跷，滑喇沙跌一交。〔跌介〕

【步步娇】〔末上〕俺是个卧雪先生⑨没烦恼。背上驴儿笑，心知第五桥。那里开年有斋村学！〔生作哎呀介〕〔末〕怎生来人怨语声高？〔看介〕呀，甚城南破瓦窑，闪下个精寒料⑩。〔生〕救人，救人！〔末〕我陈最良，为求馆冲寒到此。彩头儿恰遇着吊水之人，且由他去。〔生又叫介〕救人！〔末〕听说救人，那里不是积福处。俺试问他。〔问介〕你是何等之人，失脚在此？〔生〕俺是读书之人。〔末〕委是读书之人，待俺扶起你来。〔末扶生，相跌，诨介〕〔末〕请问何方至此？

【风入松】〔生〕五羊城一叶过南韶，柳梦梅来献宝。〔末〕有何宝货？〔生〕我孤身取试长安道，犯严寒少衾单病了。没揣的逗着断桥溪道，险跌折柳郎腰。〔末〕你自揣高中的，方可去受这等辛苦。〔生〕不瞒说，小生是个擎天柱，架海梁⑪。〔末笑介〕却怎生冻折了擎天柱，扑倒了紫金梁？这也罢了，老夫颇谙医理。边近有梅花观，权将息度岁而行。

【前腔】〔末〕尾生般抱柱正题桥，做倒地文星佳兆。论草包似俺堪调药，暂将息梅花观好。〔生〕此去多远？〔末指介〕看一树雪垂垂如笑，墙直上绣幡

---

①打包：打包裹，指收拾行装。②三水：地名，在广州西，西江与北江交汇处。③岭：指梅岭。④槎牙：杈枒，形容老树枯枝纵横。⑤张儿：一个。⑥捎：瞧见。⑦酬：扶。⑧虚嚣：虚浮，不可靠。这里指柳树枯了，扶着不牢靠。⑨卧雪先生：说自己安贫乐道。故事源自东汉袁安，洛阳大雪，他一个人僵卧在家里，不肯出去求人。⑩精寒料：穷光蛋。⑪擎天柱，架海梁：戏曲中常以擎天白玉柱、驾海紫金梁比喻朝廷将相、有出息的读书人。

飘。〔生〕这等望先生引进。

〔生〕三十无家作路人，（薛据）〔末〕与君相见即相亲。（王维）

〔生〕华阳洞里仙壇上，（白居易）〔合〕似近东风别有因。（罗隐）

第十七出　冥判

北【点绛唇】〔净扮判官，丑扮鬼持笔、簿上〕十地①宣差，一天封拜。阎浮界②，阳世栽埋，又把俺这里门桯③迈。自家十地阎罗王殿下一个胡判官是也。原有十位殿下，因阳世赵大郎家，和金达子争占江山，损折众生，十停去了一停，因此玉皇上帝，照见人民稀少，钦奉裁减事例。九州九个殿下，单减了俺十殿下之位，印无归着。玉帝可怜见下官正直聪明，着权管十地狱印信。今日走马到任，鬼卒夜叉，两傍刀剑，非同容易也。〔丑捧笔介〕新官到任，都要这笔判刑名，押花字。请新官喝采他一番。〔净看笔介〕鬼使，捧了这笔，好不干系也。

【混江龙】这笔架在那落迦山外，肉莲花④高耸案前排。捧的是功曹令史，识字当该。〔丑〕笔管儿？〔净〕笔管儿是手想骨、脚想骨⑤，竹筒般剉的圆滴溜。〔丑〕笔毫？〔净〕笔毫呵，是牛头须、夜叉发，铁丝儿揉定赤支毸⑥。〔丑〕判爷上的选哩？〔净〕这笔头公，是遮须国选的人才。〔丑〕有甚名号？〔净〕这管城子，在夜郎城受了封拜。〔丑〕判爷兴哩？〔净作笑舞介〕啸一声，支兀另⑦汉钟馗其冠不正。舞一回，疏喇沙斗河魁近墨者黑。〔丑〕喜哩？〔净〕喜时节，淙河桥题笔儿耍去。〔丑〕闷呵？〔净〕闷时节，鬼门关投笔归来。〔丑〕判爷可上榜来？〔净〕俺也曾考神祇，朔望旦名题天榜。〔丑〕可会书来？〔净〕摄星辰，井鬼宿，俺可也文会书斋。〔丑〕判爷高才。〔净〕做弗迭鬼仙才，白玉楼摩空作赋；陪得过风月主，芙蓉城遇晚书怀。便写不尽四大洲转轮日月，也差的着五瘟使号令风雷。〔丑〕判爷见有地分⑧？〔净〕有地分，则合北斗司、阎浮殿，立俺边傍；没衙门，却怎生东岳观、城隍庙，也塑人左侧。〔丑〕让谁？〔净〕便百里城高捧手，让大菩萨，好相庄严乘坐位。〔丑〕恼谁？〔净〕

---

①十地：佛家语，地分十等。这里指阴司十殿的第十殿转轮王，主管鬼魂转世之事。②阎浮界：世界。③门桯（ting）：门槛。④肉莲花：莲花常用来形容山形，这里指笔架。肉是说阴司的笔架是人肉制成，形容情形惨烈。⑤手想骨、脚想骨：即手管骨、脚管骨，是说阴间的笔管是手脚的骨头制成的。⑥赤支毸：红色的胡须。⑦支兀另：形容啸声。⑧见有地分：现在的地位。

怎三尺土，低分气①，对小鬼卒，清奇古怪立基阶。〔丑〕纱帽古气些。〔净〕但站脚，一管笔、一本簿，尘泥轩冕。〔丑〕笔干了。〔净〕要润笔，十锭金、十贯钞，纸陌钱财。〔丑〕点鬼簿在此。〔净〕则见没掂三展花分鱼尾册②，无赏一挂日子虎头牌③。真乃是鬼董狐④落了款，《春秋传》某年某月某日下，崩薨葬卒大注脚。假如他支祈兽上了样，把禹王鼎各山各水各路上，魍魉魑魅细分腮。〔丑〕待俺磨墨。〔净〕看他子时砚，忔忔察察⑤，乌龙蘸眼显精神。〔丑〕鸡唱了。〔净〕听丁字牌，冬冬登登⑥，金鸡翦梦追魂魄。〔丑〕禀爷点卷。〔净〕但点上格子眼，串出四万八千三界⑦，有漏⑧人名，乌星炮粲⑨。怎按下笔尖头，插入一百四十二重无间地狱，铁树花开。〔丑〕大押花。〔净〕哎也，押花字，止不过发落簿剉、烧、舂、磨一灵儿。〔丑〕少一个请字。〔净〕登请书，左则是那虚无堂，瘫、痨、蛊、膈四正客。〔丑〕吊起称竿来。〔众卒应介〕〔净〕髪称竿，看业重身轻，衡石程书秦狱吏⑩。〔内作"哎哟"，叫"饶也，若也"介〕〔丑〕隔壁九殿下拷鬼。〔净〕肉鼓吹⑪，听神啼鬼哭，毛钳刀笔汉乔才⑫。这时节呵，你便是没关节包待制、"人厌其笑"⑬。〔内哭介〕恁风景，谁听的无棺椁颜修文、"子哭之哀"⑭！〔丑〕判爷害怕哩。〔净恼介〕哎，《楼炭经》，是俺六科五判。刀花树，是俺九棘三槐。脸娄搜⑮风髯赳赳。眉剔竖电目崖崖。少不得中书鬼考，录事神差。比著阳世那金州判、银府判、铜司判、铁院判，白虎临官，一样价打贴刑名催伍作；实则俺阴府里注湿生，牒化生，准胎生，照卵生，青蝇报赦⑯，十分的磊齐功德转三阶。威凛凛人间掌命，颤巍巍天上消灾。叫掌案的，这簿上开除都也明白。还有几宗人犯，应该发落了？〔贴扮吏上〕"人间勾

---

①三尺土：指塑像不过三尺高，不神气；低分气：不体面，不成样子。②没掂三展花分鱼尾册：没掂三，糊里糊涂；花分鱼尾册，点鬼簿。③无赏一挂日子虎头牌：无赏一，一无奖赏，引申为处分，这里指判处死刑；虎头牌，摄魂牌。④董狐：春秋时晋国的史官，以公正不阿而著名。⑤子时砚，忔忔察察：半夜时磨砚，发出忔忔察察的声音。⑥丁字牌，冬冬登登：丁字形的摄魂牌互相碰着发出叮叮咚咚的声音。⑦但点上格子眼，串出四万八千三界：只要笔尖在格子内的名字上一点，每个人死后在来生就有不同的命运。⑧有漏：佛家语，有烦恼。⑨乌星炮粲：形容人多。炮粲，炮竹爆裂的碎片。⑩衡石程书秦狱吏：秦始皇每日秤取一石公文，日夜批阅，不办完不休息。衡，秤取。⑪肉鼓吹：五代后蜀李匡远是个酷吏，天天用刑，他把鞭打犯人的声音叫做肉鼓吹。⑫毛钳刀笔汉乔才：毛钳，毛笔；刀笔，古代用笔在竹片上写字，写错了用刀刮掉，后来用刀笔吏用来指主管文书的吏，引申为酷吏；汉乔才，汉代的那几个坏蛋，指的就是酷吏。⑬你便是没关节包待制、"人厌其笑"：你就像是铁面无私的包拯一样难得一笑，即便笑了在此时也是可厌的。⑭无棺椁颜修文、"子哭之哀"：结合上句，意思是境况已经够悲惨了，不堪再听见哭声。此处引用孔子弟子颜回之死的故事。⑮娄搜：形容脸上满是胡子。⑯青蝇报赦：前秦国主苻坚正在起草赦书，有一只大苍蝇飞绕他的笔尖，赦书还没公布，整个长安都已经知道了，原来这只苍蝇是黑衣人变化，把消息传了出去。

令史，地下列功曹。”禀爷，因缺了殿下，地狱空虚三年。则有枉死城中轻罪男子四名，赵大、钱十五、孙心、李猴儿；女囚一名，杜丽娘：未经发落。〔净〕先取男犯四名。〔生、末、外、老旦扮四犯，丑押上〕〔丑〕男犯带到。〔净点名介〕赵大有何罪业，脱在枉死城？〔生〕鬼犯没甚罪。生前喜歌唱些。〔净〕一边去。叫钱十五。〔末〕鬼犯无罪。则是做了一个小小房儿，沈香泥壁。〔净〕一边去。叫孙心。〔老旦〕鬼犯些小年纪，好使些花粉钱①。〔净〕叫李猴儿。〔外〕鬼犯是有些罪，好男风②。〔丑〕是真。便在地狱里，还勾上这小孙儿。〔净恼介〕谁叫你插嘴！起去伺候。〔做写簿介〕叫鬼犯听发落。〔四犯同跪介〕〔净〕俺初权印，且不用刑。赦你们卵生去罢。〔外〕鬼犯们禀问恩爷，这个卵是什么卵？若是回回卵③，又生在边方去了。〔净〕哇，还想人身？向蛋壳里走去。〔四犯泣介〕哎。被人宰了！〔净〕也罢，不教阳间宰吃你。赵大喜歌唱，贬做黄莺儿。〔生〕好了。做莺莺小姐去。〔净〕钱十五住香泥房子。也罢，准你去燕窠里受用，做个小小燕儿。〔末〕恰好做飞燕娘娘哩。〔净〕孙心使花粉钱，做个蝴蝶儿。〔外〕鬼犯便和孙心同做蝴蝶去。〔净〕你是那好男风的李猴，着你做蜜蜂儿去，屁窟里长拖一个针。〔外〕哎哟，叫俺钉谁去？〔净〕四位虫儿听分付：

【油葫芦】蝴蝶呵，你粉版花衣胜翦裁；蜂儿呵，你忒利害，甜口儿咋着细腰捱；燕儿呵，斩香泥弄影钩帘内；莺儿呵，溜笙歌警梦纱窗外：恰好个花间四友无拘碍。则阳世里孩子们轻薄，怕弹珠儿打的呆，扇梢儿扑的坏，不枉了你宜题入画高人爱，则教你翅膀儿展将春色闹场来。〔外〕俺做蜂儿的不来，再来钉肿你个判官脑。〔净〕讨打。〔外〕可怜见小性命。〔净〕罢了。顺风儿放去，快走快走。〔净噀气④介〕〔四人做各色飞下〕〔净做向鬼门嘘气吷声⑤介〕〔丑带旦上〕“天台有路难逢俺，地狱无情欲恨谁？”女鬼见。〔净抬头背介〕这女鬼到有几分颜色！

【天下乐】猛见了荡地惊天女俊才，哈也麽哈，来俺里来。〔旦叫苦介〕〔净〕血盆⑥中叫苦观自在。〔丑耳语介〕判爷权收做个后房夫人。〔净〕哇，有天条，擅用囚妇者斩。则你那小鬼头胡乱筛，俺判官头何处买？〔旦叫哎介〕〔净回身〕是不曾见他粉油头忒弄色。叫那女鬼上来。

【那吒令】瞧了你润风风粉腮，到花台、酒台？溜些些短钗，过歌台、舞台？笑微微美怀，住秦台、楚台？因甚的病患来？是谁家嫡支派？这颜色不像似在泉台。〔旦〕女囚不曾过人家⑦，也不曾饮酒，是这般颜色。则为在南安府后

①花粉钱：指嫖妓费用。②男风：男色。③回回卵：这是对少数民族歧视的叫法。④噀（xùn）气：嘘气作法。⑤吷（xiè）声：小声。吷，撅起嘴来吹。⑥血盆：地狱。⑦过人家：出嫁。

花园梅树之下，梦见一秀才，折柳一枝，要奴题咏。留连婉转，甚是多情。梦醒来沉吟，题诗一首："他年若傍蟾宫客，不是梅边是柳边。"为此感伤，坏了一命。〔净〕谎也。世有一梦而亡之理？

【鹊踏枝】一溜溜女婴孩，梦儿里能宁耐①！谁曾挂圆梦招牌，谁和你拆字道白？咍也麽咍，那秀才何在？梦魂中曾见谁来？〔旦〕不曾见谁。则见朵花儿闪下来，好一惊。〔净〕唤取南安府后花园花神勘问。〔丑叫介〕〔末扮花神上〕"红雨数番春落魄，《山香》一曲女消魂。"老判大人请了。〔举手介〕〔净〕花神，这女鬼说是后花园一梦，为花飞惊闪而亡。可是？〔末〕是也。他与秀才梦的绵缠，偶尔落花惊醒。这女子慕色而亡。〔净〕敢便是你花神假充秀才，迷误人家女子？〔末〕你说俺着甚迷他来？〔净〕你说俺阴司里不知道呵！

【后庭花滚】但寻常春自在，恁司花忒弄乖。眨眼儿偷元气艳楼台。克性子费春工淹酒债。恰好九分态，你要做十分颜色。数着你那胡弄的花色儿来。〔末〕便数来。碧桃花。〔净〕他惹天台。〔末〕红梨花。〔净〕扇妖怪。〔末〕金钱花。〔净〕下的财。〔末〕绣球花。〔净〕结得彩。〔末〕芍药花。〔净〕心事谐。〔末〕木笔花。〔净〕写明白。〔末〕水菱花。〔净〕宜镜台。〔末〕玉簪花。〔净〕堪插戴。〔末〕蔷薇花。〔净〕露②渲腮。〔末〕腊梅花。〔净〕春点额。〔末〕翦春花。〔净〕罗袂裁。〔末〕水仙花。〔净〕把绫袜踹。〔末〕灯笼花。〔净〕红影筛。〔末〕酴醾花。〔净〕春醉态。〔末〕金盏花。〔净〕做合卺杯。〔末〕锦带花。〔净〕做裙褶带。〔末〕合欢花。〔净〕头懒抬。〔末〕杨柳花。〔净〕腰恁摆。〔末〕凌霄花。〔净〕阳壮的咍。〔末〕辣椒花。〔净〕把阴热窄。〔末〕含笑花。〔净〕情要来。〔末〕红葵花。〔净〕日得他爱。〔末〕女萝花。〔净〕缠的歪。〔末〕紫薇花。〔净〕痒的怪。〔末〕宜男花。〔净〕人美怀。〔末〕丁香花。〔净〕结半躧③。〔末〕豆蔻花。〔净〕含着胎。〔末〕奶子花。〔净〕摸着奶。〔末〕栀子花。〔净〕知趣乖。〔末〕柰子花。〔净〕恣情奈。〔末〕枳壳花。〔净〕好处揩。〔末〕海棠花。〔净〕春困怠。〔末〕孩儿花。〔净〕呆笑孩。〔末〕姊妹花。〔净〕偏妒色。〔末〕水红花。〔净〕了不开。〔末〕瑞香花。〔净〕谁要采。〔末〕旱莲花。〔净〕怜再来。〔末〕石榴花。〔净〕可留得在？几桩儿你自猜。哎，把天公无计策。你道为什么流动了女裙钗，划地里牡丹亭又把他杜鹃花魂魄洒？〔末〕这花色花样，都是天公定下来的。小神不过遵奉钦依，岂有故意勾人之理？且看多少女色，那有玩花而亡。〔净〕你说自来女色，没有玩花而亡。数你听着。

【寄生草】花把青春卖，花生锦绣灾。有一个夜舒莲，扯不住留仙带；一个

---

①能宁耐：这样有本事。②露：蔷薇露，宋元时期妇女常用的化妆品。③躧：花开放。

海棠丝，翦不断得囊怪；一个瑞香风赶不上非烟在。你道花容那个玩花亡？可不道你这花神罪业随花败。〔末〕花神知罪，今后再不开花了。〔净〕花神，俺这里已发落过花间四友，付你收管。这女囚慕色而亡，也贬在燕莺队里去罢。〔末〕禀老判，此女犯乃梦中之罪，如晓风残月。且他父亲为官清正，单生一女，可以耽饶。〔净〕父亲是何人？〔旦〕父亲杜宝知府，今升淮扬总制之职。〔净〕千金小姐哩。也罢，杜老先生分上，当奏过天庭，再行议处。〔旦〕就烦恩官替女犯查查，怎生有此伤感之事？〔净〕这事情注在断肠薄上。〔旦〕劳再查女犯的丈夫，还是姓柳姓梅？〔净〕取婚姻簿查来。〔作背查介〕是。有个柳梦梅，乃新科状元也。妻杜丽娘，前系幽欢，后成明配。相会在红梅观中。不可泄漏。〔回介〕有此人和你姻缘之分。我今放你出了枉死城，随风游戏，跟寻此人。〔末〕杜小姐，拜了老判。〔旦叩头介〕拜谢恩官，重生父母。则俺那爹娘在扬州，可能勾一见？〔净〕使得。

【幺篇】他阳禄还长在，阴司数未该。禁烟花一种春无赖，近柳梅一处情无外。望椿萱一带天无碍。则这水玻璃[①]，堆起望乡台，可哨见纸铜钱，夜市扬州界？花神，可引他望乡台随意观玩。〔旦随末登台，望扬州哭介〕那是扬州，俺爹爹奶奶呵，待飞将去。〔末扯住介〕还不是你去的时节。〔净〕下来听分付。功曹给一纸游魂路引去，花神休坏了他的肉身也。〔旦〕谢恩官。

【赚尾】〔净〕欲火近干柴，且留的青山在，不可被雨打风吹日晒。则许你傍月依星将天地拜，一任你魂魄来回。脱了狱省的勾牌，接著活免的投胎。那花间四友你差排，叫莺窥燕猜，倩蜂媒蝶采，敢守的那破棺星[②]圆梦那人来。〔净下〕〔末〕小姐回后花园去来。

〔末〕醉斜乌帽发如丝，（许浑）〔旦〕尽日灵风不满旗。（李商隐）

〔净〕年年检点人间事，（罗邺）〔合〕为待萧何作判司。（元稹）

第十八出　拾画

【金珑璁】〔生上〕惊春谁似我？客途中都不问其他。风吹绽蒲桃褐[③]，雨淋殷杏子罗。今日晴和，晒衾单兀自有残云涴[④]。“脉脉梨花春院香，一年愁事费商量。不知柳思能多少？打叠腰肢斗沈郎。”小生卧病梅花观中，喜得陈友知医，

---

①水玻璃：形容水色。②破棺星：星名，这里指起坟开棺救活杜丽娘的人。③蒲桃褐：印有葡萄花样的粗布衣服。④残云涴：路途遇雨，衾被都潮湿。

调理痊可。则这几日间春怀郁闷，何处忘忧？早是老姑姑到也。

【一落索】〔净上〕无奈女冠何，识的书生破。知他何处梦儿多？每日价欠伸千个。秀才安稳！〔生〕日来病患较①些，闷坐不过。偌大梅花观，少甚园亭消遣。〔净〕此后有花园一座，虽然亭榭荒芜，颇有闲花点缀。则留散闷，不许伤心。〔生〕怎的得伤心也！〔净作叹介〕是这般说。你自去游便了。从西廊转画墙而去，百步之外，便是篱门。三里之遥，都为池馆。你尽情玩赏，竟日消停，不索老身陪去也。"名园随客到，幽恨少人知。"〔下〕〔生〕既有后花园，就此迤逗而去。〔行介〕这是西廊下了。〔行介〕好个葱翠的篱门，倒了半架。〔叹介〕〔集唐〕"凭阑仍是玉阑干王初，四面墙垣不忍看张隐。想得当时好风月韦庄，万条烟罩一时干李山甫。"〔到介〕呀，偌大一个园子也。

【好事近】则见风月暗消磨，画墙西正南侧左。〔跌介〕苍苔滑擦，倚逗着断垣低垛，因何蝴蝶门儿落合？原来以前游客颇盛，题名在竹林之上。客来过，年月偏多，刻画尽琅玕②千个。咳，早则是寒花绕砌，荒草成窠。怪哉，一个梅花观，女冠之流，怎起的这座大园子？好疑惑也。便是这湾流水呵！

【锦缠道】门儿锁，放着这武陵源一座。恁好处教颓堕！断烟中见水阁摧残，画船抛躲，冷鞦韆尚挂下裙拖。又不是曾经兵火，似这般狼籍呵，敢断肠人远、伤心事多？待不关情么，恰湖山石畔留著你打磨陀。好一座山子哩。〔窥介〕呀，就里一个小匣儿。待把左侧一峰靠著，看是何物？〔作石倒介〕呀，是个檀香匣儿。〔开匣看画介〕呀，一幅观世音喜相。善哉，善哉！待小生捧到书馆，顶礼供养，强如埋在此中。

【千秋岁】〔捧匣回介〕小嵯峨，压的旃檀合，便做了好相观音俏楼阁。片石峰前，那片石峰前，多则是飞来石，三生因果。请将去炉烟上过③，头纳地，添灯火，照的他慈悲我。俺这里尽情供养，他于意云何？〔到介〕到了观中，且安置阁儿上，择日展礼。〔净上〕柳相公多早了！

【尾声】〔生〕姑姑，一生为客恨情多，过冷澹园林日午矬④。老姑姑，你道不许伤心，你为俺再寻一个定不伤心何处可。

〔生〕僻居虽爱近林泉，（伍乔）〔净〕早是伤春梦雨天。（韦庄）

〔生〕何处邈将归画府？（谭用之）〔合〕三峰花半碧堂悬。（钱起）

---

①较：病好些。②琅玕：玉名，后用来作竹子的代称。③请将去炉烟上过：意思是把画像迎请去，让它薰了香，然后叩头礼拜。④矬：日斜。

第十九出　魂游

【挂真儿】〔净扮石道姑上〕台殿重重春色上。碧雕阑映带银塘。扑地香腾，归天磬响。细展度人轻藏。〔集唐〕"几年红粉委黄泥（雍裕之），十二峰①头月欲低（李涉）。折得玫瑰花一朵（李建勋），东风吹上窈娘堤（罗虬）。"俺老道姑看守杜小姐坟庵，三年之上。择取吉日，替他开设道场，超生玉界。早已门外竖立招幡，看有何人来到。

【太平令】〔贴扮小道姑，丑扮徒弟上〕岭路江乡，一片彩云扶月上。羽衣青鸟闲来往。〔丑〕天晚，梅花观歇了罢。〔贴〕南枝外有鹊炉香。小道姑乃韶阳郡碧云庵主是也，游方到此。见他庄严幡引，榜示道场，恰好登坛，共成好事。〔见介〕〔集唐〕〔贴〕"大罗天②上柳烟含（鱼玄机），〔净〕你毛节③朱幡倚石龛（王维）。〔贴〕见向溪山求住处（韩愈），〔净〕好哩，你半垂檀袖学通参（女光）。"小姑姑从何而至？〔贴〕从韶阳郡来，暂此借宿。〔净〕东头房儿，有个岭南柳相公养病。则下厢房可矣。〔贴〕多谢了。敢问今夕道场，为何而设？〔净叹介〕则为"杜衙小姐去三年，待与招魂上九天"。〔贴〕这等呵！"清醮墰场今夜好，敢将香火助真仙。"〔净〕这等却好。〔内鸣钟鼓介〕〔众〕请老师父拈香。〔净〕南斗注生真妃，东岳受生夫人④殿下。〔拈香拜介〕

【孝南歌】钻新火，点妙香。虔诚为因杜丽娘。〔众拜介〕香霭绣幡幢，细乐风微扬。仙真呵，威光无量，把一点香魂，早度人天上。怕未尽凡心，他再作人身想。做儿郎，做女郎，愿他永成双。再休似少年亡。〔净〕想起小姐生前爱花而亡，今日折得残梅，安在净瓶供养。〔拜神主介〕

【前腔】瓶儿净，春冻阳。残梅半枝红蜡装。小姐呵！你香梦与谁行？精神忒孤往！〔众〕老师兄，你说净瓶象什么，残梅象什么？〔净〕这瓶儿空象，世界包藏，身似残梅样，有水无根，尚作馀香想。〔众〕小姐，你受此供呵，教你肌骨凉，魂魄香。肯回阳，再往这梅花帐？〔内风响介〕〔净〕奇哉怪哉，冷窣窣一阵风打旋也。〔内鸣钟介〕〔众〕这晚斋时分，且吃了斋，收拾道场。正是："晓镜抛残无定色，晚钟敲断步虚声⑤。"〔众下〕

---

①十二峰：在四川巫山。②大罗天：道家语，最高的天。③毛节：道士用来表示法力的符节。④东岳受生夫人：迷信传说中东岳夫人管死后往生之事。⑤步虚声：道观所唱的赞歌。

水阁摧残画船
抛躲冷鞦韆尚
挂下裙拖

【水红花】〔魂旦作鬼声，掩袖上〕则下得望乡台如梦俏魂灵，夜荧荧、墓门人静。〔内犬吠，旦惊介〕原来是赚花阴①小犬吠春星。冷冥冥，梨花春影。呀，转过牡丹亭、芍药阑，都荒废尽，爹娘去了三年也。〔泣介〕伤感煞断垣荒径。望中何处也？鬼灯青。〔听介〕兀的有人声也啰。〔添字昭君怨〕"昔日千金小姐，今日水流花谢。这淹淹惜惜杜陵花，太亏他。生性独行无那，此夜星前一个。生生死死为情多。奈情何！"奴家杜丽娘女魂是也。只为痴情慕色，一梦而亡。凑的十地阎君奉旨裁革，无人发遣，女监三年。喜遇老判，哀怜放假。趁此月明风细，随喜一番。呀，这是书斋后园，怎做了梅花庵观？好伤感人也。

【小桃红】咱一似断肠人和梦醉初醒。谁偿咱残生命也。虽则鬼丛中姊妹不同行，窣地②的把罗衣整。这影随形，风沉露，云暗斗，月勾星，都是我魂游境也。到的这花影初更，〔内作丁冬声，旦惊介〕一霎价心儿瘆③，原来是弄风铃台殿冬丁。好一阵香也。

【下山虎】我则见香烟隐隐，灯火荧荧。呀，铺了些云霞幔，不由人打个吃挣。是那位神灵，原来是东岳夫人，南斗真妃。〔作稽首介〕仙真仙真，杜丽娘鬼魂稽首。魆魆地投明证明，好替俺朗朗的超生注生。再看这青词上，原来就是石道姑在此住持。一坛斋意，度俺生天。道姑道姑，我可也生受你呵。再瞧这净瓶中，咳，便是俺那冢上残梅哩。梅花呵，似俺杜丽娘半开而谢，好伤情也。则为这断鼓零钟金字经，叩动俺黄粱境。俺向这地坼里梅根迸几程，透出些儿影。〔泣介〕姑姑们这般至诚，若不留些踪影，怎显的俺鉴知他，就将梅花散在经台之上。〔撒花介〕抵甚么一点香销万点情。想起爹娘何处，春香何处也？呀，那边厢有沈吟叫唤之声，听怎来？〔内叫介〕俺的姐姐呵！俺的美人呵！〔旦惊介〕谁叫谁也？再听。〔内又叫介〕〔旦叹介〕

【醉归迟】生和死，孤寒命。有情人叫不出情人应。为什么不唱出你可人名姓？似俺孤魂独趁，待谁来叫唤俺一声。不分明，无倒断④，再消停。〔内又叫介〕〔旦〕咳，敢边厢甚么书生，睡梦里语言胡哩？

【黑蝴令】不由俺无情有情，凑著叫的人三声两声，冷惺忪红泪飘零。呀，怕不是梦人儿梅卿柳卿？俺记著这花亭水亭，趁的这风清月清。则这鬼宿前程，盼得上三星四星⑤？待即行寻趁，奈斗转参横，不敢久停啊！

【尾声】为什么闪摇摇春殿灯？〔内叫介〕殿上响动。〔丑虚上望介〕〔又作风起介〕〔旦〕一弄儿绣幡飘迥，则这几点落花风是俺杜丽娘身后影。〔旦作鬼声下〕〔丑打照面，惊叫介〕师父们，快来，快来！〔净、贴惊上〕怎生大惊小怪？〔丑〕则这灯影荧煌，躲著瞧时，见一位女神仙，袖拂花幡，一闪而去。怕

---

①赚花阴：花影动，误以为有人来。②窣地：拖地。③瘆（shèn）：惊恐。④倒断：了结，休止。⑤"则这鬼宿"二句：意思是，做了鬼，我的姻缘前途还能有几分拿得准呢？

也，怕也！〔净〕怎生模样？〔丑打手势介〕这多高，这多大，俊脸儿，翠翘金凤，红裙绿袄，环珮玎珰，敢是真仙下降？〔净〕咳，这便是杜小姐生时样子。敢是他有灵活现。〔贴〕呀，你看经台之上，乱糁①梅花，奇也，异也！大家再祝赞他一番。

【忆多娇】〔众〕风灭了香，月到廊。闪闪尸尸魂影儿凉。花落在春宵情易伤。愿你早度天堂，早度天堂，免留滞他乡故乡。〔贴〕敢问杜小姐为何病亡？以何缘故而来出现？

【尾声】〔净〕休惊恍，免问当。收拾起乐器经堂。你听波，兀的冷窣窣珮环风还在回廊那边响。

〔净〕心知不敢辄形相，（曹唐）〔贴〕欲话因缘恐断肠。（天竺牧童）

〔丑〕若使春风会人意，（罗邺）〔合〕也应知有杜兰香。（罗虬）

第二十出　幽媾

【夜行船】〔生上〕瞥下天仙何处也？影空蠼似月笼沙。有恨徘徊，无言窨约。早是夕阳西下。"一片红云下太清②，如花巧笑玉娉婷。凭谁画出生香面？对俺偏含不语情。"小生自遇春容，日夜想念。这更阑时节，破些工夫，吟其珠玉③，玩其精神。傥然梦里相亲，也当春风一度。〔展画玩介〕呀，你看美人呵，神含欲语，眼注微波。真乃"落霞与孤鹜齐飞，秋水共长天一色"。

【香遍满】晚风吹下，武陵溪边一缕霞，出落个人儿风韵杀。净无瑕，明窗新绛纱。丹青小画叉，把一幅肝肠挂。小姐小姐，则被你想杀俺也。

【懒画眉】轻轻怯怯一个女娇娃，楚楚臻臻像个宰相衙④。想他春心无那对菱花，含情自把春容画，可想到有个拾翠人儿也逗著他？

【二犯梧桐树】他飞来似月华，俺拾的愁天大。常时夜夜对月而眠，这几夜啊，幽佳，婵娟隐映的光辉杀。教俺迷留没乱的心嘈杂，无夜无明快著他。若不为擎奇怕涴的丹青亚，待抱著你影儿横榻。想来小生定是有缘也。再将他诗句朗诵一番。〔念诗介〕

【浣纱溪】拈诗话，对会家。柳和梅有分儿些。他春心迸出湖山罅，飞上烟绡萼绿华。则是礼拜他便了。〔拈香拜介〕傒倖⑤杀，对他脸晕眉痕心上掐，有

①糁（sǎn）：细屑，这里是动词，铺洒的意思。②太清：天。③珠玉：比喻诗文佳作。④宰相衙：宰相家的小姐。⑤傒倖（xī xìng）：烦恼、疑惑。

情人不在天涯。小生客居，怎勾姐姐风月中片时相会也。

【刘泼帽】恨单条①不惹的双魂化，做个画屏中倚玉蒹葭。小姐啊，你耳朵儿云鬓月侵芽，可知他一些些都听的俺伤情话？

【秋夜月】堪笑咱，说的来如戏耍。他海天秋月云端挂，烟空翠影遥山抹。只许他伴人清暇，怎教人佻达②。

【东瓯令】俺如念咒，似说法。石也要点头，天雨花。怎虔诚不降的仙娥下？是不肯轻行踏。〔内作风起，生按住画介〕待留仙怕杀风儿刮，粘嵌著锦边牙③。怕刮损他，再寻个高手临他一幅儿。

【金莲子】闲喷牙④，怎能够他威光水月生临榻⑤？怕有处相逢他自家，则问他许多情，与春风画意再无差。再把灯剔起细看他一会。〔照介〕。

【隔尾】敢人世上似这天真多则假。〔内作风吹灯介〕〔生〕好一阵冷风袭人也。险些儿误丹青风影落灯花。罢了，则索睡掩纱窗去梦他。〔打睡介〕〔魂旦上〕“泉下长眠梦不成。一生馀得许多情。魂随月下丹青引，人在风前叹息声。”妾身杜丽娘鬼魂是也。为花园一梦，想念而终。当时自画春容，埋于太湖石下。题有“他年得傍蟾宫客，不在梅边在柳边。”谁想魂游观中几晚，听见东房之内，一个书生高声低叫：“俺的姐姐，俺的美人。”那声音哀楚，动俺心魂。悄然蓦入他房中，则见高挂起一轴小画。细玩之，便是奴家遗下春容。后面和诗一首，观其名字，则岭南柳梦梅也。梅边柳边，岂非前定乎！因而告过了冥府判君，趁此良宵，完其前梦。想起来好苦也。

【朝天懒】怕的是粉冷香销泣绛纱，又到的高唐馆玩月华。猛回头羞飒髻儿鬤⑥，自擎拿。呀，前面是他房头了。怕桃源路径行来诧，再得俄旋试认他。〔生睡中念诗介〕“他年若傍蟾宫客，不在梅边在柳边。”我的姐姐啊。〔旦〕〔听打悲介〕

【前腔】是他叫唤的伤情咱泪雨麻，把我残诗句没争差。难道还未睡呵？〔瞧介〕〔生又叫介〕〔旦〕他原来睡屏中作念猛嗟牙。省喧哗，我待敲弹翠竹窗栊下。〔生作惊醒，叫“姐姐”介〕〔旦悲介〕待展香魂去近他。〔生〕呀，户外敲竹之声，是风是人？〔旦〕有人。〔生〕这咱时节有人，敢是老姑姑送茶来？免劳了。〔旦〕不是。〔生〕敢是游方的小姑姑么？〔旦〕不是。〔生〕好怪，好怪，又不是小姑姑。再有谁？待我启门而看。〔生开门看介〕

【玩仙灯】呀，何处一娇娃，艳非常使人惊诧。〔旦作笑闪入〕〔生急掩门〕〔旦敛衽整容见介〕秀才万福。〔生〕小娘子到来，敢问尊前何处，因何夤夜至

①单条：狭长的独幅字画。②佻达：戏谑。③锦边牙：裱好的画幅上端用来张挂用的小配件。④闲喷牙：说空话，多嘴。⑤威光水月生临榻：威光水月，即水月观音，这里指画中美人；生临榻，活生生地来到床上。⑥鬤：发髻歪斜的意思。

此？〔旦〕秀才，你猜来。

【红衲袄】〔生〕莫不是莽张骞犯了你星汉槎，莫不是小梁清夜走天曹罚？〔旦〕这都是天上仙人，怎得到此。〔生〕是人家彩凤暗随鸦？〔旦摇头介〕〔生〕敢甚处里绿杨曾系马？〔旦〕不曾一面。〔生〕若不是认陶潜眼挫的花，敢则是走临邛①道数儿差？〔旦〕非差。〔生〕想是求灯的？可是你夜行无烛也，因此上待要红袖分灯向碧纱？

【前腔】〔旦〕俺不为度仙香空散花，也不为读书灯闲濡蜡。俺不似赵飞卿旧有瑕，也不似卓文君新守寡。秀才呵，你也曾随蝶梦迷花下。〔生想介〕是当初曾梦来。〔旦〕俺因此上弄莺簧赴柳衙。若问俺妆台何处也，不远哩，刚则在宋玉东邻第几家。〔生作想介〕是了。曾后花园转西，夕阳时节，见小娘子走动哩。〔旦〕便是了。〔生〕家下有谁？

【宜春令】〔旦〕斜阳外，芳草涯，再无人有伶仃的爹妈。奴年二八，没包弹②风藏叶里花。为春归惹动嗟呀，瞥见你风神俊雅。无他，待和你翦烛临风，西窗闲话。〔生背介〕奇哉，奇哉，人间有此艳色！夜半无故而遇明月之珠，怎生发付！

【前腔】他惊人艳，绝世佳。闪一笑风流银蜡。月明如乍，问今夕何年星汉槎？金钗客寒夜来家，玉天仙人间下榻。〔背介〕知他，知他是甚宅眷的孩儿，这迎门调法③？待小生再问他。〔回介〕小娘子夤夜下顾小生，敢是梦也？〔旦笑介〕不是梦，当真哩。还怕秀才未肯容纳。〔生〕则怕未真。果然美人见爱，小生喜出望外。何敢却乎？〔旦〕这等真个盼著你了。

【耍鲍老】幽谷寒涯，你为俺催花连夜发。俺全然未嫁，你个中知察，拘惜的好人家。牡丹亭，娇恰恰；湖山畔，羞答答；读书窗，淅喇喇。良夜省陪茶，清风明月知无价。

【滴滴金】〔生〕俺惊魂化，睡醒时凉月些些。陡地荣华，敢则是梦中巫峡？亏杀你走花阴不害些儿怕，点苍苔不溜些儿滑，背萱亲不受些儿吓，认书生不著些儿差。你看斗儿斜，花儿亚，如此夜深花睡罢。笑咖咖，吟哈哈，风月无加。把他艳软香娇做意儿耍，下的④亏他？便亏他则半霎。〔旦〕妾有一言相恳，望郎恕罪。〔生笑介〕贤卿有话，但说无妨。〔旦〕妾千金之躯，一旦付与郎矣，勿负奴心。每夜得共枕席，平生之愿足矣。〔生笑介〕贤卿有心恋于小生，小生岂敢忘于贤卿乎？〔旦〕还有一言。未至鸡鸣，放奴回去。秀才休送，以避晓风。〔生〕这都领命。只问姐姐贵姓芳名？

【意不尽】〔旦叹介〕少不得花有根元玉有芽⑤，待说时惹的风声大。〔生〕

---

①走临邛：私奔。②没包弹：无可指摘、没瑕疵。③调法：耍花样。④下的：忍得。⑤花有根元玉有芽：有根芽，指有来历、有出处的意思。

以后准望贤卿逐夜而来。〔旦〕秀才，且和俺点勘春风这第一花。

〔生〕浩态狂香昔未逢，（韩愈）〔旦〕月斜楼上五更钟。（李商隐）

〔旦〕朝云夜入无行处，（李白）〔生〕神女知来第几峰？（张子容）

第二十一出　冥誓

【月云高】〔生上〕暮云金阙①，风幡淡摇拽。但听的钟声绝，早则是心儿热。纸帐书生，有分氲兰麝。咱时还早。荡花阴，单则把月痕遮。〔整灯介〕溜风光，稳护著灯儿烨。〔笑介〕"好书读易尽，佳人期未来。"前夕美人到此，并不堤防，姑姑搅攘。今宵趁他未来之时，先到云堂②之上攀话一回，免生疑惑。〔作掩门行介〕此处留人户半斜，天呵，俺那有心期在那些。〔下〕

【前腔】〔魂旦上〕孤神害怯，佩环风定夜。〔惊介〕则道是人行影，原来是云偷月。〔到介〕这是柳郎书舍了。呀，柳郎何处也？闪闪幽斋，弄影灯明灭。魂再艳，灯油接；情一点，灯头结。〔叹介〕奴家和柳郎幽期，除是人不知，鬼都知道。〔泣介〕竹影寺风声怎的遮，黄泉路夫妻怎当赊③？"待说何曾说，如颦不奈颦。把持花下意，犹恐梦中身。"奴家虽登鬼录，未损人身。阳禄将回，阴数已尽。前日为柳郎而死，今日为柳郎而生。夫妇分缘，去来明白。今宵不说，只管人鬼混缠到甚时节？只怕说时柳郎那一惊呵，也避不得了。正是："夜传人鬼三分话，早定夫妻百岁恩。"

【懒画眉】〔生上〕画阑风摆竹横斜。〔内作鸟声惊介〕惊鸦闪落在残红榭。呀，门儿开也。玉天仙光降了紫云车。〔旦出迎介〕柳郎来也。〔生揖介〕姐姐来也。〔旦〕剔灯花这咱望郎爷。〔生〕直恁的志诚亲姐姐。〔旦〕秀才，等你不来，俺集下了唐诗一首。〔生〕洗耳。〔旦念介〕"拟托良媒亦自伤（秦韬玉），月寒山色两苍苍（薛涛）。不知谁唱春归曲（曹唐）？又向人间魅阮郎（刘言史）。"〔生〕姐姐高才。〔旦〕柳郎，这更深何处来也？〔生〕昨夜被姑姑败兴，俺乘你未来之时，去姑姑房头看了他动静，好来迎接你。不想姐姐今夜来恁早哩。〔旦〕盼不到月儿上也。

【太师引】〔生〕叹书生何幸遇仙提揭，比人间更志诚亲切。乍温存笑眼生花，正渐入欢肠啖蔗④。前夜那姑姑呵，恨无端风雨把春抄截。姐姐呵，误了你

---

①金阙：神话中天帝的宫阙，这里指道观。②云堂：僧道诵经的法堂。③赊：长远。④啖蔗：甘蔗从尖儿吃起，越吃越甜，这里是正甜蜜的意思。

半宵周折，累了你好回惊怯。不嗔嫌，一径的把断红重接。

【销寒窗】〔旦〕是不堤防他来的咋嗻①，吓的个魂儿收不迭。仗云摇月躲，画影人遮。则没揣的涩道边儿，闪人一跌。自生成不惯这磨灭。险些些，风声扬播到俺家爹，先吃了俺狠尊慈②痛决。〔生〕姐姐费心。因何错爱小生至此？〔旦〕爱的你一品人才。〔生〕姐姐敢定了人家？

【太师引】〔旦〕并不曾受人家红定回鸾帖。〔生〕喜个甚样人家？〔旦〕但得个秀才郎情倾意惬。〔生〕小生到是个有情的。〔旦〕是看上你年少多情，迤逗俺睡魂难贴。〔生〕姐姐，嫁了小生罢。〔旦〕怕你岭南归客路途赊，是做小伏低③难说。〔生〕小生未曾有妻。〔旦笑介〕少什么旧家根叶，著俺异乡花草填接？敢问秀才，堂上有人么？〔生〕先君官为朝散，先母曾封县君。〔旦〕这等是衙内④了。怎恁婚迟？

【锁寒窗】〔生〕恨孤单飘零岁月，但寻常稔色⑤谁沾藉？那有个相如在客，肯驾香车？萧史无家，便同瑶阙？似你千金笑等闲抛泄，凭说，便和伊青春才貌恰争些，怎做的露水相看仳别⑥！〔旦〕秀才有此心，何不请媒相聘？也省的奴家为你担慌受怕。〔生〕明早敬造尊庭，拜见令尊令堂，方好问亲于姐姐。〔旦〕到俺家来，只好见奴家。要见俺爹娘还早。〔生〕这般说，姐姐当真是那样门庭。〔旦笑介〕〔生〕是怎生来？

【红衫儿】看他温香艳玉神清绝，人间迥别。〔旦〕不是人间，难道天上？〔生〕怎独自夜深行，边厢少侍妾？且说个贵表尊名。〔旦叹介〕〔生背介〕他把姓字香沈，敢怕似飞琼漏泄？姐姐不肯泄漏姓名，定是天仙了。薄福书生，不敢再陪欢宴。尽仙姬留意书生，怕逃不过天曹罚折。

【前腔】〔旦〕道奴家天上神仙列，前生寿折。〔生〕不是天上，难道人间？〔旦〕便作是私奔，悄悄何妨说。〔生〕不是人间，则是花月之妖。〔旦〕正要你掘草寻根，怕不待勾辰就月。〔生〕是怎么说？〔旦欲说又止介〕不明白辜负了幽期，话到尖头又咽。〔相思令〕〔生〕姐姐，你“千不说，万不说。直恁的书生不酬决⑦，更向谁边说？〔旦〕待要说，如何说？秀才，俺则怕聘则为妻奔则妾，受了盟香说。”〔生〕你要小生发愿，定为正妻，便与姐姐拈香去。

【滴溜子】〔生、旦同拜〕神天的，神天的，盟香满爇。柳梦梅，柳梦梅，南安郡舍，遇了这佳人提挈，作夫妻。生同室，死同穴。口不心齐，寿随香灭，〔旦泣介〕〔生〕怎生吊下泪来？〔旦〕感君情重，不觉泪垂。

【闹樊楼】你秀才郎为客偏情绝，料不是虚脾⑧把盟誓撇。哎，话吊在喉咙

---

①咋嗻：厉害。②尊慈：母亲。③做小伏低：做妾。④衙内：官家子弟。⑤寻常稔色：一般的女子。⑥仳别：分手。⑦酬决：说清楚。⑧虚脾：虚情假意。

翦了舌。嘱东君在意者，精神打叠。暂时间奴儿回避趄，些儿待说，你敢扑忱忪①害跌。〔生〕怎的来？〔旦〕秀才，这春容得从何处？〔生〕太湖石缝里。〔旦〕比奴家容貌争多？〔生看惊介〕可怎生一个粉扑儿②？〔旦〕可知道，奴家便是画中人也。〔生合掌谢画介〕小生烧的香到哩。姐姐，你好歹表白一些儿。

【啄木犯】〔旦〕柳衙内听根节。杜南安原是俺亲爹。〔生〕呀，前任杜老先生升任扬州，怎么丢下小姐？〔旦〕你翦了灯。〔生翦灯介〕〔旦〕翦了灯、馀话堪明灭。〔生〕且请问芳名，青春多少？〔旦〕杜丽娘小字有庚帖，年华二八，正是婚时节。〔生〕是丽娘小姐，俺的人那！〔旦〕衙内，奴家还未是人。〔生〕不是人，是鬼？〔旦〕是鬼也。〔生惊介〕怕也，怕也。〔旦〕靠边些，听俺消详说。话在前教伊休害怯，俺虽则是小鬼头人半截。〔生〕姐姐，因何得回阳世而会小生？

【前腔】〔旦〕虽则是阴府别，看一面千金小姐，是杜南安那些枝叶。注生妃央及煞回生帖，化生娘点活了残生劫。你后生儿蘸定俺前生业。秀才，你许了俺为妻真切，少不得冷骨头着疼热。〔生〕你是俺妻，俺也不害怕了。难道便请起你来？怕似水中捞月，空里拈花。

【三段子】〔旦〕俺三光不灭。鬼胡由，还动迭，一灵未歇。泼残生，堪转折。秀才可谙经典？是人非人心不别，是幻非幻如何说？虽则似空里拈花，却不是水中捞月。〔生〕既然虽死犹生，敢问仙坟何处？〔旦〕记取太湖石梅树一株。

【前腔】爱的是花园后节，梦孤清，梅花影斜。熟梅时节，为仁儿，心酸那些。〔生〕怕小姐别有走跳处？〔旦叹介〕便到九泉无屈折，衠③幽香一阵昏黄月。〔生〕好不冷。〔旦〕冻的俺七魄三魂，僵做了三贞七烈。〔生〕则怕惊了小姐的魂怎好？

【斗双鸡】〔旦〕花根木节，有一个透人间路穴。俺冷香肌早偎的半热。你怕惊了呵，悄魂飞越，则俺见了你回心心不灭。〔生〕话长哩。〔旦〕畅好是一夜夫妻，有的是三生话说。〔生〕不烦姐姐再三，只俺独力难成。〔旦〕可与姑姑计议而行。〔生〕未知深浅，怕一时间攒不彻。

【登小楼】〔旦〕咨嗟、你为人为彻。俺砌笼棺勾有三尺叠，你点刚锹和俺一谜掘。就里阴风泻泻，则隔的阳世些些。〔内鸡鸣介〕

【鲍老催】咳，长眠人一向眠长夜，则道鸡鸣枕空设。今夜呵，梦回远塞荒鸡咽，觉人间风味别。晓风明灭，子规声容易吹残月。三分话才做一分说。

【耍鲍老】俺丁丁列列④，吐出在丁香舌。你拆了俺丁香结，须粉碎俺丁香节。休残慢⑤，须急节。俺的幽情难尽说。〔内风起介〕则这一翦风动灵衣去了

①扑忱忪：扑通，跌倒的意思。②一个粉扑儿：一个模样。③衠：真。④丁丁列列：形容说话吞吞吐吐。⑤残慢：懒散。

也。〔旦急下〕〔生惊痴介〕，奇哉，奇哉！柳梦梅做了杜太守的女婿，敢是梦也？待俺来回想一番。他名字杜丽娘，年华二八，死葬后园梅树之下。啐，分明是人道交感，有精有血。怎生杜小姐颠倒自己说是鬼？〔旦又上介〕衙内还在此？〔生〕小姐怎又回来？〔旦〕奴家还有丁宁。你既以俺为妻，可急视之，不宜自误。如或不然，妾事已露，不敢再来相陪。愿郎留心。勿使可惜。妾若不得复生，必痛恨君于九泉之下矣。

【尾声】〔旦跪介〕柳衙内你便是俺再生爷。〔生跪扶起介〕〔旦〕一点心怜念妾，不著俺黄泉恨你，你只骂的俺一句鬼随邪。〔旦作鬼声下，回顾介〕〔生吊场，低语介〕柳梦梅着鬼了。他说的恁般分明，恁般恓切，是无是有，只得依言而行。和姑姑商量去。

梦来何处更为云？（李商隐）惆怅金泥簇蝶裙。（韦氏子）

欲访孤坟谁引至？（刘言史）有人传示紫阳君。（熊孺登）

第二十二出　诇①药

〔末上〕"积年儒学理粗通，书簏成精变药笼。家童唤俺老员外，街坊唤俺老郎中。"俺陈最良失馆，依然开药铺。看今日有甚人来？

【女冠子】〔净上〕人间天上，道理都难讲。梦中虚诳，更有人儿思量泉壤。陈先生利市哩。〔末〕老姑姑到来。〔净〕好铺面！这"儒医"二字杜太爷赠的。好"道地药材②"！这两块土中甚用？〔末〕是寡妇床头土。男子汉有鬼怪之疾，清水调服良。〔净〕这布片儿何用？〔末〕是壮男子的裤裆。妇人有鬼怪之病，烧灰吃了效。〔净〕这等，俺贫道床头三尺土，敢换先生五寸裆？〔末〕怕你不十分寡。〔净〕啐，你敢也不十分壮。〔末〕罢了，来意何事？〔净〕不瞒你说，前日小道姑呵！

【黄莺儿】年少不堤防，赛江神，归夜忙。〔末〕着手了？〔净〕知他着甚闲空旷③？被凶神煞党。年灾月殃，瞑然一去无回向。〔末〕欠老成哩！〔净〕细端详，你医王手段敢对的住活阎王。〔末〕是活的，死的？〔净〕死儿日了。〔末〕死人有口吃药？也罢，便是这烧裆散，用热酒调服下。

【前腔】海上有仙方，这伟男儿深裤裆。〔净〕则这种药，俺那里自有。

①诇（xiòng）：求。②道地药材：中药店的招牌上往往写着这4个字，意思是说所备的都是各地的名产。③空旷：迷信的说法，空旷无人的地方多鬼神。

〔末〕则怕姑姑记不起谁阳壮。翦裁寸方，烧灰酒娘①，敲开齿缝把些儿放。不寻常，安魂定魄赛过反精香②。〔净〕谢了。

〔末〕还随女伴赛江神，（于鹄）〔净〕争奈多情足病身。（韩偓）

〔末〕岩洞幽深门尽锁，（韩愈）〔净〕隔花催唤女医人。（王建）

第二十三出　回生

【字字双】〔丑扮疙童，持锹上〕猪尿泡疙疸偌卢胡，没裤③。铧锹儿入的土花疏，没骨。活小娘不要去做鬼婆夫，没路。偷坟贼拿到做个地官符④，没趣。〔笑介〕自家梅花观主家癞头鼋便是。观主受了柳秀才之托，和杜小姐启坟。好笑，好笑，说杜小姐要和他这里重做夫妻。管他人话鬼话，带了些黄钱，挂在这太湖石上，点起香来。

【出队子】〔净携酒同生上〕玉人何处，玉人何处？近墓西风老绿芜。《竹枝歌》唱的女郎苏，杜鹃声啼过锦江无？一窨愁残，三生梦馀。〔生〕老姑姑，已到后园。只见半亭瓦砾，满地荆榛。绣带重寻，袅袅藤花夜合；罗裙欲认，青青蔓草春长。则记的太湖石边，是俺拾画之处。依稀似梦，恍惚如亡。怎生是好？〔净〕秀才不要忙，梅树下堆儿是了。〔生〕小姐，好伤感人也。〔哭介〕〔丑〕哭甚的。趁时节了。〔烧纸介〕〔生拜介〕巡山使者，当山土地，显圣显灵。

【啄木鹂】开山纸⑤草面上铺。烟罩山前红地炉。〔丑〕敢太岁头上动土？向小姐脚跟挖窟。〔生〕土地公公，今日开山，专为请起杜丽娘。不要你死的，要个活的。你为神正直应无妒，俺阳神触煞俱无虑。要他风神笑语都无二，便做着你土地公公女嫁吾。呀，春在小梅株。好破土哩。

【前腔】〔丑、净锹土介〕这三和土一谜锄。小姐呵，半尺孤坟你在这的无？〔生〕你们十分小心。〔看介〕到棺了。〔丑作惊丢锹介〕到官没活的了。〔生摇手介〕禁声。〔内旦作哎哟介〕〔众惊介〕活鬼做声了。〔生〕休惊了小姐。〔众蹲向鬼门，开棺介〕〔净〕原来钉头锈断，子口⑥登开，小姐敢别处送云雨去了。〔内哎哟介〕〔生见旦扶介〕〔生〕咳，小姐端然在此。异香袭人，幽姿如故。天也，你看正面上那些儿尘渍，斜空处没半米⑦蚍蜉。则他暖幽香四片斑斓木，润

---

①酒娘：甜米酒。②反精香：即回魂香，能使人起死回生。③猪尿泡疙疸偌卢胡，没裤：这里是对癞痢头的恶谑。④地官符：指活埋。⑤开山纸：破土前焚化的黄纸。迷信的做法。⑥子口：合缝处。⑦半米：半粒，半只。

芳姿半榻黄泉路，养花身五色燕支土。〔扶旦软髀介〕〔生〕俺为你款款偎将睡脸扶，休损了口中珠。〔旦作呕出水银介〕〔丑〕一块花银，二十分多重，赏了癞头罢。〔生〕此乃小姐龙含凤吐之精，小生当奉为世宝。你们别有酬犒。〔旦开眼叹介〕〔净〕小姐开眼哩。〔生〕天开眼了。小姐呵！

【金蕉叶】〔旦〕是真是虚？劣梦魂猛然惊遽。〔作掩眼介〕避三光业眼难舒，怕一弄儿巧风吹去。〔生〕怕风怎么好？〔净扶旦介〕且在这牡丹亭内进还魂丹，秀才翦裆。〔生翦介〕〔丑〕待俺凑些加味还魂散。〔生〕不消了。快快热酒来。

【莺啼序】〔调酒灌介〕玉喉咙半点灵酥。〔旦吐介〕〔生〕哎也，怎生呵落在胸脯。姐姐再进些，才吃下三个多半口还无。〔觑介〕好了，好了！喜春生颜面肌肤。〔旦觑介〕这些都是谁？敢是些无端道途①，弄的俺不着坟墓？〔生〕我便是柳梦梅。〔旦〕眳濛觑，怕不是梅边柳边人数。〔生〕有这道姑为证。〔净〕小姐可认得道姑么？〔旦看不语介〕

【前腔】〔净〕你乍回头记不起俺这姑姑。〔生〕可记得这后花园？〔旦不语介〕〔净〕是了，你梦境模糊。〔旦〕只那个是柳郎？〔生应，旦作认介〕咳，柳郎真信人也。亏杀你拨草寻蛇，亏杀你守株待兔。棺中宝玩收存，诸馀抛散池塘里去。〔众〕咗！〔丢去棺物介〕向人间别画个葫芦②。水边头洗除凶物。〔众〕亏了小姐整整睡这三年。〔旦〕流年度，怕春色三分，一分尘土。〔生〕小姐，此处风露，不可久停。好处将息去。

【尾声】死工夫救了你活地狱，七香汤莹了美食相扶。〔旦〕扶往那里去？〔净〕梅花观内。〔旦〕可知道洗棺尘，都是这高唐观中雨。

〔生〕天赐燕支一抹腮，（罗隐）〔旦〕随君此去出泉台。（景舜英）

〔净〕俺来穿穴非无意，（张祜）〔生〕愿结灵姻愧短才。（潘雍）

第二十四出　婚走

【意难忘】〔净扶旦上〕〔旦〕如笑如呆，叹情丝不断，梦境重开。〔净〕你惊香辞地府，舆榇出天台③。〔旦〕姑姑，俺强挣作，软咍咍，重娇养起这嫩孩孩。〔合〕尚疑猜，怕如烟入抱，似影投怀。〔画堂春〕〔旦〕“蛾眉秋恨满三

①无端道途：无赖之辈、歹徒。②向人间别画个葫芦：重新做人的意思。③舆榇出天台：舆榇，用车载着棺材；天台，原指仙界，这里指阴间。全句意思是死去活来。

霜①，梦馀荒冢斜阳。土花零落旧罗裳，睡损红妆。〔净〕风定彩云犹怯，火传金炧重香。如神如鬼费端详，除是高唐。”〔旦〕姑姑，奴家死去三年。为钟情一点，幽契重生。皆亏柳郎和姑姑信心提救。又以美酒香酥，时时将养。数日之间，稍觉精神旺相。〔净〕好了，秀才三回五次，央俺成亲哩。〔旦〕姑姑，这事还早。扬州问过了老相公、老夫人，请个媒人方好。〔净〕好消停②的话儿。这也由你。则问小姐前生事可记得些么？

【胜如花】〔旦〕前生事，曾记怀。为伤春病害，困春游梦境难捱。写春容那人儿拾在。那劳承、那般顶戴，似盼天仙盼的眼咍③，似叫观音叫的口歪。〔净〕俺也听见些。则小姐泉下怎生得知？〔旦〕虽则尘埋，把耳轮儿热坏。感一片志诚无奈，死淋侵走上阳台，活森沙④走出这泉台。〔净〕秀才来哩。

【生查子】〔生上〕艳质久尘埋，又挣出这烟花界。你看他含笑插金钗，摆动那长裙带。〔见介〕丽娘妻。〔旦羞介〕〔生〕姐姐，俺地窟里扶卿做玉真。〔旦〕重生胜过父娘亲。〔生〕便好今宵成配偶。〔旦〕懵腾还自少精神。〔净〕起前说精神旺相，则瞒着秀才。〔旦〕秀才可记的古书云：“必待父母之命，媒妁之言。”〔生〕日前虽不是钻穴相窥，早则钻坟而入了。小姐今日又会起书来。〔旦〕秀才，比前不同。前夕鬼也，今日人也。鬼可虚情，人须实礼。听奴道来：

【胜如花】青台闭，白日开。〔拜介〕秀才呵，受的俺三生礼拜，待成亲少个官媒。〔泣介〕结盏的要高堂人在。〔生〕成了亲，访令尊令堂，有惊天之喜。要媒人，道姑便是。〔旦〕秀才忙待怎的？也曾落几个黄昏陪待。〔生〕今夕何夕？〔旦〕直恁的急色秀才。〔生〕小姐捣鬼。〔旦笑介〕秀才捣鬼。不是俺鬼奴台⑤妆妖作乖。〔生〕为甚？〔旦羞介〕半死来回，怕的雨云惊骇。有的是这人儿活在，但将息俺半载身材。〔背介〕但消停俺半刻情怀。

【不是路】〔末上〕深院闲阶，花影萧萧转翠苔。〔扣门介〕人谁在？是陈生探望柳君来。〔众惊介〕〔生〕陈先生来了，怎好？〔旦〕姑姑，俺回避去。〔下〕〔末〕忒奇哉，怎女儿声息纱窗外，硬抵门儿应不开？〔又扣门介〕〔生〕是谁？〔末〕陈最良。〔开门见介〕〔生〕承车盖⑥，俺衣冠未整因迟待。〔末〕有些惊怪。〔生〕有何惊怪？

【前腔】〔末〕不是天台，怎风度娇音隔院猜？〔净上〕原来陈斋长到来。〔生〕陈先生说里面妇娘声息，则是老姑姑。〔净〕是了，长生会，莲花观里一个小姑来。〔末〕便是前日的小姑么？〔净〕另是一众。〔末〕好哩，这梅花观一发兴哩。也是杜小姐冥福所致。因此径来相约，明午整个小盒儿同柳兄往坟上随喜去。暂告辞了。无闲会，今朝有约明朝在，酒滴青娥墓上回。〔生〕承拖带，

---

①三霜：三年。②消停：自在。③眼咍：眼呆。④活森沙：活泼地。⑤鬼奴台：鬼奴胎，小鬼。⑥承车盖：承光降、承您来。

这姑姑点不出个茶儿待。即来回拜。〔末〕慢来回拜。〔下〕〔生〕喜的陈先生去了，请小姐有话。〔旦上介〕〔净〕怎了，怎了？陈先生明日要上小姐坟去。事露之时，一来小姐有妖冶之名，二来公相无闺阃之教，三来秀才坐迷惑之讥，四来老身招发掘之罪。如何是了？〔旦〕老姑姑，待怎生好？〔净〕小姐，这柳秀才待往临安取应。不如曲成亲事，叫童儿寻只赣船，夤夜开去，以灭其踪。意下何如？〔旦〕这也罢了。〔净〕有酒在此。你二人拜告天地。〔拜，把酒介〕

【榴花泣】〔生〕三生一会，人世两和谐。承合卺，送金杯。比墓田春酒这新醅，才酸转人面桃腮。〔旦悲介〕伤春便埋，似中山醉梦三年在。只一件来，看伊家龙凤姿容，怎配俺这土木形骸！〔生〕那有此话！

【前腔】相逢无路，良夜肯疑猜？眠一柳，当了三槐。杜兰香真个在读书斋，则柳耆卿不是仙才。〔旦叹介〕幽姿暗怀，被元阳①鼓的这阴无赖。柳郎，奴家依然还是女身。〔生〕已经数度幽期，玉体岂能无损？〔旦〕那是魂，这才是正身陪奉。伴情哥则是游魂，女儿身依旧含胎。〔外扮舟子歌上〕春娘爱上酒家子楼，不怕归迟总弗子愁。推道那家娘子睡，且留教住要梳子头。〔又歌〕不论秋菊和那春子个花，个个能噇②空肚子茶。无事莫教频入子库，一名闭物他也要些子些。〔丑扮疙童上介〕船，船，船，临安去。〔外〕来，来，来。〔拢船介〕〔丑〕门外船便，相公纂下小姐班。〔净辞介〕相公、小姐，小心去了。〔生〕小姐无人伏侍，烦老姑姑一行，得了官时相报。〔净〕俺不曾收拾。〔背介〕事发相连，走为上计。〔回介〕也罢，相公赏侄儿什么，着他和俺收拾房头，俺伴小姐同去。〔丑〕使得。〔生〕便赏他这件衣服。〔解衣介〕〔丑〕谢了，事发谁当？〔生〕则推不知便了。〔丑〕这等请了。“秃厮儿堪充道伴，女冠子权当梅香。”〔下〕

【急板令】〔众上船介〕别南安孤帆夜开，走临安把双飞路排。〔旦悲介〕〔生〕因何吊下泪来？〔旦〕叹从此天涯，从此天涯。叹三年此居，三年此埋。死不能归，活了才回。〔合〕问今夕何夕？此来、魂脉脉，意咍咍。

【前腔】〔生〕似倩女返魂到来，采芙蓉回生并载。〔旦叹介〕〔生〕为何又吊下泪来？〔旦〕想独自谁挨，独自谁挨？翠黯香囊，泥渍金钗。怕天上人间，心事难谐。〔合前〕〔净〕夜深了，叫停船。你两人睡罢。〔生〕风月舟中，新婚佳趣，其乐何如！

【一撮掉】蓝桥驿，把滦河桥风月筛。〔旦〕柳郎，今日方知有人间之乐也。七星版、三星照，两星排。今夜呵，把身子儿带，情儿迈，意儿挨。〔净〕你过河，衣带紧，请宽怀。〔生〕眉横黛，小船儿禁重载？这欢眠自在，抵多少吓

①元阳：指男人。②噇：滥喝。

魂台。

【尾声】情根一点是无生债。〔旦〕叹孤坟何处是俺望夫台？柳郎呵，俺和你死里淘生情似海。

〔生〕偷去须从月下移，（吴融）〔净〕好风偏似送佳期。（陆龟蒙）

〔旦〕傍人不识扁舟意，（张蠙）〔净〕惟有新人子细知。（戴叔伦）

第二十五出　如杭

【唐多令】〔生上〕海月①未尘埋，〔旦上〕新妆倚镜台。〔生〕卷钱塘风色破书斋。〔旦〕夫，昨夜天香云外吹，桂子月中开。〔生〕“夫妻客旅闷难开，〔旦〕待唤提壶酒一杯。〔生〕江上怒潮千丈雪，〔旦〕好似禹门平地一声雷。”〔生〕俺和你夫妻相随，到了临安京都地面。赁下一所空房，可以理会书史。争奈试期尚远，客思转深。如何是好？〔旦〕早上分付姑姑，买酒一壶，少解夫君之闷，尚未见回。〔生〕生受了，娘子。一向不曾话及：当初只说你是西邻女子，谁知感动幽冥，匆匆成其夫妇。一路而来，到今不曾请教。小姐可是见小生于道院西头？因何诗句上“不是梅边是柳边”，就指定了小生姓名？这灵通委是怎的？〔旦笑介〕柳郎，俺说见你于道院西头是假。我前生呵！

【江儿水】偶和你后花园曾梦来，擎一朵柳丝儿要俺把诗篇赛。奴正题咏间，便和你牡丹亭上去了。〔生笑介〕可好哩？〔旦笑介〕咳，正好中间，落花惊醒。此后神情不定，一病奄奄。这是聪明反被聪明带，真诚不得真诚在，冤亲做下这冤亲债。一点色情难坏，再世为人，话做了两头分拍。

【前腔】〔生〕是话儿听的都呆答孩。则俺为情痴信及你人儿在。还则怕邪淫惹动阴曹怪，忌亡坟触犯阴阳戒。分书生领受阴人爱，勾的你色身无坏。出土成人，又看见这帝城风采。〔净提酒上〕“路从丹凤城②边过。酒向金鱼馆内沽。”呀，相公，小姐不知：俺在江头沽酒，看见各处秀才，都赴选场去了。相公错过天大好事。〔生、旦作忙介〕〔旦〕相公只索快行。〔净〕这酒便是状元红了。

【小措大】〔旦把酒介〕喜的一宵恩爱，被功名二字惊开。好开怀这御酒三杯，放着四婵娟人月在。立朝马五更门外，听六街里喧传人气概。七步才，蹬上了寒宫八宝台。沈醉了九重春色，便看花十里归来。

①海月：贝壳类动物。②丹凤城：京都。

【前腔】〔生〕十年窗下，遇梅花冻九才开。夫贵妻荣八字安排。敢你七香车稳情载，六宫宣①有你朝拜。五花诰封你非分外。论四德、似你那三从结愿谐。二指大泥金报喜②。打一轮皂盖飞来。〔旦〕夫，我记的春容诗句来。

【尾声】盼今朝得傍你蟾宫客，你和俺倍精神金阶对策。高中了，同去访你丈人、丈母呵，则道俺从地窟里登仙那大喝采。

〔旦〕良人的的有奇才，（刘氏）〔净〕恐失佳期后命催。（杜甫）

〔生〕红粉楼中应计日，（杜审言）〔合〕遥闻笑语自天来。（李端）

第二十六出　移镇

【夜游朝】〔外扮杜安抚引众上〕西风扬子津头树，望长淮渺渺愁予。枕障江南，钩连塞北。如此江山几处？〔诉衷情〕“砧声又报一年秋。江水去悠悠。塞草中原何处？一雁过淮楼。天下事，鬓边愁，付东流。不分吾家小杜，清时醉梦扬州。”自家淮扬安抚使杜宝。自到扬州三载，虽则李全骚扰，喜得大势平安。昨日打听边兵要来，下官十分忧虑。可奈夫人不解事，偏将亡女絮伤心。

【似娘儿】〔老旦引贴上〕夫主掣兵符，也相从燕幙栖迟③，〔叹介〕画屏风外秦淮树。看两点金焦④，十分眉恨，片影江湖。〔老旦〕相公万福。〔外〕夫人免礼。〔玉楼春〕〔老旦〕相公：“几年别下南安路，春去秋来朝复暮。〔外〕空怀锦水故乡情，不见扬州行乐处。〔老旦〕你摩挲老剑评今古，那个英雄闲处住？〔泪介〕〔合〕忘忧⑤恨自少宜男，泪洒岭云江外树。”〔老旦〕相公，我提起亡女，你便无言。岂知俺心中愁恨！一来为苦伤女儿，二来为全无子息。待趁在扬州寻下一房，与相公传后。尊意何如？〔外〕使不得，部民之女哩。〔老旦〕这等，过江金陵女儿可好？〔外〕当今王事匆匆，何心及此。〔老旦〕苦杀俺丽娘儿也！〔哭介〕〔净扮报子⑥上〕“诏从日月威光远，兵洗江淮杀气高。”禀老爷，有朝报。〔外起看报介〕枢密院一本，为边兵寇淮事。奉圣旨：便著淮扬安抚使杜宝，刻日渡淮。不许迟误。钦此。呀，兵机紧急，圣旨森严。夫人，俺同

---

①六宫宣：皇后的宣召。②泥金报喜：唐代进士及第，用泥金写的帖子寄到家里报喜。③燕幕栖迟：燕幕，处在危险的境地；栖迟，游息。④金焦：金、焦是两座山名，金山在镇江北，焦山是长江中的一座小岛，也在镇江，离扬州不远。⑤忘忧：忘忧草又名宜男草，相传妇人怀孕佩戴此草就会生男孩。⑥报子：探报消息的人。

你移镇淮安，就此起程也。〔丑扮驿丞上〕“羽檄从参赞，牙签①报驿程。”禀老爷，船只齐备。〔内鼓吹介〕〔上船介〕〔内禀“合属官吏候送”，外分付“起去”介〕〔外〕夫人，又是一江秋色也。

【长拍】天意秋初，天意秋初，金风微度，城阙外画桥烟树。看初收泼火②，嫩凉生，微雨沾裾。移画舸浸蓬壶。报潮生，风气肃，浪花飞吐，点点白鸥飞近渡。风定也，落日摇帆映绿蒲，白云秋窣的鸣箫鼓。何处菱歌，唤起江湖？〔外〕呀，岸上跑马的什么人？

【不是路】〔末扮报子，跑马上〕马上传呼，慢橹停船看羽书。〔外〕怎的来？〔末〕那淮安府，李全将次逞狂图。〔外〕可发兵守御么？〔末〕怎支吾？星飞调度恁安抚。则怕这水路里耽延，你还走旱途。〔外〕休惊惧。夫人，吾当走马红亭③路；你转船归去、转船归去。〔老旦〕咳，后面报马又到哩。

【前腔】〔丑扮报子上〕万骑胡奴，他要堑断长淮塞五湖。老爷快行，休迟误。小的先去也。怕围城缓急要降胡。〔下〕〔老旦哭介〕待何如？你星霜满鬓当戎虏，似这烽火连天各路衢。〔外〕真愁促，怕扬州隔断无归路。再和你相逢何处、相逢何处？夫人，就此告辞了。扬州定然有警，可径走临安。

【短拍】老影分飞，老影分飞，似参军杜甫，把山妻泣向天隅。〔老旦哭介〕无女一身孤，乱军中别了夫主。〔合〕有什么命夫命妇，都是些鳏寡孤独！生和死，图的个梦和书。

【尾声】〔老旦〕老残生两下里自支吾。〔外〕俺做的是这地头军府。〔老旦〕老爷也，珍重你这满眼兵戈一腐儒。〔外下〕〔老旦叹介〕天呵，看扬州兵火满道。春香，和你径走临安去也。

隋堤风物已凄凉，（吴融）楚汉宁教作战场。（韩偓）
闺阁不知戎马事，（薛涛）双双相趁下残阳。（罗邺）

---

①牙签：邮签，驿站报驿程的时候用。②泼火：暑气。③红亭：陆路。

落日摇帆映
绿蒲

第二十七出　折寇

【破阵子】〔外戎装佩剑，引众上〕接济风云阵势①，侵寻岁月边陲。〔内擂鼓喊介〕〔外叹介〕你看虎咆般炮石连雷碎，雁翅似刀轮密雪施。李全，李全，你待要霸江山、吾在此。〔集唐〕“谁能谈笑解重围（皇甫冉）？万里胡天鸟不飞（高骈）。今日海门南畔事（高骈），满头霜雪为兵机（韦庄）。”我杜宝自到淮扬，即遭兵乱。孤城一片，困此重围。只索调度兵粮，飞扬金鼓。生还无日，死守由天。潜坐敌楼之中，追想靖康而后。中原一望，万事伤心。

【玉桂枝】问天何意：有三光不辨华夷，把腥膻吹换人间，这望中原做了黄沙片地？〔恼介〕猛冲冠怒起，猛冲冠怒起，是谁弄的，江山如是？〔叹介〕中原已矣，关河困，心事违。也则愿保扬州，济淮水。俺看李全贼数万之众，破此何难？进退迟疑，其间有故。俺有一计可救围，恨无人与游说。〔内擂鼓介〕〔净扮报子上〕“羽檄场中无雁到，鬼门关上有人来。”好笑，城围的铁桶似紧，有秀才来打秋风，则索报去。禀老爷：有个故人相访。〔外〕敢是奸细？〔净〕说是江右南安府陈秀才。〔外〕这迂儒怎生飞的进来？快请见。

【浣溪沙】〔末上〕摆旌旗，添景致，又不是闹元宵鼓炮齐飞。杜老爷在那里？〔外出笑迎介〕忽闻的千里故人谁？〔叹介〕原来是先生到此。教俺惊垂泪。〔末〕老公相头通白了。〔合〕白首相看俺与伊，三年一见愁眉。〔拜介〕〔末〕〔集唐〕“头白乘驴悬布囊（卢纶），〔外〕故人相见忆山阳②（谭用之）。〔末〕横塘③一别千馀里（许浑），〔外〕却认并州④作故乡（贾岛）。”〔末〕恭谂公相，又苦伤老夫人回扬州，被贼兵所算了。〔外惊介〕怎知道？〔末〕生员在贼营中，眼同验过老夫人首级，和春香都杀了。〔外哭介〕天呵，痛杀俺也！

【玉桂枝】相夫登第，表贤名甄氏吾妻。称皇宣一品夫人，又待伴俺立双忠烈女。想贤妻在日，想贤妻在日，凄然垂泪，俨然冠帔。〔外哭倒，众扶介〕〔末〕我的老夫人，老夫人怎了！你将官们也大家哭一声儿么！〔众哭介〕老夫人呵！〔外作恼拭泪介〕呀，好没来由！夫人是朝廷命妇，骂贼而死，理所当然。我怎为他乱了方寸，灰了军心？身为将，怎顾的私？任恓惶，百无悔。陈先生，溜金王还有话么？〔末〕不好说得，他还要杀老先生。〔外〕咳，他杀俺甚

---

①风云阵势：古代兵书上记载的天、地、风、云、飞龙、翔鸟、虎翼、蛇蟠八种阵势。
②山阳：地名，今河南修武。③横塘：南京的一处地名。④并州：今山西太原。

意儿？俺杀他全为国。〔末〕依了生员，两下都不要杀。〔做扯外耳语介〕那溜金王要这座淮安城。〔外〕噤声！那贼营中是一个座位，是两个座位？〔末〕他和妻子连席而坐。〔外笑介〕这等，吾解此围必矣。先生竟为何来？〔末〕老先生不问，几乎忘了。为小姐坟儿被盗，径来相报。〔外惊介〕天呵！冢中枯骨，与贼何仇？都则为那些宝玩害了也。贼是谁。〔末〕老公相去后，道姑招了个岭南游棍柳梦梅为伴。见物起心，一夜劫坟逃去。尸骨丢在池水中。因此不远千里而告。〔外叹介〕女坟被发，夫人遭难。正是："未归三尺土，难保百年身。既归三尺土，难保百年坟。"也索罢了，则可惜先生一片好心。〔末〕生员拜别老公相后，一发贫薄了。〔外叹介〕军中仓卒，无以为情。我把一大功劳，先生干去。〔末〕愿效劳。〔外〕我久写下咫尺之书，要李全解散三军之众。馀无可使，烦公一行。左右，取过书仪来。傥说得李全降顺，便可归奏朝廷，自有个出身之处。〔杂取书礼介〕"儒生三寸舌，将军一纸书。"书仪在此。〔末〕途费谨领。送书一事，其实怕人。〔外〕不妨。

【榴花泣】兵如铁桶，一使在其中。将折简、去和戎。陈先生，你志诚打的贼儿通。虽然寇盗奸雄，他也相机而动。〔末〕恐游说非书生之事。〔外〕看他开围放你来，其意可知。你这书生正好做传书用。〔末〕仗恩台一字长城①，借寒儒八面威风。〔内鼓吹介〕

【尾声】戍楼羌笛话匆匆。事成呵，你归去朝廷沾寸宠，这纸书敢则是保障江淮第一封。

〔外〕隔河征战几归人？（刘长卿）〔末〕五马临流待幕宾。（卢纶）

〔外〕劳动先生远相访，（王建）〔末〕恩波自会惜枯鳞②。（刘长卿）

第二十八出　遇母

【十二时】〔旦上〕不住的相思鬼，把前身退悔。土臭全消，肉香新长。嫁寒儒客店里孤栖。〔净上〕又著他攀高谒贵。〔浣溪沙〕"〔旦〕寂寞秋窗冷簟纹，〔净〕明珰玉枕旧香尘，〔旦〕断潮归去梦郎频。〔净〕桃树巧逢前度客，〔旦〕翠烟真是再来人，〔合〕月高风定影随身。"〔旦〕姑姑，奴家喜得重生，嫁了柳郎。只道一举成名，回去拜访爹娘。谁知朝廷为着淮南兵乱，开榜稽迟。我爹娘

①一字长城：意思是书信可以退敌。②枯鳞：失水的鱼，比喻失意，这里指陈最良。

正在围城之内，只得赍发柳郎往寻消耗，撇下奴家钱塘客店。你看那江声月色，凄怆人也。〔净〕小姐，比你黄泉之下，景致争多。〔旦〕这不在话下。

【针线厢】虽则是荒村店江声月色，但说着坟窝里前生今世，则这破门帘乱撒星光内，煞强似洞天黑地。姑姑呵，三不归①父母如何的？七件事儿夫家靠谁？心悠曳，不死不活，睡梦里为个人儿。〔净〕似小姐的罕有。

【前腔】伴着你半间灵位，又守见你一房夫婿。〔旦〕姑姑，那夜搜寻秀才，知我闪在那里？〔净〕则道画帧儿怎放的个人回避，做的事瞒神諕鬼。〔旦〕昏黑了，你看月儿黑黑的星儿晦，萤火青青似鬼火吹。〔旦〕好上灯了。〔净〕没油，黑坐地②，三花两焰，留的你照解罗衣。〔旦〕夜长难睡，还向主家借些油去。〔净〕你院子里坐坐，咱去借来。“合着油瓶盖，踏碎玉莲蓬③。”〔下〕〔旦玩月叹介〕

【月儿高】〔老旦、贴行路上〕江北生兵乱，江南走多半。不载香车稳，趿的鞋鞓断④。夫主兵权，望天涯生死如何判。前呼后拥，一个春香伴。凤髻消除，打不上扬州纂⑤。上岸了到临安。趁黄昏黑影林峦，生忔察⑥的难投馆。〔贴〕且喜到临安了。〔老旦〕咳，万死一逃生，得到临安府。俺女娘无处投，长路多孤苦。〔贴〕前面象是个半开门儿，蓦了进去。〔老旦进介〕呀，门房空静，内可有人？〔旦〕谁？〔贴〕是个女人声息。待打叫一声开门。

【不是路】〔旦惊介〕斜倚雕阑，何处娇音唤启关？〔老旦〕行程晚，女娘们借住霎儿间。〔旦〕听他言，声音不似男儿汉，待自起开门月下看。〔见介〕〔旦〕是一位女娘，请里坐。〔老旦〕相提盼，人间天上行方便。〔旦〕趋迎迟慢。趋迎迟慢。〔打照面介〕〔老旦作惊介〕

【前腔】破屋颓椽，姐姐呵，你怎独坐无人灯不燃？〔旦〕这闲庭院，玩清光长送过这月儿圆。〔老旦背叫贴〕春香，这像谁来？〔贴惊介〕不敢说，好像小姐。〔老旦〕你快瞧房儿里面，还有甚人？若没有人，敢是鬼也？〔贴下〕〔旦背〕这位女娘，好像我母亲，那丫头好像春香。〔作回问介〕敢问老夫人，何方而来？〔老旦叹介〕自淮安，我相公是淮扬安抚、遭兵难，我避虏逃生到此间。〔旦背介〕是我母亲了，我可认他？〔贴慌上，背语老旦介〕一所空房子，通没个人影儿。是鬼，是鬼！〔老旦作怕介〕〔旦〕听他说起，是我的娘也。〔旦向前哭娘介〕〔老旦作避介〕敢是我女孩儿？怠慢了你，你活现了。春香，有随身纸钱，快丢，快丢。〔贴丢纸钱介〕〔旦〕儿不是鬼。〔老旦〕不是鬼，我叫你三声，要你应我一声高如一声。〔做三叫三应，声渐低介〕〔老旦〕是鬼也。〔旦〕

①三不归：没有着落的。②地：语气词，无义，着的意思。③玉莲蓬：指小脚。④趿（sǎ）的鞋鞓（tīng）断：鞓，鞋带；趿，行走；意思是路上步履艰难，鞋带都走断了。⑤纂：扎发的细绳。⑥生忔察：生疏、陌生。

娘，你女儿有话讲。〔老旦〕则略靠远，冷淋侵一阵风儿旋，这般活现。〔旦〕那些活现？〔旦扯老旦作怕介〕儿，手恁般冷。〔贴叩头介〕小姐，休要捻①了春香。〔老旦〕儿，不曾广超度你，是你父亲古执。〔旦哭介〕娘，你这等怕，女孩儿死不放娘去了。

【前腔】〔净持灯上〕门户牢拴，为甚空堂人语喧？〔灯照地介〕这青苔院，怎生吹落纸黄钱？〔贴〕夫人，来的不是道姑？〔老旦〕可是。〔净惊介〕呀，老夫人和春香那里来？这般大惊小怪。看他打盘旋，那夫人呵，怕漆灯无焰将身远。小姐，恨不得幽室生辉得近前。〔旦〕姑姑快来，奶奶害怕。〔贴〕这姑姑敢也是个鬼？〔净扯老旦，照旦介〕休疑惮。移灯就月端详遍，可是当年人面？〔合〕是当年人面。〔老旦抱旦泣介〕儿呵，便是鬼，娘也黐不的去了。

【前腔】肠断三年，怎坠海明珠去复旋？〔旦〕爹娘面，阴司里怜念把魂还。〔贴〕小姐，你怎生出的坟来？〔旦〕好难言。〔老旦〕是怎生来？〔旦〕则感的是东岳大恩眷，托梦一个书生把墓踹穿。〔老旦〕书生何方人氏？〔旦〕是岭南柳梦梅。〔贴〕怪哉，当真有个柳和梅。〔老旦〕怎同他来此？〔旦〕他来科选。〔老旦〕这等是个好秀才，快请相见。〔旦〕我央他看准扬动静去把爹娘探，因此上独眠深院，独眠深院。〔老旦背与贴语介〕有这等事？〔贴〕便是，难道有这样出跳②的鬼？〔老旦回泣介〕我的儿呵！

【番山虎】则道你烈性上青天，端坐在西方九品莲，不道三年鬼窟里重相见。哭得我手麻肠寸断，心枯泪点穿。梦魂沉乱，我神情倒颠。看时儿立地，叫时娘各天。怕你茶饭无浇奠，牛羊侵墓田。〔合〕今夕何年？今夕何年？咦，还怕这相逢梦边。

【前腔】〔旦泣介〕你抛儿浅土，骨冷难眠。吃不尽爷娘饭，江南寒食天。可也不想有今日，也道不起从前。似这般糊突谜，甚时明白也天！鬼不要，人不嫌，不是前生断，今生怎得连！〔合前〕〔老旦〕老姑姑，也亏你守着我儿。

【前腔】〔净〕近的话不堪提咽，早森森地心疏体寒。空和他做七做中元，怎知他成双成爱眷？〔低与老旦介〕我捉鬼拿奸，知他影戏儿做的恁活现？〔合〕这样奇缘，这样奇缘，打当了轮回一遍。

【前腔】〔贴〕论魂离倩女是有，知他三年外灵骸怎全？则恨他同棺椁、少个郎官，谁想他为院君这宅院③。小姐呵，你做的相思鬼穿，你从夫意专。那一日春香不铺其孝筵，那节儿夫人不哀哉醮荐？早知道你撇离了阴司，跟了人上船！〔合前〕

【尾声】〔老旦〕感得化生女显活在灯前面。则你的亲爹，他在贼子窝中没

①捻：作弄、伤害。②出跳：少女长得漂亮、灵活。③为院君这宅院：做了这宅院的女主人。这句话是倒装用法。

信传。〔旦〕娘放心，有我那信行①的人儿，他穴地通天，打听的远。

想象精灵欲见难，（欧阳詹）碧桃何处便骖鸾？（薛逢）

莫道非人身不暖，（白居易）菱花初晓镜光寒。（许浑）

第二十九出　淮泊

【三登乐】〔生包袱、雨伞上〕有路难投，禁得这乱离时候！走孤寒落叶知秋。为娇妻思岳丈，探听扬州。又谁料他困守淮扬，索奔前答救。〔集唐〕“那能得计访情亲（李白）？浊水污泥清路尘②（韩愈）。自恨为儒逢世难（卢纶），却怜无事是家贫（韦庄）。”俺柳梦梅阳世寒儒，蒙杜小姐阴司热宠，得为夫妇，相随赴科。且喜殿试撺过卷子，又被边报耽误榜期。因此小姐呵，闻说他尊翁淮扬兵急，叫俺沿路上体访安危。亲赍一幅春容，敬报再生之喜。虽则如此，客路贫难，诸凡路费之资，尽出圹中之物。其间零碎宝玩，急切典卖不来。有些成器金银，土气销镕有限。兼且小生看书之眼，并不认的等子星儿③。一路上赚骗无多，逐日里支分有尽。得到扬州地面，恰好岳丈大人移镇淮城。贼兵阻路，不敢前进。且喜因循解散，不免迤逦数程。

【锦缠道】早则要、醉扬州寻杜牧，梦三生花月楼，怎知他长淮去休！那里有缠十万顺天风、跨鹤闲游！则索傍渔樵寻食宿、败荷衰柳，添一抹五湖秋。那秋意儿有许多迤逗！咱功名事未酬，冷落我断肠闺秀。堪回首？算江南江北有十分愁。一路行来，且喜看见了插天高的淮城，城下一带清长淮水。那城楼之上，还挂有丈六阔的军门旗号。大吹大擂，想是日晚掩门了。且寻小店歇宿。〔丑上〕“多搀白水江湖酒，少赚黄边风月钱。”秀才投宿么？〔生进店介〕〔丑〕要果酒，案酒④？〔生〕天性不饮。〔丑〕柴米是要的？〔生〕吃倒算⑤。〔丑〕算倒吃。〔生〕花银五分在此。〔丑〕高银散碎些，待我称一称。〔称介，作惊叫介〕银子走了。〔寻介〕〔生〕怎的大惊小怪？〔丑〕秀才，银子地缝里走了。你看碎珠儿。〔生〕这等还有几块在这里。〔丑接银又走，三度介〕呀，秀才原来会使水银？〔生〕因何是水银？〔背介〕是了，是小姐殡敛之时，水银在口。龙含土成珠而上天，鬼含汞成丹而出世，理之然也。此乃见风而化。原初小姐死，水银

---

①信行：忠诚、老实。②浊水污泥清路尘：泥与尘比喻一贱一贵，地位不同。③等子星儿：等子，秤金银的比较精密的小秤；星儿，秤杆上的记号。④果酒：较考究的酒菜；案酒：一般的下酒小菜。⑤吃倒算：吃了之后再结账。

也死；如今小姐活，水银也活了。则可惜这神奇之物，世人不知。〔回介〕也罢了。店主人，你将我花银都消散去了，如今一厘也无。这本书是我平日看的，准酒一壶。〔丑〕书破了。〔生〕贴你一枝笔，〔丑〕笔开花了。〔生〕此中使客往来，你可也听见“读书破万卷”？〔丑〕不听见。〔生〕可听见“梦笔吐千花”？〔丑〕不听见。

【皂罗袍】〔生作笑介〕可笑一场闲话，破诗书万卷，笔蕊千花。是我差了，这原不是换酒的东西。〔丑笑介〕“神仙留玉佩，卿相解金貂。”〔生〕你说金貂玉佩，那里来的？有朝货与帝王家，金貂玉佩书无价。你还不知道，便是千金小姐，依然嫁他。一朝臣宰，端然拜他。〔丑〕要他则甚？〔生〕读书人把笔安天下。〔生〕不要书，不要笔，这把雨伞可好？〔丑〕天下雨哩。〔生〕明日不走了。〔丑〕饿死在这里？〔生笑介〕你认的淮扬杜安抚么？〔丑〕谁不认的！明日吃太平宴哩。〔生〕则我便是他女婿来探望他。〔丑惊介〕喜是相公说的早，杜老爷多早发下请书了。〔生〕请书那里？〔丑〕和相公瞧去。〔丑请生行介〕待小人背褡袱雨伞。〔行介〕〔生〕请书那里？〔丑〕兀的不是！〔生〕这是告示居民的。〔丑〕便是。你瞧！

【前腔】“禁为闲游奸诈。”杜老爷是巴上生的：“自三巴①到此，万里为家。不教子侄到官衙，从无女婿亲闲杂。”这句单指你相公：“若有假充行骗，地方禀拿。”下面说小的了：“扶同歇宿，罪连主家。为此须至关防者②。右示通知。建炎三十二年五月日示。”你看后面安抚司杜大花押。上面盖着一颗“钦差安抚淮扬等处地方提督军务安抚司使之印”，鲜明紫粉。相公，相公，你在此消停，小人告回了。“各人自扫门前雪，休管他家屋上霜。”〔下〕〔生哭介〕我的妻，你怎知丈夫到此凄惶天地也。〔作望介〕呀，前面房子门上有大金字，咱投宿去。〔看介〕四个字：“漂母③之祠。”怎生叫做漂母之词？〔看介〕原来壁上有题：“昔贤怀一饭，此事已千秋。”是了，乃前朝淮阴侯韩信之恩人也。我想起来，那韩信是个假齐王，尚然有人一饭，俺柳梦梅是个真秀才，要杯冷酒不能够！像这漂母，俺拜他一千拜。

【莺皂袍】〔拜介〕垂钓楚天涯，瘦王孙④，遇漂纱。楚重瞳较比这秋波瞎⑤。太史公表他⑥，淮安府祭他，甫能够一饭千金价。看古来妇女多有俏眼儿：

---

①三巴：四川。②须至关防者：发至各地检查人员注意。③漂母：汉代名将韩信年少家贫，曾在淮阴城边钓鱼，遇见漂母，依靠漂母给他东西吃才不致挨饿。后来韩信做了大官，找到漂母，送她千金答谢。④瘦王孙：指韩信。因他不是贵族出身，虽封侯但仍不是真正的王孙贵族。⑤楚重瞳较比这秋波瞎：传说项羽每只眼睛有两个瞳孔，却不如漂母懂得识人才。⑥他：这里的他都指漂母。

文公乞食，僖妻礼他；昭关乞食，相逢浣纱。凤尖头叩首三千下①。起更了，廊下一宿。早去伺候开门。没水梳洗。〔看介〕好了，下雨哩。

旧事无人可共论，（韩愈）只应漂母识王孙。（王遵）

辕门拜手儒衣弊，（刘长卿）莫使沾濡有泪痕。（韦洵美）

第三十出　闹宴

【梁州令】〔外引丑众上〕长淮千骑雁行秋，浪卷云浮。思乡泪国倚层楼。〔合〕看机遘，逢奏凯，且迟留。〔昭君怨〕“万里封侯岐路，几两英雄草履。秋城鼓角催，老将来。烽火平安昨夜，梦醒家山泪下。兵戈未许归，意徘徊。”我杜宝身为安抚，时值兵冲。围绝救援，贻书解散。李寇既去，金兵不来。中间善后事宜，且自看详停当。分付中军门外伺候。〔众下〕〔丑把门介〕〔外叹介〕虽有存城之欢，实切亡妻之痛。〔泪介〕我的夫人呵，昨已单本题请他的身后恩典，兼求赐假西归。未知旨意如何？正是：“功名富贵草头露，骨肉团圆锦上花。”〔看文书介〕

【金蕉叶】〔生破衣巾携春容上〕穷愁客愁，正摇落②雁飞时候。〔整容介〕帽儿光整顿从头，还则怕未分明③的门楣认否？〔丑喝介〕甚么人行走？〔生〕是杜老爷女婿拜见。〔丑〕当真？〔生〕秀才无假。〔丑进禀介〕〔外〕关防明白了。〔问丑介〕那人材怎的？〔丑〕也不怎的。袖着一幅画儿。〔外笑介〕是个画师。则说老爷军务不闲便了。〔丑见生介〕老爷军务不闲。请自在。〔生〕叫我自在，自在不成人了。〔丑〕等你去，成人不自在。〔生〕老爷可拜客去么？〔丑〕今日文武官僚吃太平宴，牌簿都缴了④。〔生〕大哥，怎么叫做太平宴？〔丑〕这是各边方年例。则今年退了贼，筵宴盛些。席上有金花树，银台盘，长尺头⑤，大元宝，无数的。你是老爷女婿，背几个去。〔生〕原来如此。则怕进见之时，考一首《太平宴诗》，或是《军中凯歌》，或是《淮清颂》，急切怎好？且在这班房里等着打想一篇，正是“有备无患”。〔丑〕秀才还不走，文武官员来也。〔生下〕

---

①凤尖头叩首三千下：对于像漂母这样有眼光的女子，应该在她们的脚下顶礼膜拜。②摇落：草木凋敝的秋色。③未分明：指夫妇关系尚未正式建立。④牌簿都缴了：牌簿，官署里用的会客登记簿。这句的意思是不会客了。⑤长尺头：绫罗绸缎。

【梁州令】〔末扮文官上〕长淮望断塞垣秋，喜兵甲潜收。贺昇平、歌颂许吾流①。〔净扮武官上〕兼文武，陪将相，宴公侯。请了。〔末〕今日我文武官属太平宴，水陆②务须华盛，歌舞都要整齐。〔末、净见介〕圣天子万灵拥辅，老君侯八面威风。寇兵销咫尺之书，军礼设太平之宴。谨已完备，望乞俯容。〔外〕军功虽卑末难当，年例有诸公怎废？难言奏凯，聊用舒怀。〔内鼓吹介〕〔丑持酒上〕"黄石兵书三寸舌，清河雪酒五加皮。"酒到。

【梁州序】〔外浇酒介〕天开江左，地冲淮右。气色夜连刁斗③。〔末、净进酒介〕长城一线，何来得御君侯！喜平销战气，不动征旗，一纸书回寇。那堪羌笛里望神州！这是万里筹边第一楼。〔合〕乘塞草，秋风候，太平筵上如淮酒，尽慷慨，为君寿。

【前腔】〔外〕吾皇福厚。群才策凑，半壁围城坚守。〔末、净〕分明军令，杯前借箸题筹④。〔外〕我题书与李全夫妇呵，也是燕支⑤却虏，夜月吹篪，一字连环透。不然无救也怎生休！不是天心不聚头。〔合前〕〔内擂鼓介〕〔老旦扮报子上〕"金貂并入三公府。锦帐谁当万里城？"报老爷奏本已下，奉有圣旨，不准致仕。钦取老爷还朝，同平章军国大事。老夫人追赠一品贞烈夫人。〔末、净〕平章乃宰相之职，君侯出将入相，官属不胜欣仰。

【前腔】〔末、净送酒介〕揽貂蝉岁月淹留，庆龙虎风云辐辏。君侯此一去呵，看洗兵河汉，接天高手。偏好桂花时节，天香随马，箫鼓鸣清昼。到长安宫阙里报高秋，可也河上砧声忆旧游？〔合前〕〔外〕诸公皆高才壮岁，自致封侯。如杜宝者，白首还朝，何足道哉！

【前腔】每日价看镜登楼，泪沾衣浑不如旧。似江山如此，光阴难又。猛把吴钩看了，阑干拍遍，落日垂回首。此去呵，恨南归草草也寄东流，〔举手介〕你可也明月同谁啸庾楼？〔合前〕〔生上〕"腹稿已吟就，名单还未通。"〔见丑介〕大哥替我再一禀。〔丑〕老爷正吃太平宴。〔生〕我太平宴诗也想完一首了，太平宴还未完。〔丑〕谁叫你想来？〔生〕大哥，俺是嫡亲女婿，没奈何禀一禀。〔丑进禀介〕禀老爷，那个嫡亲女婿没奈何禀见。〔外〕好打！〔丑出作恼，推生走介〕〔生〕"老丈人高宴未终，咱半子礼当恭候。"〔下〕〔旦、贴扮女乐上〕"壮士军前半死生，美人帐下能歌舞。"营妓们叩头。

【节节高】辕门箫鼓啾，阵云收。君恩可借淮扬寇？貂插首，玉垂腰，金佩肘。马敲金镫也秋风骤，展沙堤笑拂朝天袖。〔合〕但卷取江山献君王，看玉京迎驾把笙歌奏。〔生上〕"欲穷千里目，更上一层楼。"想歌阑宴罢，小生饥困

---

①吾流：吾辈。②水陆：水、陆所产的食品、特产。③刁斗：古代的一种军用品，白天做炊具，夜里敲更用。④借箸题筹：筹谋计策。故事源自张良用筷子在桌上为刘邦指画天下大事。⑤燕支：阏氏，匈奴酋长的妻子，这里指李全的妻子。

了。不免冲席而进。〔丑拦介〕饿鬼不羞?〔生恼介〕你是老爷跟马贱人，敢辱我乘龙贵婿? 打不的你。〔生打丑介〕〔外问介〕军门外谁敢喧嚷?〔丑〕是早上嫡亲女婿叫做没奈何的，破衣、破帽、破褡袱、破雨伞，手里拿一幅破画儿，说他饿的荒了，要来冲席。但劝的都打，连打了九个半，则剩下小的这半个脸儿。〔外恼介〕可恶。本院自有禁约，何处寒酸，敢来胡赖?〔末、净〕此生委系乘龙，属官礼当攀凤。〔外〕一发中他计了。叫中军官暂时拿下那光棍。逢州换驿，递解到临安监候者。〔老旦扮中军官应介〕〔出缚生介〕〔生〕冤哉，我的妻呵!“因贪弄玉为秦赘，且戴儒冠学楚囚。”〔下〕〔外〕诸公不知。老夫因国难分张①，心痛如割。又放着这等一个无名子来聒噪人，愈生伤感。〔末、净〕老夫人受有国恩，名标烈史。兰玉自有，不必虑怀。叫乐人进酒。

【前腔】〔末、净〕江南好宦游。急难休，樽前且进平安酒。看福寿有，子女悠，夫人又。〔外〕径醉矣。〔旦、贴作扶介〕〔外泪介〕闪英雄泪渍盈盈袖，伤心不为悲秋瘦。〔合前〕〔外〕诸公请了。老夫归朝念切，即便起程。〔内鼓乐介〕

【尾声】明日离亭一杯酒。〔末、净〕则无奈丹青圣主求。〔外笑介〕怕画的上麒麟人白首。

〔外〕万里沙西寇已平，(张乔)〔末〕东归衔命见双旌②。(韩翃)

〔净〕塞鸿过尽残阳里，(耿沣)〔众〕淮水长怜似镜清。(李绅)

第三十一出　索元

【吴小四】〔净扮郭驼伞、包上〕天九万，路三千。月馀程，抵半年。破虱装衣担压肩，压的头脐匾又圆，扢喇察③龟儿爬上天。谢天，老驼到了临安。京城地面，好不繁华。则不知柳秀才去向，俺且往天街上瞧去。呀，一伙臭军踢秃秃④走来，且自回避。正是:“不因渔父引，怎得见波涛!”〔下〕

【六幺令】〔老旦、丑扮军校旗、锣上〕朝门榜遍，怎生状元柳梦梅不见?又不是黄巢下第题诗趓⑤。排门的问，刻期宣⑥，再因循敢淹答⑦了杏园公宴。

①分张：一家分散。②双旌：节度使辞朝赴任，皇帝赐双旌双节，这里指杜宝回朝。③扢喇察：形容龟爬的声音、状态。④踢秃秃：形容走路的声音。⑤黄巢下第题诗趓：黄巢，唐末农民起义领袖之一，他考进士没有录取，于是题了一首诗就走了；趓，跳跃，这里是跑了的意思。⑥刻期宣：皇帝限定时刻召见他。⑦淹答：迟误。

〔老旦笑介〕好笑，好笑，大宋国一场怪事。你道差不差？中了状元干鳖煞①。你道奇不奇？中了状元啰唣唏②。你道兴不兴？中了状元胡厮踁③。你道山④不山？中了状元一道烟。天下人古怪，不像岭南人。你瞧这驾牌上，“钦点状元岭南柳梦梅，年二十七岁，身中材，面白色。”这等明明道着，却普天下找不出这人？敢家去哩，亡化哩，睡觉哩？则淹了琼林宴席面见。〔丑〕哥，人山人海，那里淘气去？俺们把一位带了儒巾吃宴去。正身出来，算还他席面钱。〔老〕使不得，羽林卫宴老军替得，琼林宴进士替不得。他要杏苑题诗。〔丑〕哥，看见几个状元题诗哩。依你说叫去。〔行叫介〕状元柳梦梅那里？〔叫三次介〕〔老旦〕长安东西十二门，大街都无人应，小胡同叫去。〔丑〕这苏木胡同有个海南会馆。叫地方问去。〔叫介〕〔内应介〕老长官贵干？〔老旦、丑〕天大事，你在睡梦哩！听分付。

【香柳娘】问新科状元，问新科状元。〔内〕何处人？〔众〕广南乡贯。〔内〕是何名姓？〔众〕柳梦梅面白无巴缱⑤。〔内〕谁寻他来？〔众〕是当今驾传，是当今驾传。要得柳如烟⑥，才开杏花宴。〔内〕俺这一带铺子都没有，则瓦市⑦王大姐家歇着个番鬼。〔众〕这等，去，去，去。〔合〕柳梦梅也天，柳梦梅也天。好几个盘旋，影儿不见。〔下〕〔集句〕〔贴扮妓上〕“残莺何事不知秋（李后主）？日日悲看水独流（王昌龄）。便从巴峡穿巫峡（杜甫），错把杭州作汴州（林升）。”奴家王大姐是也。开个门户⑧在此。天，一个孤老不见，几个长官撞的来。〔老旦、丑上〕王大姐喜哩。柳状元在你家。〔贴〕什么柳状元？〔众〕番鬼哩。〔贴〕不知道。〔众〕地方报哩。

【前腔】笑花牵柳眠，笑花牵柳眠。〔贴〕昨日有个鸡⑨，不着裤去了。〔众〕原来十分形现。敢柳遮花映做葫芦缠。有状元么？〔贴〕则有个状匾。〔丑〕房儿里状匾去。〔进房搜介〕〔众诨，贴走下介〕〔众〕找烟花状元，找烟花状元。热赶⑩在谁边，毛臊打⑪教遍。去罢。〔合前〕〔下〕

【前腔】〔净拐杖上〕到长安日边⑫，到长安日边。果然风宪，九街三市排场遍。柳相公呵，他行踪杳然，他行踪杳然。有了俏家缘⑬，风声儿落谁店？少不的大道上行走。那柳梦梅也天！〔老旦、丑上〕柳梦梅也天！好几个盘旋，影儿不见。〔丑作撞跌净，净叫介〕跌死人，跌死人！〔丑作拿净介〕俺们叫柳梦梅，你也叫柳梦梅。则拿你官里去。〔净叩头介〕是了，梅花观的事发了。小的不知

---

①干鳖煞：没意思、没劲。②啰唣唏：惹出事非，弄出麻烦。③胡厮踁：胡乱行走。④山：粗野。⑤巴缱：疤痕。⑥柳如烟：指柳梦梅。意思是皇上要等状元到才开杏花宴。⑦瓦市：店铺，这里指妓院。⑧门户：店铺，这里指妓院。⑨鸡：江西籍的嫖客，明代官场通行的调笑语。⑩热赶：热赶郎，对嫖客轻蔑的称呼。⑪毛臊打：考不取进士吃酒解闷。⑫日边：天子左右，指京都。⑬俏家缘：漂亮的妻子。

情。〔众笑介〕定说你知情！是他什么人?〔净〕听禀：老儿呵！

【前腔】替他家种园，替他家种园，远来探看。〔众作忙〕可寻着他哩?〔净〕猛红尘透不出东君面。〔众〕你定然知他去向。〔净〕长官可怜，则听是他到南安，其馀不知。〔众〕好笑，好笑！他到这临安应试，得中状元了。〔净惊喜介〕他中了状元，他中了状元！踏的菜园穿①，攀花上林苑。长官，他中了状元，怕没处寻他！〔众〕便是哩。〔合前〕〔众〕也罢，饶你这老儿，协同寻他去。

〔老〕一第由来是出身，（郑谷）〔丑〕五更风水失龙鳞②。（张曙）

〔净〕红尘望断长安陌，（韦庄）〔合〕只在他乡何处人？（杜甫）

第三十二出　硬拷

【风入松慢】〔生上〕无端雀角③土牢中。是什么孔雀屏风④？一杯水饭东床用，草床头绣褥芙蓉⑤。天呵，系颈的是定昏店，赤绳羁凤；领解的是蓝桥驿，配递⑥乘龙。〔集唐〕"梦到江南身旅羁（方干），包羞忍耻是男儿（杜牧）。自家妻父犹如此（孙元晏），若问傍人那得知（崔颢）！"俺柳梦梅因领杜小姐言命，去淮扬谒见杜安抚。他在众官面前，怕俺寒儒薄相，故意不行识认，递解临安。想他将次下马，提审之时，见了春容，不容不认。只是眼下凄惶也。〔净扮狱官，丑扮狱卒持棍上〕"试唤皋陶鬼，方知狱吏尊。"咄！淮安府解来囚徒那里？〔生见举手介〕〔净〕见面钱？〔生〕少有。〔丑〕入监油？〔生〕也无。〔净恼介〕哎呀，一件也没有，大胆来举手。〔打介〕〔生〕不要打，尽行装检去便了。〔丑检介〕这个酸鬼，一条破被单，裹一轴小画儿。〔看画介〕〔丑〕是轴观音，送奶奶供养去。〔生〕都与你去，则留下轴画儿。〔丑作抢画，生扯介〕〔末扮公差上〕"僵杀乘龙婿，冤遭下马威。"狱官那里？〔丑揖介〕原来平章府祗候哥。〔末票示介〕平章府提取送解犯人一名，及随身行李赴审。〔丑〕人犯在此，行李一些也无。〔生〕都是这狱官搬去了。〔末〕搬了几件？拿狗官平章府去。〔丑、净慌叩头介〕则这轴画、被单儿。〔末〕这狗官！还了秀才，快起解去。〔净、丑应介〕〔押生行介〕老相公，你便行动些儿。"略知孔子三分礼，不犯萧

①踏的菜园穿：苦日子熬出了头。②龙鳞：状元。③雀角：雀的喙，这里指被人诬陷。④孔雀屏风：许婚。⑤草床头绣褥芙蓉：以一床稻草代替了新女婿床上的芙蓉绣褥。⑥配递：官府将非本籍的犯人签押出境，发回本籍候审。

何六尺条。”〔下〕

【唐多令】〔外引众上〕玉带蟒袍红，新参近九重。耿秋光长剑倚崆峒。归到把平章印总，浑不是、黑头公。〔集唐〕“秋来力尽破重围（罗邺）。入掌银台护紫微（李白）。回头却叹浮生事（李中），长向东风有是非（罗隐）。”自家杜平章。因淮扬平寇，叨蒙圣恩，超迁相位。前日有个棍徒，假充门婿。已着递解临安府监候。今日不免取来细审一番。〔净、丑押生上〕〔杂扮门官唱门介〕临安府解犯人进。〔见介〕〔生〕岳丈大人拜揖。〔外坐笑介〕〔生〕人将礼乐为先。〔众大呼喝介〕〔生长叹介〕

【新水令】则这怯书生剑气吐长虹，原来丞相府十分尊重，声息儿忒汹涌。咱礼数缺通融，曲曲躬躬；他那里半抬身全不动。〔外〕寒酸，你是那色人数？犯了法，在相府阶前不跪！〔生〕生员岭南柳梦梅，乃老大人女婿。〔外〕呀，我女已亡故三年。不说到纳采下茶，便是指腹裁襟[①]，一些没有。何曾得有个女婿来？可笑，可恨！祗候门与我拿下。〔生〕谁敢拿！

【步步娇】〔外〕我有女无郎，早把他青年送。划口儿轻调哄。便做是我远房门婿呵，你岭南，吾蜀中，牛马风遥，甚处里丝萝[②]共？敢一棍儿走秋风！指说关亲、骗的军民动。〔生〕你这样女婿，眠书雪案，立榜云宵，自家行止用不尽，定要秋风老大人？〔外〕还强嘴！搜他裹袱里，定有假雕书印，并赃拿贼。〔丑开袱介〕破布单一条，画观音一幅。〔外看画惊介〕呀，见赃了。这是我女孩儿春容。你可到南安，认的石道姑么？〔生〕认的。〔外〕认的个陈教授么？〔生〕认的。〔外〕天眼恢恢，原来劫坟贼便是你。左右采下打。〔生〕谁敢打？〔外〕这贼快招来。〔生〕谁是贼？老大人拿贼见赃，不曾捉奸见床来。

【折桂令】你道证明师[③]一轴春容。〔外〕春容分明是殉葬的。〔生〕可知道是苍苔石缝，迸坼了云踪[④]？〔外〕快招来。〔生〕我一谜的承供，供的是开棺见喜，挡煞逢凶[⑤]。〔外〕圹中还有玉鱼、金碗[⑥]。〔生〕有金碗呵，两口儿同匙受用；玉鱼呵，和我九泉下比目和同。〔外〕还有哩。〔生〕玉碾的玲珑，金锁的玎。〔外〕都是那道姑。〔生〕则那石姑姑他识趣拿奸纵，欲不似你杜爷爷逞拿贼威风。〔外〕他明明招了。叫令史取过一张坚厚官绵纸，写下亲供：“犯人一名柳梦梅，开棺劫财者斩。”写完，发与那死囚，于斩字下押个花字。会成一宗文卷，放在那里。〔贴扮吏取供纸上〕禀老爷定个斩字。〔外写介〕〔贴叫生押花字〕〔生不伏介〕〔外〕你看这吃敲才[⑦]！

---

①裁襟：幼年男女由父母代为订婚，怕长大后彼此不认，把衣襟裁为两幅，各执一方为凭证。②丝萝：结婚。③证明师：证据。④迸坼了云踪：迸坼，指假山倒塌，露出了画像；云踪，画像。⑤挡煞逢凶：指欲福反祸，顾此失彼，救活了杜丽娘，自己反被当盗墓贼来对待。⑥玉鱼、金碗：随葬品。⑦吃敲才：该死的贼骨头。

【江儿水】眼脑儿天生贼，心机使的凶。还不画花?〔生〕谁惯来。〔外〕你纸笔砚墨则好招详①用。〔生〕生员又不犯奸盗。〔外〕你奸盗诈伪机谋中。〔生〕因令爱之故。〔外〕你精奇古怪虚头弄。〔生〕令爱现在。〔外〕现在么，把他玉骨抛残心痛。〔生〕抛在那里?〔外〕后苑池中，月冷断魂波动。〔生〕谁见来?〔外〕陈教授来报知。〔生〕生员为小姐费心，除了天知地知，陈最良那得知!

【雁儿落】我为他礼春容、叫的凶，我为他展幽期、耽怕恐，我为他点神香、开墓封，我为他唾灵丹、活心孔，我为他偎熨的体酥融，我为他洗发的神清莹，我为他度情肠、款款通，我为他启玉肱、轻轻送，我为他轻温香、把阳气攻，我为他抢性命、把阴程迸。神通，医的他女孩儿能活动。通也么通，到如今风月两无功②。〔外〕这贼都说的是甚么话?着鬼了。左右，取桃条打他，长流水喷他。〔丑取桃条上〕“要的门无鬼，先教园有桃③。”桃条在此。〔外〕高吊起打。〔众吊起生，作打介〕〔生叫痛，转动，众诨、打鬼介，喷水介〕〔净扮郭驼拐杖同老旦、贴扮军校持金瓜上〕“天上人间忙不忙?开科失却状元郎。”一向找寻柳梦梅，今日再寻不见，打老驼。〔净〕难道要老驼赔?买酒你吃，叫去罢。〔叫介〕状元柳梦梅那里?〔外听介〕〔众叫下〕〔外问丑介〕〔丑〕不见了新科状元，圣旨着沿街寻叫。〔生〕大哥，开榜哩。状元谁?〔外恼介〕这贼闲管，掌嘴，掌嘴。〔丑掌生嘴介〕〔生叫冤屈介〕〔老旦、贴、净依前上〕“但闻丞相府，不见状元郎。”咦，平章府打喧闹哩。〔听介〕〔净〕里面声息，像有俺家相公哩!〔众进介〕〔净向前见哭介〕吊起的是我家相公也!〔生〕列位救我。〔净〕谁打相公来?〔生〕是这平章。〔净将拐杖打外介〕拼老命打这平章。〔外恼介〕谁敢无礼?〔老旦、贴〕驾上的④，来寻状元柳梦梅。〔生〕大哥，柳梦梅便是小生。〔净向前解生，外扯净跌介〕〔生〕你是老驼，因何至此?〔净〕俺一径来寻相公，喜的中了状元。〔生〕真个的!快向钱塘门外报与杜小姐知道。〔老旦、贴〕找着了状元，俺们也报知黄门官奏去。“未去朝天子，先来激相公。”〔下〕〔外〕一路的光棍去了。正好拷问这厮，左右再与俺吊将起。〔生〕待俺分诉些，难道状元是假得的?〔外〕凡为状元者，有登科录为证。你有何据?则是吊了打便了。〔生叫苦介〕〔净扮苗舜宾引老旦，贴扮堂候官，捧冠袍带上〕“踏破草鞋无觅处，得来全不费工夫。”老公相住手，有登科录在此。

【侥侥犯】〔净〕则他是御笔亲标第一红，柳梦梅为梁栋。〔外〕敢不是他?〔净〕是晚生本房取中的。〔生〕是苗老师哩，救门生一救!〔净笑介〕你高吊起文章钜公⑤，打桃枝受用。告过老公相，军校，快请状元下吊。〔贴放，生叫

①招详：招口供。②风月两无功：指爱情落空。③要的门无鬼，先教园有桃：古代迷信的说法，桃枝可以驱鬼，有桃树的地方就没有鬼。④驾上的：奉旨差遣的人。⑤文章钜公：大文豪、大作家。

"疼煞"介〕〔净〕可怜，可怜！是斯文倒吃尽斯文痛，无情棒打多情种。〔生〕他是我丈人。〔净〕原来是倚太山压卵欺鸾凤。〔老旦〕状元悬梁、刺股。〔净〕罢了，一领宫袍遮盖去。〔外〕什么宫袍，扯了他！

【收江南】〔外扯住冠服介〕〔生〕呀，你敢抗皇宣骂敕封，早裂绽我御袍红。似人家女婿呵，拜门也似乘龙。偏我帽光光走空，你桃夭夭煞风。〔老旦替生冠服插花介〕〔生〕老平章，好看我插宫花帽压君恩重。〔外〕柳梦梅怕不是他。果是他，便童生应试，也要候案。怎生殿试了，不候榜开，来淮扬胡撞？〔生〕老平章是不知。为因李全兵乱，放榜稽迟。令爱闻得老平章有兵寇之事，着我一来上门，二来报他再生之喜，三来扶助你为官。好意成恶意，今日可是你女婿了？〔外〕谁认你女婿来！

【园林好】〔净众〕嗔怪你会平章的老相公，不刮目破窑中吕蒙。忒做作、前辈们性重。〔笑介〕敢折倒你丈人峰？〔外〕悔不将劫坟贼监候奏请为是。

【沽美酒】〔生笑介〕你这孔夫子把公冶长陷缧绁中。我柳盗跖打地洞向鸳鸯冢。有日呵，把燮理阴阳问相公，要无语对春风。则待列笙歌画堂中，抢丝鞭御街拦纵。把穷柳毅赔笑在龙宫，你老夫差失敬了韩重。我呵，人雄气雄，老平章深躬浅躬，请状元升东转东。呀，那时节才提破了牡丹亭杜鹃残梦。老平章请了，我女婿赴宴去也。

北【尾】你险把司天台失陷了文星空①，把一个有对付的②玉洁冰清③烈火烘。咱想有今日呵，越显的俺玩花柳的女郎能，则要你那打桃条的相公懂。〔下〕〔外吊场〕异哉，异哉！还是贼，还是鬼？堂候官，去请那新黄门陈老爷到来商议。〔丑〕知道了。"谒者有如鬼，状元还似人。"〔下〕〔末扮陈黄门上〕"官运精神老不眠，早朝三下听鸣鞭。多沾圣主随朝米，不受村童学俸钱。"自家陈最良。因奏捷，圣恩可怜，钦授黄门。此皆杜老相公抬举之恩，敬此趣④谢。〔丑上见介〕正来相请，少待通报。〔进报见介〕〔外笑介〕可喜，可喜！"昔为陈白屋⑤，今作老黄门。"〔末〕"新恩无报效，旧恨有还魂。"适间老先生三喜临门：一喜官居宰辅，二喜小姐活在人间，三喜女婿中了状元。〔外〕陈先生教的好女学生，成精作怪哩！〔末〕老相公葫芦提认了罢。〔外〕先生差矣！此乃妖孽之事。为大臣的，必须奏闻灭除为是。〔末〕果有此意，容晚生登时奏上取旨何如？〔外〕正合吾意。

〔外〕夜读沧州怪亦听，（陆龟蒙）〔末〕可关妖气暗文星。（司空图）

〔外〕谁人断得人间事？（白居易）〔末〕神镜高悬照百灵。（殷文圭）

---

①"你险把司天台"句这句是说，你险些害死新科状元。②有对付的：有才能的。③玉洁冰清：这里指女婿。④趣：同趋。⑤白屋：贫寒人家，指老百姓。

第三十三出　圆驾

〔净、丑扮将军持金瓜上〕“日月光天德，山河壮帝居。”万岁爷升朝，在此直殿。

北【点绛唇】〔末上〕宝殿云开，御炉烟霭，乾坤泰。〔回身拜介〕日影金阶，早唱道黄门拜。〔集唐〕“鸾凤旌旗拂晓陈（韦元旦），传闻阙下降丝纶（刘长卿）。兴王会净妖氛气（杜甫），不问苍生问鬼神（李商隐）。”自家大宋朝新除授一个老黄门陈最良是也。下官原是南安府饱学秀才。因柳梦梅发了杜平章小姐之墓，径往扬州报知。平章念旧，着俺说平李寇，告捷效劳，蒙圣恩钦赐黄门奏事之职。不想平章回朝，恰遇柳生投见。当时拿下，递解临安府监候。却说柳生先曾撺过卷子，中了状元。找寻之间，恰好状元吊在杜府拷问。当被驾前官校人等冲破府门，抢了状元，上马而去，到也罢了。又听的说俺那女学生杜小姐也返魂在京。平章听说女儿成了个色精，一发恼激。央俺题奏一本，为诛除妖贼事。中间劾奏柳梦梅系劫坟之贼，其妖魂托名亡女，不可不诛。杜老先生此奏，却是名正言顺。随后柳生也奏一本，为辨明心迹事。都奉有圣旨：“朕览所奏，幽隐奇特。必须返魂之女，面驾敷陈，取旨定夺。”老夫又恐怕真是杜小姐返魂，私着官校传旨与他。五更朝见。正是：“三生石上看来去，万岁台前辨假真。”道犹未了，平章、状元早到。

【前腔】〔外、生幞头、袍、笏同上介〕〔外〕有恨妆排，无明耽带①，真奇怪。〔生〕哑谜难猜，今上亲裁划。岳丈大人拜揖。〔外〕谁是你岳丈！〔生〕平章老先生拜揖。〔外〕谁和你平章？〔生笑介〕古诗云：“梅雪争春未肯降，骚人阁笔费平章。”今日梦梅争辩之时，少不的要老平章阁笔。〔外〕你罪人咬文哩。〔生〕小生何罪？老平章是罪人。〔外〕俺有平李全大功，当得何罪？〔生〕朝廷不知，你那里平的个李全，则平的个“李半”。〔外〕怎生止平的个“李半”？〔生笑介〕你则哄的个杨妈妈退兵，怎哄的全！〔外恼作扯生介〕谁说？和你官里讲去。〔末作慌出见介〕午门之外，谁敢喧哗！〔见介〕原来是杜老先生。这是新状元。放手，放手。〔外放生介〕〔末〕状元何事激恼了老平章？〔外〕他骂俺罪人，俺得何罪？〔生〕你说无罪，便是处分令爱一事，也有三大罪。〔外〕

①有恨妆排，无明耽带：妆排，播弄；无明，佛家语。这句是说无缘无故有了这样的遭遇。

那三罪？〔生〕太守纵女游春，一罪。〔外〕是了。〔生〕女死不奔丧，私建庵观，二罪。〔外〕罢了。〔生〕嫌贫逐婿，刁打钦赐状元，可不三大罪？〔末笑介〕状元以前也罪过些。看下官面分，和了罢。〔生〕黄门大人，与学生有何面分？〔末笑介〕状元不知，尊夫人请俺上学来。〔生〕敢是鬼请先生？〔末〕状元忘旧了。〔生认介〕老黄门可是南安陈斋长？〔末〕惶恐，惶恐。〔生〕呀，先生，俺于你分上不薄，如何妄报俺为贼？做门馆报事不真；则怕做了黄门，也奏事不以实。〔末笑〕今日奏事实了。远望尊夫人将到，二公先行叩头礼，〔内唱礼介〕奏事官齐班。〔外、生同进叩头介〕〔外〕臣杜宝见。〔生〕臣柳梦梅见。〔末〕平身。〔外、生立左右介〕〔旦上〕“丽娘本是泉下女，重瞻天日向丹墀。”

黄钟北【醉花阴】平铺著金殿琉璃翠鸳瓦，响鸣梢①半天儿刮剌。〔净、丑喝介〕甚的妇人冲上御阶？拿了！〔旦惊介〕似这般狰狞汉，叫喳喳。在阎浮殿见了些青面獠牙，也不似今番怕。〔末〕前面来的是女学生杜小姐么？〔旦〕来的黄门官像陈教授，叫他一声：“陈师父，陈师父！”〔末应介〕是也。〔旦〕陈师父喜哩！〔末〕学生，你做鬼，怕不惊驾？〔旦〕噤声。再休提探花鬼乔作衙②，则说状元妻来面驾。〔净、丑下〕〔内〕奏事人扬尘舞蹈。〔旦作舞蹈、呼“万岁，万岁”介〕〔内〕平身。〔旦起〕〔内〕听旨：杜丽娘是真是假，放着伊父杜宝，状元柳梦梅，出班识认。〔生觑旦作悲介〕俺的丽娘妻也。〔外觑旦，作恼介〕鬼乜些真个一模二样，大胆，大胆！〔作回身跪奏介〕臣杜宝谨奏：臣女亡已三年，此女酷似，此必花妖狐媚，假托而成。俺王听启：

南【画眉序】臣女没③年多，道理阴阳岂重活？愿吾皇向金阶一打，立见妖魔。〔生作泣〕好狠心的父亲！〔跪奏介〕他做五雷般严父的规模，则待要一下里把声名煞抹④。〔起介〕〔合〕便阎罗包老难弹破，除取旨前来撒和。〔内〕听旨：朕闻人行有影，鬼形怕镜。定时台上有秦朝照胆镜。黄门官，可同杜丽娘照镜。看花阴之下，有无踪影回奏。〔末应，同旦对镜介〕女学生是人是鬼？

北【喜迁莺】〔旦〕人和鬼教怎生酬答？形和影现托着面菱花〔末〕镜无改面，委系人身。再向花街取影而奏。〔行看影介〕〔旦〕波查⑤。花阴这答，一般儿莲步回鸾印浅沙。〔末奏〕杜丽娘有踪有影，的系人身。〔内〕听旨：丽娘既系人身，可将前亡后化事情奏上。〔旦〕万岁！臣妾二八年华，自画春容一幅。曾于柳外梅边，梦见这生。妾因感病而亡。葬于后园梅树之下。后来果有这生，姓柳名梦梅，拾取春容，朝夕挂念。臣妾因此出现成亲。〔悲介〕哎哟，凄惶煞！这底是前亡后化，抵多少阴错阳差。〔内〕听旨：柳状元质证，丽娘所言真

---

①鸣梢：鸣鞭。古代皇帝坐朝的仪仗之一，挥动丝鞭作巨大响声，让群臣肃静。②再休提探花鬼乔作衙：再不要说我是弄虚作假的盗墓贼的妻子。③没：殁，死了。④把声名煞抹：把坏名声抹杀，还自己清白。⑤波查：波折、磨难。

假？因何预名梦梅？〔生打躬呼“万岁”介〕

南【画眉序】臣南海泛丝萝，梦向娇姿折梅萼。果登程取试，养病南柯。因借居南安府红梅院中，游其后苑，拾得丽娘春容。因而感此真魂，成其人道。〔外跪介〕此人欺诳陛下，兼且点污臣之女也。论臣女呵，便死葬向水口廉贞，肯和生人做山头撮合！〔合〕便阎罗包老难弹破，除取旨前来撒和。〔内〕听旨：朕闻有云：“不待父母之命，媒妁之言，则国人父母皆贱之。”杜丽娘自媒自婚，有何主见？〔旦泣介〕万岁！臣妾受了柳梦梅再活之恩。

北【出队子】真乃是无媒而嫁。〔外〕谁保亲？〔旦〕保亲的是母丧门。〔外〕送亲的？〔旦〕送亲的是女夜叉。〔外〕这等胡为！〔生〕这是阴阳配合正理。〔外〕正理，正理！花你那蛮儿一点红嘴哩！〔生〕老平章，你骂俺岭南人吃槟榔，其实柳梦梅唇红齿白。〔旦〕噤声。眼前活立着个女孩儿，亲爷不认。到做鬼三年，有个柳梦梅认亲。则你这辣生生回阳附子较争些，为什么翠呆呆下气的槟榔俊煞了他？爹爹，你不认呵，有娘在。〔指鬼门〕现放着实丕丕贝母开谈亲阿妈。〔老旦上〕多早晚女儿还在面驾。老身踹入正阳门叫冤去也。〔进见跪伏介〕万岁爷，杜平章妻一品夫人甄氏见驾。〔外、末惊介〕那里来的？真个是俺夫人哩。〔外跪介〕臣杜宝启，臣妻已死扬州乱贼之手，臣已奏请恩旨褒封。此必妖鬼捏作母子一路，白日欺天。〔起介〕〔生〕这个婆婆，是不曾认的他。〔内〕听旨：甄氏既死于贼手，何得临安母子同居？〔老旦〕万岁！〔起介〕

南【滴溜子】〔老旦〕扬州路、扬州路遭兵劫夺，只得向、只得向长安住托。不想到钱塘夜过，黑撞着丽娘儿魂似脱。少不的子母肝肠，死同生活。〔内〕听甄氏所奏，其女重生无疑。则他阴司三载，多有因果之事。假如前辈做君王臣宰不臻的，可有的发付他？从直奏来。〔旦〕这话不题罢了，提起都有。〔末〕女学生，“子不语怪”。比如阳世府部州县，尚然磨刷卷宗①，他那里有甚会案处！

北【刮地风】〔旦〕呀，那阴司一桩桩文簿查，使不着你猾律拿喳②。是君王有半副迎魂驾，臣和宰玉锁金枷。〔末〕女学生，没对证。似这般说，秦桧老太师在阴司里可受用？〔旦〕也知道些。说他的受用呵，那秦太师他一进门，忒楞楞的黑心锤敢捣了千下，淅另另的紫筋肝剐作三花。〔众惊介〕为甚剐作三花？〔旦〕道他一花儿为大宋，一花为金朝，一花儿为长舌妻。〔末〕这等长舌夫人有何受用？〔旦〕若说秦夫人的受用，一到了阴司，捋去了凤冠霞帔，赤体精光。跳出个牛头夜叉，只一对七八寸长指驱儿，轻轻的把那撇道儿③搭，长舌揸。〔末〕为甚？〔旦〕听的是东窗事发。〔外〕鬼话也。且问你，鬼乜邪，人间

---

①磨刷卷宗：元代由各道肃政廉访使检查各衙门讼案的处理，以防止出现冤案，叫刷卷。
②猾律拿喳：寻事生非，言语挑拨。③撇道儿：指嗓子。

私奔，自有条法。阴司可有？〔旦〕有的是。柳梦梅七十条，爹爹发落过了，女儿阴司收赎。桃条打，罪名加，做尊官勾管了帘下①。则道是没真场风流罪过些。有甚么饶不过这娇滴滴的女孩家。〔内〕听旨：朕细听杜丽娘所奏，重生无疑。就着黄门官押送午门外，父子夫妻相认，归第成亲。〔众呼“万岁”行介〕〔老旦〕恭喜相公高转了。〔外〕怎想夫人无恙！〔旦哭介〕我的爹呵！〔外不理介〕青天白日，小鬼头远些，远些！陈先生，如今连柳梦梅俺也疑将起来，则怕也是个鬼。〔末笑介〕是踢斗鬼。〔老旦喜介〕今日见了状元女婿，女儿再生，二十分喜也。状元，先认了你丈母罢。〔生揖介〕丈母光临，做女婿的有失迎待，罪之重也。〔旦〕官人恭喜，贺喜。〔生〕谁报你来？〔旦〕到得陈师父传旨来。〔生〕受你老子的气也。〔末〕状元，认了丈人翁罢。〔生〕则认的十地阎君为岳丈。〔末〕状元，听俺分劝一言。

南【滴滴金】你夫妻赶著了轮回磨②，便君王使的个随风柁，那平章怕不做赔钱货。到不如娘共女，翁和婿，明交割。〔生〕老黄门，俺是个贼犯。〔末笑介〕你得便宜人，偏会撒科③。则道你偷天把桂影那，不争多④先偷了地窟里花枝朵。〔旦叹介〕陈师父，你不教俺后花园游去，怎看上这攀桂客来？〔外〕鬼乜邪，怕没门当户对，看上柳梦梅什么来！

北【四门子】〔旦笑介〕是看上他戴乌纱象简朝衣挂，笑、笑、笑，笑的来眼媚花。爹娘，人间白日里高结彩楼，招不出个官婿。你女儿睡梦里、鬼窟里选着个状元郎，还说门当户对！则你个杜杜陵惯把女孩儿吓，那柳柳州他可也门户风华。爹爹，认了女孩儿罢。〔外〕离异了柳梦梅，回去认你。〔旦〕叫俺回杜家，赸了柳衙。便作你杜鹃花，也叫不转子规红泪洒。〔哭介〕哎哟，见了俺前生的爹，即世⑤嬷，颠不剌⑥俏魂灵立化。〔旦作闷倒介〕〔外惊介〕俺的丽娘儿！〔末作望介〕怎那老道姑来也？连春香也活在？好笑，好笑！我在贼营里瞧甚来？

南【鲍老催】〔净扮石姑同贴上〕官前定夺，官前定夺。〔打望介〕原来一众官员此。怎的起状元、小姐嘴骨都⑦站一边？〔净〕眼见他乔公案断的错，听了那乔教学⑧的嘴儿嗑。〔末〕春香紧弟也来了。这姑姑是贼。〔净〕啐，陈教化，谁是贼？你报老夫人死哩，春香死哩！做的个纸棺材，舌锹拨。〔向生介〕柳相公喜也。〔生〕姑姑喜也。这丫头那里见俺来？〔贴〕你和小姐牡丹亭做梦时有俺在。〔生〕好活人活证。〔净、贴〕鬼团圆不想到真和合，鬼揶揄不想做

---

①勾管了帘下：受了公差的凌辱。帘下，帘下的人，犹如说左右。 ②轮回磨：即轮回，迷信传说中的阴司十殿转轮王，这里意思是杜丽娘死后还魂。 ③撒科：耍赖。 ④不争多：差不多，想不到。 ⑤即世：今生。 ⑥颠不剌：癫狂。 ⑦嘴骨都：撅着嘴。 ⑧乔教学：指陈最良。乔，骂人的话，犹言坏蛋。

人生活。老相公，你便是鬼三台①，费评跋。〔净、贴并下〕〔末〕朝门之下，人钦鬼伏之所，谁敢不从！少不得小姐劝状元认了平章，成其大事。〔旦作笑劝生介〕柳郎，拜了丈人罢！〔生不伏介〕

北【水仙子】〔旦〕呀呀呀，你好差。〔扯生手、按生肩介〕好好好，点着你玉带腰身把玉手叉。〔生〕几百个桃条！〔旦〕拜、拜、拜，拜荆条曾下马。〔扯外介〕〔旦〕扯、扯、扯，做泰山倒了架。〔指生介〕他、他、他，点黄钱聘了咱。俺、俺、俺，逗寒食吃了他茶。〔指末介〕你、你、你，待求官、报信则把口皮喳。〔指生介〕是是是，是他开棺见椁湔除罢。〔指外介〕爹爹爹，你可也骂够了咱这鬼乜邪。〔丑扮韩子才冠带捧诏上〕圣旨已到，跪听宣读。"据奏奇异，敕赐团圆。平章杜宝，进阶一品。妻甄氏，封淮阴郡夫人。状元柳梦梅，除授翰林院学士。妻杜丽娘，封阳和县君。就着鸿胪官韩子才送归宅院。"叩头谢恩。〔丑见介〕状元恭喜了。〔生〕呀，是韩子才兄。何以得此?〔丑〕自别了尊兄，蒙本府起送先儒之后，到京考中鸿胪之职，故此得会。〔生〕一发奇异了。〔末〕原来韩老先也是旧朋友。〔行介〕

南【双声子】〔众〕姻缘诧，姻缘诧，阴人梦黄泉下。福分大，福分大，周堂②内是这朝门下。齐见驾，齐见驾，真喜洽，真喜洽。领阳间诰敕，去阴司销假。

北【尾】〔生〕从今后把牡丹亭梦影双描画。〔旦〕亏杀你南枝挨暖俺北枝花。则普天下做鬼的有情谁似咱！

杜陵寒食草青青，（韦应物）羯鼓声高众乐停。（李商隐）
更恨香魂不相遇，（郑琼罗）春肠遥断牡丹亭。（白居易）
千愁万恨过花时，（僧无则）人去人来酒一卮。（元稹）
唱尽新词欢不见，（刘禹锡）数声啼鸟上花枝。（韦庄）

---

①鬼三台：阎罗王。②周堂：古代风俗，嫁娶的吉日叫周堂。全句意思是奉旨成亲。

平鋪着金殿琉
璃翠鴛鴦瓦

长生殿

第一出　传概[①]

【南吕引子·满江红】（末上）今古情场，问谁个真心到底？但果有精诚不散，终成连理。万里何愁南共北，两心那论生和死。笑人间儿女怅缘悭，无情耳。感金石，回天地。昭白日，垂青史。看臣忠子孝，总由情至。先圣不曾删《郑》《卫》[②]，吾侪取义翻宫徵。借太真[③]外传谱新词，情而已。

【中吕慢词·沁园春】天宝明皇，玉环妃子，宿缘正当。自华清赐浴，初承恩泽。长生乞巧，永订盟香。妙舞新成，清歌未了，鼙鼓[④]喧阗起范阳。马嵬驿[⑤]、六军不发，断送红妆。西川巡幸堪伤，奈地下人间两渺茫。幸游魂悔罪，已登仙籍。回銮改葬，只剩香囊。证合天孙[⑥]，情传羽客[⑦]，钿盒金钗重寄将。月宫会、霓裳遗事，流播词场。

唐明皇欢好霓裳宴，杨贵妃魂断渔阳变。

鸿都客引会广寒宫，织女星盟证长生殿。

第二出　定情

【大石引子·东风第一枝】（生扮唐明皇引二内侍上）端冕中天，垂衣南面，山河一统皇唐。层霄雨露回春，深宫草木齐芳。《升平》早奏，韶华好，行乐何妨。愿此生终老温柔[⑧]，白云不羡仙乡。

“韶华入禁闱，宫树发春晖。天喜时相合，人和事不违。《九歌》扬政要，《六舞》散朝衣。别赏阳台乐，前旬暮雨[⑨]飞。”朕乃大唐天宝皇帝是也。起自潜

---

①传概：又称家门印子，是传奇的惯例，介绍创作缘起、剧情提要。②这句话是说，孔子不曾删去《诗经》中的《郑风》《卫风》。这两首以描绘活泼热烈的恋情而著名，在封建时代被认为是“淫奔之诗”。③太真：杨贵妃曾一度出家，号太真。后文太真均指杨贵妃。④鼙鼓：战鼓。⑤马嵬驿：今陕西兴平县西，杨贵妃吊死在此地。⑥天孙：天帝的女儿，即织女，她为唐明皇、杨贵妃的爱情作证，让他俩在月宫相会。故事见本剧《补恨》一出。⑦羽客：道士，这里指道士杨通幽。⑧温柔：温柔乡。⑨阳台、暮雨：指男女欢会。

邸①，入缵②皇图。任人不二，委姚、宋于朝堂；从谏如流，列张、韩于省闼③。且喜塞外风清万里，民间粟贱三钱。真个太平致治，庶几贞观之年；刑措成风④，不减汉文之世。近来机务馀闲，寄情声色。昨见宫女杨玉环，德性温和，丰姿秀丽。卜兹吉日，册为贵妃。已曾传旨，在华清池赐浴，命永新、念奴伏侍更衣，即着高力士引来朝见，想必就到也。

【玉楼春】（丑扮高力士，二宫女执扇引，旦扮杨贵妃上）恩波自喜从天降，浴罢妆成趋彩仗。（宫女）六宫未见一时愁，齐立金阶偷眼望。

（到介，丑进见生跪介）奴婢高力士见驾。册封贵妃杨氏，已到殿门。候旨。（生）宣进来。（丑出介）万岁爷有旨，宣贵妃杨娘娘上殿。（旦进，拜介）臣妾贵妃杨玉环见驾，愿吾皇万岁！（内侍）平身。（旦）臣妾寒门陋质，充选掖庭，忽闻宠命之加，不胜陨越之惧。（生）妃子世胄名家，德容兼备。取供内职⑤，深惬朕心。（旦）万岁。（丑）平身。（旦起介，生）传旨排宴。（丑传介）（内奏乐。旦送生酒，宫女送旦酒。生正坐，旦傍坐介）

【大石过曲·念奴娇序】（生）寰区万里，遍徵求窈窕，谁堪领袖嫔墙？佳丽今朝、天付与，端的绝世无双。思想，擅宠瑶宫，褒封玉册，三千粉黛总甘让。（合）惟愿取，恩情美满，地久天长。

【前腔】（换头）（旦）蒙奖。沉吟半晌，怕庸姿下体，不堪陪从椒房。受宠承恩，一霎里身判人间天上。须仿，冯嫚当熊，班姬辞辇，永持彤管⑥侍君傍。（合）惟愿取，恩情美满，地久天长。

【前腔】（换头）（宫女）欢赏，借问从此宫中，阿谁第一？似赵家飞燕在昭阳。宠爱处，应是一身承当。休让，金屋装成，玉楼歌彻，千秋万岁捧霞觞。（合）惟愿取，恩情美满，地久天长。

【前腔】（换头）（内侍）瞻仰，日绕龙鳞，云移雉尾，天颜有喜对新妆。频进酒，合殿春风飘香。堪赏，圆月摇金，馀霞散绮，五云多处易昏黄。（合）惟愿取，恩情美满，地久天长。

（丑）月上了。启万岁爷撤宴。（生）朕与妃子同步阶前，玩月一回。（内作乐。生携旦前立，众退后，齐立介）

【中吕过曲·古轮台】（生）下金堂，笼灯就月细端相，庭花不及娇模样。轻偎低傍，这鬓影衣光，掩映出丰姿千状。（低笑，向旦介）此夕欢娱，风清月朗，笑他梦雨暗高唐。（旦）追游宴赏，幸从今得侍君王。瑶阶小立，春生天语，香萦仙仗，玉露冷沾裳。还凝望，重重金殿宿鸳鸯。

---

①潜邸：皇帝在即位以前所住的府第。②缵（zuǎn）：继承。③省闼：中央政府。④刑措成风：刑法不用，措，废止。指人民安居乐业，刑法很宽。⑤内职：宫内妇女的职务，此指贵妃。⑥彤管：后宫女官所执的笔，用来记录宫闱事实。

（生）掌灯往西宫去。（丑应介，内侍、宫女各执灯引生、旦行介）（合）

【前腔】（换头）辉煌，簇拥银烛影千行。回看处珠箔斜开，银河微亮。复道回廊，到处有香尘飘飏。夜色如何？月高仙掌①。今宵占断好风光，红遮翠障，锦云中一对鸾凰。《琼花》《玉树》《春江夜月》，声声齐唱，月影过宫墙。褰罗幌，好扶残醉入兰房。

（丑）启万岁爷，到西宫了。（生）内侍回避。（丑）"春风开紫殿，（内侍）天乐下珠楼。"（同下）

【馀文】（生）花摇烛，月映窗，把良夜欢情细讲。（合）莫问他别院离宫玉漏长。

（宫女与生、旦更衣，暗下，生、旦坐介，生）"银烛回光散绮罗，（旦）御香深处奉恩多。（生）六宫此夜含颦望，（合）明日争传《得宝歌》。（生）朕与妃子偕老之盟，今夕伊始。（袖出钗、盒介）特携得金钗、钿盒在此，与卿定情。

【越调近词·绵搭絮】（生）这金钗钿盒百宝翠花攒。我紧护怀中，珍重奇擎有万般。今夜把这钗呵，与你助云盘②，斜插双鸾；这盒呵，早晚深藏锦袖，密裹香纨。愿似他并翅交飞，牢扣同心结合欢。（付旦介，旦接钗、盒谢介）

【前腔】（换头）谢金钗钿盒赐予奉君欢。只恐寒姿，消不得天家雨露团。（作背看介）恰偷观，凤翥龙蟠，爱杀这双头旖旎，两扇③团圞。惟愿取情似坚金，钗不单分盒永完。

（生）胧明春月照花枝，（元稹）（旦）始是新承恩泽时。（白居易）

（生）长倚玉人心自醉，（雍陶）（合）年年岁岁乐于斯。（赵彦昭）

第三出　禊游

【双调引子·贺圣朝】（丑上）崇班内殿称尊，天颜亲奉朝昏。金貂玉带蟒袍新，出入荷殊恩。

咱家高力士是也，官拜骠骑将军。职掌六宫之中，权压百僚之上。迎机导窾④，摸揣圣情；曲意小心，荷承天宠。今乃三月三日，万岁爷与贵妃娘娘游幸曲江，命咱召杨丞相并秦、韩、虢三国夫人，一同随驾。不免前去传旨与他。

---

①仙掌：即仙人掌，汉代宫中的一种装置，作仙人以手掌举盘接天上甘露的样子。月高仙掌，形容夜深。②云盘：像乌云一样乌黑的盘发。③两扇：钿盒。④导窾（kuǎn）：看人眼色，见机行事。窾，骨节中空处，杀牛时刀可以比较方便地从这里穿过去。

"传声报戚里，今日幸长杨①。"（下）

【前腔】（净冠带引从上）一从请托权门，天家雨露重新。累臣②今喜作亲臣，壮怀会当伸。

俺安禄山，自蒙圣恩复官之后，十分宠眷。所喜俺生的一个大肚皮，直垂过膝。一日圣上见了，笑问此中何有？俺就对说，惟有一片赤心。天颜大喜，自此愈加亲信，许俺不日封王。岂不是非常之遇！左右，回避。（从应下）（净）今乃三月三日，皇上与贵妃游幸曲江。三国夫人随驾。倾城士女，无不往观。俺不免换了便服，单骑前往，游玩一番。（作更衣、上马行介）出得门来，你看香尘满路，车马如云，好不热闹也。正是："当路游丝萦醉客，隔花啼鸟唤行人。"（下）（副净、外扮王孙，末扮公子；各丽服，同行上）（合）

【仙吕入双调·夜行船序】春色撩人，爱花风如扇，柳烟成阵。行过处，辨不出紫陌红尘。（见介）请了。（副净、外）今日修禊③之辰，我每同往曲江游玩。（末、小生）便是，那边簇拥着一队车儿，敢是三国夫人来了。我每快些前去。（行介）纷纭，绣幕雕轩，珠绕翠围，争妍夺俊。氤氲，兰麝逐风来，衣綵珮光遥认。（同下）

（老旦绣衣扮韩国，贴白衣扮虢国，杂绯衣扮秦国，引院子④、梅香各乘车行上）（合）

【前腔】（换头）安顿，罗绮如云，斗妖娆，各逞黛娥蝉鬓。蒙天宠，特敕共探江春。（老旦）奴家韩国夫人，（贴）奴家虢国夫人，（杂）奴家秦国夫人，（合）奉旨召游曲江。院子把车儿趱行前去。（院）晓得。（行介）（合）朱轮、碾破芳堤，遗珥坠簪，落花相衬。荣分，戚里从宸⑤游，几队宫妆前进。（同下）

【黑蟆序】（换头）（净策马上，目视三国下介）妙啊，回瞬，绝代丰神，猛令咱一见，半晌销魂。恨车中马上，杳难亲近。俺安禄山，前往曲江，恰好遇着三国夫人，一个个天姿国色。唉，唐天子，唐天子！你有了一位贵妃，又添上这几个阿姨，好不风流也！评论，群花归一人，方知天子尊。且赶上前去，饱看一回。望前尘，馋眼迷奚，不免挥策频频。

（作鞭马前奔，杂扮从人上，拦介）咄，丞相爷在此，什么人这等乱撞！（副净骑马上）为何喧嚷？（净、副净作打照面，净回马急下）（从）小的方才见一人，骑马乱撞过来，向前拦阻。（副净笑介）那去的是安禄山。怎么见了下官，就疾忙躲避了。（作沉吟介）三位夫人的车儿在那里？（从）就在前面。（副净）呀，安禄山那厮怎敢这般无礼！

【前腔】（换头）堪恨，藐视皇亲，傍香车行处，无礼厮混。陡冲冲怒起，

---

①长杨：秦汉时的一个宫殿，这里指游曲江池。 ②累（léi）臣：被囚的臣子。 ③修禊：三月在水边拔除邪祟的一种古代祭祀。 ④院子：仆人。 ⑤宸：皇帝。

心下难忍。叫左右，紧紧跟随着车儿行走，把闲人打开。（众应行介）（副净）忙奔，把金鞭辟路尘①，将雕鞍逐画轮。（合）语行人，慎莫来前，怕惹丞相生嗔。（同下）

【锦衣香】（净扮村妇，丑扮丑女，老旦扮卖花娘子，小生扮舍人②，行上）（合）妆扮新，添淹润③；身段村④，乔丰韵。更堪怜芳草沾裾，野花堆髻。（见介）（净）列位都是去游曲江的么？（众）正是。今日皇帝、娘娘，都在那里，我每同去看一看。（丑）听得皇帝把娘娘爱的似宝贝一般，不知比奴家容貌如何？（老旦笑介）（小生作看丑介）（丑）你怎么只管看我？（小生）我看大姐的脸上，倒有几件宝贝。（净）什么宝贝？（小生）你看眼嵌猫睛石，额雕玛瑙纹，蜜蜡装牙齿，珊瑚镶嘴唇。（净笑介）（丑将扇打小生介）小油嘴，偏你没有宝贝。（小生）你说来。（丑）你后庭像银矿，掘过几多人！（净笑介）休得取笑。闻得三国夫人的车儿过去，一路上有东西遗下，我每赶上寻看。（丑）如此快走。（行介）（丑作娇态与小生诨介）（合）和风徐起荡晴云，钿车一过，草木皆春。（小生）且在这草里寻一寻，可有什么？（老旦）我先去了。向朱门绣阁，卖花声叫的殷勤。（叫卖花下）（众作寻、各拾介）（丑问净介）你拾的什么？（净）是一枝簪子。（丑看介）是金的，上面一粒绯红的宝石。好造化！（净问丑介）你呢？（丑）一只凤鞋套儿。（净）好好，你就穿了何如？（丑作伸脚比介）啐，一个脚指头也着不下。鞋尖上这粒真珠，摘下来罢。（作摘珠、丢鞋介）（小生）待我袖了去。（丑）你倒会作揽收拾！你拾的东西，也拿出来瞧瞧。（小生）一幅鲛绡帕儿，裹着个金盒子。（净接作开看介）咦，黑黑的黄黄的薄片儿，闻着又有些香，莫不是要药⑤么？（小生笑介）是香茶。（丑）待我尝一尝。（净争吃，各吐介）呸！稀苦的，吃他怎么！（小生作收介）罢了，大家再往前去。（行介）（合）蜂蝶闲相趁，柳迎花引，望龙楼倒泻，曲江将近。

（小生、净先下，丑弔场叫介）你们等我一等。阿呀，尿急了，且在这里打个沙窝儿⑥去。（下）（老旦、贴、杂引院子、梅香行上）

【浆水令】扑衣香花香乱熏；杂莺声笑声细闻。看杨花雪落覆白蘋，双双青鸟，衔堕红巾。春光好，过二分，迟迟丽日催车进。（院）禀夫人，到曲江了。（老旦）丞相爷在那里？（院）万岁爷在望春宫，丞相爷先到那边去了。（老旦、杂、贴作下车介）你看果然好风景也！环曲岸，环曲岸，红酣绿匀。临曲水，临曲水，柳细蒲新。

（丑引小内侍、控马上）"敕传玉勒桃花马，骑坐金泥蛱蝶裙。"（见介）皇上口敕：韩、秦二国夫人，赐宴别殿。虢国夫人，即令乘马入宫，陪杨娘娘饮

①辟路尘：开路。②舍人：公子、少爷。③淹润：丰韵。④村：土里土气。⑤要药：春药。⑥打个沙窝儿：指女人就地小便。

宴。（老旦、杂、贴跪介）万岁！（起介）（丑向贴介）就请夫人上马。（贴）

【尾声】内家官，催何紧。姐姐妹妹，偏背了①春风独近。（老旦、杂）不枉你淡扫蛾眉朝至尊。

（贴乘马，丑引下）（杂）你看裴家姐姐，竟自扬鞭去了。（老旦）且自由他。（梅香）请夫人别殿里上宴。

红桃碧柳禊堂春，（沈佺期）（老旦）一种佳游事也均。（张谔）

（杂）愿奉圣情欢不极，（武平一）（合）向风偏笑艳阳人。（杜牧）

第四出　倖恩

【商调引子·绕池游】（贴上）瑶池陪从，何意承新宠！怪青鸾把人和哄，寻思万种。这其间无端噷动②，奈谣诼蛾眉未容③。

“玉燕轻盈弄雪辉，杏梁偷宿影双依。赵家姊妹多相妒，莫向昭阳殿里飞。”奴家杨氏，幼适裴门。琴断朱弦④，不幸文君早寡；香含青琐，肯容韩掾轻偷⑤？以妹玉环之宠，叨膺虢国之封。虽居富贵，不爱铅华。敢夸绝世佳人，自许朝天素面。不想前日驾幸曲江，敕陪游赏。诸姊妹俱赐宴于外，独召奴家，到望春宫侍宴。遂蒙天眷，勉尔承恩。圣意虽浓，人言可畏。昨日要奴同进大内，再四辞归。仔细想来，好侥幸人也。

【商调过曲·字字锦】恩从天上浓，缘向生前种。金笼花下开，巧赚娟娟凤⑥。烛花红，只见弄盏传杯。传杯处，蓦自里话儿唧哝。匆匆，不容宛转⑦，把人央入帐中。思量帐中，帐中欢如梦。绸缪处两心同。绸缪处两心暗同。奈朝来背地，有人在那里，人在那里，妆模作样，言言语语，讥讥讽讽。咱这里羞羞涩涩，惊惊恐恐，直恁被他挎弄。

【不是路】（末扮院子、副净扮梅香暗上）（老旦引外扮院子，丑扮梅香上）吹透春风，戚畹花开别样秾。前日裴家妹子独承恩幸。我约柳家妹子，同去打觑

①偏背了：我独自去了。 ②噷（xīn）动：动情。 ③奈谣诼蛾眉未容：无奈有人造谣说坏话，使我不能容身。蛾眉，指虢国夫人自己。 ④琴断朱弦：比喻配偶死了。 ⑤香含青琐，肯容韩掾轻偷：说自己行为规矩。韩掾，名寿，掾是相当于书记员的一种职位。韩掾和长官贾充的女儿贾午相爱，贾午把父亲的御赐奇香偷出来送给了韩寿。后用偷香比喻恋爱、调情。 ⑥金笼花下开，巧赚娟娟凤：在花下打开了金笼，狡猾地把美丽的凤凰骗了进去。这里虢国夫人以凤凰自比，说自己受了唐明皇哄骗，和他发生了关系。 ⑦宛转：迟疑。

一番。不料他气的病了，因此独自前去。（外）禀夫人，到虢府了。（老旦）通报去。（外报介）（末传介）韩国夫人到。（贴）道有请。（副净请介）（外、末暗下）（贴出，迎老旦进介）（贴）姊姊请。（副净、丑诨下①）（老旦）妹妹喜也。（贴）有何喜来？（老旦）邀殊宠，一枝已傍日边红。（贴作羞介）姊姊，说那里话！我进离宫，也不过杯酒相陪奉，湛露君恩内外同。（老旦笑介）虽则一般赐宴，外边怎及里边。休调哄，九重春色偏知重，有谁能共？（贴）有何难共？

（老旦）我且问你，看见玉环妹妹，在宫光景如何？

【满园春】（贴）春江上景融融。催侍宴望春宫。那玉环妹妹呵，新来倚贵添尊重。（老旦）不知皇上与他怎生恩爱？（贴）春宵里，春宵里，比目儿和同。谁知得雨云踪？（老旦）难道一些不觉？（贴）只见玉环妹妹的性儿，越发骄纵了些。细窥他个中②，漫参他意中，使惯娇憨。惯使娇憨，寻瘢索绽③，一谜儿自逞心胸。

（老旦）他自小性儿是这般的，妹妹，你还该劝他才是。（贴）那个耐烦劝他？

【前腔】（换头）（老旦）他情性多骄纵，恃天生百样玲珑，姊妹行且休傍作诵④。况他近日呵，昭阳内，昭阳内，一人独占三千宠，问阿谁能与竞雌雄？（贴）谁与他争！只是他如此性儿，恐怕君心不测！（老旦起，背介）细听裴家妹子之言，必有缘故。细窥他个中，漫参他意中，使恁骄嗔。恁使骄嗔，藏头露尾，敢别有一段心胸⑤！

（末上）“意外闻严旨，堂前报贵人。”（见介）禀夫人，不好了。贵妃娘娘忤旨，圣上大怒，命高公公送归丞相府中了。（老旦惊介）有这等事！（贴）我说这般心性，定然惹下事来。（老旦）虽然如此，我与你姊妹之情，且是关系大家荣辱，须索前去看他才是！（贴）正是，就请同行。（老旦）

【尾声】忽闻严谴心惊恐，（贴）整香车同探吉凶。姊姊，那玉环妹妹，可不被梅妃笑杀也！（合）倒不如冷淡梅花仍开紫禁中！

（贴）传闻阙下降丝纶⑥，（刘长卿）（老旦）出得朱门入戟门。（贾岛）

（贴）何必君恩能独久，（乔知之）（老旦）可怜荣落在朝昏。（李商隐）

---

①副净、丑诨下：两家婢女打着诨下场去。②个中：就里，底细。③寻瘢（bān）索绽：挑剔人，找人家的不是。④作诵：说人不好。⑤敢别有一段心胸：怕是她别有用心吧。⑥丝纶：圣旨。

第五出　献发

（副净急上）“天有不测风云，人有旦夕祸福。”下官杨国忠，自从妹子册立贵妃，权势日盛。不想今早，忽传贵妃忤旨，被谪出宫，命高内监单车送到门来。未知何故，好生惊骇！且到门前迎接去。（暂下）

【仙吕过曲·望吾乡】（丑引旦乘车上）无定君心，恩光那处寻？蛾眉忽地遭攧窨①，思量就里知他怎？弃掷何偏甚！长门隔，永巷深②，回首处，愁难禁。

（副净上，跪接介）臣杨国忠迎接娘娘。（丑）丞相，快请娘娘进府，咱家还有话说。（副）院子，分付丫鬟每，迎接娘娘到后堂去。（丫鬟上，扶旦下车，拥下）（副净揖丑介）老公公请坐，不知此事因何而起？（丑）娘娘呵。

【一封书】君王宠最深，冠椒房专侍寝。昨日呵，无端忤圣心，骤然间商与参。丞相不要怪咱家多口，娘娘呵，生性娇痴多习惯，未免嫌疑生抱衾③。（副净）如今谪遣出来，怎生是好？（丑）丞相且到朝门谢罪，相机而行。（副净）老公公，全仗你进规箴，悟当今④。（丑）这个自然。（合）管重取宫花入上林。

（丑）就此告别。（副净）下官同行。（向内介）分付丫鬟，好生伺候娘娘。（内应介）（副净）“乌鸦与喜鹊同行，吉凶事全然未保。”（同丑下）

【中吕引子·行香子】（旦引梅香上）乍出宫门，未定惊魂，渍愁妆满面啼痕。其间心事，多少难论。但惜芳容，怜薄命，忆深恩。

“君恩如水付东流，得宠忧移失宠愁。莫向樽前奏《花落》，凉风只在殿西头。”我杨玉环，自入宫闱，过蒙宠眷。只道君心可托，百岁为欢。谁想妾命不犹⑤，一朝逢怒。遂致促驾宫车，放归私第。金门一出，如隔九天。（泪介）天那，禁中明月，永无照影之期；苑外飞花，已绝上枝之望。抚躬自悼，掩袂徒嗟。好生伤感人也！

【中吕过曲·榴花泣】【石榴花】罗衣拂拭犹是御香熏，向何处谢前恩？想春游春从晓和昏，【泣颜回】岂知有断雨残云？我含娇带嗔，往常间他百样相依顺，不提防为着横枝⑥，陡然把连理轻分。

---

①攧窨（diān yìn）：挫折。②长门隔，永巷深：长门宫，失宠妃子所居住的地方；永巷，有罪的宫女紧闭处。这句话是说现在连长门、永巷都进不去了。③抱衾：指虢国夫人与唐明皇偷偷发生关系。④当今：在位的皇帝。⑤不犹：不同平常，比平常坏。⑥横枝：暗指虢国夫人。

丫鬟，此间可有那里望见宫中？（梅）前面御书楼上，西北望去，便是宫墙了。（旦）你随我楼上去来。（梅）晓得。（旦登楼介）“西宫渺不见，肠断一登楼。”（梅指介）娘娘，这一带黄设设的琉璃瓦，不是九重宫殿么？（旦作泪介）

【前腔】凭高洒泪遥望九重阎，咫尺里隔红云。叹昨宵还是凤帏人，冀回心重与温存。天乎太忍，未白头先使君恩尽。（梅指介）呀，远远望见一个公公，骑马而来，敢是召娘娘哩！（旦叹介）料非他丹凤衔书，多又恐乌鸦传信。

（旦下楼介）（丑上）“暗将怀旧意，报与失欢人。”（见介）高力士叩见娘娘。（旦）高力士，你来怎么？（丑）奴婢恰才覆旨，万岁爷细问娘娘回府光景，似有悔心。现今独坐宫中，长吁短叹。一定是思想娘娘。因此特来报知。（旦）唉，那里还想着我！（丑）奴婢愚不谏贤，娘娘未可太执意了。倘有什么东西，付与奴婢，乘间进上，或者感动圣心，也未可知。（旦）高力士，你教我进什么东西去好？（想介）

【喜渔灯犯】【喜渔灯】思将何物传情悃，可感动君？我想一身之外，皆君所赐，算只有愁泪千行，作珍珠乱滚；又难穿成金缕，把雕盘进。哦，有了，【剔银灯】这一缕青丝香润，曾共君枕上并头相偎衬，曾对君镜里撩云。丫鬟，取镜台金剪过来。（梅应，取上介）（旦解发介）哎，头发，头发！【渔家傲】可惜你伴我芳年，剪去心儿未忍。只为欲表我衷肠。（作剪发介）剪去心儿自悯。（作执发起，哭介）头发，头发！【喜渔灯】全仗你寄我殷勤。（拜介）我那圣上呵，奴身、止鬖鬖发数根，这便是我的残丝断魂。

（起介）高力士，你将去与我转奏圣上。（哭介）说妾罪该万死，此生此世，不能再睹天颜！谨献此发，以表依恋。（丑跪接发搭肩上介）娘娘请免愁烦，奴婢就此去了。“好凭缕缕青丝发，重结双双白首缘。”（下）（旦坐哭介）（老旦、贴上）

【榴花灯犯】【剔银灯】听说是贵妃妹忤君。【石榴花】听说是返家门，【普天乐】听说是失势兄忧悯，听说是中官①至，未审何云？（进介）贵妃娘娘那里？（梅）韩、虢二国夫人到了。（旦作哭不语介）（老旦、贴见介）（老旦）贵妃请免愁烦。（同哭介）（贴）前日在望春宫，皇上十分欢喜，为何忽有此变？【渔家傲】我只道万岁千秋欢无尽，【尾犯序】我只道任伊行②笑颦，【石榴花】我只道纵差池，谁和你评论！（老旦）裴家妹子，【锦缠道】休只管闲言絮陈。贵妃，你逢薄怒其中有甚根因？（旦作不理介）（贴）贵妃，你莫怪我说，【剔银灯】自来宠多生嫌衅，可知道秋叶君恩？恁为人，怎趋承至尊？（老旦合）【雁过声】姊妹每情切来相问，为什么耳畔哝哝总似不闻！（旦）

①中官：太监。②伊行：她。

【尾声】秋风团扇原吾分，多谢连枝特过存。总有万语千言只在心上忖。

（竟下）（贴）姊姊，你看这个样子，如何使得？（老旦）正是，我每特来看他，他心上有事，竟自进房去了。妹子，你再到望春宫时，休要学他。（贴羞介）啐！

今朝忽见下天门，（张籍）（老旦）相对那能不怆神。（廖匡图）

（贴）冷眼静看真好笑，（徐夤）（老旦）中含芒刺欲伤人。（陆龟蒙）

第六出　复召

【南吕引子·虞美人】（生上）无端惹起闲烦恼，有话将谁告？此情已自费支持，怪杀鹦哥不住向人提。

“辇路生春草，上林花满枝。凭高何限意，无复侍臣知。”寡人昨因杨妃娇妬，心中不忿，一时失计，将他遣出。谁想佳人难得，自他去后，触目总是生憎，对景无非惹恨。那杨国忠入朝谢罪，寡人也无颜见他。（叹介）咳，欲待召取回宫，却又难于出口，若是不召他来，教朕怎生消遣，好刋划①不下也！

【南吕过曲·十样锦】【绣带儿】春风静宫帘半启，难消日影迟迟。听好鸟犹作欢声，睹新花似斗容辉。追悔，（宜春令）悔杀咱一刬儿②粗疏，不解他十分的娇殢③。枉负了怜香惜玉，那些情致。（副净扮内监上）“脍下玉盘红缕④细，酒开金瓮绿醅浓。”（跪见介）请万岁爷上膳。（生不应介）（副净又请介）（生恼介）哇，谁着你请来！（副净）万岁爷自清晨不曾进膳，后宫传催排膳伺候。（生）哇，什么后宫！叫内侍。（二内侍应上）（生）揣这厮去，打一百，发入净军所⑤去。（内侍）领旨。（同揣副净下）（生）哎，朕在此想念妃子，却被这厮来搅乱一番。好烦恼也！【降黄龙换头】思伊，纵有天上琼浆，海外珍馐知他甚般滋味！除非可意⑥，立向跟前，方慰调饥。（净扮内监上）“尊前绮席陈歌舞，花外红楼列管弦。”（见跪介）请万岁爷沉香亭上饮宴，听赏梨园新乐。（生）哇，说甚沉香亭，好打！（净叩头介）非干奴婢之事，是太子诸王，说万岁爷心绪不快，特请消遣。（生）哇，我心绪有何不快！叫内侍。（内侍应上）（生）揣这厮去，打一百，发入惜薪司⑦当火者去。（内侍）领旨。（同揣净下）（生）内

---

①刋（bǎi）划：决断。②一刬（chàn）儿：一味。③娇殢（dì）：撒娇。殢，纠缠。④红缕：细切的肉。⑤净军所：监禁太监的地方。⑥可意：中意的人，这里指杨贵妃。⑦惜薪司：明朝设置的一个太监服役机构，专管供应柴火之类的事情。

侍过来。（内侍应上）（生）着你二人看守宫门，不许一人擅入，违者重打。（内侍）领旨。（作立前场介）（生）唉，朕此时有甚心情，还去听歌饮酒。【醉太平】想亭际，凭阑仍是玉阑干，问新妆有谁同倚？就有新声呵，知音人逝，他鹍弦①绝响，我玉笛羞吹。（丑肩搭发上）【浣溪纱】离别悲，相思意，两下里抹媚②谁知！我从旁参透个中机，要打合鸾凰在一处飞。（见内侍介）万岁爷在那里？（内侍）独自坐在宫中。（丑欲入，内侍拦介）（丑）你怎么拦阻咱家？（内侍）万岁爷十分着恼，把进膳的连打了两个，特着我每看守宫门，不许一人擅入。（丑）原来如此，咱家且候着。（生）朕委无聊赖，且到宫门外闲步片时。（行介）看一带瑶阶依然芳草齐，不见蹴裙裾珠履追随。（丑望介）万岁爷出来了，咱且闪在门外，觑个机会。（虚下、即上，听介）（生）寡人在此思念妃子，不知妃子又怎生思念寡人哩！早间问高力士，他说妃子出去，泪眼不干，教朕寸心如割。这半日间，无从再知消息。高力士这厮，也竟不到朕跟前，好生可恶！（丑见介）奴婢在这里。（生）（作看丑介）（生）高力士，你肩上搭的什么东西？（丑）是杨娘娘的头发。（生笑介）什么头发？（丑）娘娘说道：自恨愚昧，上忤圣心，罪应万死。今生今世，不能够再睹天颜，特剪下这头发，着奴婢献上万岁爷，以表依恋之意。（献发介）（生执发看，哭介）哎哟，我那妃子呵！【啄木儿】记前宵枕边闻香气，到今朝剪却和愁寄。觑青丝肠断魂迷。想寡人与妃子，恩情中断，就似这头发也。一霎里落金刀长辞云髻。（丑）万岁爷！【鲍老催】请休惨凄，奴婢想杨娘娘既蒙恩幸，万岁爷何惜宫中片席之地，乃使沦落外边！春风肯教天上回，名花便从苑外移。（生作想介）只是寡人已经放出，怎好召还？（丑）有罪放出，悔过召还，正是圣主如天之度。（生点头介）（丑）况今早单车送出，才是黎明，此时天色已暮，开了安庆坊，从太华宅而入，外人谁得知之。（叩头介）乞鉴原，赐迎归，无淹滞③。稳情取一笑愁城自解围。（生）高力士，就着你迎取贵妃回宫便了。（丑）领旨。（下）（生）咳，妃子来时，教寡人怎生相见也！【下小楼】喜得玉人归矣，又愁他惯娇嗔，背面啼，那时将何言语饰前非！罢，罢，这原是寡人不是，拚④把百般亲媚，酬他半日分离。（丑同内侍、宫女纱灯引旦上）【双声子】香车曳，香车曳，穿过了宫槐翠。纱笼对，纱笼对，掩映着宫花丽。（内侍、宫女下）（丑进报介）杨娘娘到了。（生）快宣进来。（丑）领旨。杨娘娘有宣。（旦进见介）臣妾杨氏见驾，死罪，死罪！（俯伏介）（生）平身。（丑暗下）（旦跪泣介）臣妾无状⑤，上干天谴。今得重睹圣颜，死亦瞑目。（生同泣介）妃子何出此言？（旦）【玉漏迟序】念臣妾如山罪累，荷皇恩如天容庇。今自艾，愿承鱼贯⑥敢妒蛾眉？

---

①鹍弦：指琵琶。②抹媚：形容害相思的痴迷状态。③无淹滞：不要停留。④拚：甘愿。⑤无状：一无是处。⑥愿承鱼贯：愿意依次而进，不再嫉妒。

（生扶旦起介）寡人一时错见，从前的话，不必再提了。（旦泣起介）万岁！（生携旦手与旦拭泪介）

【尾声】从今识破愁滋味，这恩情更添十倍。妃子，我且把这一日相思诉与伊！

（宫娥上）西宫宴备，请万岁爷、娘娘上宴。

（生）陶出真情酒满尊，（李中）（旦）此心从此更何言。（罗隐）

（生）别离不惯无穷忆，（苏颋）（旦）重入椒房拭泪痕。（柳公权）

第七出 制谱

【仙吕过曲·醉罗歌】【醉扶归】（老旦上）西宫才奉传呼罢，安排水榭要清佳。慢卷晶帘散朝霞，玉钩却映初阳挂。奴家永新是也。与念奴妹子同在西宫，承应贵妃杨娘娘。我娘娘再入宫闱，万岁爷更加恩幸。真乃"三千宠爱在一身，六宫粉黛无颜色"。今早娘娘分付，收拾荷亭，要制曲谱。念奴妹子在那里伏侍晓妆，奴家先到此间，不免将文房四宝，摆设起来。【皂罗袍】你看笔床初拂，光分素劄①；砚池新注，香浮墨华——绿阴深处多幽雅。【排歌尾】竹风引，荷露洒，对波纹帘影弄参差。

呀，兰麝香飘，珮环风定，娘娘早则到也。（旦引贴上）

【正宫引子·新荷叶】幽梦清宵度月华，听《霓裳羽衣》歌罢。醒来音节记无差，拟翻新谱消长夏。

"斗画长眉翠淡浓，远山移入镜当中。晓窗日射胭脂颊，一朵红酥旋欲融。"我杨玉环自从截发感君之后，荷宠弥深。只有梅妃《惊鸿》一舞，圣上时常夸奖。思欲另制一曲，掩出其上。正在推敲，昨夜忽然梦入月宫。见桂树之下，仙女数人，素衣红裳，奏乐甚美。醒来追忆，音节宛然。因此分付永新，收拾荷亭，只待细配宫商，谱成新曲。（老旦）启娘娘：纸、墨、笔、砚，已安排齐备了。（旦）你与念奴一同在此伺候。（老旦、贴应，作打扇、添香介）（旦作制谱介）

【正宫过曲·刷子带芙蓉】【刷子序】荷气满窗纱，鸾笺慢伸犀管轻拏，待谱他月里清音，细吐我心上灵芽。这声调虽出月宫，其间转移过度，细微曲折之

①素劄（zhá）：白纸。

处，须索自加细审。安插，一字字要调停如法，一段段须融和入化。这几声尚欠调匀，拍𠆧怎下？（内作莺啼，旦执笔听介）呀，妙阿！（作改介）【玉芙蓉】听宫莺、数声恰好应红牙①。

（搁笔介）谱已制完，永新，是什么时候了？（老旦）晌午了。（旦）万岁爷可曾退朝？（老旦）尚未。（旦）永新，且随我更衣去来。念奴在此伺候，万岁爷到时，即忙通报。（贴）领旨。（旦）"好凭晚镜增蛾翠，漫试香纱换蝶衣。"（引老旦随下）（生行上）

【渔灯映芙蓉】【山渔灯】散千官，朝初罢。拟对玉人，长昼闲话。寡人方才回宫，听说妃子在荷亭上，因此一径前来。依流水待觅胡麻，把银塘路踏。（作到介）（贴见介）呀，万岁爷到了。（生）念奴，你娘娘在何处闲欢耍，怎堆香几有笔砚交加？（贴）娘娘在此制谱，方才更衣去了。（生）妃子，妃子！美人韵事，被你都占尽也。但不知制甚曲谱，待寡人看来。（作坐翻看介）消详从头觑咱。妙哉，只这锦字荧荧银钩小，更度羽换宫没半米差。

好奇怪，这谱连寡人也不知道。细按音节，不是人间所有，似从天下，果曲高和寡。妃子，不要说你娉婷绝世，只这一点灵心，有谁及得你来？【玉芙蓉】恁聪明，也堪压倒上阳花。

【普天赏芙蓉】【普天乐】（旦换妆，引老旦上）换轻妆，多幽雅。试生绡添潇洒。（见生介）臣妾见驾。（生扶介）妃子坐了。（坐介）（生）妃子，看你晚妆新试，妩媚益增。似迎风袅袅杨枝，宛凌波濯濯莲花。芳兰一朵斜把云鬟压，越显得庞儿风流煞。（旦）陛下今日退朝，因何恁晚？（生）只为灵武太守员缺，地方紧要，与廷臣议了半日，难得其人。朕特擢郭子仪，补授此缺，因此退朝迟了。（旦）妾候陛下不至，独坐荷亭，爱风来一弄明纱，闲学谱新声奏雅。【玉芙蓉】怕输他舞《惊鸿》，曲终满座有光华。

（生）寡人适见此谱，真乃千古奇音，《惊鸿》何足道也！（旦）妾凭臆见，草草创成。其中错误，还望陛下更定。（生）再同妃子，细细点勘一番。（老旦、贴暗下）（生、旦并坐翻谱介）

【朱奴折芙蓉】【朱奴儿】倚长袖香肩并亚②；翻新谱玉纤同把。（生）妃子，似你绝调佳人世真寡，要觅破绽并无毫发。再问妃子，此谱何名？（旦）妾于昨夜梦入月宫，见一群仙女奏乐，尽着霓裳羽衣。意欲取此四字，以名此曲。（生）好个"霓裳羽衣"！非虚假，果合伴天香桂花。【玉芙蓉】（作看旦介）觑仙姿、想前身原是月中娃。

此谱即当宣付梨园，但恐俗手伶工，未谙其妙。朕欲令永新、念奴，先抄图

①红牙：拍板，用来打拍子。②亚：压。

谱，妃子亲自指授。然后传与李龟年等，教习梨园子弟，却不是好。（旦）领旨。（生携旦起介）天已薄暮，进宫去来。

【尾声】晚风吹，新月挂，（旦）正一缕凉生凤榻。（生）妃子，你看这池上鸳鸯早双眠并蒂花。

（生）芙蓉不及美人妆，（王昌龄）（旦）杨柳风多水殿凉。（刘长卿）

（老旦）花下偶然歌一曲，（曹唐）（合）传呼法部按《霓裳》。（王建）

第八出　进果

【过曲·柳穿鱼】（末扮使臣持竿挑荔枝蓝，作鞭马急上）一身万里跨征鞍，为进离支①受艰难。上命遣差不由己，算来名利怎如闲！巴得个到长安，只图贵妃看一看。

自家西州道使臣，为因贵妃杨娘娘，爱吃鲜荔枝，奉敕涪州②，年年进贡。天气又热，路途又远，只得不惮辛勤，飞马前去。（作鞭马重唱"巴得个"三句跑下）

【撼动山】（副净扮使臣持荔枝篮、鞭马急上）海南荔子味尤甘，杨娘娘偏喜啖。采时连叶包，缄封贮小竹篮。献来晓夜不停骖，一路里怕耽，望一站也么奔一站！

自家海南道使臣。只为杨娘娘爱吃鲜荔枝，俺海南所产，胜似涪州，因此敕与涪州并进。但是俺海南的路儿更远，这荔枝过了七日，香味便减，只得飞驰赶去。（鞭马重唱"一路里"二句跑下）

【十棒鼓】（外扮老田夫上）田家耕种多辛苦，愁旱又愁雨。一年靠这几茎苗，收来半要偿官赋，可怜能得几粒到肚！每日盼成熟，求天拜神助。

老汉是金城县东乡一个庄家。一家八口，单靠着这几亩薄田过活。早间听说进鲜荔枝的使臣，一路上捎着径道行走，不知踏坏了人家多少禾苗！因此，老汉特到田中看守。（望介）那边两个算命的来了。（小生扮算命瞎子手持竹板，净扮女瞎子弹弦子，同行上）

---

①离支：荔枝，因为要用平声字和韵，所以把字改了。　②涪州：今重庆涪陵。

【蛾郎儿】住褒城，走咸京，细看流年与五星。生和死，断分明，一张铁口①尽闻名。瞎先生，真灵圣，叫一声，赛神仙，来算命。

（净）老的，我走了几程，今日脚疼，委实走不动。不是算命，倒在这里挣命了。（小生）妈妈，那边有人说话，待我问他。（叫介）借问前面客官，这里是什么地方了？（外）这是金城东乡，与渭城西乡交界。（小生斜揖介）多谢客官指引。（内铃响，外望介）呀，一队骑马的来了。（叫介）马上长官，往大路上走，不要踏了田苗！（小生一面对净语介）妈妈，且喜到京不远，我每叫向前去，雇个毛驴子与你骑。（重唱"瞎先生"三句走介）（末鞭马重唱前"巴得个"三句急上，冲倒小生、净下）（副净鞭马重唱前"一路里"二句急上，踏死小生下）（外跌脚向鬼门哭介）天啊，你看一片田禾，都被那厮踏烂，眼见的没用了。休说一家性命难存，现今官粮紧急，将何办纳！好苦也！（净一面作爬介）哎呀，踏坏人了，老的啊，你在那里？（作摸着小生介）呀，这是老的。怎么不做声，敢是踏昏了？（又摸介）哎呀，头上湿淥淥的。（又摸闻手介）不好了，踏出脑浆来了！（哭叫介）我那天呵，地方②救命。（外转身作看介）原来一个算命先生，踏死在此。（净起斜福介）只求地方，叫那跑马的人来偿命。（外）哎，那跑马的呵，乃是进贡鲜荔枝与杨娘娘的。一路上来，不知踏坏了多少人，不敢要他偿命。何况你这一个瞎子！（净）如此怎了！（哭介）我那老的呵，我原算你的命，是要倒路死的。只这个尸首，如今怎么断送！（外）也罢，你那里去叫地方，就是老汉同你抬去埋了罢。（净）如此多谢，我就跟着你做一家儿③，可不是好！（同抬小生）（哭，诨下）（丑扮驿卒上）

【小引】驿官逃，驿官逃，马死单单剩马膫④。驿子有一人，钱粮没半分。拚受打和骂，将身去招架，将身去招架！

自家渭城驿中，一个驿子便是。只为杨娘娘爱吃鲜荔枝，六月初一是娘娘的生日，涪州、海南两处进贡使臣，俱要赶到。路由本驿经过，怎奈驿中钱粮没有分文，瘦马刚存一匹。本官怕打，不知逃往那里去了，区区就便权知此驿。只是使臣到来，如何应付？且自由他！（末飞马上）

【急急令】黄尘影内日衔山，赶赶赶，近长安。（下马介）驿子，快换马来。（丑接马、末放果篮、整衣介）（副净飞马上）一身汗雨四肢瘫，趱趱趱，换行鞍。

（下马介）驿子，快换马来。（丑接马，副净放果篮、与末见介）请了，长官也是进荔枝的？（末）正是。（副净）驿子，下程酒饭在那里？（丑）不曾备得。（末）也罢，我每不吃饭了，快带马来。（丑）两位爷在上，本驿只剩有一

---

①铁口：形容自己算命很灵。②地方：地保。③做一家儿：做夫妻。④马膫（diǎo）：即马屌，牡马的生殖器。

匹马，但凭那一位爷骑去就是。（副净）哇，偌大一个渭城驿，怎么只有一匹马！快唤你那狗官来，问他驿马那里去了？（丑）若说起驿马，连年都被进荔枝的爷每骑死了。驿官没法，如今走了。（副净）既是驿官走了，只问你要。（丑指介）这棚内不是一匹马么？（末）驿子，我先到，且与我先骑了去。（副净）我海南的来路更远，还让我先骑。（末作向内介）

【恁麻郎】我只先换马，不和你斗口。（副净扯介）休恃强，惹着我动手。（末取荔枝在手介）你敢把我这荔枝乱丢！（副净取荔枝向末介）你敢把我这竹笼碎扭！（丑劝介）请罢休，免气吼，不如把这匹瘦马同骑一路走！（副净放荔枝打丑介）唗，胡说！

【前腔】我只打你、这泼腌臜死囚！（末放荔枝打丑介）我也打你这放刁顽贼头！（副净）剋官马嘴儿太油。（末）误上①用胆儿似斗。（同打介）（合）鞭乱抽，拳痛殴，打得你难捱那马自有！

【前腔】（丑叩头介）向地上连连叩头，望台下②轻轻放手。（末、副净）若要饶你，快换马来。（丑）马一匹驿中现有，（末、副净）再要一匹。（丑）第二匹实难补凑。（末、副净）没有只是打！（丑）且慢纽③，请听剖，我只得脱下衣裳与你权当酒！

（脱衣介）（末）谁要你这衣裳！（副净作看衣、披在身上介）也罢，赶路要紧。我原骑了那马，前站换去。（取果上马，重唱前"一路里"二句跑下）（末）快换马来我骑。（丑）马在此。（末取果上马，重唱前"巴得个"三句跑下）（丑弔场）咳，杨娘娘，杨娘娘，只为这几个荔枝呵！

铁关金锁彻明开，（崔液）黄纸④初飞敕字回。（元稹）

驿骑鞭声砉⑤流电，（李郢）无人知是荔枝来。（杜牧）

第九出　舞盘

【仙吕引子·奉时春】（生引二内侍、丑随上）山静风微昼漏长，映殿角火云千丈。紫气东来，瑶池西望，翩翩青鸟庭前降。

朕同妃子避暑骊山。今当六月朔日，乃是妃子诞辰。特设宴在长生殿中，与他称庆，并奏《霓裳》新曲。高力士，传旨后宫，宣娘娘上殿。（丑）领旨。

①上：皇帝。②台下：对长官的尊称，和"阁下"意思相近。③纽：扭，扭打。④黄纸：唐代用黄麻纸写的皇帝敕令。⑤砉（huā）：形容动作迅疾。

（向内传介）（内应“领旨”介）（旦盛妆、引老旦、贴上）

【唐多令】日影耀椒房，花枝弄绮窗，门悬小帨①赭罗黄。绣得文鸾成一对，高傍着五云翔。

（见介）臣妾杨氏见驾。愿陛下万岁，万万岁！（生）与妃子同之。（旦坐介）（生）紫云深处婺光明②，（旦）带露灵桃倚日荣。（老旦、贴）岁岁花前人不老，（丑合）长生殿里庆长生。（生）今日妃子初度③，寡人特设长生之宴，同为竟日之欢。（旦）薄命生辰，荷蒙天宠。愿为陛下进千秋万岁之觞。（丑）酒到。（旦拜，献生酒，生答赐，旦跪饮，叩头呼“万岁”，坐介）（生）

【高平过曲·八仙会蓬海】【八声甘州】风薰日朗，看一叶阶蓂摇动炎光。华筵初启，南山遥映霞觞。【玩仙灯】（合）果合欢桃生千岁，花并蒂莲④开十丈。【月上海棠】宜欢赏，恰好殿号长生，境齐蓬阆。

（小生扮内监，捧表上）“手捧金花红榜子，齐来宝殿祝千秋。”（见介）启万岁爷、娘娘，国舅杨丞相，同韩、虢、秦三国夫人，献上寿礼贺笺，在外朝贺。（丑取笺送生看介）（生）生受他每。丞相免行礼，回朝办事。三国夫人，候朕同娘娘回宫筵宴。（小生）领旨。（下）（净扮内监捧荔枝、黄袱盖上）“正逢瑶圃十秋宴，进到炎州十八娘⑤。”（见介）启万岁爷，涪州、海南贡进鲜荔枝在此。（生）取上来。（丑接荔枝去袱、送上介）（生）妃子，朕因你爱食此果，特敕地方飞驰进贡。今日寿宴初开，佳果适至，当为妃子再进一觞。（旦）万岁！（生）宫娥每，进酒。（老、贴进酒介）（旦）

【杯底庆长生】【倾杯序】（换头）盈筐、佳果香，幸黄封⑥，远敕来川广。爱他浓染红绡，薄裹晶丸，入手清芬，沁齿甘凉。【长生导引】（合）便火棘交梨⑦应让，只合来万岁台前，千秋筵上，伴瑶池阿母进琼浆。

高力士，传旨李龟年，押梨园子弟上殿承应。（丑）领旨。（向内传介）（末引外、净、副净、丑各锦衣、花帽，应“领旨”上）“红牙待拍筝排柱，催着红罗上舞筵，换戴柘枝⑧新帽子，随班行到御阶前。”（见介）乐工李龟年，押领梨园子弟，叩见万岁爷、娘娘。（生）李龟年，《霓裳》散序昨已奏过，《羽衣》第二叠可曾演熟？（末）演熟了。（生）用心去奏。（末）领旨。（起介）（暗下）（旦）妾启陛下，此曲散序六奏，止有歇拍而无流拍。中序六奏，有流拍而无促拍，其时未有舞态。

---

①帨（shuì）：佩巾。 ②紫云深处婺光明：比喻贵妃在宫里得宠，并含有祝贺的意思。婺光：女宿的亮光。 ③初度：生日。 ④两个果子结在一起叫合欢果，此指桃子；两朵花开在一个蒂上，叫并蒂花，此指莲花。 ⑤炎州十八娘：炎州，南方；十八娘，荔枝的著名品种之一。 ⑥黄封：黄色包袱。 ⑦火棘、交梨：神仙果，据说吃了可以上天。 ⑧柘（zhè）枝：柘枝的色素所染成的黄颜色，此指乐人的冠色。

【八仙会蓬海】（换头）只是悠扬，声情俊爽。要停住彩云飞绕虹梁。至羽衣三叠，名曰饰奏。一声一字，都将舞态含藏。其间有慢声，有缠声，有衮声，应清圆骊珠一串，有入破，有摊破，有出破，合嬝娜氍毹①千状。还有花犯，有道和，有傍拍，有间拍，有催拍，有偷拍，多音响，皆与慢舞相生，缓歌交畅。

（生）妃子所言，曲尽歌舞之蕴。（旦）妾制有翠盘一面，请试舞其中，以博天颜一笑。（生）妃子妙舞，寡人从未得见。永新、念奴，可同郑观音、谢阿蛮伏侍娘娘，上翠盘来者。（老、贴）领旨。（旦起福介）告退更衣。"整顿衣裳重结束②，一身飞上翠盘中。"（引老、贴下）（生）高力士，传旨李龟年，领梨园子弟按谱奏乐。朕亲以羯鼓节之。（丑）领旨。（向内传介）（生起更衣，末、众在场内作乐介）（场上设翠盘，旦花冠、白绣袍、璎珞、锦云肩、翠袖、大红舞裙，老、贴同净、副净扮郑观音、谢阿蛮，各舞衣、白袍，执五彩霓旌、孔雀云扇，密遮旦簇上翠盘介）（乐止，旌扇徐开，旦立盘中舞，老、贴、净、副唱，丑跪捧鼓，生上坐击鼓，众在场内打细十番合介）

【羽衣第二叠】【画眉序】罗绮合花光，一朵红云自空漾。【皂罗袍】看霓旌四绕，乱落天香。【醉太平】安详，徐开扇影露明妆。【白练序】浑一似天仙，月中飞降。（合）轻飏，彩袖张，向翡翠盘中显伎长。【应时明近】飘然来又往，宛迎风菡萏，【双赤子】翩翻叶上。举袂向空如欲去，乍回身侧度无方。（急舞介）【画眉儿】盘旋跌宕，花枝招飐柳枝扬，凤影高骞③鸾影翔。【拗芝麻】体态娇难状，天风吹起众乐缤纷响。【小桃红】冰弦玉柱声嘹亮，鸾笙像管音飘荡，【花药栏】恰合着羯鼓低昂。按新腔，度新腔，【怕春归】袅金裙齐作留仙想。（生住鼓，丑携去介）【古轮台】舞住敛霞裳，（朝上拜介）重低颡，山呼万岁拜君王。

（老、贴、净、副扶旦下盘介）（净、副暗下）（生起，前携旦介）妙哉，舞也！逸态横生，浓姿百出。宛若翾风回雪，恍如飞燕游龙，真独擅千秋矣。宫娥每，看酒来，待朕与妃子把杯。（老、贴奉酒，生擎杯介）

【千秋舞霓裳】【千秋岁】把金觞，含笑微微向，请一点点檀口轻尝。（付旦介）休得留残，休得留残，酬谢你舞怯腰肢劳攘④。（旦接杯谢介）万岁！【舞霓裳】亲颁玉醖恩波广，惟惭庸劣怎承当！（生看旦介）俺仔细看他模样，只这持杯处，有万种风流殢人肠。

（生）朕有鸳鸯万金锦十疋，丽水紫磨金步摇一事⑤，聊作缠头。（出香囊介）还有自佩瑞龙脑八宝锦香囊一枚，解来助卿舞珮。（旦接香囊谢介）万岁。（生携旦行介）

---

①氍（qú）毹（shū）：地毯。②重结束：重新穿戴起来。③骞：飞翔。④劳攘：辛苦。⑤一事：一件。

【尾声】（生）霓裳妙舞千秋赏，合助千秋祝未央。（旦）徼幸杀亲沐君恩透体香。

（生）长生秘殿倚青苍，（吴融）（旦）玉体还分献寿觞。（张说）

（生）饮罢更怜双袖舞，（韩翃）（旦）满身新带五云香。（曹唐）

第十出 合围

（外末、副净、小生扮四番将上）（外）三尺镔刀耀雪光，（末）腰间明月角弓张。（副净）葡萄酒醉胭脂血，（小生）貂帽花添锦绣装。（外）俺范阳镇东路将宫何千年是也。（末）俺范阳镇西路将官崔乾祐是也。（副净）俺范阳镇南路将官高秀岩①是也。（小生）俺范阳镇北路将官史思明是也。（各弯腰见科）请了，昨奉王爷将令，传集我等，只得齐至帐前伺候。道犹未了，王爷升帐也。（内鼓吹、掌号科）（净戎装引番姬、番卒上）

【越调・紫花拨四】统貔貅雄镇边关。双眸觑破番和汉，掌儿中握定江山，先把这四周围爪牙迭办②。

我安禄山夙怀大志，久蓄异谋。只因一向在朝，受封东平王爵，宠幸无双，富贵已极，咱的心愿倒也罢了。叵耐③杨国忠那厮，与咱不合，出镇范阳。且喜跳出樊笼，正好暗图大事。俺家所辖，原有三十二路将官，番汉并用，性情各别，难以任为腹心。因此奏请一概俱用番将。如今大小将领，皆咱部落。（笑科）任意所为，都无所顾忌了。昨日传集他每俱赴帐前，这咯④敢待齐也。（众进见科）三十二路将官参见。（净）诸将少礼。（众）请问王爷，传集某等，不知有何钧令？（净）众将官，目今秋高马壮，正好演习武艺。特召你等，同往沙地，大合围场，较猎一番。多少是好！（众）谨遵将令。（净）就此跨马前去。（同众作上马科）（净）

【胡拨四犯】紫缰轻挽，（合）双手把紫缰轻挽，骗上马⑤，将盔缨低按。（行科）闪旗影云殷，没揣的⑥动龙蛇，一直的通霄汉。按奇门布下了九连坏，觑定了这小中原在眼，消不得俺众路强蕃。（众四面立，净指科）这一员身材剽悍，那一员结束牢拴，这一员莽兀喇拳毛高鼻，那一员恶支沙⑦雕目胡颜，这一

①何千年、崔乾佑、高秀岩都是安禄山部下的将官。②四周围爪牙迭办：爪牙，指何千年等人；迭办，布置好。③叵耐：无奈。④这咱：这时。⑤骗上马：疾跳上马。⑥没揣的：无端，忽然。⑦恶支沙：凶狠的。

员会急迸格邦的弓开月满，那一员会滴溜扑碌的锤落星寒，这一员会咭吒克擦的枪风闪烁，那一员会悉力飒剌的剑雨澎滩，端的是人如猛虎离山涧，显英雄天可汗！（众行科）（合）振军威，扑通通鼓鸣，惊魂破胆；排阵势，韵悠悠角声，人疾马闲。抵多少雷轰电转，可正是海沸也那河翻。折末的①铜作壁，铁作垒，有甚么攻不破、攻不破也雄关！（净）这里地阔沙平，就此摆开围场，射猎一回者。（净同番姬立高处，众排围射猎下）（净）摆围场这间、这间，四下里来挤攒、挤攒。马蹄儿泼刺刺旋风趄②，不住的把弓来紧弯，弦来急攀。一回呵滚沙场兔鹿儿无头赶，都难动弹，就地里踠跧③。（众射鸟兽上）（净）把鹰、犬放过去者。（众应，放鹰、犬科，跑下）（净）呀呀呀，疾忙里一壁厢把翅摩霄的玉爪④腾空散，一壁厢把足驾雾的金獒逐路拦，霎时间兽积、兽积如山。（众上献猎物科）禀王爷众将献杀⑤。（净）打的鸟兽，散给众军。就此高坡上，把人马歇息片时。大家炙肉暖酒，番姬每歌的歌，舞的舞，洒落⑥一回者。（众）得令。（同席地坐，番姬送净酒，众作拔刀割肉，提背壶斟酒，大饮啖科）（番姬弹琵琶、浑不是⑦，众打太平鼓板）（合）斟起这酪浆儿，满满的浮金盏，满满的浮金盏。更把那连毛带血肉生餐，笑拥着番姬双颊丹，把琵琶忒楞楞弹也么弹，唱新声《菩萨蛮》。（净起科）吃了一会，酒醉肉饱。天色已晚，诸将各回汛地⑧。须要整顿兵器，练习军马，听候将令便了。（众应科）得令。（作同上马吹海螺，侧帽、摆手绕场疾行科）听罢了令，疾翻身跃登锦鞍，侧着帽、摆手轻儇⑨。各自里回还，镇守定疆藩。摆搠些旗竿，装摺着轮幡，听候传番，施逞凶顽。天降摧残，地起波澜，把渔阳凝盼，一飞羽箭，争赴兵坛，专等你个抱赤心的将军、将军来调拣。

（众下）（净）你看诸路番将，一个个人强马壮，眼见得（俺）的羽翼已成。（笑科）唐天子，唐天子，我怎当得也！

【煞尾】没照会，先去了那掣肘汉家官；有机谋，暗添上这助臂番儿汉。等不的宴华清《霓裳》法曲终，早看俺闹鼓鼙渔阳骁将反。

六州番落从戎鞍，（薛逢）战马闲嘶汉地宽。（刘禹锡）

倏忽抟风生羽翼，（骆宾王）山川龙战血漫漫。（胡曾）

---

①折末的：不管。②趄（shàn）：跳跃。③踠跧（wǎn quán）：屈伏。④玉爪：指猎鹰。⑤献杀：献上猎获之物。⑥洒落：不拘束。⑦浑不是：一种乐器名，又称吴拨四。⑧汛地：军队驻防的地方。⑨轻儇（xuān）：轻快。

第十一出 窥浴

【仙吕入双调·字字双】（丑扮宫女上）自小生来貌天然，花面；宫娥队里我为先，扫殿。忽逢小监在阶前，胡缠；伸手摸他裤儿边，不见。

“我做宫娥第一，标致无人能及。腮边花粉糊涂，嘴上胭脂狼藉。秋波俏似铜铃，弓眉弯得笔直。春纤十个擂槌，玉体浑身糙漆。柳腰松段十围，莲瓣滩船半只。杨娘娘爱我伶俐，选做《霓裳》部色。只因喉咙太响，歌时嘴边起个霹雳。身子又太狼伉①，舞去冲翻了御筵桌席。皇帝见了发恼，打落子弟名籍。登时发到骊山，派到温泉殿中承值。昨日銮舆临幸，同杨娘娘在华清驻跸。传旨要来共浴汤池，只索打扫铺陈收拾。”道犹未了，那边一个宫人来也。

【雁儿舞】（副净扮宫女上）担阁青春，后宫怨女，漫跌脚捶胸，有谁知苦。拚着一世没有丈夫，做一只孤飞雁儿舞。

（见介）（丑）姐姐，你说什么《雁儿舞》！如今万岁爷，有了杨娘娘的《霓裳》舞，连梅娘娘的《惊鸿》舞，也都不爱了。（副净）便是。我原是梅娘娘的宫人。只为我娘娘，自翠阁中忍气回来，一病而亡，如今将我拨到这里。（丑）原来如此，杨娘娘十分妒忌，我每再休想有承幸之日。（副净）罢了。（丑）万岁爷将次②到来，我和你且到外厢伺候去。（虚下）（末、小生扮内侍，引生、旦、老旦、贴随行上）

【羽调近词·四季花】别殿景幽奇：看雕梁畔，珠帘外，雨卷云飞。逶迤，朱阑几曲环画溪，修廊数层接翠微。绕红墙，通玉扉。（末、小生）启万岁爷，到温泉殿了。（生）内侍回避。（末、小生应下）（生）妃子，你看清渠屈注，洄澜皱漪，香泉柔滑宜素肌。朕同妃子试浴去来。（老、贴与生、旦脱去大衣介）（生）妃子，只见你款③解云衣，早现出珠辉玉丽，不由我对你爱你、扶你觑你怜你！

（生携旦同下）（老旦）念奴姐，你看万岁爷与娘娘恁般恩爱，真令人羡杀也。（贴）便是。（老旦）

【凤钗花络索】【金凤钗】花朝拥，月夜偎，尝尽温柔滋味。【胜如花】（贴合）镇相连似影追形，分不开如刀划水。【醉扶归】千般掴纵④百般随，两人合

①狼伉：粗大，笨拙。②将次：快要。③款：慢慢地。④掴纵：迁就、放任。

一副肠和胃。【梧叶儿】密意口难提，写不迭鸳鸯帐，绸缪无尽期。（老旦）姐姐，我与你伏侍娘娘多年，虽睹娇容，未窥玉体。今日试从绮疏隙处，偷觑一觑何如？（贴）恰好，（同作向内窥介）【水红花】（合）悄偷窥，亭亭玉体，宛似浮波菡萏，含露弄娇辉。【浣溪纱】轻盈臂腕消香腻，绰约腰身漾碧漪。【望吾乡】（老旦）明霞骨，沁雪肌。【大胜乐】（贴）一痕酥透双蓓蕾，（老旦）半点春藏小麝脐。【傍妆台】（贴）爱杀红巾罅，私处露微微。永新姐，你看万岁爷呵，【解三醒】凝睛睇，【八声甘州】恁孜孜含笑浑似呆痴。【一封书】（合）休说俺偷眼宫娥魂欲化，则他个见惯的君王也不自持。【皂罗袍】（老旦）恨不把春泉翻竭，（贴）恨不把玉山洗颓，（老旦）不住的香肩呜嘬①，（贴）不住的纤腰抱围，【黄莺儿】（老旦）俺娘娘无言匿笑含情对。（贴）意怡怡，【月儿高】灵液春风，淡荡恍如醉。【排歌】（老旦）波光暖，日影晖，一双龙戏出平池。【桂枝香】（合）险把个襄王渴倒阳台下，恰便似神女携将暮雨归。

（丑、副净暗上笑介）两位姐姐，看得高兴啊，也等我每看看。（老旦、贴）姐姐，我每伺候娘娘洗浴，有甚高兴。（丑、副净笑介）只怕不是伺候娘娘，还在那里偷看万岁爷哩。（老旦、贴）啐，休得胡说，万岁爷同娘娘出来也。（丑、副净暗下）（生同旦上）

【二犯掉角儿】【掉角儿】出温泉新凉透体，睹玉容愈增光丽。最堪怜残妆乱头，翠痕干晚云②生腻。（老旦、贴与生、旦穿衣介）（旦作娇软态，老旦、贴扶介）（生）妃子，看你似柳含风，花怯露。软难支，娇无力，倩人扶起。（二内侍引杂推小车上）请万岁爷、娘娘上如意小车，回华清宫去。（生）将车儿后面随着。（二内侍）领旨。（生携旦行介）妃子，【排歌】朕和你肩相并，手共携，不须花底小车催，【东瓯令】趁扑面好风归。

【尾声】（合）意中人，人中意。则那些无情花鸟也情痴，一般的解结双头学并栖。

（生）花气浑如百和香，（杜甫）（旦）避风新出浴盆汤。（王建）

（生）侍儿扶起娇无力，（白居易）（旦）笑倚东窗白玉床。（李白）

---

①呜嘬：吻。②晚云：指头发。

第十二出 密誓

【越调引子·浪淘沙】（贴扮织女，引二仙女上）云护玉梭儿，巧织机丝。天宫原不着相思，报道今宵逢七夕，忽忆年时①。

【鹊桥仙】“纤云弄巧，飞星传信，银汉秋光暗度。金风玉露一相逢，便胜却人间无数。柔肠似水，佳期如梦，遥指鹊桥前路。两情若是久长时，又岂在朝朝暮暮。”吾乃织女是也。蒙上帝玉敕，与牛郎结为天上夫妇。年年七夕，渡河相见。今乃下界天宝十载，七月七夕。你看明河无浪，乌鹊将填，不免暂撤机丝，整妆而待。（内细乐扮乌鹊上，绕场飞介）（前场设一桥，乌鹊飞止桥两边介）（二仙女）鹊桥已驾，请娘娘渡河。（贴起行介）

【越调过曲·山桃红】【下山虎头】俺这里乍抛锦字，暂驾香辎②。（合）趁碧落无云滓，新凉暮飔，（作上桥介）踹上这桥影参差，俯映着河光净泚。【小桃红】更喜杀新月纤，华露滋，低绕着乌鹊双飞翅也，【下山虎尾】陡觉的银汉秋生别样姿。（做过桥介）（二仙女）启娘娘，已渡过河来了。（贴）星河之下，隐隐望见香烟一簇，摇飏腾空，却是何处？（仙女）是唐天子的贵妃杨玉环，在宫中乞巧哩。（贴）生受他一片诚心，不免同了牛郎，到彼一看。（合）天上留佳会，年年在斯，却笑他人世情缘顷刻时。（齐下）

【商调过曲·二郎神】（二内侍挑灯，引生上）秋光静，碧沉沉轻烟送暝。雨过梧桐微做冷，银河宛转，纤云点缀双星。（内作笑声，生听介）顺着风儿还细听，欢笑隔花阴树影。内侍，是那里这般笑语？（内侍问介）万岁爷问，那里这般笑语？（内）是杨娘娘到长生殿去乞巧哩。（内侍回介）杨娘娘到长生殿去乞巧，故此笑语。（生）内侍每不要传报，待朕悄悄前去。撤红灯，待悄向龙墀觑个分明。（虚下）

【前腔】（换头）（旦引老旦、贴同二宫女各捧香盒、纨扇、瓶花、化生金盆③上）宫庭，金炉篆霭，烛光掩映。米大蜘蛛厮抱定④，金盘种豆，花枝招飐银瓶。（老旦、贴）已到长生殿中，巧筵齐备，请娘娘拈香。（作将瓶花、化生盆设桌上，老旦捧香盒，旦拈香介）妾身杨玉环，虔爇心香，拜告双星，伏祈鉴

①年时：从前。②香辎：香车。③化生金盆：唐代风俗，七月七日妇女以蜡做的婴儿放在水中，据说可以求子。④米大蜘蛛厮抱定：七月七日，把蜘蛛（又叫蟢子）捉在小盒子里，第二天早上看蛛网结了多少，多的，乞来得巧就多些，叫做乞巧。抱定，捉住。

佑。愿钗盒情缘长久订，（拜介）莫使做秋风扇冷。（生潜上窥介）觑娉婷，只见他拜倒在瑶阶暗祝声声。

（老旦、贴作见生介）呀，万岁爷到了。（旦急转，拜生介）（生扶起介）妃子在此，作何勾当？（旦）今乃七夕之期，陈设瓜果，特向天孙乞巧。（生笑介）妃子巧夺天工，何须更乞。（旦）惶愧。（生、旦各坐介）（老旦、贴同二宫女暗下）（生）妃子，朕想牵牛、织女隔断银河，一年才会得一度，这相思真非容易也。

【集贤宾】秋空夜永碧汉清，甫①灵驾逢迎，奈天赐佳期刚半顷，耳边厢容易鸡鸣。云寒露冷，又趱上②经年孤另。（旦）陛下言及双星别恨，使妾凄然。只可惜人间不知天上的事。如打听，决为了相思成病。

（做泪介）（生）呀，妃子为何掉下泪来？（旦）妾想牛郎织女，虽则一年一见，却是地久天长。只恐陛下与妾的恩情，不能够似他长远。（生）妃子说那里话！

【黄莺儿】仙偶纵长生，论尘缘也不恁争③。百年好占风流胜，逢时对景，增欢助情，怪伊底事翻悲哽？（移坐近旦低介）问双星，朝朝暮暮，争似我和卿！

（旦）臣妾受恩深重，今夜有句话儿，……（住介）（生）妃子有话，但说不妨。（旦对生呜咽介）妾蒙陛下宠眷，六宫无比。只怕日久恩疏，不免白头之叹！

【莺簇一金罗】【黄莺儿】提起便心疼，念寒微侍掖庭，更衣傍辇多荣幸。【簇御林】瞬息间，怕花老春无剩，【一封书】宠难凭。（牵生衣泣介）论恩情，【金凤钗】若得一个久长时死也应；若得一个到头时死也瞑。【皂罗袍】抵多少平阳歌舞，恩移爱更；长门孤寂，魂销泪零：断肠枉泣红颜命！

（生举袖与旦拭泪介）妃子，休要伤感。朕与你的恩情，岂是等闲可比。

【簇御林】休心虑，免泪零，怕移时，有变更。（执旦手介）做酥儿拌蜜胶粘定，总不离须臾顷。（合）话绵藤，花迷月暗，分不得影和形。

（旦）既蒙陛下如此情浓，趁此双星之下，乞赐盟约，以坚终始。（生）朕和你焚香设誓去。（携旦行介）

【琥珀猫儿坠】（合）香肩斜靠，携手下阶行。一片明河④当殿横，（旦）罗衣陡觉夜凉生。（生）惟应，和你悄语低言，海誓山盟。

（生上香揖同旦福介）双星在上，我李隆基与杨玉环，（旦合）情重恩深，愿世世生生，共为夫妇，永不相离。有渝⑤此盟，双星鉴之。（生又揖介）在天愿为比翼鸟，（旦拜介）在地愿为连理枝。（合）天长地久有时尽，此誓绵绵无绝期。（旦拜谢生介）深感陛下情重，今夕之盟，妾死生守之矣。（生携旦介）

---

①甫：刚才。②趱上：赶上。③不恁争：差不了多少。④明河：银河。⑤渝：改变，违背。

【尾声】长生殿里盟私订。（旦）问今夜有谁折证①？（生指介）是这银汉桥边双双牛女星。（同下）

【越调过曲·山桃红】（小生扮牵牛，云巾、仙衣，同贴引仙女上）只见他誓盟密矢②，拜祷孜孜，两下情无二，口同一辞。（小生）天孙，你看唐天子与杨玉环，好不恩爱也！悄相偎倚着香肩，没些缝儿。我与你既缔天上良缘，当作情场管领③。况他又向我等设盟，须索与他保护。见了他恋比翼，慕并枝，愿生生世世情真至也，合令他长作人间风月司。（贴）只是他两人劫难将至，免不得生离死别。若果后来不背今盟，决当为之绾合。（小生）天孙言之有理。你看夜色将阑，且回斗牛宫去。（携贴行介）（合）天上留佳会，年年在斯，却笑他人世情缘顷刻时！

何用人间岁月催，（罗邺）星桥横过鹊飞回。（李商隐）

莫言天上稀相见，（李郢）没得心情送巧来。（罗隐）

第十三出　陷关④

【越调引子·杏花天】（净领二番将，四军执旗上）狼贪虎视威风大，镇渔阳兵雄将多。待长驱直把殽函⑤破，奏凯日齐声唱歌。

咱家安禄山，自出镇以来，结连塞上诸蕃，招纳天下亡命，精兵百万，大事可举。只因唐天子待我不薄，思量等他身后方才起兵。叵耐杨国忠那厮，屡次说我反形大著，请皇上急加诛戮。天子虽然不听，只是咱在边关，他在朝内，若不早图，终恐遭其暗算。因此假造敕书，说奉密旨，召俺领兵入朝诛戮国忠。乘机打破西京，夺取唐室江山，可不遂了我平生大愿！今乃黄道吉日，蕃将每，就此起兵前去。（众）得令。（发号行介）（净）

【越调过曲·豹子令】只为奸臣酿大祸，（众）酿大祸，（净）致令边镇起干戈，（众）起干戈。（合）逢城攻打逢人剁，尸横遍野血流河，烧家劫舍抢娇娥。（喊杀下）

【水底鱼】（丑白须扮哥舒老将⑥引二卒上）年纪无多，刚刚八十过。渔阳兵

①折证：作证。②矢：发誓，动词。③情场管领：管理恋爱的神。④陷关：天宝 14 年 11 月，安禄山在范阳起兵，次年 6 月攻破潼关。⑤淆函：即函谷关，在潼关东。⑥哥舒老将：哥舒翰，原任河西、陇右节度使，因年老多病在家休养，安禄山叛乱后被任命为兵马副元帅镇守潼关。

至，认咱这老哥。自家老将哥舒翰是也，把守潼关。不料安禄山造反，杀奔前来，决意闭关死守。争奈监军内侍，立逼出战。势不由己，军士每，与我并力杀上前去。（卒）得令。（行介）（净领众杀上）（丑迎杀大战介）（净众擒丑绑介）（净）拿这老东西过来。我今饶你老命，快快献关降顺。（丑）事已至此，只得投降。（众推丑下）（净）且喜潼关已得，势如破竹，大小三军，就此杀奔西京便了。（众应，呐喊行介）跃马挥戈，精兵百万多。靴尖略动，踏残山与河，踏残山与河。

平旦交锋晚未休，（王遒）动天金鼓逼神州。（韩偓）

潼关一败番儿喜，（司空图）倒把金鞭上酒楼。（薛逢）

第十四出　惊变

（丑上）"玉楼天半起笙歌，风送宫嫔笑语和。月殿影开闻夜漏，水晶帘卷近秋河。"咱家高力士，奉万岁爷之命，着咱在御花园中安排小宴。要与贵妃娘娘同来游赏，只得在此伺候。（生、旦乘辇，老旦、贴随后，二内侍引，行上）

【北中吕·粉蝶儿】天淡云闲，列长空数行新雁。御园中秋色斓斑：柳添黄，蘋减绿，红莲脱瓣。一抹雕阑，喷清香桂花初绽。

（到介）（丑）请万岁爷娘娘下辇。（生、旦下辇介）（丑同内侍暗下）（生）妃子，朕与你散步一回者。（旦）陛下请。（生携旦手介）（旦）

南【泣颜回】携手向花间，暂把幽怀同散。凉生亭下，风荷映水翩翻。爱桐阴静悄，碧沉沉并绕回廊看。恋香巢秋燕依人，睡银塘鸳鸯蘸眼①。

（生）高力士，将酒过来，朕与娘娘小饮数杯。（丑）宴已排在亭上，请万岁爷娘娘上宴。（旦作把盏，生止住介）妃子坐了。

北【石榴花】不劳你玉纤纤高捧礼仪烦，只待借小饮对眉山。俺与你浅斟低唱互更番，三杯两盏，遣兴消闲。妃子，今日虽是小宴，倒也清雅。回避了御厨中，回避了御厨中烹龙炰凤堆盘案，咿咿哑哑乐声催趱。只几味脆生生，只几味脆生生蔬和果清肴馔，雅称你仙肌玉骨美人餐。

妃子，朕与你清游小饮，那些梨园旧曲，都不耐烦听他。记得那年在沉香亭上赏牡丹，召翰林李白草《清平调》三章，令李龟年度成新谱，其词甚佳。不

①蘸眼：耀眼，引人注目。

知妃子还记得么？（旦）妾还记得。（生）妃子可为朕歌之，朕当亲倚玉笛以和。（旦）领旨。（老旦进玉笛，生吹介）（旦按板介）

南【泣颜回】花繁，秾艳想容颜。云想衣裳光璨，新妆谁似，可怜飞燕娇懒。名花国色，笑微微常得君王看。向春风解释春愁，沉香亭同倚阑干。

（生）妙哉，李白锦心，妃子绣口，真双绝矣。宫娥，取巨觞来，朕与妃子对饮。（老旦、贴送酒介）（生）

北【斗鹌鹑】畅好是喜孜孜驻拍停歌，喜孜孜驻拍停歌，笑吟吟传杯送盏。妃子干一杯，（作照干介）不须他絮烦烦射覆藏钩①，闹纷纷弹丝弄板。（又作照杯介）妃子，再干一杯。（旦）妾不能饮了。（生）宫娥每，跪劝。（老旦、贴）领旨。（跪旦介）娘娘，请上这一杯。（旦勉饮介）（老旦、贴作连劝介）（生）我这里无语持觞仔细看，早只见花一朵上腮间。（旦作醉介）妾真醉矣。（生）一会价软咍咍柳亸花欹，软咍咍柳亸花欹，困腾腾莺娇燕懒。

妃子醉了，宫娥每，扶娘娘上辇进宫去者。（老旦、贴）领旨。（作扶旦起介）（旦作醉态呼介）万岁！（老旦、贴扶旦行）（旦作醉态介）

南【扑灯蛾】态恹恹轻云软四肢，影濛濛空花乱双眼，娇怯怯柳腰扶难起，困沉沉强抬娇腕，软设设金莲倒褪，乱松松香肩亸云鬟，美甘甘思寻凤枕，步迟迟倩宫娥搀入绣帏间。

（老旦、贴扶旦下）（丑同内侍暗上）（内击鼓介）（生惊介）何处鼓声骤发？（副净急上）“渔阳鼙鼓动地来，惊破霓裳羽衣曲。”（问丑介）万岁爷在那里？（丑）在御花园内。（副净）军情紧急，不免径入。（进见介）陛下，不好了。安禄山起兵造反，杀过潼关，不日就到长安了。（生大惊介）守关将士何在？（副净）哥舒翰兵败，已降贼了。（生）

北【上小楼】呀，你道失机的哥舒翰……称兵的安禄山，赤紧的离了渔阳，陷了东京，破了潼关。唬得人胆战心摇，唬得人胆战心摇，肠慌腹热，魂飞魄散，早惊破月明花粲。

卿有何策，可退贼兵？（副净）当日臣曾再三启奏，禄山必反，陛下不听，今日果应臣言。事起仓卒，怎生抵敌？不若权时幸蜀，以待天下勤王②。（生）依卿所奏。快传旨，诸王百官，即时随驾幸蜀便了。（副净）领旨。（急下）（生）高力士，快些整备军马。传旨令右龙武将军陈元礼，统领羽林军士三千，扈驾前行。（丑）领旨。（下）（内侍）请万岁爷回宫。（生转行叹介）唉，正尔欢娱，不想忽有此变，怎生是了也！

南【扑灯蛾】稳稳的宫庭宴安，扰扰的边廷造反。冬冬的鼙鼓喧，腾腾的

①射覆藏钩：射覆，类似猜字谜的一种酒令；藏钩，猜东西藏在谁那儿的一种游戏。

②勤王：朝廷有难，各地起兵去救援。

烽火黫①。的溜扑碌臣民儿逃散，黑漫漫乾坤覆翻，磣磕磕社稷摧残，磣磕磕社稷摧残。当不得萧萧飒飒西风送晚，黯黯的，一轮落日冷长安。

（向内问介）宫娥每，杨娘娘可曾安寝？（老旦、贴内应介）已睡熟了。（生）不要惊他，且待明早五鼓同行。（泣介）天那，寡人不幸，遭此播迁，累他玉貌花容，驱驰道路。好不痛心也！

南【尾声】在深宫兀自娇慵惯，怎样支吾蜀道难！（哭介）我那妃子啊，愁杀你玉软花柔要将途路趱。

宫殿参差落照间，（卢纶）渔阳烽火照函关。（吴融）

遏云②声绝悲风起，（胡曾）何处黄云是陇山。（武元衡）

第十五出　埋玉

【南吕过曲·金钱花】（末扮陈元礼引军士上）拥旄仗钺③前驱，前驱，羽林拥卫銮舆，銮舆。匆匆避贼就征途。人跋涉，路崎岖。知何日，到成都。

下官右龙武将军陈元礼是也。因禄山造反，破了潼关。圣上避兵幸蜀，命俺统领禁军扈驾。行了一程，早到马嵬驿了。（内鼓噪介）（末）众军为何呐喊？（内）禄山造反，圣驾播迁，都是杨国忠弄权，激成变乱。若不斩此贼臣，我等死不扈驾。（末）众军不必鼓噪，暂且安营。待我奏过圣上，自有定夺。（内应介）（末引军重唱“人跋涉”四句下）（生同旦骑马，引老旦、贴、丑行上）

【中吕过曲·粉孩儿】匆匆的弃宫闱珠泪洒，叹清清冷冷半张銮驾，望成都直在天一涯。渐行来渐远京华，五六搭剩水残山，两三间空舍崩瓦。

（丑）来此已是马嵬驿了，请万岁爷暂住銮驾。（生、旦下马，作进坐介）（生）寡人不道，误宠逆臣，致此播迁，悔之无及。妃子，只是累你劳顿，如之奈何！（旦）臣妾自应随驾，焉敢辞劳。只愿早早破贼，大驾还都便好。（内又喊介）杨国忠专权误国，今又交通吐蕃，我等誓不与此贼俱生。要杀杨国忠的，快随我等前去。（杂扮四军提刀赶副净上，绕场奔介）（军作杀副净，呐喊下）（生惊介）高力士，外面为何喧嚷？快宣陈元礼进来。（丑）领旨。（宣介）（末上见介）臣陈元礼见驾。（生）众军为何呐喊？（末）臣启陛下：杨国忠专权召乱，又与吐蕃私通。激怒六军，竟将国忠杀死了。（生作惊介）呀，有这等事。

①黫（yān）：黑色。②遏云：停住了行云，形容音乐的美妙。③拥旄（máo）仗钺（yuè）：旄，旄节，毛编成竹节的样子；钺，大斧。二者都是古代帝王、将军、元帅所有，象征权威。

（旦作背掩泪介）（生沉吟介）这也罢了，传旨起驾。（末出传旨介）圣旨道来，赦汝等擅杀之罪。作速起行。（内又喊介）国忠虽诛，贵妃尚在。不杀贵妃，誓不扈驾。（末见生介）众军道，国忠虽诛，贵妃尚在，不肯起行。望陛下割恩正法。（生作大惊介）哎呀，这话如何说起！（旦慌牵生衣介）（生）将军，

【红芍药】国忠纵有罪当加，现如今已被劫杀。妃子在深宫自随驾，有何干六军疑讶。（末）圣谕极明，只是军心已变，如之奈何！（生）卿家，作速晓谕他，恁狂言没些高下。（内又喊介）（末）陛下呵，听军中恁地喧哗，教微臣怎生弹压！

（旦哭介）陛下啊，

【耍孩儿】事出非常堪惊诧。已痛兄遭戮，奈臣妾又受波查①。是前生，事已定薄命应折罚。望吾皇急切抛奴罢，只一句伤心话……

（生）妃子且自消停。（内又喊介）不杀贵妃，死不扈驾。（末）臣启陛下：贵妃虽则无罪，国忠实其亲兄，今在陛下左右，军心不安。若军心安，则陛下安矣。愿乞三思。（生沉吟介）

【会河阳】无语沉吟，意如乱麻。（旦牵生衣哭介）痛生生怎地舍官家②！（合）可怜，一对鸳鸯，风吹浪打，直恁的遭强霸！（内又喊介）（旦哭介）众军逼得我心惊唬，（生作呆想，忽抱旦哭介）贵妃，好教我难禁架③！

（众军呐喊上，绕场、围驿下）（丑）万岁爷，外厢军士已把驿亭围了。若再迟延，恐有他变，怎么处？（生）陈元礼，你快去安抚三军，朕自有道理！（末）领旨。（下）（生、旦抱哭介）（旦）

【缕缕金】魂飞颤，泪交加。（生）堂堂天子贵，不及莫愁家。（合哭介）难道把恩和义，霎时抛下！（旦跪介）臣妾受皇上深恩，杀身难报。今事势危急，望赐自尽，以定军心。陛下得安稳至蜀，妾虽死犹生也。算将来无计解军哗，残生愿甘罢，残生愿甘罢！

（哭倒生怀介）（生）妃子说那里话！你若捐生，朕虽有九重之尊，四海之富，要他则甚！宁可国破家亡，决不肯抛舍你也！

【摊破地锦花】任谨哗，我一谜妆聋哑，总是朕差。现放着一朵娇花，怎忍见风雨摧残，断送天涯。若是再禁加④，拚代你陨黄沙。

（旦）陛下虽则恩深，但事已至此，无路求生。若再留恋，倘玉石俱焚，益增妾罪。望陛下舍妾之身，以保宗社。（丑作掩泪，跪介）娘娘既慷慨捐生，望万岁爷以社稷为重，勉强割恩罢。（内又喊介）（生顿足哭介）罢罢，妃子既执意如此，朕也做不得主了。高力士，只得但、但凭娘娘罢！（作哽咽、掩面哭

---

①波查：波折。②官家：皇帝。③难禁架：难受，难对付。④若是再禁加：如果军队再闹下去。

下)(旦朝上拜介)万岁!(作哭倒介)(丑向内介)众军听着，万岁爷已有旨，赐杨娘娘自尽了。(众内呼介)万岁，万岁，万万岁!(丑扶旦起介)娘娘，请到后边去。(扶旦行介)(旦哭介)

【哭相思】百年离别在须臾，一代红颜为君尽!

(转作到介)(丑)这里有座佛堂在此。(旦作进介)且住，待我礼拜佛爷。(拜介)佛爷，佛爷!念杨玉环啊，

【越恁好】罪孽深重，罪孽深重，望我佛度脱咱。(丑拜介)愿娘娘好处生天。(旦起哭介)(丑跪哭介)娘娘，有甚话儿，分付奴婢几句。(旦)高力士，圣上春秋已高，我死之后，只有你是旧人，能体圣意，须索小心奉侍。再为我转奏圣上，今后休要念我了。(丑哭应介)奴婢晓得。(旦)高力士，我还有一言。(作除钗、出盒介)这金钗一对，钿盒一枚，是圣上定情所赐。你可将来[1]与我殉葬，万万不可遗忘。(丑接钗盒介)奴婢晓得。(旦哭介)断肠痛杀，说不尽恨如麻。(末领军拥上)杨妃既奉旨赐死，何得停留，稽迟圣驾。(军呐喊介)(丑向前拦介)众军士不得近前，杨娘娘即刻归天了。(旦)唉，陈元礼，陈元礼，你兵威不向逆寇加，逼奴自杀。(军又喊介)(丑)不好了，军士每拥进来了。(旦看介)唉，罢、罢，这一株梨树，是我杨玉环结果之处了。(作腰间解出白练，拜介)臣妾杨玉环，叩谢圣恩。从今再不得相见了。(丑泣介)(旦作哭缢介)我那圣上啊，我一命儿便死在黄泉下，一灵儿只傍着黄旗下[2]。

(做缢死下)(末)杨妃已死，众军速退。(众应同下)(丑哭介)我那娘娘啊!(下)(生上)“六军不发无奈何，宛转蛾眉马前死。”(丑持白练上，见生介)启万岁爷，杨娘娘归天了。(生作呆不应介)(丑又启介)杨娘娘归天了。自缢的白练在此。(生看大哭介)哎哟，妃子，妃子，兀的不痛杀寡人也!(倒介)(丑扶)(生哭介)

【红绣鞋】当年貌比桃花，桃花，(丑)今朝命绝梨花，梨花。(出钗盒介)这金钗、钿盒，是娘娘分付殉葬的。(生看钗盒哭介)这钗和盒，是祸根芽。长生殿，恁欢洽，马嵬驿，恁收煞!

(丑)仓卒之间，怎生整备棺椁?(生)也罢，权将锦褥包裹。须要埋好记明，以待日后改葬。这钗盒就系娘娘衣上罢。(丑)领旨。(下)(生哭介)

【尾声】温香艳玉须臾化，今世今生怎见他!(末上跪介)请陛下起驾。(生顿足恨介)咳，我便不去西川也值甚么!(内呐喊、掌号，众军上)

【仙吕入双调过曲·朝元令】(丑暗上，引生上马行介)(合)长空雾粘，旌旆寒风飐。长征路淹，队仗黄尘染。谁料君臣，共尝危险。恨贼寇横兴逆焰，烽

---

①将来：拿来。②黄旗下：天子的行踪。

火相兼，何时得将豺虎歼。遥望蜀山尖，回将凤阙瞻，浮云数点，咫尺把长安遮掩，长安遮掩。

翠华西拂蜀云飞，（章褐）天地尘昏九鼎危。（吴融）

蝉鬓①不随銮驾起，（高骈）空惊鸳鸯忽相随。（钱起）

第十六出　冥追

【南商调过曲·山坡五更】【山坡羊】（魂旦白练系颈上，服色照前“埋玉”折）恶噷噷一场喽啰②，乱匆匆一生结果。荡悠悠一缕断魂，痛察察一条白练香喉锁。【五更转】风光尽，信誓捐，形骸涴。只有痴情一点一点无摧挫，拚向黄泉，牢牢担荷。

我杨玉环随驾西行，刚到马嵬驿内，不料六军变乱，立逼投缳。（泣介）唉，不知圣驾此时到那里了！我一灵渺渺，飞出驿中，不免望着尘头，追随前去。（行介）

【北双调·新水令】望銮舆才离了马嵬坡，咫尺间不能飞过。俺悄魂轻似叶，他征骑疾如梭。刚打个磨陀③，翠旗尘又早被树烟锁。（虚下）

【南仙吕入双调·步步娇】（生引丑、二内侍、四军拥行上）没揣倾城遭凶祸，去住浑无那，行行唤奈何。马上回头，两泪交堕。（丑）启万岁爷，前面就是驻跸之处了。（生叹介）唉，我已厌一身多，伤心更说甚今宵卧。（齐下）

北【折桂令】（旦行上）一停停古道逶迤，俺只索虚趁云行，弱倩风驮。（向内望科）呀，好了，望见大驾，就在前面了也。这不是羽盖飘扬，鸾旌荡漾，翠辇嵯峨！不免疾忙赶上者。（急行科）愿一灵早依御座，便牢牵衮袖黄罗④。（内鸣锣作风起科）（旦作惊退科）呀，我望着銮舆，正待赶上。忽然黑风过处，遮断去路，影都不见了。好苦呵，暗囉囉烟障林阿，杳沉沉雾塞山河。闪摇摇不住徘徊，悄冥冥怎样腾挪⑤？

（贴在内叫苦介）（旦）你看那边愁云苦雾之中，有个鬼魂来了，且闪过一边。（虚下）（贴扮虢国夫人魂上）

南【江儿水】艳冶风前谢，繁华梦里过。风流谁识当初我？玉碎香残荒郊

①蝉鬓：古代妇女的一种发式，梳起来像蝉翼一样薄。此指杨贵妃。②恶噷噷一场喽啰：恶狠狠的一场啰唣。喽啰，这里作啰唣解释，指军士哗变。③打个磨陀：兜个圈子，打个转儿。④衮袖黄罗：衮袖，龙袍上的袖口；黄罗，龙袍。⑤腾挪：走动。

卧，云抛雨断重泉堕。（二鬼卒上）哇，那里去？（贴）奴家虢国夫人。（鬼卒笑介）原来就是你。你生前也忒受用了，如今且随我到枉死城中去。（贴哭介）哎哟，好苦呵，怨恨如山堆垛。只问你多大幽城①，怕着不下这愁魂一个！

（杂拉贴叫苦下）（旦急上看科）呀，方才这个是我裴家姊姊，也被乱兵所害了。兀的不痛杀人也！

北【雁儿落带得胜令】想当日天边夺笑歌，今日里地下同零落。痛杀俺冤由一命招，更不想惨累全家祸。呀，空落得提起着泪滂沱，何处把恨消磨！怪不得四下愁云裹，都是俺千声怨声呵②。（望科）那边又是一个鬼魂，满身鲜血，飞奔前来。好怕人也！悲么，泣孤魂独自无回和。惊么，只落得伴冥途野鬼多。（虚下）

南【侥侥令】（副净扮杨国忠鬼魂跑上）生前遭劫杀，死后见阎罗。（牛头执钢叉，夜叉执铁槌、索上，拦介）（副净跑下）（牛头、夜叉复赶上）杨国忠那里走！（副净）呀，我是当朝宰相，方才被乱兵所害。你每做甚又来拦我？（牛头）奸贼，俺奉阎王之命，特来拿你。还不快走。（副净）那里去？（牛头、夜叉）向小小酆都③城一座，教你去剑树与刀山寻快活。

（牛头拉副净，执叉叉背，夜叉锁副净下）（旦急上看科）呵呀，那不是我的哥哥。好可怜人也！（作悲科）

北【收江南】呀，早则是五更短梦瞥眼醒南柯。把荣华抛却只留得罪殃多。唉，想我哥哥如此，奴家岂能无罪？怕形消骨化忏不了旧情魔。且住，一望茫茫，前行无路，不如仍旧到马嵬驿中去罢。（转行科）待重转驿坡，心又早怯懦。听了这归林暮雀犹错认乱军呵。

（虚下）（副净扮土地上）“地下常添枉死鬼，人间难觅返魂香。”小神马嵬坡土地是也。奉东岳帝君之命，道贵妃杨玉环原系蓬莱仙子，今死在吾神界内，特命将他肉身保护，魂魄安顿，以候玉旨。不免寻他去来。（行介）

南【园林好】只他在翠红乡欢娱事过，粉香丛④冤孽债多，一霎做电光石火。将肉质护泉窝，教魂魄守坟窠。（虚下）

北【沽美酒带太平令】（旦行上）度寒烟蔓草坡，行一步一延俄。（看介）呀，这树上写的有字，待我看来。（作念科）贵妃杨娘娘葬此。（作悲科）原来把我就埋在此处了。唉，玉环，玉环！（泣科）只这冷土荒堆树半棵，便是娉婷袅娜，落来的好巢窝。我临死之时，曾分付高力士，将金钗、钿盒与我殉葬，不知曾埋下否？怕旧物向尘埃抛堕，则俺这真情肯为生死差讹？就是果然埋下呵，还只怕这残尸败蜕，抱不牢同心并朵。不免叫唤一声，（叫科）杨玉环，你的魂

①幽城：阴间。②呵：吐出来，嘘气成云的意思。③酆都：相传阎罗王住在这里。④翠红乡、粉香丛：指享乐的生活。

灵在此。我呵，悄临风叫他、唤他。（泣科）可知道伊原是我，呀，直恁地推眠妆卧！

（副净上唤科）兀那啼哭的，可是贵妃杨玉环鬼魂么？（旦）奴家正是。是何尊神？乞恕冒犯。（副净）吾神乃马嵬坡土地。（旦）望尊神与奴做主咱。（副净）贵妃听吾道来："你本是蓬莱仙子，因微过谪落凡尘。今虽是浮生限满，旧仙山隔断红云。（代旦解白练科）吾神奉岳帝敕旨，解冤结免汝沉沦。（旦福科）多谢尊神，只不知奴与皇上，还有相见之日么？（副净）此事非吾神所晓。（旦作悲科）（副净）贵妃，且在马嵬驿暂住幽魂，吾神去也。（下）（旦）苦啊，不免到驿中佛堂里，暂且栖托则个。（行科）

南【尾声】重来绝命庭中过，看树底泪痕犹涴。怎能够飞去蓬山寻旧果！

土埋冤骨草离离，（储嗣宗）回首人间总祸机。（薛能）

云雨马嵬分散后，（韦绚）何年何路得同归。（韦庄）

第十七出　骂贼

（外扮雷海青抱琵琶上）"武将文官总旧僚，恨他反面事新朝。纲常留在梨园内，那惜伶工命一条。"自家雷海青是也。蒙天宝皇帝隆恩，在梨园部内做一个供奉。不料禄山作乱，破了长安，皇帝驾幸西川去了。那满朝文武，平日里高官厚禄，荫子封妻，享荣华，受富贵，那一件不是朝廷恩典！如今却一个个贪生怕死，背义忘恩，争去投降不迭。只图安乐一时，那顾骂名千古。唉，岂不可羞，岂不可恨！我雷海青虽是一个乐工，那些没廉耻的勾当，委实做不出来。今日禄山与这一班逆党，大宴凝碧池①头，传集梨园奏乐。俺不免乘此，到那厮跟前，痛骂一场，出了这口愤气。便粉骨碎身，也说不得了。且抱着琵琶，去走一遭也呵！

【北仙吕】【村里迓鼓】虽则俺乐工卑滥，硁硁②愚暗，也不曾读书献策，登科及第，向鹓班高站③。只这血性中，胸脯内，倒有些忠肝义胆。今日个睹了丧亡，遭了危难，值了变惨，不由人痛切齿，声吞恨衔。

---

①凝碧池：在东都洛阳。②硁（kēng）硁：顽固不化。③向鹓班高站：鹓班，上朝时官员排列的行次。鹓，凤的一种；鹓、鹭飞行时行列整齐，所以用来比喻朝官陛见的行次。

【元和令】恨子恨泼腥羶莽将龙座渰①，癞虾蟆妄想天鹅啖，生克擦②直逼的个官家下殿走天南。你道恁胡行堪不堪？纵将他寝皮食肉也恨难劖③。谁想那一班儿没掂三，歹心肠，贼狗男。

【上马娇】平日价张着口将忠孝谈，到临危翻着脸把富贵贪。早一齐儿摇尾受新衔④，把一个君亲仇敌当作恩人感。咱，只问你蒙面可羞惭？

【胜葫芦】眼见的去做忠臣没个敢。雷海青啊，若不把一肩担，可不枉了戴发含牙⑤人是俺。但得纲常无缺，须眉无愧，便九死也心甘。（下）

【南中吕引子】【绕红楼】（净引二军士上）抢占山河号大燕，袍染赭冠戴冲天⑥。凝碧清秋，梨园小部，歌舞列琼筵。

孤家安禄山。自从范阳起兵，所向无敌。长驱西入，直抵长安。唐家皇帝，逃入蜀中去了，锦绣江山归吾掌握。（笑介）好不快活。今日聚集百官，在凝碧池上做个太平筵宴，洒乐一回。内侍每，众官可曾齐到？（杂）都在外殿伺候。（净）宣过来。（军）领旨。（宣介）主上宣百官进见。（四伪官上）“今日新天子，当时旧宰臣。同为识时者，不是负恩人。”（见介）臣等朝见。愿主上万岁，万万岁！（净）众卿平身。孤家今日政务稍闲，特设宴在凝碧池上，与卿等共乐太平。（四伪官）万岁。（军）筵宴完备，请主上升宴。（内奏乐，四伪官跪送酒介）（净）

【中吕过曲】【尾犯序】龙戏碧池边，正五色云开，秋气澄鲜。紫殿逍遥，暂停吾玉鞭。开宴，走绯衣鸾刀细割，揎锦袖，犀盘满献。（四伪官献酒再拜介）瑶池下，熊罴鹓鹭⑦拜送酒如泉。

（净）内侍每，传旨唤梨园子弟奏乐。（军）领旨。（向内介）主上有旨，着梨园子弟奏乐。（内应，奏乐介）（军送净酒介）（合）

【前腔】（换头）当筵，众乐奏钧天⑧。旧日霓裳，重按歌遍⑨。半入云中，半吹落风前。稀见，除却了清虚洞府，只有那沉香亭院。今日个，仙音法曲不数大唐年。

（净）奏得好。（四伪官）臣想天宝皇帝，不知费了多少心力，教成此曲，今日却留与主上受用。真乃齐天之福也。（净笑介）众卿言之有理，再上酒来。（军送酒介）（外在内泣唱介）

【前腔】幽州鼙鼓喧，万户蓬蒿，四野烽烟。叶堕空宫，忽惊闻歌弦，奇

---

①泼腥羶莽将龙座渰（yǎn）：腥羶，当时对外族的詈辞，指安禄山。泼，表示蔑视。莽，蛮横地。渰，形容腥羶之气像云雾一样把皇帝的宝座掩盖了。②生克擦：活生生。③恨难劖（chán）：恨难消。劖，断。④衔：官衔。⑤戴发含牙：用来强调“人”这个庄严的字眼。⑥袍染赭，冠戴冲天：冲天冠、赭黄袍，都是皇帝所用。⑦熊罴鹓鹭：熊罴，指武将；鹓鹭，指文官。⑧钧天：天上的音乐，指梨园子弟所奏的音乐。⑨歌遍：歌。

变。真个是天翻地覆，真个是人愁鬼怨。（大哭介）我那天宝皇帝呵，金銮上，百官拜舞何日再朝天？

（净）呀，什么人啼哭？好奇怪！（军）是乐工雷海青。（净）拿上来。（军拉外上，见介）（净）雷海青，孤家在此饮太平筵宴，你敢擅自啼哭，好生可恶！（外骂介）唉，安禄山，你本是失机边将，罪应斩首。幸蒙圣恩不杀，拜将封王。你不思报效朝廷，反敢称兵作乱，秽污神京，逼迁圣驾。这罪恶贯盈，指日天兵到来诛戮，还说什么太平筵宴！（净大怒介）唉，有这等事。孤家入登大位，臣下无不顺从。量你这一个乐工，怎敢如此无礼！军士看刀伺候。（二军作应，拔刀介）（外一面指净骂介）

【扑灯蛾】怪伊忒负恩，兽心假人面，怒发上冲冠。我虽是伶工微贱也，不似他朝臣靦腆①。安禄山，你窃神器②上逆皇天，少不得顷刻间尸横血溅。（将琵琶掷净介）我掷琵琶，将贼臣碎首报开元。

（军夺琵琶介）（净）快把这厮拿去砍了。（军应拿外砍下）（净）好恼，好恼！（四伪官）主上息怒。无知乐工，何足介意。（净）孤家心上不快，众卿且退。（四伪官）领旨。臣等恭送主上回宫。（跪送介）（净）酒逢知己千钟少，话不投机半句多。（怒下）（四伪官起介）杀得好，杀得好。一个乐工，思量做起忠臣来。难道我每吃太平宴的，倒差了不成！

【尾声】大家都是花花面，一个忠臣值甚钱。（笑介）雷海青，雷海青，毕竟你未戴乌纱识见浅！

三秦流血已成川，（罗隐）为虏为王事偶然。（李山甫）

世上何人怜苦节，（陆希声）直须行乐不言旋。（薛稷）

第十八出　情悔

【仙吕入双调·普贤歌】（副净上）马嵬坡下太荒凉，土地公公也气不扬。祠庙倒了墙，没人烧炷香，福礼三牲③谁祭享！

小神马嵬坡土地是也，向来香火颇盛。只因安禄山造反，本境人民尽皆逃散。弄得庙宇荒凉，香烟断绝。目今野鬼甚多，恐怕出来生事，且往四下里巡看一回。正是“只因神倒运，常恐鬼胡行”。（虚下）（魂旦上）

①靦腆：害臊，这里形容不知羞耻的朝臣。②窃神器：抢帝位。③福礼三牲：祀神的牲物叫福礼；三牲指牛，羊，猪。

【双调引子·捣练子】冤叠叠，恨层层，长眠泉下几时醒？魂断苍烟寒月里，随风窣窣度空庭。

“一曲霓裳逐晓风，天香国色总成空。可怜只有心难死，脉脉常留恨不穷。”奴家杨玉环鬼魂是也。自从马嵬被难，荷蒙岳帝传敕，得以栖魂驿舍，免堕冥司。（悲介）我想生前与皇上在西宫行乐，何等荣宠！今一旦红颜断送，白骨冤沉，冷驿荒垣，孤魂淹滞。你看月淡星寒，又早黄昏时分，好不凄惨也！

【过曲·三仙桥】古驿无人夜静，趁微云，移月暝，潜潜趖趖，暂时偷现影。魆地间，心耿耿，猛想起我旧丰标教我一想一泪零。想、想当日那态娉婷，想、想当日那妆艳靓，端得是赛丹青描成画成。那晓得不留停，早则饥寒肉冷。（悲介）苦变做了鬼胡由①，谁认得是杨玉环的行径②！

（泪介）（袖出钗盒介）这金钗、钿盒，乃皇上定情之物，已从墓中取得。不免向月下把玩一回。（副净潜上，指介）这是杨贵妃鬼魂，且听他说些什么。（背立听介）（旦看钗盒介）

【前腔】看了这金钗儿双头比并，更钿盒同心相映。只指望两情坚如金似钿，又怎知翻做断绠。若早知为断绠，枉自去将他留下了这伤心把柄。记得盒底夜香清，钗边晓镜明，有多少欢承爱领。（悲介）但提起那恩情，怎教我重泉目瞑！（哭介）苦只为钗和盒，那夕的绸缪③，翻成做杨玉环这些时的悲哽。

（副净背听，作点头介）（旦）咳，我杨玉环，生遭惨毒，死抱沉冤。或者能悔前愆，得有超拔之日，也未可知。且住，（悲介）只想我在生所为，那一桩不是罪案。况且弟兄姊妹，挟势弄权，罪恶滔天，总皆由我，如何忏悔得尽！不免趁此星月之下，对天哀祷一番。（对天拜介）

【前腔】对星月发心至诚，拜天地低头细省。皇天，皇天！念杨玉环呵，重重罪孽折罚来遭祸横。今夜呵，忏愆尤，陈罪眚④，望天天高鉴宥我垂证明。只有一点那痴情，爱河沉未醒。说到此悔不来惟天表证。纵冷骨不重生，拚向九泉待等。那土地说，我原是蓬莱仙子，谴谪人间。天呵，只是奴家恁般业重，敢仍望做蓬莱座的仙班，只愿还杨玉环旧日的匹聘！

（副净）贵妃，吾神在此。（旦）原来是土地尊神。（副净）

【越调过曲·忆多娇】我趁月明，独夜行。见你拜祷深深，仔细听，这一悔能教万孽清。管感动天庭，感动天庭，有日重圆旧盟。

（旦）多蒙尊神鉴悯。只怕奴家呵，

【前腔】业障萦，夙慧⑤轻。今夕徒然愧悔生，泉路茫茫隔上清⑥。（悲介）

---

①鬼胡由：鬼。②行径：模样。③绸缪：恩爱。④陈罪眚（shěng）：陈，陈述；眚，罪过。⑤夙慧：佛家语，指前世所作的善业。⑥隔上清：上清，道家所说的三天之一。隔上清，隔了一重天。

说起伤情，说起伤情，只落得千秋恨成。

（副净）贵妃不必悲伤，我今给发路引①一纸。千里之内，任你魂游便了。（作付路引介）听我道来，

【斗黑麻】你本是蓬莱籍中有名，为堕落皇宫，痴魔顿增。欢娱过，痛苦经，虽谢尘缘，难返仙庭。喜今宵梦醒，教你逍遥择路行。莫恋迷途，莫恋迷途，早归旧程。

【前腔】（旦接路引谢介）深谢尊神与奴指明，怨鬼愁魂，敢望仙灵！（背介）今后呵，随风去，信路行。荡荡悠悠，日隐宵征。依月傍星，重寻钗盒盟。还怕相逢，还怕相逢，两心痛增。

（副净）吾神去也。

（旦）晓风残月正潸然，（韩琮）（副净）对影闻声已可怜。（李商隐）

（旦）昔日繁华今日恨，（司空图）（副净）只应寻访是因缘。（方干）

第十九出　哭像

（生上）"蜀江水碧蜀山青，赢得朝朝暮暮情。但恨佳人难再得，岂知倾国与倾城。"寡人自幸成都，传位太子，改称上皇。喜的郭子仪兵威大振，指日荡平。只念妃子为国捐躯，无可表白，特敕成都府建庙一座。又选高手匠人，将旃檀香雕成妃子生像。命高力士迎进宫来，待寡人亲自送入庙中供养。敢待到也。（叹科）咳，想起我妃子呵，

【北正宫·端正好】是寡人昧了他誓盟深，负了他恩情广，生拆开比翼鸾凰。说甚么生生世世无抛漾②，早不道③半路里遭魔障。

【滚绣球】恨寇逼的慌，促驾起的忙。点三千羽林兵将，出延秋④便沸沸扬扬。甫伤心第一程到马嵬驿舍傍。猛地里爆雷般齐呐起一声的喊响，早子见⑤铁桶似密围住四下里刀枪。恶噷噷单施逞着他领军元帅威能大，眼睁睁只逼拶的俺失势官家气不长，落可⑥便手脚慌张。

恨只恨陈元礼呵，

【叨叨令】不催他车儿马儿一谜家延延挨挨的望，硬执着言儿语儿一会里喧

①路引：类似通行证的一种凭单。②抛漾：抛弃。③早不道：却不料。④延秋：延秋门，在长安，唐代禁苑的西门。⑤早子见：早，强调语气用。子见，只见。⑥落可：语气词，本身无意义。

喧腾腾的谤，更排些戈儿戟儿一哄中重重叠叠的上，生逼个身儿命儿一霎时惊惊惶惶的丧。（哭科）兀的不痛杀人也么哥，兀的不痛杀人也么哥！闪的①我形儿影儿这一个孤孤凄凄的样。

寡人如今好不悔恨也！

【脱布衫】羞杀咱掩面悲伤，救不得月貌花庞。是寡人全无主张，不合呵将他轻放。

【小梁州】我当时若肯将身去抵搪②，未必他直犯君王；纵然犯了又何妨，泉台上，倒博得永成双。

【幺篇】如今独自虽无恙，问馀生有甚风光！只落得泪万行，愁千伏！（哭科）我那妃子呵，人间天上，此恨怎能偿！

（丑同二宫女、二内监捧香炉、花旛，引杂抬杨妃像，鼓乐行上）（丑见生科）启万岁爷，杨娘娘宝像迎到了。（生）快迎进来波。（丑）领旨。（出科）奉旨：宣杨娘娘像进。（宫女）领旨。（做抬像进、对生，宫女跪，扶像略俯科）杨娘娘见驾。（丑）平身。（宫女起科）（生起立对像哭科）我那妃子呵，

【〔中吕·〕上小楼】别离一向，忽看娇样。待与你叙我冤情，说我惊魂，话我愁肠……（近前叫科）妃子，妃子，怎不见你回笑庞，答应响，移身前傍。（细看像，大哭科）呀，原来是刻香檀做成的神像！

（丑）銮舆已备，请万岁爷上马，送娘娘入庙。（杂扮校尉，瓜、旗、伞、扇，銮驾队子上）（生）高力士传旨，马儿在左，车儿在右，朕与娘娘并行者。（丑）领旨。（生上马，校尉抬像，排队引行科）（生）

【幺篇】谷碌碌凤车呵紧贴着行，袅亭亭龙鞭呵相对着扬。依旧的辇儿厮并，肩儿齐亚，影儿成双。情暗伤，心自想。想当时联镳③游赏，怎到头来刚做了恁般随倡④！

（到科）（丑）到庙中了，请万岁爷下马。（生下马科）内侍每，送娘娘进庙去者。（銮驾队子下）（内侍抬像，同宫女、丑随生进，生做入庙看科）

【满庭芳】我向这庙里抬头觑望，问何如西宫南苑，金屋辉光？那里有鸳帏绣幙芙蓉帐！空则见颤巍巍神幔高张，泥塑的宫娥两两，帛装的阿监双双。剪簇簇旛旌飏，招不得香魂再转，却与我摇曳吊心肠。

（生前坐科）（丑）吉时已届，候旨请娘娘升座。（生）宫人每，伏侍娘娘升座者。（宫女应科）领旨。（内细乐，宫女扶像对生，如前略俯科）杨娘娘谢恩。（丑）平身。（生起立，内鼓乐，众扶像上座科）（生）

【快活三】俺只见宫娥每簇拥将，把团扇护新妆。犹错认定情初夜入兰房。

---

①闪的：丢下。②抵搪：抵挡。③联镳：并骑。镳，马衔。④刚做了恁般随倡：刚，偏；随倡，夫唱妇随，形容爱情很深。

（悲科）可怎生冷清清独坐在这彩画生绡帐！

（丑）启万岁爷，杨娘娘升座毕。（生）看香过来。（丑跪奉香，生拈香科）

【朝天子】爇腾腾宝香，映荧荧烛光，猛逗着往事来心上。记当日长生殿里御炉傍，对牛女把深盟讲。又谁知信誓荒唐，存殁参商！空忆前盟不暂忘。今日呵，我在这厢，你在那厢，把着这断头香在手添凄怆。

高力士看酒过来，朕与娘娘亲奠一杯者。（丑奉酒科）初赐爵[1]。（生捧酒哭科）

【四边静】把杯来擎掌，怎能够檀口还从我手内尝。按不住凄惶，叫一声妃子也亲陈上。泪珠儿溶溶满觞，怕添不下半滴葡萄酿。

（丑接杯献座科）（生）我那妃子啊，

【般涉调·耍孩儿】一杯望汝遥来享，痛煞煞古驿身亡。乱军中抔土便埋藏，并不曾瀽[2]半碗凉浆。今日呵，恨不诛他肆逆三军众，祭汝含酸一国殇[3]。对着这云帏像，空落得仪容如在，越痛你魂魄飞扬。

（丑又奉酒科）亚赐爵。（生捧酒哭科）

【五煞】碧盈盈酒再陈，黑漫漫恨未央，天昏地暗人痴望。今朝庙宇留西蜀，何日山陵改北邙[4]！（丑又接杯献座科）（生哭科）寡人呵，与你同穴葬，做一株冢边连理，化一对墓顶鸳鸯。

（丑又奉酒科）终赐爵。（生捧酒科）

【四煞】奠灵筵礼已终，诉衷情话正长。你娇波不动，可见我愁模样？只为我金钗钿盒情辜负，致使你白练黄泉恨渺茫。（丑接杯献科）（生哭科）向此际捶胸想，好一似刀裁了肺腑，火烙了肝肠。

（丑、宫女、内侍俱哭科）（生看像惊科）呀，高力士，你看娘娘的脸上，兀的不流出泪来了。（丑同宫女看科）呀，神像之上，果然满面泪痕，奇怪，奇怪！（生哭科）哎呀，我那妃子呵，

【三煞】只见他垂垂的湿满颐，汪汪的含在眶，纷纷的点滴神台上。分明是牵衣请死愁容貌，回顾吞声惨面庞。这伤心真无两，休说是泥人堕泪，便教那铁汉也肠荒！

（丑）万岁爷请免悲伤，待奴婢每叩见娘娘。（同宫女、内侍哭拜科）（生）

【二煞】只见老常侍双膝跪，旧宫娥伏地伤。叫不出娘娘千岁一个个含悲向。（哭科）妃子呵，只为你当日在昭阳殿里施恩遍，今日个锦水[5]祠中遗爱[6]

---

①初赐爵、亚赐爵、终赐爵：斟三次酒，祭祀的仪式。②瀽：倒在地上。③国殇：为国家牺牲的人。④何日山陵改北邙：北邙山在洛阳北，东汉时恭王刘祉葬在这里，后来王侯公卿均葬在此处。山陵，指帝王后妃的陵墓。全句意思是什么时候改葬，做好正式的陵墓。⑤锦水：在四川成都。⑥遗爱：对死者的感恩和怀念。

长。悲风荡，肠断杀数声杜宇，半壁斜阳。

（丑）请万岁爷与娘娘焚帛。（生）再看酒来。（丑奉酒焚帛，生酹酒①科）

【一煞】叠金银山百座，化幽冥帛万张。纸铜钱怎买得天仙降？空着我衣沾残泪鹃留怨。不能勾魂逐飞灰蝶化双，蓦地里增悲怆。甚时见鸾骖碧汉，鹤返辽阳？

（丑）天色已晚，请万岁爷回宫。（生）宫娥，可将娘娘神帐放下者。（宫娥）领旨。（做下神幔，内暗抬像下科）（生）起驾。（丑应科）（生作上马，銮驾队子复上，引行科）（生）

【煞尾】出新祠泪未收，转行宫痛怎忘？对残霞落日空凝望！寡人今夜呵，把哭不尽的衷情，和你梦儿里再细讲。

数点香烟出庙门，（曹邺）巫山云雨洛川神。（权德舆）

翠蛾仿佛平生貌，（白居易）日暮偏伤去住人②。（封彦冲）

第二十出　收京

【仙吕过曲·甘州歌】【八声甘州】（外金盔、袍服，生、小生、净、末扮四将，各骑马，二卒执旗行上）宣威进讨，喜日明帝里，风静皇郊。欃枪③涤尽，看把乾坤重造。扬鞭漫将金镫敲，整顿中兴事正饶④。（外）下官郭子仪，奉命统兵讨贼。且喜禄山授首，庆绪奔逃，大小三军就此振旅进城去。（众应，行介）【排歌】收驰辔，近弔桥，只见长安父老拜前旄。欢声动，笑语高，卖将珠串奉香醪。

（到介）（众）启元帅，已进京城。请在龙虎卫衙门，权时驻扎。（外、众下马，作进，外正坐，四将傍坐介）（外）“忆昔长安全盛时，（生、小生）今朝重到不胜悲。（净、末）漫挥满目河山泪，（外）始悟新丰壁上诗。”（四将）请问元帅，什么新丰壁上诗？（外）诸将不知，本镇当年初到西京，偶见酒楼壁上，有术士李遐周题诗一首。（四将）题的是何诗句？（外）那诗上说：“燕市人皆去，函关马不归。若逢山下鬼，环上系罗衣。”（四将）这却怎么解？（外）当时也详解不出。如今看来，却句句验了。（将）请道其详。（外）禄山统燕、蓟军马，入犯两京，可不是“燕市人皆去”么？后来哥舒兵败潼关，正是“函关马

①酹（lèi）酒：祭祀时把酒倒在地上。②去住人：游子，指唐明皇。③欃（chán）枪：彗星。古代迷信说法，彗星主兵灾。欃枪涤尽即肃清叛乱。④饶：多。

不归”了。（四将）是，果然不差。后面两句，却又何解。（外）“山下鬼”者，嵬字也。“环”乃贵妃之名，恰应马嵬赐死之事。（四将）原来如此，可见事皆前定。今仗元帅洪威，重收宫阙，真乃不世①之勋也。（外叹介）唉，西京虽复，只是天子暂居灵武，上皇远狩成都；千官尚窜草莱，百姓未归田里。必先肃清宫禁，洒扫园陵，务使钟簴不移②，庙貌如故。上皇西返，大驾东回。才完得我郭子仪身上的事也。（四将打恭介）全仗元帅。“只手重扶唐社稷，一肩独荷李乾坤。”（外）说便这般说，这中兴事，大费安排。诸公何以教我？（四将）不敢。（外）

【南商调过曲·高阳台】九庙灰飞，诸陵尘暗，腥膻满目狼藉。久阙宫悬③，伤心血泪时滴。（合）今日，妖氛幸喜消尽也，索早自扫除修葺。（外）左营将官过来。（生）有。（外）你将这令箭一枝，前去星夜雇募人夫扫除陵寝，修葺宗庙，候圣驾回来致祭。（合）待春园，樱桃熟绽，荐陈时食④。

（外付令箭，生收介）领钧旨。（末）元帅在上，帝京初复，十室九空。为今要务，先当招集流移，使安故业。（外）言之然也。

【前腔】（换头）堪惜，征调千家，流离百室，哀鸿满路悲戚，须早招徕，闾阎重见盈实。（合）安辑，春深四野农事早，恰趁取甲兵初释。（外）右营将官过来。（小生）有。（外）你将这令箭一枝，前去出榜安民，复归旧业。（合）遍郊圻⑤安宁妇子，勉修耕织。

（外付令箭，小生接介）领钧旨。（净）元帅在上，国家新造，纲纪宜张，还须招致旧臣，共图更始⑥。（外）此言正合我意。

【前腔】（换头）虽则，暂总纲维，独肩弘巨⑦，同心早晚协力。百尔臣工，安危须仗奇策。（合）欣得，南阳已自佳气满⑧，好共把旧章重饬。（外）后营将官过来。（末）有。（外）你将这令箭一枝，榜示百官，限三日内，齐赴军前，共襄国事。（合）佐中兴升平泰运，景从⑨云集。

（外付令箭，末接介）领钧旨。（生、小生）元帅在上，长安久无天日，士民渴仰圣颜。庶政以渐举行，銮舆必先反正。（外）二位所言，乃中兴大本也。本镇早已修下迎驾表文在此。

【前腔】（换头）目极，云蔽行宫，尘蒙西蜀，臣心夙夜难释。反正銮舆，群情方自归一。（众共泣介）（合）凄恻，无君久切人痛愤，愿早把圣颜重识。

---

①不世：非常。②钟簴（qù）不移：钟，宗庙里祭祀用的乐器；簴，挂钟的木架。钟簴不移，即宗庙如故的意思。③久阙宫悬：礼乐制度久缺。宫悬，天子宫殿里悬挂乐器的一种特定方式。④荐陈时食：以时新食品祭享祖先。⑤郊圻（qí）：郊外。⑥更始：再造，中兴。⑦弘巨：巨大的责任。⑧南阳已自佳气满：汉光武帝刘秀是南阳人，他重建汉代的统治。全句用来比喻唐肃宗已有中兴气象。⑨景从：景，同影，景从，如影随行，表示追随者很多。

（外）前营将官过来。（净）有。（外）你将这令箭一枝，带领龙虎军士五千，备齐法驾，赍我表文，前往灵武，奉迎今上皇帝告庙。并候圣旨，遣官前往成都，迎请上皇回銮。（净接令箭介）领钧旨。（外）左右看香案过来，就此拜发表文。（杂应、设香案，丑扮礼生①上，赞礼）（外同四将拜表介）（合）就军前瞻天仰圣，共尊明辟②。

（丑下）（净捧表文介）（四将）小将等就此前去。

削平妖孽在斯须，（方干）（外）依旧山河捧帝居。（皮日休）

（合）听取满城歌舞曲，（杜牧）风云长为护储胥③。（李商隐）

第二十一出　尸解

【正宫引子·梁州令】（魂旦上）风前荡漾影难留，叹前路谁投。死生离别两悠悠，人不见，情未了，恨无休。

【如梦令】"绝代风流已尽，薄命不须重恨。情字怎消磨？一点嵌牢方寸。闲趁，闲趁，残月晓风谁问！"我杨玉环鬼魂，自蒙土地给与路引，任我随风来往。且喜天不收，地不管，无拘无系，煞甚逍遥。只是再寻不到皇上跟前，重逢一面。（悲介）好不悲伤！今日且顺着风儿，看到那一处也。（行介）

【正宫过曲·雁鱼锦】【雁过声全】悄魂灵御风似梦游，路沉沉不辨昏和昼。经野树片时权栖宿，猛听冷烟中鸟啾啾，唬得咱早难自停留。青燐荒草浮，倩他照着我向前冥冥走。是何处殿角几重云影覆？（看介）呀，原来就是西宫门首了。不免进去一看。（作欲进，二门神黑白面、金甲，执鞭、简上）（立高处介）"生前英勇安天下，死后威灵护殿门。"（举鞭、简拦旦介）何方女鬼，不得擅入。（旦出路引介）奴家杨玉环，有路引在此。（门神）原来是杨娘娘。目今禄山被刺，庆绪奔逃，郭元帅扫清宫禁。只太上皇远在蜀中，新天子尚留灵武。因此大内寂无一人，宫门尽扃锁钥。娘娘请自进去，吾神回避。（下）（旦作进介）你看"宫花都是断肠枝，帘幕无人窣地垂。行到画屏回合处，分明钗盒奉恩时。"（泪介）（场上先设宫中旧床帷、器物介）

【二犯渔家傲】【雁过声换头】踌躇，往日风流。【普天乐】（作坐床介）记盒钗初赐，种下这恩深厚。痴情共守，（起介）又谁知惨祸分离骤！唉，你看沉

---

①礼生：司仪。②明辟：明君。③储胥：军营外的藩篱，此指郭子仪的营帐。

香亭、华萼楼都这般荒凉冷落也。（作登楼介）并没有人登画楼，并没有花开并头，【雁过声】并没有奏新讴——端的有，荒凉满目生愁！凄然，不由人泪流！呀，这里是长生殿了。我想起来，（泪介）（场上先设长生殿乞巧香案介）这壁厢是咱那日陈瓜果夜香来乞巧，那壁厢是他恁时向牛女凭肩私拜求。（哭介）我那皇上呵，怎能够霎时一见也！方才门神说，上皇犹在蜀中。不免闪出宫门，到渭桥之上，一望西川则个。（行介）【二犯倾杯序】【雁过声换头】凝眸，一片清秋，（登桥介）【渔家傲】望不见寒云远树峨眉秀。【倾杯序】苦忆蒙尘①，影孤体倦。病马严霜，万里桥②头，知他健否！纵然无恙，料也为咱消瘦。待我飞将过去。（作飞，被风吹转介）（哭介）哎哟，天呵！【雁过声】我只道轻魂弱魄飞能去，又谁知千水万山途转修。（作看介）呀，你看佛堂虚掩，梨树欹斜。怎么被风一吹，仍在马嵬驿内了！（场上先设佛堂梨树介）【喜渔灯犯】【喜渔灯】驿垣夜冷一灯微漏。佛堂外，阴风四起。看月暗空厩，【朱奴儿】猛伤心泪垂。【玉芙蓉】对着这一株靠檐梨树幽，（坐地泣介）【渔家傲】这是我断香零玉沉埋处。好结果一场厮耨③，空落得薄命名留。【雁过声】当日个红颜艳冶千金笑，今日里白骨抛残土半丘。我想生受深恩，死亦何悔。只是一段情缘，未能终始，此心耿耿，万劫难忘耳。

【锦缠道犯】【锦缠道】谩回首，梦中缘花飞水流，只一点故情留。似春蚕到死尚把丝抽。剑门关离宫自愁，马嵬坡夜台④空守，想一样恨悠悠。（雁过声）几时得金钗钿盒完前好，七夕盟香续断头！

（副净上）“天边传敕使，泉下报幽魂。”（见介）贵妃，有天孙娘娘赍捧玉旨到来，须索准备迎接。吾神先去也。（旦）多谢尊神。（分下）（杂扮四仙女，执水盂、旛节，引贴捧敕上）

【南吕引子·生查子】玉敕降天庭，鸾鹤飞前后。只为有情真，召取还蓬岫。

（副净上，跪接介）马嵬坡土地迎接娘娘。（贴）土地，杨妃魂灵何在？速召前来，听宣玉敕。（副）领法旨。（下）（引旦去魂帕⑤上，跪介）（贴宣敕介）玉旨已到，跪听宣读。玉帝敕曰：咨尔玉环杨氏，原系太真玉妃，偶因微过，暂谪人间。不合迷恋尘缘，致遭劫难。今据天孙奏尔吁天悔过，夙业已消，真情可悯。准授太阴炼形之术，复籍仙班，仍居蓬莱仙院。钦哉谢恩。（旦叩头介）圣寿无疆。（见贴介）天孙娘娘叩首。（贴）太真请起。前天宝十载七夕，我正渡河之际，见你与唐天子在长生殿上，密誓情深。昨又闻马嵬土地诉你悔过真诚，因而奏闻上帝，有此玉音。（旦）多谢娘娘提拔。（贴取水盂，付副净介）此乃

---

①蒙尘：皇帝出奔。②万里桥：在成都。③厮耨（nòu）：相爱。④夜台：此指墓穴。⑤魂帕：戴在演员头上，表示扮演的角色是鬼魂。本出以后杨贵妃成为仙人，不再是鬼魂了。

玉液金浆。你可将去，同玉妃到坟前，沃彼原身，即得炼形度地①，尸解②上升了。炼毕之时，即备音乐、旛幢，送归蓬莱仙院。我先缴玉敕去也。（副净）领法旨。（贴）“驾回双凤阙，云拥七襄衣③。”（引仙女下）（副净）玉妃恭喜，就请回到冢上去。（副净捧水盂，引旦行介）

【南吕过曲·香柳娘】往郊西道北，往郊西道北，只见一拳④培土㟺⑤，（副净）到了。（旦作悲介）这便是我前生宿艳藏香薮。（副净）小神向奉西岳帝君敕旨，将仙体保护在此。待我去扶将出来。（作向古门扶杂，照旦妆饰，扮旦尸锦褥包裹上）（副净解去锦褥，扶尸立介）（旦见作惊介）看原身宛然，看原身宛然，紧紧合双眸，无言闭檀口。（副净将水沃尸介）把金浆点透，把金浆点透，神光面浮，（尸作开眼介）（旦）秋波忽溜。

（尸作手足动，立起向旦走一二步介）（旦惊介）呀，

【前腔】果霎时再活，果霎时再活，向前移走，觑形模与我无妍丑。（作迟疑介）且住，这个杨玉环已活，我这杨玉环却归何处去？（尸作忽走向旦，旦作呆状，与尸对立介）（副净拍手高叫介）玉妃休迷，他就是你，你就是他。（指尸向旦介）这躯壳是伊，（指旦向尸介）这魂魄是伊，真性假骷髅，当前自分剖。（尸逐旦绕场急奔一转，旦扑尸身作跌倒，尸隐下）（副净）看元神入彀⑥，看元神入彀，似灵胎再投，双环合凑。

【前腔】（旦作起，立定徐唱介）乍沉沉梦醒，乍沉沉梦醒，故吾失久，形神忽地重圆就。猛回思惘然，猛回思惘然，现在自庄周，蝴蝶复何有。我杨玉环，不意今日冷骨重生，离魂再合。真谢天也。似亡家客游，似亡家客游，归来故丘，室庐⑦依旧。

土地请上，待吾拜谢。（副净）小神不敢。（旦拜，副净答拜介）（旦）

【前腔】谢经年护持，谢经年护持，保全枯朽，更断魂落魄蒙翀覆。（副净）音乐、旛幢已备，候送玉妃归院。（旦欲行又止介）且住，我如今尸解去了，日后皇上回銮，毕竟要来改葬。须留下一物在此，做个记验才好。土地，你可将我裹身的锦褥，依旧埋在冢中，不可损坏。（副净）领仙旨。（作取褥，褥作飞下介）（副净看介）呀，奇哉，奇哉！那锦褥化作一片彩云，竟自腾空飞去了。（旦看介）哦，是了。方才炼形之时，那锦褥也沾着金浆，故此得了仙气。化飞空彩云，化飞空彩云，也似学仙游，将何更留后？我想金钗、钿盒，是要随身紧守的，此外并无他物……（想介）哦，也罢，我胸前有锦香囊一个，乃翠盘试

---

①炼形度地：炼形，道家修炼隐身的法术；度地，道家离尘飞升的法术。②尸解：道家用语，尸体化解，不再存在，离开形体而升仙。③七襄衣：织女仙以自己的织物制成的衣裳。七襄，指花纹之多。④一拳：一堆。⑤培土㟺（lóu）：小土丘。⑥元神入彀：元神，灵魂；彀，躯壳。⑦室庐：比喻躯体。

舞之时，皇上所赐，不免解来留下便了。（作解香囊看介）解香囊在手，解香囊在手，（悲介）他日君王见收，索强似人难重觏。

（将香囊付副净介）土地，你可将此香囊，放在冢内。（副净接介）领仙旨。（虚下，即上）启娘娘，香囊已放下了。（杂扮四仙女，音乐、旛幢上）（见旦介）蓬莱山太真院中仙姬叩见。请娘娘更衣归院。（内作乐，旦作更仙衣介）（副净）小神候送。（旦）请回。（副下，仙女、旦行介）

【单调风云会】【一江风】指瀛洲，云气空曬覆，金碧开群岫。【驻云飞】嗏，仙家岁月悠，与情同久。情到真时，万劫还难朽。牢把金钗钿盒收，直到蓬山顶上头。（从高处行下）

销耗胸前结旧香，（张祜）多情多感自难忘。（陆龟蒙）

蓬山此去无多路，（李商隐）天上人间两渺茫。（曹唐）

第二十二出　改葬

【商调引子·忆秦娥】（生引二内侍上）伤心处，天旋日转回龙驭①。回龙驭，踟蹰到此，不能归去。

寡人自蜀回銮，痛伤妃子仓卒捐生，未成礼葬。特传旨另备珠襦玉匣②，改建坟茔，待朕亲临迁葬，因此驻跸马嵬驿中。（泪介）对着这佛堂梨树，好凄惨人也！

【商调过曲·山坡羊】恨悠悠江山如故，痛生生游魂血污。冷清清佛堂半间，绿阴阴一本梨花树。空自吁，怕夜台人更苦。那里有珮环夜月归朱户，也慢想颜面春风识画图。（丑暗上）（见介）奴婢奉旨，筑造贵妃娘娘新坟，俱已齐备。请万岁爷亲临启墓。（生）传旨起驾。（丑）领旨。（传介）军士每，排驾。（杂扮军士上，引行介）“马嵬坡下泥土中，不见玉容空死处。”（到介）（丑）启万岁爷，这白杨树下，就是娘娘埋葬之处了。（生）你看蔓草春深，悲风日薄。妃子，妃子，兀的不痛杀寡人也。（哭介）号呼，叫声声魂在无？欷歔，哭哀哀泪渐枯。

（老旦、杂、贴、净四女工带锄上）（老旦）老万岁爷来了。我每快些前去，伺候开坟。（丑）你每都是女工么？（众应介）（丑启生介）女工每到齐了。

---

①天旋日转回龙驭：天旋日转，指大乱敉平，唐室中兴；回龙驭，皇帝返驾。②珠襦玉匣：古代帝王和后妃的葬衣。

（生）传旨，军士回避。高力士，你去监督女工，小心开掘。（丑应传介）（军士下）（众女工作掘介）（众）

【水红花】向高冈一谜下锹锄，认当初，白杨一树。怕香销翠冷伴蚍蜉，粉肌枯，玉容难睹。（众惊介）掘下三尺，只有一个空穴，并不见娘娘玉体！早难道为云为雨，飞去影都无，但只有芳香四散袭人裾也罗。

（净）呀，是一个香囊。（丑）取来看。（净递囊，丑接看哭介）我那娘娘呵！你每且到那厢伺候去。（众应下）（丑启生介）启万岁爷，墓已启开，却是空穴。连裹身的锦褥和殉葬的金钗、钿盒都不见了。只有一个香囊在此。（生）有这等事！（接囊看大哭介）呀，这香囊乃当日妃子生辰，在长生殿上试舞《霓裳》，赐与他的。我那妃子呵，你如今却在何处也！

【山坡羊】惨凄凄一匡空墓，杳冥冥玉人何去？便做虚飘飘锦褥儿化尘，怎那硬撑撑钗盒也无寻处。空剩取，香囊犹在土，寻思不解缘何故，恨不得唤起山神责问渠。（想介）高力士，你敢记差了么？（丑）奴婢当日，曾削杨树半边，题字为记。如何得差！（生）敢是被人发掘了？（丑）若经发掘，怎得留下香囊？（生呆想不语介）（丑）奴婢想来，自古神仙多有尸解之事。或者娘娘尸解仙去，也未可知。即如桥山陵寝①，止葬黄帝衣冠。这香囊原是娘娘临终所佩，将来葬入新坟之内，也是一般了。（生）说的有理。高力士，就将这香囊裹以珠襦，盛以玉匣，依礼安葬便了。（丑）领旨。（生哭介）号呼，叫声声魂在无？欷歔，哭哀哀泪渐枯。

（丑持囊出介）（作盛囊入匣介）香囊盛放停当，女工每那里？（众上）（丑）你每把这玉匣，放在墓中，快些封起坟来。（众作筑坟介）

【水红花】当时花貌与香躯，化虚无，一抔空墓；今朝玉匣与珠襦，费工夫，重泉深锢。更立新碑一统，细把泪痕书。从今流恨满山隅也啰。

（丑）坟已封完，每人赏钱一贯。去罢。（众谢赏，叩头介）（净、贴、杂先下）（丑问老旦介）你这婆子，为何不去？（老旦）禀上公公，老妇人旧年在马嵬坡下，拾得杨娘娘锦袜一只，带来献上老万岁爷。（丑）待我与你启奏。（见生介）启万岁爷，有个女工，说拾得杨娘娘锦袜一只，带来献上。（生）快宣过来。（丑唤老旦进见介）婢子叩见老万岁爷。（献袜介）（生）取上来。（丑取送生介）（老旦起立介）（生看哭介）呀，果然是妃子的锦袜，你看芳香未散，莲印犹存。我那妃子呵，（哭介）

【山坡羊】俊弯弯一钩重睹，暗矐矐馀香犹度。袅亭亭记当年翠盘，瘦尖尖稳逐红鸳舞。还忆取，深宵残醉馀，梦酣春透勾人觑。今日里空伴香囊留恨俱。

---

①桥山陵寝：即桥陵，在陕西省中部县西北，形状如桥而得名，相传是黄帝的陵墓。

（哭介）号呼，叫声声魂在无？欷歔，哭哀哀泪渐枯。

高力士，赐他金钱五千贯，就着在此看守贵妃坟墓。（老旦叩头介）多谢老万岁爷。（起出看锄介）"无心再学持锄女，有钞甘为守墓人。"（下）（外引四军上）"见辟乾坤新定位，看题日月更高悬。"（见介）臣朔方节度使郭子仪，钦奉上命，带领卤簿，恭迎太上皇圣驾。（生）卿荡平逆寇，收复神京，宗庙重新，乾坤再造，真不世之功也。（外）臣忝为大帅，破贼已迟。负罪不遑，何功之有！（生）卿说那里话来。高力士，分付起行。（丑）领旨。（传介）（生更吉服介）（众引生行介）

【水红花】五云芝盖簇銮舆，返皇都，旌旗溢路。黄童白叟共相扶，尽欢呼，天颜重睹。从此新丰行乐，少帝奉兴居①。千秋万载巩皇图也罗。

肠断将军改葬归，（徐夤）下山回马尚迟迟。（杜牧）

经过此地千年恨，刘沧空有香囊和泪滋。郑嵎

第二十三出　雨梦

【越调引子·霜天晓角】（生上）愁深梦杳，白发添多少？最苦佳人逝早，伤独夜，恨闲宵。

"不堪闲夜雨声频，一念重泉②一怆神。挑尽灯花眠不得，凄凉南内③更何人？"朕自幸蜀还京，退居南内，每日只是思想妃子。前在马嵬改葬，指望一睹遗容，不想变为空穴，只剩香囊一个。不知果然尸解，还是玉化香消？徒然展转寻思，怎得见他一面？今夜对着这一庭苦雨、半壁愁灯，好不凄凉人也！

【越调过曲·小桃红】冷风掠雨战长宵，听点点都向那梧桐哨也。萧萧飒飒，一齐暗把乱愁敲，才住了又还飘。那堪是凤帏空，串烟销，人独坐，厮凑着孤灯照也，恨同听没个娇娆。（泪介）猛想着旧欢娱，止不住泪痕交。

（内打初更介）（小生内唱，生作听介）呀，何处歌声，凄凄入耳，得非梨园旧人乎？不免到帘前，凭阑一听。（作起立凭阑介）此张野狐④之声也，且听他唱的是甚曲儿？（作一面听，一面欷歔掩泪介）（小生在场内立高处，唱介）

---

①从此新丰行乐，少帝奉兴居：汉高祖刘邦定都长安后，他的父亲很想念故乡丰邑，刘邦就在陕西兴建了一座与丰邑一模一样的城，而且把丰邑人迁居于此，地名为新丰。这里的少帝指唐肃宗。②重泉：黄泉，这里指死者杨贵妃。③南内：内，皇帝的宫禁。南内即兴庆宫，因其在大明宫之南，故称南内。④张野狐：即张徽，梨园弟子中他最擅长吹筚篥。

【下山虎】万山蜀道，古栈岧峣。急雨催林杪，铎铃乱敲。似怨如愁，碎聒不了，响应空山魂暗消。一声儿忽慢袅，一声儿忽紧摇。无限伤心事，被他逗挑，写入清商传恨遥。

（内二鼓介）（生悲介）呀，原来是朕所制《雨淋铃》之曲。记昔朕在栈道，雨中闻铃声相应，痛念妃子，因采其声，制成此曲。今夜闻之，想起蜀道悲凄，愈加肠断也。

【五韵美】听淋铃，伤怀抱。凄凉万种新旧绕，把愁人禁虐得十分恼。天荒地老，这种恨谁人知道。你听窗外雨声越发大了。疏还密，低复高。才合眼，又几阵窗前把人梦搅。

（丑上）“西宫南内多秋草，夜雨梧桐落叶时。”（见介）夜已深了，请万岁爷安寝罢。（内三鼓介）（生）呀，漏鼓三交，且自隐几①而卧。哎，今夜呵，知甚梦儿得到俺眼里来也！（仰哭介）

【哭相思】悠悠生死别经年，魂魄不曾来入梦。

（睡介）（丑）万岁爷睡了，咱家也去歇息儿咱。（虚下）（小生、副净扮二内侍带剑上）“幽情消未得，入梦感君王。”（向上跪介）万岁爷请醒来。（生作醒看介）你二人是那里来的？（小生、副净）奴婢奉杨娘娘之命，来请万岁爷。

【五般宜】只为当日个乱军中，祸殃惨遭，悄地向人丛里，换妆隐逃，因此上流落久蓬飘。（生惊喜介）呀，原来杨娘娘不曾死，如今却在那里？（小生、副净）为陛下朝想暮想，恨萦愁绕，因此把驿庭静扫，（叩头介）望銮舆幸早。说要把牛女会深盟，和君王续未了。

（生泪介）朕为妃子百般思想，那晓得却在驿中。你二人快随朕前去，连夜迎回便了。（小生、副净）领旨。（引生行介）

【山麻秸】（换头）喜听说，如花貌，犹兀自现在人间，当面堪邀。忙教，潜出了御苑内夹城复道②，顾不得夜深人静，露凉风冷，月黑途遥。

（末上拦介）陛下久已安居南内，因何深夜微行，到那里去？（生惊介）

【蛮牌令】何处泼官僚，拦驾语哓哓？（末）臣乃陈元礼，陛下快请回宫。（生怒介）唗，陈元礼，你当日在马嵬驿中，暗激军士逼死贵妃，罪不容诛。今日又待来犯驾么？君臣全不顾，辄敢肆狂骁。（末）陛下若不回宫，只怕六军又将生变。（生）唗，陈元礼，你欺朕无权柄闲居退朝，只逞你有威风卒悍兵骄。法难恕，罪怎饶。叫内侍，快把这乱臣贼子，首级悬枭③。

（小生、副净）领旨。（作拿末杀下，转介）启万岁爷已到驿前了。请万岁爷进去。（暗下）（生进介）

①隐几：凭几。②夹城复道：唐明皇从西苑到南内、曲江筑有夹城，在里面行走，外人看不见。③悬枭：斩首，把头悬在木杆上示众。

【黑麻令】只见没多半空寮废寮，冷清清临着这荒郊远郊。内侍，娘娘在那里？（回顾介）呀，怎一个也不见了。单则听飒剌剌风摇树摇，啾唧唧四壁寒蛩，絮一片愁苗怨苗。（哭介）哎哟，我那妃子呵，叫不出花娇月娇，料多应形消影消。（内鸣锣，生惊介）呀，好奇怪，一霎时连驿亭也都不见，倒来到曲江池上了。好一片大水也。不堤防断砌颓垣，翻做了惊涛沸涛。

（望介）你看大水中间，又涌出一个怪物。猪首龙身，舞爪张牙，奔突而来。好怕人也！（内鸣锣，扮猪龙、项带铁索、跳上扑生，生惊奔，赶至原处睡介）（二金甲神执锤上，击猪龙喝介）咄，孽畜，好无礼！怎又逃出到此，惊犯圣驾，还不快去。（作牵猪龙、打下）（生作惊叫介）哎哟，唬杀我也。（丑急上，扶介）万岁爷，为何梦中大叫？（生作呆坐，定神介）高力士，外边什么响？（丑）是梧桐上的雨声？（内打四更介）（生）

【江神子】（别体）我只道谁惊残梦飘，原来是乱雨萧萧。恨杀他枕边不肯相饶，声声点点到寒梢，只待把泼梧桐锯倒。

高力士，朕方才梦见两个内侍，说杨娘娘在马嵬驿中来请朕去。多应芳魂未散。朕想昔时汉武帝思念李夫人，有李少君为之召魂相见，今日岂无其人！你待天明，可即传旨，遍觅方士来与杨娘娘召魂。（丑）领旨。（内五鼓介）（生）

【尾声】纷纷泪点如珠掉，梧桐上雨声厮闹。只隔着一个窗儿直滴到晓。

半壁残灯闪闪明，（吴融）雨中因想雨淋铃。（罗隐）

伤心一觉兴亡梦，（方壶居士）直欲裁书问杳冥。（魏朴）

第二十四出　觅魂

（净扮道士，小生、贴扮道童，执幡引上）“临邛道士鸿都客①，能以精诚致魂魄。为感君王展转思，便教遍处殷勤觅。”贫道杨通幽是也。籍隶丹台②，名登紫箓③。呼风掣电，御气天门。摄鬼招魂，游神地府。只为太上皇帝思念杨妃，遍访异人召魂相见，俺因此应诏而来。太上皇十分欢喜，诏于东华门内，依科行法。已曾结就法坛，今晚登坛宣召。童儿，随我到坛上去来。（童捧剑、水同行科）（净）

【北仙吕·点绛唇】仔为他一点情缘，死生衔怨。思重见，凭着咱道力无

①临邛道士鸿都客：临邛，地名，在四川。鸿都门，在洛阳北宫，此指宫殿。②丹台：道家的炼丹台。③紫箓：道家的秘籍。

边，特地把神通显。

（场上建高坛科）（小生、贴）已到坛了。（净）是好一座法坛也。

【混江龙】这坛本在虚空辟建，象涵太极法先天。无中有阴阳攒聚，有中无水火陶甄①。（童）基址从何而立?（净）基址呵，遣五丁，差六甲②，运戊己中央当下立。（童）用何工夫而成?（净）用工夫，养婴儿，调姹女③，配乙庚金木刹那全。（童）坛上可有户牖?（净）户牖呵，对金鸡，朝玉兔④，坎离卯酉。（童）方向呢?（净）方向呵，镇黄庭，通紫极⑤，子午坤乾。（童）这坛可有多少大?（净）虽只是倚方隅，占基阶，壇场咫尺，却可也纳须弥⑥，藏世界，道里由延⑦。（道）原来包罗恁宽!（净）上包着一周天⑧三百六十躔度⑨，内⑩星辰日月。（童）想那分统处量也不小。（净）中分统四大洲，亿万百千阎浮界⑪，岳渎山川。（童）壇上谁听号令?（净）听号令，则那些无稽滞，司风司火，司雷司电。（童）谁供驱遣?（净）供驱遣，无非这有职掌，值时值日，值月值年。（童）绕壇有何景象?（净）半空中绕噰噰鸾吟凤啸，两壁厢列森森虎伏龙眠。端的是一尘不染，众妄都蠲。（童）若非吾师无边道力，安能建此无上法坛?（净）这全托赖着大唐朝君王福分，敢夸俺小鸿都道力精虔。（童）请吾师上坛去者。（内细乐，二童引净上坛科）（净）趁天风，随仙乐，双引着鸾旌高步斗。（内钟鼓科）（净）响金钟，鸣法鼓，恭擎象简回朝元。（童献香科）请吾师拈香。（净拈香科）这香呵，不数他西天竺旃檀林青狮窟根蟠鸑鷟⑫，东洋海波斯国瑞龙脑形似蚕蝉。结祥云，腾宝雾，直冲霄汉；透清微，萦碧落，普供真玄。第一炷，祝当今皇帝享无疆圣寿，保洪图社稷，巩国祚延绵。第二炷，愿疆场静，烽燧销，普天下各道、各州、各境里，民安盗息无征战；禾黍登，蚕桑茂，百姓每若老、若幼、若壮者，家封户给乐田园。第三炷，单只为死生分，情不灭，待凭这香头一点，温热了夜台魂；幽明隔，情难了，思倩此香烟百转，吹现出春风面。（童献花介）散花。（净散花科）这花呵，不学他老瞿昙对迦叶糊涂

---

①水火陶甄：水火相作用。 ②五丁，神话中的大力士；六甲，风雹之神。 ③“养婴儿”二句：婴儿，指人的心血；姹女，指肾精。两者都是道家用语。 ④“对金鸡”二句：金鸡，日；玉兔，月。 ⑤“镇黄庭”二句：黄庭，中央；紫极，天宫。 ⑥须弥：即须弥山，佛经说，山在四大部洲的中心，高336万里。 ⑦由延：即由旬，古印度的长度单位，合40～80里。 ⑧周天：整个天体。 ⑨躔度：度。 ⑩内：纳。 ⑪阎浮界：即三千大千世界，和世界的概念差不多。 ⑫西天竺旃檀林青狮窟：西天竺（西印度）青狮窟所产的旃檀木，以它的根部做成的香料叫旃檀香。根蟠鸑鷟（凤的别名），根蟠成鸑鷟的形状，形容树根很老。

笑捻①，谩劳他诸天女访维摩撒漫飞旋②。俺特地采蘅芜，踏穿阆苑，几度价寻怀梦摘遍琼田。显神奇，要将他残英再接相思树，施伎俩，管教他落花重放并头莲。（童献灯科）献灯。（净捧灯科）这灯呵，烂辉辉灵光常向千秋照，灿荧荧心灯只为一情传。抵多少衡遥石怀中秘授，还形烛帐里高燃③。他则要续痴情，接上这残灯焰，俺可待点神灯，照彻那旧冤愆。（童献法盏科）请吾师咒水。（净捧水科）这水呵，曾游比目，曾泛双鸳。你漫道当日个如鱼也那得水，可知道到头来，水、米也没有半点交缠。数不尽情河爱海波终竭，似那等幻泡浮沤浪易掀。他只道曾经沧海难为水，怎如俺这一滴杨枝彻九泉。（童）供养已毕，请问吾师如何行法召魂咱？（净）你与我把招魂衣摄，遗照图悬，龙墀净扫，凤幄高褰。等到那二更以后，三鼓之前，眠猧不吠，宿鸟无喧，叶宁树杪，虫息阶沿，露明星黯，月漏风穿，潜潜隐隐，冉冉翩翩，看步珊珊是耶非一个佳人现，才折证人间幽恨，地下残缘。

（内奏法音科）（丑捧青词④上）“九天青鸟使，一幅紫鸾书。”（进跪科）高力士奉太上皇之命，谨送青词到此。（童接词进上科）（净向丑拱科）中官，且请壇外少候片时。（丑应下）（净）

【油葫芦】俺子见御笔青词写凤笺，漫从头仔细展。单子为死离生别那婵娟，牢守定真情一点无更变。待想他芳魂两下重相见，俺索召李夫人来帐中。煞强如西王母临殿前，稳情取汉刘郎遂却心头愿，向今宵同款款话因缘。

（动法器科）（净作法、焚符念科）此道符章，鹤翥鸾翔，功曹符使，速莅壇场。（杂扮符官骑马舞下，见科）仙师，有何法旨？（净付符科）有烦使者，将此符命，速召贵妃杨氏阴魂到壇者。（杂接符科）领法旨。（做上马绕场下）（净）

【天下乐】俺只见力士黄巾⑤去召宣，扬也波鞭，不暂延。管教他闪阴风一灵儿勾向前。俺这里静悄悄壇上躬身等，他那里急煎煎宫中望眼穿。呀，怎多半日云头不见转？

为何此时还不到来，好疑惑也！

【那吒令】阔迢迢山前水前，望香魂渺然。黯沉沉星前月前，盼芳容杳然。冷清清阶前砌前，听灵踪悄然。不免再烧一道催符去者。（焚符科）蠢种符不住

①老瞿昙对迦叶糊涂笑捻：瞿昙，又译乔达摩，释迦牟尼的姓氏。据说有一位国王以金色波罗花献给释迦，请他说法。释迦“拈花示众”，众人不知所措，唯有弟子摩诃迦叶微笑，释迦即传他“正法眼藏”。②维摩诘，释迦时代的大居士。有一次，佛命大弟子文殊去维摩诘那里问病，天女在室内撒花，花沾在佛法浅的人身上。全句意思是献上的花并不像天女一样，为了试探维摩诘的法力高强。③传说杨贵妃死后，唐明皇很想念她，有道士用五色石研粉做成烛，叫还形烛，在帐子里点起来就可以看见杨贵妃。④青词：斋醮时用的一种文体。⑤力士、黄巾：天使。

烧，歹剑诀①空掐遍，枉念杀波没准的真言②。

（杂上见科）覆仙师：小圣人间遍觅杨氏阴魂，无从召取。（净）符使且退。（杂）领法旨。（舞下）（净下坛科）童儿，请高公公相见者。（童向内请科）高公公有请。（丑上）“玉漏听长短，芳魂问有无。”（见科）仙师，杨娘娘可曾召到么？（净）方才符使到来，说娘娘无从召取。（丑）呀，如此怎生是好？（净）公公且去覆旨，待贫道就在坛中，飞出元神，不论上天入地，好歹寻着娘娘。不出三日，定有消息回报。（丑）太上皇思念甚切，仙师是必③用意者。“且传方士语，去慰上皇情。”（下）（内细乐，净更鹤氅科）童儿在坛小心祗候，俺自打坐出神去也。（童）领法旨。（内鸣钟、鼓各二十四声，净上壇端坐，叩齿作闭目出神科）（童）你看我师出神去了。不免放下云帏，壇下伺候则个。（作放壇上帐幔，净暗下）（童）“壇上钟声静，天边云影闲。”（同下）（末扮道士元神从壇后转行上）

【鹊踏枝】瞑子里出真元，抵多少梦游仙。俺则待踏破虚空，去访婵娟。贫道杨通幽，为许上皇寻觅杨妃魂魄，特出元神，到处遍求。如今先到那里去者。（思科）嗄，有了，且慢自叫阊阖④轻干玉殿，索先去赴幽冥大索黄泉。

来此已是酆都城了。（向内科）森罗殿上判官何在？（判跳上，小鬼随上）“善恶细分铁算子，古今不出大轮回。”仙师何事降临？（末）贫道特来寻觅大唐贵妃杨玉环鬼魂。（判）凡是宫嫔妃后，地府另有文册。仙师请坐，且待呈簿查看。（末坐科，鬼送册，判递册科）（末看科）

【寄生草】这是一本宫嫔册，历朝妃后编。有一个枈弧箕服把周宗殄，有一个牝鸡野雉把刘宗煽，有一个蛾眉狐媚把唐宗变。好奇怪，看古今来椒房金屋尽标题，怎没有杨太真名字其中现。

地府既无，贫道去了。不免向天上寻觅一遭也。（虚下）（判跳舞上，鬼随下）（二仙女旌幢，引贴朝服、执拂上）“高引霓旌朝绛阙，缓移凤舄踏红云。”吾乃天孙织女，因向玉宸朝见，来到天门。前面一个道士来了，看是谁也？（末上）

【幺篇】拔足才离地，飞神直上天。（见贴科）原来是织女娘娘，小道杨通幽叩首。（贴）通幽免礼，到此何事？（末）小道奉大唐太上皇之命，寻访玉环杨氏之魂。适从地府求之不得，特来天上找寻。谁知天上亦无。因此一径出来，若不是伴嫦娥共把蟾宫恋，多敢是趁双成同向瑶池现。（贴）通幽，那玉环之魂，原不在地下，不在天上也。（末）呀，早难道逐梁清⑤又受天曹谴，要寻那

①剑诀：原为击剑者左手手掌、手指的一种特殊姿势；道家仗剑作法时也持剑诀。②没准的真言：不灵验的咒语。③是必：务必。④阊阖：天门。⑤逐梁清：指杨贵妃的余音绕梁的歌声。

《霓裳》善舞的俊杨妃，到做了留仙不住的乔飞燕。

（贴）通幽，杨妃既无觅处，你索自去复旨便了。（末）娘娘，复旨不难。不争①小道呵，

【后庭花滚】没来由向金銮出大言，运元神排空如电转。一口气许了他上下里寻花貌，莽担承向虚无中觅丽娟。（贴）谁教你弄嘴来？（末）非是俺没干缠、自寻驱遣，单则为老君王钟情生死坚，旧盟不弃捐。（贴）马嵬坡下既已碎玉揉香，还讨甚情来？（末）娘娘，休屈了人也。想当日乱纷纷乘舆值播迁，翻滚滚羽林生闹喧，恶狠狠兵骄将又专，焰腾腾威行虐肆煽，闹炒炒不由天子宣，昏惨惨结成妃后冤。扑剌剌生分开交颈鸳，格支支轻扫扯并蒂莲，致使得娇怯怯游魂逐杜鹃，空落得哭哀哀悲啼咽楚猿。恨茫茫高和太华②连，泪漫漫平将沧海填。（贴）如今死生久隔，岁月频更，只怕此情也渐淡了。（末）那上皇啊，精诚积岁年，说不尽相思累万千。镇日家把娇容心坎镌，每日里将芳名口上编。听残铃剑阁悬，感衰梧秋雨传。暗伤心肺腑煎，漫销魂形影怜。对香囊呵惹恨绵，抱锦袜呵空泪涟，弄玉笛呵怀旧怨，拨琵琶呵忆断弦。坐凄凉，思乱缠，睡迷离，梦倒颠。一心儿痴不变，十分家病怎痊！痛娇花不再鲜，盼芳魂重至前。（贴）前夜牛郎曾为李三郎辨白，今听他说来，果如此情真。煞亦可怜人也！（末）小道呵，生③怜他意中人缘未全，打动俺闲中客情慢牵。因此上不辞他往返蹎，甘将这辛苦肩。猛可把泉台踏的穿，早又将穹苍磨的圆。谁知他做长风吹断鸢，似晴曦散晓烟。莽桃源寻不出花一片，冷巫山找不着云半边。好教俺向空中难将袖手展，伫云头惟有睁目延。百忙里幻不出春风图画面，捏不就名花倾国妍。若不得红颜重出现，怎教俺黄冠④独自还！娘娘呵，则问他那精灵何处也天？

（贴）通幽，你若必要见他，待我指一个所在，与你去寻访者。（末稽首科）请问娘娘，玉环见在何处？

【青哥儿】谢娘娘与咱与咱方便，把玉人消息消息亲传，得多少花有根芽水有源。则他落在谁边，望赐明言。我便疾到跟前，不敢留连。（贴）通幽，你不闻世界之外，别有世界，山川之内，另有山川么？（末）听说道世外山川，另有周旋，只不知洞府何天，问渡何缘？（贴）那东极巨海之外，有一仙山，名曰蓬莱。你到那里，便有杨妃消息了。（末）多谢娘娘指引。枉了上下俄延，都做了北辙南辕。元来只隔着弱水三千，溟渤风烟，在那麟凤洲偏，蓬阆山巅。那里有蕙圃芝田，白鹿玄猿。琪树翩翩，瑶草芊芊。碧瓦雕櫋⑤，月馆云轩。楼阁蜿蜒，门闼勾连。隔断尘喧，合住神仙。（贴）虽这般说，只怕那里绝天涯，跨海角，途路遥远，你去不得。（末）哎，娘娘，他那里情深无底更绵绵，谅着这蓬

①不争：只为。②太华：即陕西华山。③生：最。④黄冠：道士。⑤櫋（mián）：屋檐。

山路何为远。

（贴）既如此，你自前去咱。“又闻人世无穷恨，待绾机丝补断缘”。（引仙女下）（末）不免御着天风，到海外仙山，找寻一遭去也。（作御风行科）

【煞尾】稳踏着白云轻，巧趁取罡风便，把碗大沧溟跨展。回望齐州①何处显，淡嚯嚯九点飞烟。说话之间，早来到海东边，万仞峰巅。这的是三岛十洲别洞天，俺只索绕清虚阆苑，到玲珑宫殿。是必破工夫找着那玉天仙。

与招魂魄上苍苍，“黄滔”谁识蓬山不死乡？“赵嘏”

此去人寰知远近，“秦系”五云遥指海中央。“韦庄”

第二十五出　补恨

【正宫引子·燕归梁】（贴扮织女上）怜取君王情意切，魂遍觅，费周折。好和蓬岛那人②说，邀云珮，赴星阙。

前夕渡河之时，牛郎说起杨玉环与李三郎长生殿中之誓，要我与彼重续前缘。今适在天门外，遇见人间道士杨通幽，说上皇思念贵妃一意不衰，令他遍觅幽魂。此情实为可悯。已指引通幽到蓬山去了，又令侍儿召取太真到此，说与他知。再细探其衷曲，敢待来也。（仙女引旦上）

【锦堂春】闻说璇宫有命，云中忙驾香车。强驱愁绪来天上，怕眉黛恨难遮。

（仙女报，旦进见介）娘娘在上，杨玉环叩见。（贴）太真免礼，请坐了。（旦坐介）适蒙娘娘呼唤，不知有何法旨？（贴）一向不曾问你，可把生前与唐天子两下恩情，细说一遍与我知道。（旦）娘娘听启，

【正宫过曲·普天乐】叹生前，冤和业。（悲介）才提起声先咽。单则为一点情根，种出那欢苗爱叶。他怜我慕两下无分别。誓世世生生休抛撇，不提防惨凄凄月坠花折，悄冥冥云收雨歇，恨茫茫只落得死断生绝。

【雁过声】（换头）（贴）听说，旧情那些。似荷丝劈开未绝，生前死后无休歇。万重深，万重结。你共他两边既恁疼热，况盟言曾共设。怎生他陡地心如铁，马嵬坡便忍将伊负也？

【倾杯序】（换头）（旦泪介）伤嗟，岂是他顿薄劣！想那日遭磨劫，兵刃纵横，社稷阽危，蒙难君王怎护臣妾？妾甘就死，死而无怨，与君何涉！（哭介）

①齐州：即中州，指中国。②那人：指杨贵妃。

怎忘得定情钗盒那根节。

（出钗盒与贴看介）这金钗、钿盒，就是君王定情日所赐。妾被难之时，带在身边。携入蓬莱，朝夕佩玩，思量再续前缘。只不知可能够也？（贴）

【玉芙蓉】你初心誓不赊，旧物怀难撇。太真，我想你马嵬一事，是千秋惨痛此恨独绝。谁道你不将殒骨留微憾，只思断头香再爇。蓬莱阙，化愁城万叠。（还旦钗盒介）只是你如今已证仙班，情缘宜断。若一念牵缠呵，怕无端又令从此堕尘劫。

（旦）念玉环呵，

【小桃红】位纵在神仙列，梦不离唐宫阙。千回万转情难灭。（起介）娘娘在上，倘得情丝再续，情愿谪下仙班。双飞若注鸳鸯牒，三生旧好缘重结。（跪介）又何惜人间再受罚折！

（贴扶介）太真，坐了。我久思为你重续前缘。只因马嵬之事，恨唐帝情薄负盟，难为作合。方才见道士杨通幽，说你遭难之后，唐帝痛念不衰，特令通幽升天入地，各处寻觅芳魂。我念他如此钟情，已指引通幽到蓬莱山了。还怕你不无遗憾，故此召问。今知两下真情，合是一对。我当上奏天庭，使你两人世居忉利天①中，永远成双，以补从前离别之恨。

【催拍】那壁厢人间痛绝，这壁厢仙家念热：两下痴情恁奢，痴情恁奢。我把彼此精诚，上请天阙。补恨填愁，万古无缺。（旦背泪介）还只怕孽障周遮②，缘尚蹇，会犹赊。

（转向贴介）多蒙娘娘怜念，只求与上皇一见，于愿足矣。（贴）也罢。闻得中秋之夕，月中奏你新谱《霓裳》，必然邀你。恰好此夕正是唐帝飞升之候。你可回去，令通幽届期径引上皇，到月宫一见。何如？（旦）只恐月宫之内，不便私会。（贴）不妨。待我先与姮娥说明。你等相见之时，我就奏请玉音到来，使你情缘永证便了。（旦）多谢娘娘，就此告辞。（贴）

【尾声】团圆等待中秋节，管教你情偿意惬。（旦）只我这万种伤心见他时怎地说！

（旦）身前身后事茫茫，（天竺牧童）却厌仙家日月长。（曹唐）

（贴）今日与君除万恨，（薛逢）月宫琼树是仙乡。（薛能）

---

①忉利天：直译为第三十三天，是欲界六重天的第二重。佛家语。 ②周遮：深重。

第二十六出　寄情

【南吕过曲·懒画眉】（末扮道士元神上）海外曾闻有仙山，山在虚无缥缈间。贫道杨通幽，适见织女娘娘，说杨妃在蓬莱山上。即便飞过海上诸山，一迳到此。见参差宫殿彩云寒。前面洞门深闭，不免上前看来。（看介）试将银榜端详觑，（念介）“玉妃太真之院”。呀，是这里了。（做抽簪叩门介）不免抽取琼簪轻叩关。

【前腔】（贴扮仙女上）云海沉沉洞天寒，深锁云房鹤径闲。（末又叩介）（贴）谁来花下叩铜环？（开门介）是那个？（末见介）贫道杨通幽稽首。（贴）到此何事？（末）大唐太上皇帝，特遣贫道问候玉妃。（贴）娘娘到璇玑宫去了，请仙师少待。（末）原来如此，我且从容伫立瑶阶上。（贴）远远望见娘娘来了。（末）遥听仙风吹珮环。

【前腔】（旦引仙女上）归自云中步珊珊，闻有青鸾信远颁。（见末介）呀，果然仙客候重关。（贴迎介）（旦）道士何来？（贴）正要禀知娘娘，他是唐家天子人间使，衔命迢遥来此山。

（旦进介）既是上皇使者，快请相见。（仙女请末进介）（末见科）贫道杨通幽稽首。（旦）仙师请坐。（末坐介）（旦）请问仙师何来？（末）贫道奉上皇之命，特来问候娘娘。（旦）上皇安否？（末）上皇朝夕思念娘娘，因而成疾。

【宜春令】自回銮后，日夜思，镇昏朝潸潸泪滋。春风秋雨，无非即景伤心事。映芙蓉人面俱非，对杨柳新眉谁试？特地将他一点旧情，倩咱传示。

【前腔】（旦泪介）肠千断，泪万丝。谢君王钟情似兹。音容一别，仙山隔断违亲侍。蓬莱院月悴花憔，昭阳殿人非物是。漫自将咱一点旧情，倩伊回示。

（末）贫道领命。只求娘娘再将一物，寄去为信。（旦）也罢。当年承宠之时，上皇赐有金钗、钿盒，如今就分钗一股，劈盒一扇，烦仙师代奏上皇。只要两意能坚，自可前盟不负。（作分钗盒，泪介）侍儿，将这钗盒送与仙师。（贴递钗盒与末介）（旦）仙师请上，待妾拜烦。（末）不敢。（拜介）

【三学士】旧物亲传全仗尔，深情略表孜孜。半边钿盒伤孤另，一股金钗寄远思。幸达上皇，只愿此心坚似始，终还有相见时。

（末）贫道还有一说，钗盒乃人间所有之物，献与上皇，恐未深信。须得当年一事，他人不知者，传去取验，才见贫道所言不谬。（旦）这也说得有理。

（旦低头沉吟介）

【前腔】临别殷勤重寄词，词中无限情思。哦，有了。记得天宝十载，七月七夕长生殿，夜半无人私语时。那时上皇与妾并肩而立，因感牛女之事，密相誓心：愿世世生生，永为夫妇。（泣介）谁知道比翼分飞连理死，绵绵恨无尽止。

（末）有此一事，贫道可覆上皇了。就此告辞。（旦）且住，还有一言。今年八月十五日夜，月中大会，奏演《霓裳》，恰好此夕，正是上皇飞升之候。我在那里专等一会，敢烦仙师届期指引上皇到彼。失此机会，便永无再见之期了。（末）贫道领命。（旦）仙师，说我

含情凝睇谢君王，（白居易）尘梦何如鹤梦长。（曹唐）

（末）密奏君王知入月，（王建）众仙同日听《霓裳》。（李商隐）

第二十七出　得信

【仙吕引子·醉落魄】（生病装，宫女扶上）相思透骨沉疴久，越添消瘦。蘅芜烧尽魂来否？望断仙音，一片晚云秋。

“黯黯愁难释，绵绵病转成。哀蝉将落叶，一种为伤情。”寡人梦想妃子，染成一病。因令方士杨通幽摄召芳魂，谁料无从寻觅。通幽又为我出神访求去了。唉，不知是方士妄言，还不知果能寻着？寡人转展萦怀，病体越重。已遣高力士到坛打听，还不见来。对着这一庭秋景，好生悬望人也！

【仙吕过曲·二犯桂枝香】【桂枝香】叶枯红藕，条疏青柳。淅剌剌满处西风，都送与愁人消受。【四时花】悠悠，欲眠不眠欹枕头。非耶是耶睁望眸。问巫阳①，浑未剖。【皂罗袍】活时难救，死时怎求？他生未就，此生顿休。【桂枝香】可怜他渺渺魂无觅，量我这恹恹病怎瘳。

【不是路】（丑持钗盒上）鹤转瀛洲，信物携将远寄投。忙回奏，（见生叩介）仙坛传语慰离忧。（生）高力士，你来了么？问音由，佳人果有佳音否？莫为我淹煎把浪语诌。（丑）万岁爷听启，那仙师呵，追寻久，遍黄泉碧落俱无有。（生惊哭介）呀，这等说来，妃子永无再见之期了。兀的不痛杀寡人也！（丑）万岁爷，请休僝僽②。

那仙师呵，

①巫阳：古代善于卜筮的人。②僝（chán）僽（zhòu）：烦恼。

【前腔】御气遨游，遇织女传知在海上洲。（生）可曾得见？（丑）蓬莱岫，见太真仙院榜高头。（生）元来妃子果然成仙了。可有什么说话？（丑）说来由，含情只谢君恩厚，下望尘寰两泪流。（生）果然有这等事？（丑）非虚谬，有当年钗盒亲分授，寄来呈奏。

（进钗盒介）这钿盒、金钗，就是娘娘临终时，付奴婢殉葬的。不想娘娘携到仙山去了。（生执钗盒大哭介）我那妃子嗄，

【长拍】钿盒分开，钿盒分开，金钗拆对，都似玉人别后。单形只影，两载寡侣，一般儿做成离愁。还忆付伊收，助晓妆云鬓，晚香罗袖。此际轻分远寄与，无限恨个中留。见了怎生释手。枉自想同心再合，双股重俦。

且住。这钗盒乃人间之物，怎到得天上？前日墓中不见，朕正疑心，今日如何却在他手内？（丑）万岁爷休疑，那仙师早已虑及，向娘娘问得当年一件密事在此。（生）是那一事，你可说来。（丑）娘娘呵，把

【短拍】天宝年间，天宝年间，长生殿里，恨茫茫说起从头。七夕对牵牛，正夜半凭肩私咒。（生）此事果然有之。谁料钗分盒剖！（泣介）只今日呵，翻做了孤雁汉宫秋①。

（丑）万岁爷，且省愁烦。娘娘还有话说。（生）还说什么？（丑）娘娘说，今年中秋之夕，月宫奏演《霓裳》，娘娘也在那里。教仙师引着万岁爷，到月宫里相会。（生喜介）既有此话，你何不早说。如今是几时了？（丑）如今七月将尽，中秋之期只有半月了。请万岁爷将息龙体。（生）妃子既许重逢，我病体一些也没有了。

【尾声】广寒宫，容相就，十分愁病一时休。倒捱不过人间半月秋！

海外传书怪鹤迟，（卢纶词）中有誓两心知。（白居易）

更期十五团圆夜，（徐夤）纵有清光知对谁！（戴叔伦）

第二十八出　重圆

【双调引子·谒金门】（净扮道士上）情一片，幻出人天姻眷。但使有情终不变，定能偿夙愿。

贫道杨通幽，前出元神在于蓬莱。蒙玉妃面嘱，中秋之夕引上皇到月宫相

①孤雁汉宫秋：昭君出塞以后，汉元帝在后宫听见雁叫而伤感。

会。上皇原是孔升真人，今夜八月十五数合飞升。此时黄昏以后，你看碧天如水，银汉无尘，正好引上皇前去。道犹未了，上皇出宫来也。（生上）

【仙吕入双调·忒忒令】碧澄澄云开远天，光皎皎月明瑶殿。（净见介）上皇，贫道稽首。（生）仙师少礼。今夜呵，只因你传信，约蟾宫相见，急得我盼黄昏，眼儿穿。这青霄际，全托赖引步展。

（净）夜色已深，就请同行。（行介）（净）"明月在何许？挥手上青天。（生）不知天上宫阙，今夕是何年？（净）我欲乘风归去，只恐琼楼玉宇，高处不胜寒。（合）起舞弄清影，何似在人间"。（生）仙师，天路迢遥，怎生飞渡？（净）上皇，不必忧心。待贫道将手中拂子，掷作仙桥，引到月宫便了。（掷拂子化桥下）（生）你看，一道仙桥从空现出。仙师忽然不见，只得独自上桥而行。

【嘉庆子】看彩虹一道随步显，直与银河霄汉连，香雾曬曬不辨。（内作乐介）听何处奏钧天，想近着桂丛边。

（虚上）（老旦引仙女，执扇随上）

【沉醉东风】助秋光玉轮正圆，奏《霓裳》约开清宴。吾乃月主嫦娥是也。月中向有《霓裳》天乐一部，昔为唐皇贵妃杨太真于梦中闻得，遂谱出人间。其音反胜天上。近贵妃已证仙班。吾向蓬山觅取其谱，补入钧天。拟于今夕奏演。不想天孙怜彼情深，欲为重续良缘。要借我月府，与二人相会。太真已令道士杨通幽引唐皇今夜到此，真千秋一段佳话也。只为他情儿久，意儿坚，合天人重见。因此上感天孙为他方便。仙女每，候着太真到时，教他在桂阴下少待。等上皇到来见过，然后与我相会。（仙女）领旨。（合）桂华正妍，露华正鲜。撮成好会在清虚府洞天。

（老旦下）（场上设月宫，仙女立宫门候介）（旦引仙女行上）

【尹令】离却玉山仙院，行到彩蟾月殿，盼着紫宸①人面。三生愿偿，今夕相逢胜昔年。

（到介）（仙女）玉妃请进。（旦进介）月主娘娘在那里？（仙女）娘娘分付，请玉妃少待。等上皇来见过，然后相会。请少坐。（旦坐介）（仙女立月宫傍候介）（生行上）

【品令】行行度桥，桥尽漫俄延。身如梦里，飘飘御风旋。清辉正显，入来翻不见。只见楼台隐隐，暗送天香扑面。（看介）"广寒清虚之府"，呀，这不是月府么？早约定此地佳期，怎不见蓬莱别院仙！

（仙女迎介）来的莫非上皇么？（生）正是。（仙女）玉妃到此久矣，请进相

①紫宸：唐代一个宫殿的名称。紫宸人面，指唐明皇。

见。（生）妃子那里？（旦）上皇那里？（生见旦哭介）我那妃子呵！（旦）我那上皇呵！（对抱哭介）（生）

【豆叶黄】乍相逢执手，痛咽难言。想当日玉折香摧，都只为时衰力软，累伊冤惨，尽咱罪愆。到今日满心惭愧，到今日满心惭愧，诉不出相思万万千千。

（旦）陛下，说那里话来！

【姐姐带五马】【好姐姐】是妾孽深命蹇，遭磨障累君几不免。梨花玉殒，断魂随杜鹃。【五马江儿水】只为前盟未了，苦忆残缘，惟将旧盟痴抱坚。荷君王不弃，念切思专，碧落黄泉为奴寻遍。

（生）寡人回驾马嵬，将妃子改葬。谁知玉骨全无，只剩香囊一个。后来朝夕思想，特令方士遍觅芳魂。

【玉交枝】才到仙山寻见，与卿卿把衷肠代传。（出钗盒介）钗分一股盒一扇，又提起乞巧盟言。（旦出钗、盒介）妾的钗盒也带在此。（合）同心钿盒今再联，双飞重对钗头燕。漫回思，不胜黯然，再相看，不禁泪涟。

（旦）幸荷天孙鉴怜，许令断缘重续。今夕之会，诚非偶然也。

【五供养】仙家美眷，比翼连枝，好合依然。天将离恨补，海把怨愁填。（生合）谢苍苍可怜，泼情肠翻新重建。添注个鸳鸯牒，紫霄边，千秋万古证奇缘。

（仙女）月主娘娘来也。（老旦上）“白榆历历月中影，丹桂飘飘云外香。”（生见介）月姐拜揖。（老旦）上皇稽首。（旦见介）娘娘稽首。（老旦）玉妃少礼，请坐了。（各坐介）（老旦）上皇，玉妃，恭喜仙果重成，情缘永证。往事休提了。

【江儿水】只怕无情种，何愁有断缘。你两人呵，把别离生死同磨炼，打破情关开真面，前因后果随缘现。觉会合寻常犹浅，偏您相逢，在这团圆宫殿。

（仙女）玉旨降。（贴捧玉旨上）“织成天上千丝巧，绾就人间百世缘。”（生、旦跪介）（贴）“玉帝敕谕唐皇李隆基、贵妃杨玉环：咨尔二人，本系元始孔升真人、蓬莱仙子。偶因小谴，暂住人间。今谪限已满，准天孙所奏，鉴尔情深，命居忉利天宫，永为夫妇。如敕奉行。”（生、旦拜介）愿上帝圣寿无疆。（起介）（贴相见，坐介）（贴）上皇，太真，你两下心坚，情缘双证。如今已成天上夫妻，不比人世了。

【三月海棠】忉利天，看红尘碧海须臾变。永成双作对总没牵缠。游衍，抹月批风随过遣，痴云腻雨无留恋。收拾钗和盒，旧情缘，生生世世消前愿。

（老旦）群真既集，桂宴宜张。聊奉一觞，为上皇、玉妃称贺。看酒过来。（仙女捧酒上）酒到。（老旦送酒介）

【川拨棹】清虚殿，集群真，列绮筵。桂花中一对神仙，桂花中一对神仙，占风流千秋万年。（合）会良宵人并圆，照良宵月也圆。

【前腔】（换头）（贴向旦介）羡你死抱痴情犹太坚，（向生介）笑你生守前盟几变迁。总空花幻影当前，总空花幻影当前，扫凡尘一齐上天。（合）会良宵人并圆，照良宵月也圆。

【前腔】（换头）（生、旦）敬谢嫦娥把衷曲怜，敬谢天孙把长恨填。历愁城苦海无边，历愁城苦海无边，猛回头痴情笑捐。（合）会良宵人并圆，照良宵月也圆。

【尾声】死生仙鬼都经遍，直作天宫并蒂莲，才证却长生殿里盟言。

（贴）今夕之会，原为玉妃新谱《霓裳》。天女每那里？（众天女各执乐器上）“夜月歌残鸣凤曲，天风吹落步虚声。”天女每稽首。（贴）把《霓裳羽衣》之曲，歌舞一番。（众舞介）

【高平调·羽衣第三叠】【锦缠道】桂轮芳，按新声分排舞行。仙珮互趋跄，趁天风，惟闻遥送叮当。【玉芙蓉】宛如龙起游千状，翩若鸾回色五章。霞裾荡，对琼丝袖张。【四块玉】撒团团翠云，堆一溜秋光。【锦渔灯】袅亭亭现缑岭笙边鹤氅，艳晶晶会瑶池筵畔虹幢，香馥馥蕊殿①群姝散玉芳。【锦上花】呈独立鹄步昂，偷低度风影藏。敛衣调扇恰相当，【一撮棹】一字一回翔。【普天乐】伴洛妃，凌波样；动巫娥，行云想。音和态宛转悠扬。【舞霓裳】珊珊步蹑高霞唱，更泠泠节奏应宫商。【千秋岁】映红蕊，含风放；逐银汉，流云漾。不似人间赏，要铺莲慢踏②，比燕轻扬。【麻婆子】步虚③步虚瑶台上，飞琼引兴狂。弄玉④弄玉秦台上，吹箫也自忙。凡情仙意两参详。【滚绣球】把钧天换腔，巧翻成馀弄儿盘旋未央。【红绣鞋】银蟾亮，玉漏长，千秋一曲舞《霓裳》。

（贴）妙哉此曲。真个擅绝千秋也。就借此乐，送孔升真人同玉妃，到忉利天宫去。（老旦）天女每，奏乐引导。（天女鼓乐引生、旦介）

【黄钟过曲·永团圆】神仙本是多情种，蓬山远，有情通。情根历劫无生死，看到底终相共。尘缘倥偬，忉利有天情更永。不比凡间梦，悲欢和哄，恩与爱，总成空。跳出痴迷洞，割断相思鞚。金枷脱，玉锁松。笑骑双飞凤，潇洒到天宫。

【尾声】旧《霓裳》，新翻弄。唱与知音心自懂，要使情留万古无穷。

谁令醉舞拂宾筵，（张说）上界群仙待谪仙。（方干）
一曲《霓裳》听不尽，（吴融）香风引到大罗天。（韦绚）
看修水殿号长生，（王建）天路悠悠接上清。（曹唐）
从此玉皇须破例，（司空图）神仙有分不关情。（李商隐）

---

①蕊殿：蕊珠宫，相传仙女住所。②铺莲慢踏：要用金片做的莲花铺在地上，让她在上面轻轻地舞蹈。③步虚：仙乐。相传西王母见汉武帝时，叫仙女许飞琼演奏。④弄玉：相传弄玉是春秋时秦穆公的女儿，嫁给善吹箫的萧史为妻。萧史在凤楼上教弄玉吹箫。后来夫妇成仙，骑凤鸟一起升天。

桃花扇

第一出　听稗①

崇祯癸未二月

【恋芳春】（生儒扮上）孙楚楼②边，莫愁湖上，又添几树垂杨。偏是江山胜处，酒卖斜阳，勾引游人醉赏，学金粉南朝模样。暗思想，那些莺颠燕狂，关甚兴亡！

【鹧鸪天】院静厨③寒睡起迟，秣陵人老看花时；城连晓雨枯陵树，江带春潮坏殿基。伤往事，写新词，客愁乡梦乱如丝。不知烟水西村舍，燕子今年宿傍谁？小生姓侯，名方域④，表字朝宗，中州归德⑤人也。夷门谱牒，梁苑冠裳⑥。先祖太常，家父司徒，久树东林之帜；选诗云间，征文白下，新登复社之坛。早岁清词，吐出班香宋艳；中年浩气，流成苏海韩潮。人邻耀华之宫⑦，偏宜赋酒；家近洛阳之县，不愿栽花。自去年壬午，南闱⑧下第，便侨寓这莫愁湖畔。烽烟未靖，家信难通，不觉又是仲春时候；你看碧草粘天，谁是还乡之伴；黄尘匝地，独为避乱之人。（叹介）莫愁，莫愁！教俺怎生不愁也！幸喜社友陈定生、吴次尾⑨，寓在蔡益所⑩书坊，时常往来，颇不寂寞。今日约到冶城道院，同看梅花，须索早去。

【懒画眉】乍暖风烟满江乡，花里行厨携着玉缸⑪；笛声吹乱客中肠，莫过乌衣巷，是别姓人家新画梁。

（下）（末、小生儒扮上）

【前腔】王气金陵渐凋伤，鼙鼓旌旗何处忙？怕随梅柳渡春江。（末）小生宜兴陈贞慧是也。（小生）小生贵池吴应箕是也。（末问介）次兄可知流寇消息

---

①听稗（bài）：稗，即野史；这一出是说侯方域等去听柳敬亭说书。②孙楚楼：孙楚，东晋著名诗人，孙楚楼在南京城西，与莫愁湖相近。③厨：纱橱，就是帐子。④侯方域，明末清初著名文人，但本剧中的人物与历史人物并不完全相同，有虚构的成分。⑤中州归德：中州，河南；归德，河南商丘。⑥梁苑冠裳：梁苑是西汉时梁孝王兴建的东苑，梁苑冠裳本指经常到梁苑做客的士大夫，这里侯方域借来形容他在中州的高贵地位。⑦耀华之宫：西汉梁孝王所造，梁孝王曾召集许多文士作赋，邹阳作《酒赋》，侯方域是商丘人，属梁地，因此引用梁孝王和邹阳的故事来自比。⑧南闱：明清科举时，称江南乡试为南闱，顺天府的乡试为北闱。⑨陈定生：名贞慧，宜兴人；吴次尾：名应箕，贵池人，都是当时复社里的著名人物。⑩蔡益所：当时南京著名书商。⑪花里行厨携着玉缸：富贵人家子弟到郊外去游玩，往往用盒子装着酒食挑到游览的地方享用，叫行厨。

么？（小生）昨见邸抄①，流寇连败官兵，渐逼京师。那宁南侯左良玉②，还军襄阳。中原无人，大事已不可问，我辈且看春光。（合）无主春飘荡，风雨梨花摧晓妆。

（生上相见介）请了，两位社兄，果然早到。（小生）岂敢爽约！（末）小弟已着人打扫道院，沽酒相待。（副净扮家僮忙上）节寒嫌酒冷，花好引人多。禀相公，来迟了，请回罢！（末）怎么来迟了？（副净）魏府徐公子③要请客看花，一座大大道院，早已占满了。（生）既是这等，且到秦淮水榭，一访佳丽，倒也有趣！（小生）依我说，不必远去，兄可知道泰州柳敬亭，说书最妙，曾见赏于吴桥范大司马④、桐城何老相国⑤。闻他在此作寓，何不同往一听，消遣春愁？（末）这也好！（生怒介）那柳麻子新做了阉儿阮胡子⑥的门客，这样人说书，不听也罢了！（小生）兄还不知，阮胡子漏网馀生，不肯退藏；还在这里蓄养声伎，结纳朝绅。小弟做了一篇留都防乱的揭帖，公讨其罪。那班门客才晓得他是崔⑦魏逆党，不待曲终，拂衣散尽。这柳麻子也在其内，岂不可敬！（生惊介）阿呀！竟不知此辈中也有豪杰，该去物色的！（同行介）

【前腔】仙院参差弄笙簧，人住深深丹洞旁，闲将双眼阅沧桑。（副净）此间是了，待我叫门。（叫介）柳麻子在家么？（末喝介）哇！他是江湖名士，称他柳相公才是。（副净又叫介）柳相公开门。（丑小帽、海青⑧、白髯，扮柳敬亭上）门掩青苔长，话旧樵渔来道房。

（见介）原来是陈、吴二位相公，老汉失迎了！（问生介）此位何人？（末）这是敝友河南侯朝宗，当今名士，久慕清谈，特来领教。（丑）不敢不敢！请坐献茶。（坐介）（丑）相公都是读书君子，甚么《史记》、《通鉴》，不曾看熟，倒来听老汉的俗谈。（指介）你看：

【前腔】废苑枯松靠着颓墙，春雨如丝宫草香，六朝兴废怕思量。鼓板轻轻放，沾泪说书儿女肠。

（生）不必过谦，就求赐教。（丑）既蒙光降，老汉也不敢推辞；只怕演义盲词⑨，难入尊耳。没奈何，且把相公们读的《论语》说一章罢！（生）这也奇

---

①邸抄：邸报，汉代的诸侯、唐代的藩王都在京城置邸，作为诸侯来朝的住所。邸中传抄皇帝的诏令及大臣的奏章，报告给诸侯，叫邸报。 ②左良玉：明末著名将军。 ③魏府徐公子：徐青君，青君是中山王徐达的子孙，祖先历代都袭封魏国公。 ④吴桥范大司马：吴桥，今河北省河间县；范大司马，范景文，崇祯时兵部尚书。 ⑤桐城何老相国：桐城，今安徽桐城。何老相国即何如宠，崇祯时礼部尚书兼东阁大学士，入阁辅政。 ⑥阉儿阮胡子：阮胡子即阮大铖，因认魏忠贤为干爹，所以被人称作阉儿。 ⑦崔：崔呈秀，明末奸臣，投靠魏忠贤，迫害东林党人。 ⑧海青：海青直裰，一种深蓝色的阔袖长袍，样子跟道袍相近。 ⑨盲词：一种民间的说唱文学。

了，《论语》如何说的？（丑笑介）相公说得，老汉就说不得？今日偏要假斯文，说他一回。（上坐敲鼓板说书介）问余何事栖碧山，笑而不答心自闲；桃花流水杳然去，别有天地非人间。（拍醒木说介）敢告列位，今日所说不是别的，是申鲁三家①欺君之罪，表孔圣人正乐之功。当时鲁道衰微，人心僭窃，我夫子自卫反鲁，然后乐正。那些乐官恍然大悟，愧悔交集，一个个东奔西走，把那权臣势家闹烘烘的戏场，顷刻冰冷。你说圣人的手段利害呀不利害？神妙呀不神妙？（敲鼓板唱介）

〔鼓词一〕自古圣人手段能，他会呼风唤雨，撒豆成兵。见一伙乱臣无礼教歌舞，使了个些小方法，弄的他精打精②。正排着低品走狗奴才队，都做了高节清风大英雄！

（拍醒木说介）那太师名挚，他第一个先适了齐。他为何适齐，听俺道来！（敲鼓板唱介）

〔鼓词二〕好一个为头为领的太师挚，他说："咳，俺为甚的替撞三家景阳钟？往常时瞎了眼睛在泥窝里混，到如今抖起身子去个清。大撒脚步正往东北走，合伙了个敬仲老先③才显俺的名。管喜的孔子三月忘肉味，景公擦泪侧着耳听；那贼臣就吃了豹子心肝熊的胆，也不敢到姜太公家里④去拿乐工。"

（拍醒木说介）管亚饭的名干，适了楚；管三饭的名缭，适了蔡；管四饭的名缺，适了秦。这三人为何也去了？听我道来！（敲鼓板唱介）

〔鼓词三〕这一班劝膳的乐官不见了领队长，一个个各寻门路奔前程。亚饭说："乱臣堂上掇着碗，俺倒去吹吹打打伏侍着他听；你看咱长官此去齐邦谁敢去找？我也投那熊绎⑤大王，倚仗他的威风。"三饭说："河南蔡国虽然小，那堂堂的中原紧靠着京城。"四饭说："远望西秦有天子气，那强兵营里我去抓响筝。"一齐说："你每日倚着塞门⑥桩子使唤俺，今以后叫你闻着俺的风声脑子疼。"

（拍醒木说介）击鼓的名方叔，入于河；播鼗⑦的名武，入于汉；少师名阳，击磬的名襄，入于海。这四人另有个去法，听俺道来！（敲鼓板唱介）

〔鼓词四〕这击磬擂鼓的三四位，他说："你丢下这乱纷纷的排场俺也干不成。您嫌这里乱鬼当家别处寻主，只怕到那里低三下四还干旧营生。俺们一叶扁舟桃源路，这才是江湖满地，几个渔翁。"

（拍醒木说介）这四个人，去的好，去的妙，去的有意思。听他说些甚的？

---

①鲁三家：春秋时鲁国仲孙、叔孙、季孙三家。②精打精：精光。③敬仲老先：敬仲，田敬仲，战国齐国国君田氏的祖先。老先，对长辈的俗称。④姜太公家里：指齐国。⑤熊绎：周成王时人，楚国的开国君主。⑥塞门：屏风。⑦鼗（táo）：古代乐器，一种持柄而摇的小鼓。

（敲鼓板唱介）

〔鼓词五〕他说："十丈珊瑚映日红，珍珠捧着水晶宫，龙王留俺宫中宴，那金童玉女不比凡同。风箫象管龙吟细，可教人家吹打着俺们才听。那贼臣就溜着河边来赶俺，这万里烟波路也不明。莫道山高水远无知己，你看海角天涯都有俺旧弟兄。全要打破纸窗看世界，亏了那位神灵提出俺火坑；凭世上沧海变田田变海，俺那老师父只管懞瞪着两眼定六经①。"

（说完起介）献丑，献丑！（末）妙极，妙极！如今应制②讲义，那能如此痛快，真绝技也！（小生）敬亭才出阮家，不肯别投主人，故此现身说法。（生）俺看敬亭人品高绝，胸襟洒脱，是我辈中人，说书乃其馀技耳。

【解三醒】（生、末、小生）暗红尘霎时雪亮，热春光一阵冰凉，清白人会算糊涂帐。（同笑介）这笑骂风流跌宕，一声拍板温而厉，三下渔阳慨以慷！（丑）重来访，但是桃花误处，问俺渔郎。

（生问介）昨日同出阮衙，是那几位朋友？（丑）都已散去，只有善讴③的苏昆生，还寓比邻。（生）也要奉访，尚望同来赐教。（丑）自然奉拜的。

（丑）歌声歇处已斜阳，（末）剩有残花隔院香；

（小生）无数楼台无数草，（生）清谈霸业两茫茫。

第二出　传歌

癸未二月

【秋夜月】（小旦倩妆扮鸨妓李贞丽④上）深画眉，不把红楼⑤闭；长板桥头垂杨细，丝丝牵惹游人骑。将筝弦紧系，把笙囊巧制。

梨花似雪草如烟，春在秦淮两岸边；一带妆楼临水盖，家家分影照婵娟。妾身姓李，表字贞丽，烟花妙部，风月名班⑥；生长旧院之中，迎送长桥之上，铅华未谢，丰韵犹存。养成一个假女，温柔纤小，才陪玳瑁之筵；宛转娇羞，未入芙蓉之帐。这里有位罢职县令，叫做杨龙友，乃凤阳督抚马士英的妹夫，原做光

①那老师父只管矇瞪着两眼定六经：孔子只管两眼矇瞪地去删定六经。矇瞪，老眼昏花。②应制：封建时代凡是根据皇帝的旨意来写的作品都叫应制。③讴：歌唱。④倩妆扮鸨妓李贞丽：倩妆，靓妆，华丽而别致的装扮；鸨妓，妓女的假母；李贞丽，字淡如，明末秦淮名妓，李香君的假母，与复社著名人物陈贞慧最要好。⑤红楼：一般指妇女居住的地方。⑥烟花妙部，风月名班：习惯称艺妓为风月、烟花。部、班是她们演出时的组织。这两句是李贞丽自述她的出身。

禄阮大铖的盟弟，常到院中夸俺孩儿，要替他招客梳栊①。今日春光明媚，敢待好来也。（叫介）丫鬟，卷帘扫地，伺候客来。（内应介）晓得！（末扮杨文骢上）三山景色供图画，六代风流入品题。下官杨文骢，表字龙友，乙榜县令，罢职闲居。这秦淮名妓李贞丽，是俺旧好，趁此春光，访他闲话。来此已是，不免竟入。（入介）贞娘那里？（见介）好呀！你看梅钱②已落，柳线才黄，软软浓浓，一院春色，叫俺如何消遣也。（小旦）正是。请到小楼焚香煮茗，赏鉴诗篇罢。（末）极妙了。（登楼介）帘纹笼架鸟，花影护盆鱼。（看介）这是令爱妆楼，他往那里去了？（小旦）晓妆未竟，尚在卧房。（末）请他出来。（小旦唤介）孩儿出来，杨老爷在此。（末看四壁上诗篇介）都是些名公题赠，却也难得。（背手吟哦介）

【前腔】（旦艳妆上）香梦回，才褪红鸳被。重点檀唇③胭脂腻，匆匆挽个抛家髻④。这春愁怎替，那新词且记。

（见介）老爷万福！（末）几日不见，益发标致了。这些诗篇赞的不差。（又看惊介）呀呀！张天如、夏彝仲这班大名公，都有题赠，下官也少不的和韵一首。（小旦送笔砚介）（末把笔久吟介）做他不过，索性藏拙，聊写墨兰数笔，点缀素壁罢。（小旦）更妙。（末看壁介）这是蓝田叔⑤画的拳石⑥。呀！就写兰于石旁，借他的衬贴也好。（画介）

【梧桐树】绫纹素壁辉，写出骚人致。嫩叶香苞，雨困烟痕醉。一拳宣石墨花碎，几点苍苔乱染砌。（远看介）也还将就得去；怎比元人潇洒墨兰意，名姬恰好湘兰佩。

（小旦）真真名笔，替俺妆楼生色多矣。（末）见笑。（向旦介）请教尊号，就此落款。（旦）年幼无号。（小旦）就求老爷赏他二字罢。（末思介）左传云："兰有国香，人服媚⑦之"，就叫他香君何如。（小旦）甚妙！香君过来谢了。（旦拜介）多谢老爷。（末笑介）连楼名都有了。（落款介）崇祯癸未仲春，偶写墨兰于媚香楼，博香君一笑。贵筑⑧杨文骢。（小旦）写画俱佳，可称双绝。多谢了！（俱坐介）（末）我看香君国色第一，只不知技艺若何？（小旦）一向娇养惯了，不曾学习。前日才请一位清客⑨，传他词曲。（末）是那个？（小旦）就叫甚么苏昆生。（末）苏昆生，本姓周，是河南人，寄居无锡。一向相熟的，果然是

---

①梳栊：娼家处女头一次接客叫梳栊，也叫上头。 ②梅钱：梅花的花瓣。 ③檀唇：淡红色的嘴唇。 ④抛家髻：唐朝末年京都洛阳妇女流行的一种发式，样子像椎髻，但两髻垂面。 ⑤蓝田叔：蓝瑛字田叔，钱塘人，当时浙派最出色的画家。 ⑥拳石：画家称陈设用的小块岩山作拳石。 ⑦服媚：爱用。 ⑧贵筑：贵阳。 ⑨清客：指一些在豪门大姓门下寄食的文人。这里指教妓女吹弹唱歌的艺人。

个名手。（问介）传的那套词曲？（小旦）就是玉茗堂四梦①。（末）学会多少了？（小旦）才将《牡丹亭》学了半本。（唤介）孩儿，杨老爷不是外人，取出曲本快快温习。待你师父对过，好上新腔。（旦皱眉介）有客在坐，只是学歌怎的。（小旦）好傻话，我们门户人家，舞袖歌裙，吃饭庄屯。你不肯学歌，闲着做甚。（旦看曲本介）

【前腔】（小旦）生来粉黛围，跳入莺花队，一串歌喉，是俺金钱地。莫将红豆轻抛弃②，学就晓风残月坠；缓拍红牙，夺了宜春翠③，门前系住王孙辔。

（净扁巾、褶子④，扮苏昆生上）闲来翠馆调鹦鹉，懒去朱门看牡丹。在下固始苏昆生是也，自出阮衙，便投妓院，做这美人的教习，不强似做那义子的帮闲么。（竟入见介）杨老爷在此，久违了。（末）昆老恭喜，收了一个绝代的门生。（小旦）苏师父来了，孩儿见礼。（旦拜介）（净）免劳罢。（问介）昨日学的曲子，可曾记熟了？（旦）记熟了。（净）趁着杨老爷在坐，随我对来，好求指示。（末）正要领教。（净、旦对坐唱介）

〔皂罗袍〕原来奼紫嫣红开遍，似这般都付与断井颓垣。良辰美景奈何天，（净）错了错了，美字一板，奈字一板，不可连下去。另来另来！良辰美景奈何天，赏心乐事谁家院。朝飞暮卷，云霞翠轩；雨丝风片，（净）又不是了，丝字是务头⑤，要在嗓子内唱。雨丝风片，烟波画船，锦屏人忒看得这韶光贱。（净）妙妙！是的狠了，往下来。

〔好姐姐〕遍青山啼红了杜鹃，荼蘼外烟丝醉软。牡丹虽好，他春归怎占得先。（净）这句略生些，再来一遍。牡丹虽好，他春归怎占得先。闲凝盼，生生燕语明如翦，呖呖莺声溜的圆。

（净）好好！又完一折了。（末对小旦介）可喜令爱聪明的紧，不愁不是一个名妓哩。（向净介）昨日会着侯司徒的公子侯朝宗，客囊颇富，又有才名，正在这里物色名姝。昆老知道么？（净）他是敝乡世家，果然大才。（末）这段姻缘，不可错过的。

【琐窗寒】破瓜⑥碧玉佳期，唱娇歌，细马骑。缠头⑦掷锦，携手倾杯；催妆艳句⑧，迎婚油壁⑨。配他公子千金体，年年不放阮郎归，买宅桃叶春水。

---

①玉茗堂四梦：明代大戏剧家汤显祖所撰的四部传奇：牡丹亭、邯郸记、南柯记、紫钗记。②莫将红豆轻抛弃：不要将爱情轻易许人，宜有所期待。③夺了宜春翠：唐玄宗叫后宫女子几百人学习歌舞，称作梨园弟子，她们居住在宜春宫里，这句是李贞丽希望李香君的色艺能够超群出众。④褶（xuē）子：戏装里的一种便服。⑤务头：曲词中特别动听、演唱时需要特别注意的地方。⑥破瓜：女子十六岁称破瓜，因为瓜字拆开成两个八字，二八就是十六。⑦缠头：客人给妓女的奖赏。⑧催妆艳句：古时男女成婚的晚上，宾客们写诗来祝贺，这种诗叫催妆诗。⑨油壁：油壁车，古代妇女乘坐的一种轻便的车子，车壁以油漆作装饰。

（小旦）这样公子肯来梳栊，好的紧了。只求杨老爷极力帮衬，成此好事。（末）自然在心的。

【尾声】（小旦）掌中女好珠难比，学得新莺恰恰啼，春锁重门人未知。

如此春光，不可虚度，我们楼下小酌罢。（末）有趣。（同行介）

（末）苏小帘前花满畦，（小旦）莺酣燕懒隔春堤；

（旦）红绡裹下樱桃颗，（净）好待潘车过巷西。

第三出　哄丁①

癸未三月

（副净、丑扮二坛户②上）（副净）俎豆传家铺排户③，（丑）祖父。（副净）各坛祭器有号簿，（丑）查数。（副净）朔望开门点蜡炬，（丑）扫路。（副净）跪迎祭酒早进署，（丑）休误。（丑）怎么只说这样没体面的话。（副净）你会说，让你说来。（丑）四季关粮④进户部，（副净）夸富。（丑）红墙绿瓦阖家住，（副净）娶妇。（丑）干柴只靠一把锯，（副净）偷树。（丑）一年到头不吃素，（副净）腌胙⑤。（丑）啐！你接得不好，倒底露出脚色⑥来。（同笑介）咱们南京国子监铺排户，苦熬六个月，今日又是仲春丁期。太常寺早已送到祭品，待俺摆设起来。（排桌介）（副净）栗、枣、芡、菱、榛。（丑）牛、羊、猪、兔、鹿。（副净）鱼、芹、菁、笋、韭。（丑）盐、酒、香、帛、烛。（副净）一件也不少，仔细看着，不要叫赞礼们偷吃，寻我们的悔气呀。（副末扮老赞礼暗上）啐！你坛户不偷就够了，倒赖我们。（副净拱⑦介）得罪得罪！我说的是那没体面的相公们，老先生是正人君子，岂有偷嘴之理。（副末）闲话少说，天已发亮，是时候了，各处快点香烛。（丑）是。（同混下）

【粉蝶儿】（外⑧冠带执笏，扮祭酒上）松柏笼烟，两阶蜡红初翦。排笙歌，堂上宫悬。捧爵帛，供牲醴，香芹早荐。（末冠带执笏，扮司业⑨上）列班联，敬陪南雍释奠⑩。

---

①哄丁：哄，吵闹。丁即丁祭，古代用干支纪年纪日，逢丁的日子，叫做丁日，每年二月、八月的第一个丁日，举行春秋二祭来祭祀孔子，叫丁祭。②坛户：管理庙产、照料庙宇的人家。③俎豆传家铺排户：俎、豆，祭器；铺排户，坛户，铺排指摆设祭品。④关粮：旧时官府发粮饷叫关粮。⑤胙：祭祀时所供的肉。⑥脚色：本来面目。⑦拱：拱手。⑧外：戏曲中角色名，一般扮年纪较大的正派男子。⑨司业：国子监司业，国子监里次要的负责人。⑩南雍释奠：明朝南京的国子监叫南雍，释奠指用酒菜祭祀孔子。

（外）下官南京国子监祭酒是也。（末）下官司业是也。今值文庙丁期，礼当释奠。（分立介）

【四园春】（小生衣巾，扮吴应箕上）楹鼓逢逢将曙天，诸生接武①杏坛前。（杂②扮监生四人上）济济礼乐绕三千，万仞门墙瞻圣贤。（副净满髯冠带，扮阮大铖上）净洗含羞面，混入几筵边。

（小生）小生吴应箕，约同杨维斗、刘伯宗、沈昆铜、沈眉生③众社兄，同来与祭。（杂四人）次尾社兄到的久了，大家依次排起班来。（副净掩面介）下官阮大铖，闲住南京，来观盛典。（立前列介）（副末上，唱礼介）排班，班齐。鞠躬，俯伏、兴④，俯伏、兴，俯伏、兴，俯伏、兴。（众依礼各四拜介）

【泣颜回】（合）百尺翠云巅，仰见宸题金匾，素王端拱⑤，颜曾四座冠冕。迎神乐奏，拜彤墀⑥齐把袍笏展。读诗书不愧胶庠⑦，畏先圣洋洋灵显。

（拜完立介）（唱礼介）焚帛，礼毕。（众相见揖介）

【前腔】（外、末）北面并臣肩，共事春丁荣典；趋跄⑧环佩，鵷班鹭序⑨旋转。（小生等）司笾执豆，鲁诸生尽是瑚琏⑩选。（副净）喜留都⑪、散职逍遥，叹投闲、名流⑫谪贬。

（外、末下）（副净拱介）（小生惊看，问介）你是阮胡子，如何也来与祭？唐突先师，玷辱斯文。（喝介）快快出去！（副净气介）我乃堂堂进士，表表名家，有何罪过，不容与祭。（小生）你的罪过，朝野俱知，蒙面丧心，还敢入庙。难道前日防乱揭帖，不曾说着你病根么！（副净）我正为暴白心迹，故来与祭。（小生）你的心迹，待我替你说来：

【千秋岁】魏家干，又是客家干⑬，一处处儿字难免。同气崔田⑭，同气崔田，热兄弟粪争尝，痈同吮。东林里丢飞箭，西厂里牵长线，怎掩旁人眼。（合）笑冰山消化，铁柱翻掀。

（副净）诸兄不谅苦衷，横加辱骂，那知俺阮圆海原是赵忠毅⑮先生的门人。魏党暴横之时，我丁艰⑯未起，何曾伤害一人，这些话都从何处说起。

---

①接武：脚步紧接着脚步，跟着走的意思。②杂：生旦净末丑以外的角色，一般是剧中各种临时上场的、无关紧要的人物 ③杨维斗、刘伯宗、沈昆铜、沈眉生都是当时的文士，连同吴应箕被称为复社五秀才。④兴：起来。⑤素王端拱：素王，指有王者的道，但没有得到王者的位，这里指孔子。端拱，拱手端坐。⑥彤墀：殿前的赤色阶石。⑦胶庠：学宫，古时士子学习的地方。⑧趋跄：走得快的样子。⑨鵷班鹭序：本来指朝臣的行列，这里指参加祭祀的人的行列。⑩瑚琏：原指宗庙里珍贵的礼器，这里引申指国家的珍贵人才。⑪留都：过去迁都后将旧都称为留都。⑫名流：阮大铖自称。⑬客家干：客氏是明熹宗的乳母，与魏忠贤朋比为奸，阮大铖曾做魏忠贤和客氏的干儿，因此骂他客家干。⑭崔田：崔呈秀、田尔耕，都是阉党的骨干。⑮赵忠毅：明末遭魏忠贤迫害的一位官员。⑯丁艰：即丁忧，封建时代遭遇父母丧事，三年内官员要停职守孝，读书人不能参加考试，称为丁忧。

【前腔】飞霜冤，不比黑盆冤①，一件件风影敷衍②。初识忠贤，初识忠贤，救周魏③，把好身名，甘心贬。前辈康对山，为救李空同，曾入刘瑾之门。我前日屈节，也只为着东林诸君子，怎么倒责起我来。春灯谜谁不见，十错认无人辩，个个将咱谴。（指介）恨轻薄新进，也放屁狂言！

（小生）好骂好骂！（众）你这等人，敢在文庙之中公然骂人，真是反了。（副末亦喊介）反了反了！让我老赞礼，打这个奸党。（打介）（小生）掌他的嘴，挦他的毛。（众乱採须，指骂介）

【越恁好】阉儿珰子④，阉儿珰子，那许你拜文宣⑤。辱人贱行，玷庠序，愧班联。急将吾党鸣鼓传，攻之必远；屏荒服⑥不与同州县，投豺虎只当闲猪犬。

（副净）好打好打！（指副末介）连你这老赞礼，都打起我来了。（副末）我这老赞礼，才打你个知和而和的。（副净看须介）把胡须都采落了，如何见人，可恼之极。（急跑介）

【红绣鞋】难当鸡肋拳揎，拳揎。无端臂折腰攧⑦，腰攧。忙躲去，莫流连。（下）（小生）（众）分邪正，辨奸贤，党人逆案铁同坚。

【尾声】当年势焰掀天转，今日奔逃亦可怜。儒冠打扁，归家应自焚笔砚。

（小生）今日此举，替东林雪愤，为南监生光，好不爽快。以后大家努力，莫容此辈再出头来。（众）是是！

（众）堂堂义举圣门前，（小生）黑白须争一着先；

（众）只恐输赢无定局，（小生）治由人事乱由天。

第四出　侦戏

癸未三月

【双劝酒】（副净扮阮大铖忧容上）前局⑧尽翻，旧人皆散，飘零鬓斑，牢骚歌懒。又遭时流欺谩，怎能得高卧加餐。

下官阮大铖，别号圆海。词章才子，科第名家；正做着光禄吟诗，恰合着步兵爱酒。黄金肝胆，指顾中原；白雪声名，驱驰上国。可恨身家念重，势利情

①黑盆冤：把沉冤不得昭雪的人比喻被盖在盆下的东西，即使有太阳也照不到。②风影敷衍：扑风捉影，没有根据地诬陷别人。这里是阮大铖为自己的恶行辩护。③周魏：周朝瑞、魏大中，都是明末谏官，因揭发魏忠贤被害死。④珰子：珰本是宦官的冠饰，这里用来指代宦官。⑤文宣：孔子。唐开元年间，孔子被封为文宣王。⑥屏荒服：古时称京师 2000 里至 2500 里的边远地方为荒服。屏，斥逐。⑦腰攧：跌坏腰。⑧前局：阉党当权时的政治局面。

多；偶投客魏之门，便入儿孙之列。那时权飞烈焰，用着他当道豺狼；今日势败寒灰，剩了俺枯林鸮鸟。人人唾骂，处处击攻。细想起来，俺阮大铖也是读破万卷之人，什么忠佞贤奸，不能辨别？彼时既无失心之疯，又非汗邪之病，怎的主意一错，竟做了一个魏党？（跌足介）才题旧事，愧悔交加。罢了罢了！幸这京城宽广，容的杂人，新在这裤子裆①里买了一所大宅，巧盖园亭，精教歌舞，但有当事②朝绅，肯来纳交的，不惜物力，加倍趋迎。倘遇正人君子，怜而收之，也还不失为改过之鬼。（悄语介）若是天道好还，死灰有复燃之日。我阮胡子呵！也顾不得名节，索性要倒行逆施了。这都不在话下。昨日文庙丁祭，受了复社少年一场痛辱，虽是他们孟浪，也是我自己多事。但不知有何法儿，可以结识这般轻薄③。（搔首寻思介）

【步步娇】小子翩翩皆狂简，结党欺名宦，风波动几番。捋落吟须，捶折书腕。无计雪深怨，叫俺闭户空羞赧。

（丑扮家人持帖上）地僻疏冠盖，门深隔燕莺。禀老爷，有帖借戏。（副净看帖介）通家④教弟陈贞慧拜。（惊介）呵呀！这是宜兴陈定生，声名赫赫，是个了不得的公子，他怎肯向我借戏？（问介）那来人如何说来？（丑）来人说，还有两位公子，叫什么方密之、冒辟疆⑤，都在鸡鸣埭⑥上吃酒，要看老爷新编的《燕子笺》，特来相借。（副净吩咐介）速速上楼，发出那一副上好行头；吩咐班里人梳头洗脸，随箱快走。你也拿帖跟去，俱要仔细着。（丑应下）（杂抬箱，众戏子绕场下）（副净唤丑介）转来。（悄语介）你到他席上，听他看戏之时，议论什么，速来报我。（丑）是。（下）（副净笑介）哈哈！竟不知他们目中还有下官，有趣有趣！且坐书斋，静听回话。（虚下）（末巾服扮杨文骢上）周郎扇底听新曲，米老船⑦中访故人。下官杨文骢，与圆海笔砚至交，彼之曲词，我之书画，两家绝技，一代传人。今日无事，来听他燕子新词，不免竟入。（进介）这是石巢园⑧，你看山石花木，位置不俗，一定是华亭张南垣的手笔了。（指介）

【风入松】花林疏落石斑斓，收入倪黄⑨画眼。（仰看，读介）“咏怀堂⑩，孟津王铎书”。（赞介）写的有力量。（下看介）一片红毹铺地，此乃顾曲之所。草堂图里乌巾岸，好指点银筝红板。（指介）那边是百花深处了，为甚的萧条闭关，敢是新词改，旧稿删。

---

①裤子裆：南京地名，阮大铖曾在这里住过。②当事：当权。③这般轻薄：这帮轻薄少年。④通家：世代有交情的朋友。⑤方密之、冒辟疆：明末清初人，与侯方域、陈贞慧被合称为当时的“四公子”。⑥鸡鸣埭：即今鸡鸣寺，南京名胜之一。⑦米老船：指北宋著名书画家米芾，米芾经常载书画于船中，在江湖游览。⑧石巢园：阮大铖住的园子。⑨倪黄：倪即倪瓒，黄即黄公望，都是元代著名画家。⑩咏怀堂：阮大铖的书斋名。

（立听介）隐隐有吟哦之声，圆老在内读书。（呼介）圆兄，略歇一歇，性命要紧呀！（副净出见，大笑介）我道是谁，原来是龙友。请坐，请坐！（坐介）（末）如此春光，为何闭户？（副净）只因传奇四种，目下发刻①；恐有错字，在此对阅。（末）正是，闻得《燕子笺》已授梨园，特来领略。（副净）恰好今日全班不在。（末）那里去了？（副净）有几位公子借去游山。（末）且把钞本赐教，权当《汉书》下酒罢。（副净唤介）叫家僮安排酒酌，我要和杨老爷在此小饮。（内）晓得。（杂上排酒果介）（末、副净同饮，看书介）

【前腔】（末）新词细写乌丝阑②，都是金淘沙拣。簪花美女心情慢，又逗出烟慵云懒。看到此处，令人一往情深。这燕子衔春未残，怕的杨花白，人鬓斑。

（副净）芜词俚曲，见笑大方。（让介）请干一杯。（同饮介）（丑急上）传将随口话，报与有心人。禀老爷，小人到鸡鸣埭上，看着酒斟十巡，戏演三折，忙来回话。（副净）那公子们怎么样来？（丑）那公子们看老爷新戏，大加称赞。

【急三枪】点头听，击节赏，停杯看。（副净喜介）妙妙！他竟知道赏鉴哩。（问介）可曾说些什么？（丑）他说真才子，笔不凡。（副净惊介）阿呀呀！这样倾倒，却也难得。（问介）再说什么来？（丑）论文采，天仙吏，谪人间。好教执牛耳，主骚坛③。

（副净佯恐介）太过誉了，叫我难当，越往后看，还不知怎么样哩。（吩咐介）再去打听，速来回话。（丑急下）（副净大笑介）不料这班公子，倒是知己。（让介）请干一杯。

【风入松】俺呵！南朝看足古江山，翻阅风流旧案，花楼雨榭灯窗晚，呕吐了心血无限。每日价琴对墙弹，知音赏，这一番。

（末）请问借戏的是那班公子？（副净）宜兴陈定生、桐城方密之、如皋冒辟疆，都是了不得学问，他竟服了小弟。（末）他们是不轻许可人的，这本《燕子笺》词曲原好，有什么说处。（丑急上）去如走兔，来似飞乌。禀老爷，小的又到鸡鸣埭，看着戏演半本，酒席将完，忙来回话。（副净）那公子又讲些什么？（丑）他说老爷呵！

【急三鎗】是南国秀，东林彦，玉堂班④。（副净佯惊介）句句是赞俺，益发惶恐。（问介）还说些什么？（丑）他说为何投崔魏，自摧残。（副净皱眉，拍案恼介）只有这点点不才，如今也不必说了。（问介）还讲些什么？（丑）话多着哩，小人也不敢说了。（副净）但说无妨。（丑）他说老爷呼亲父，称干子，忝羞颜，也不过仗人势，狗一般。

---

①发刻：付印。②乌丝阑：阑同栏，乌丝栏是印有黑条格的笺纸。③执牛耳，主骚坛：古代结盟时要割牛耳取血来涂结盟者的口，由主盟人执牛耳，后把主事人称为执牛耳。骚坛，诗坛。④彦，优秀的人才；玉堂，翰林院。

（副净怒介）阿呀呀！了不得，竟骂起来了。气死我也！

【风入松】平章①风月有何关，助你看花对盏，新声一部空劳赞。不把俺心情剖辩，偏加些恶谑毒讪，这欺侮受应难。

（末）请问这是为何骂起？（副净）连小弟也不解，前日好好拜庙，受了五个秀才一顿狠打。今日好好借戏，又受这三个公子一顿狠骂。此后若不设个法子，如何出门。（愁介）（末）长兄不必吃恼，小弟倒有个法儿，未知肯依否？（副净喜介）这等绝妙了，怎肯不依。（末）兄可知道，吴次尾是秀才领袖，陈定生是公子班头，两将罢兵，千军解甲矣。（副净拍案介）是呀！（问介）但不知谁可解劝？（末）别个没用，只有河南侯朝宗，与两君文酒至交，言无不听。昨闻侯生闲居无聊，欲寻一秦淮佳丽。小弟已替他物色一人，名唤香君，色艺皆精，料中其意。长兄肯为出梳栊之资，结其欢心，然后托他两处分解，包管一举双擒。（副净拍手，笑介）妙妙！好个计策。（想介）这侯朝宗原是敝年侄②，应该料理的。（问介）但不知应用若干。（末）妆奁酒席，约费二百馀金，也就丰盛了。（副净）这不难，就送三百金到尊府，凭君区处便了。（末）那消许多。

（末）白门弱柳③许谁攀，（副净）文酒笙歌俱等闲。

（末）惟有美人称妙计，（副净）凭君买黛画春山。

第五出　眠香

癸未三月

【临江仙】（小旦艳妆上）短短春衫双卷袖，调筝花里迷楼。今朝全把绣帘钩，不教金线柳，遮断木兰舟。

妾身李贞丽，只因孩儿香君，年及破瓜，梳栊无人，日夜放心不下。幸亏杨龙友，替俺招了一位世家公子，就是前日饮酒的侯朝宗，家道才名，皆称第一。今乃上头吉日，大排筵席，广列笙歌，清客俱到，姊妹全来，好不费事。（唤介）保儿那里。（杂扮保儿搧扇慢上）席前搀趣话，花里听情声。妈妈唤保儿那处送衾枕④么？（小旦怒介）啐！今日香姐上头，贵人将到，你还做梦哩。快快卷帘扫地，安排桌椅。（杂）是了。（小旦指点排席介）

【一枝花】（末新服上）园桃红似绣，艳覆文君酒；屏开金孔雀，围春昼。

①平章：品评。 ②年侄：古时同榜考取的士子称作同年，彼此用年兄相称，对年兄的儿子称作年侄。 ③白门弱柳：白门是南朝时南京城门名，后代指南京。白门弱柳指李香君。④送衾枕：妓女被客人叫去宿夜，要送衾枕去。

涤了金瓯，点着喷香兽。这当垆红袖，谁最温柔，拉与相如消受。

下官杨文骢，受圆海嘱托，来送梳栊之物。（唤介）贞娘那里？（小旦见介）多谢作伐，喜筵俱已齐备。（问介）怎么官人还不见到？（末）想必就来。（笑介）下官备有箱笼数件，为香君助妆，教人搬来。（杂抬箱笼、首饰、衣物上）（末吩咐介）抬入洞房，铺陈齐整着！（杂应下）（小旦喜谢介）如何这般破费，多谢老爷！（末袖出银介）还有备席银三十两，交与厨房；一应酒殽，俱要丰盛。（小旦）益发当不起了。（唤介）香君快来！（旦盛妆上）（小旦）杨老爷赏了许多东西，上前拜谢。（旦拜谢介）（末）些须薄意，何敢当谢，请回，请回。（旦即入介）（杂急上报介）新官人到门了。（生盛服从人上）虽非科第天边客，也是嫦娥月里人。（末、小旦迎见介）（末）恭喜世兄，得了平康佳丽；小弟无以为敬，草办妆奁，粗陈筵席，聊助一宵之乐。（生揖介）过承周旋，何以克当。（小旦）请坐，献茶。（俱坐）（杂捧茶上，饮介）（末）一应喜筵，安排齐备了么？（小旦）托赖老爷，件件完全。（末向生拱介）今日吉席，小弟不敢搀越，竟此告别，明日早来道喜罢。（生）同坐何妨。（末）不便，不便。（别下）（杂）请新官人更衣。（生更衣介）（小旦）妾身不得奉陪，替官人打扮新妇，撺掇喜酒罢。（别下）（副净、外、净扮三清客上）一生花月张三影①，五字宫商李二红②。（副净）在下丁继之。（外）在下沈公宪。（净）在下张燕筑。（副净）今日吃侯公子喜酒，只得早到。（净）不知请那几位贤歌③来陪俺哩。（外）说是旧院几个老在行。（净）这等都是我梳栊的了。（副净）你有多大家私，梳栊许多。（净）各人有帮手，你看今日侯公子，何曾费了分文。（外）不要多话，侯公子堂上更衣，大家前去作揖。（众与生揖介）（众）恭喜，恭喜！（生）今日借光。（小旦、老旦、丑扮三妓女上）情如芳草连天醉，身似杨花尽日忙。（见介）（净）唤的那一部歌妓，都报名来。（丑）你是教坊司么，叫俺报名。（生笑介）正要请教大号。（老旦）贱妾卞玉京。（生）果然玉京仙子。（小旦）贱妾寇白门。（生）果然白门柳色。（丑）奴家郑妥娘。（生沈吟介）果然妥当不过。（净）不妥，不妥！（外）怎么不妥？（净）好偷汉子。（丑）呸！我不偷汉，你如何吃得恁胖。（众诨笑介）（老旦）官人在此，快请香君出来罢。（小旦、丑扶香君上）（外）我们做乐迎接。（副净、净、外吹打十番④介）（生、旦见介）（丑）俺院中规矩，不兴拜堂，就吃喜酒罢。（生、旦上坐）（副净、外、净坐左边介）（小旦、老旦、丑坐右边介）（杂执壶上）（左边奉酒，右边吹弹介）

---

①张三影：即北宋著名词人张先，他的词中有三句最出名：云破月来花弄影；娇柔懒起，帘压卷花影；柳径无人，堕风絮无影，三句都有影字，故人们称他张三影。②李二红：元代曲作家。③贤歌：歌即歌妓，贤是宋元以来对下辈人称呼时一种表示尊敬的方式。④十番：是一种音乐合奏，所用乐器可不局限于十种。

【梁州序】（生）齐梁词赋，陈隋花柳，日日芳情迤逗。青衫偎倚，今番小杜扬州。寻思描黛，指点吹箫，从此春入手。秀才渴病急须救，偏是斜阳迟下楼，刚饮得一杯酒。

（右边奉酒，左边吹弹介）

【前腔】（旦）楼台花颤，帘栊风抖，倚着雄姿英秀。春情无限，金钗肯与梳头。闲花添艳，野草生香，消得夫人做。今宵灯影纱红透，见惯司空也应羞，破题儿真难就。

（副净）你看红日衔山，乌鸦选树，快送新人回房罢。（外）且不要忙，侯官人当今才子，梳栊了绝代佳人，合欢有酒，岂可定情无诗乎？（净）说的有理，待我磨墨拂笺，伺候挥毫。（生）不消诗笺，小生带有宫扇一柄，就题赠香君，永为订盟之物罢。（丑）妙，妙！我来捧砚。（小旦）看你这嘴脸，只好脱靴罢了。（老旦）这个砚儿，倒该借重香君。（众）是呀！（旦捧砚，生书扇介）（众念介）夹道朱楼一径斜，王孙初御富平车。青溪尽是辛夷树，不及东风桃李花。（众）好诗，好诗！香君收了。（旦收扇袖中介）（丑）俺们不及桃李花罢了，怎的便是辛夷树？（净）辛夷树者，枯木逢春也。（丑）如今枯木逢春，也曾鲜花着雨来。（杂持诗笺上）杨老爷送诗来了。（生接读介）生小倾城是李香，怀中婀娜袖中藏；缘何十二巫峰女，梦里偏来见楚王。（生笑介）此老多情，送来一首催妆诗，妙绝，妙绝！（净）"怀中婀娜袖中藏"，说的香君一搦身材，竟是个香扇坠儿。（丑）他那香扇坠，能值几文，怎比得我这琥珀猫儿坠。（众笑介）（副净）大家吹弹起来，劝新人多饮几杯。（丑）正是带些酒兴，好入洞房。（左右吹弹，生、旦交让酒介）

【节节高】（生、旦）金樽佐酒筹，劝不休，沉沉玉倒①黄昏后。私携手，眉黛愁，香肌瘦。春宵一刻天长久，人前怎解芙蓉扣。盼到灯昏玳筵收，宫壶滴尽莲花漏。

（副净）你听谯楼二鼓，天气太晚，撤了席罢。（净）这样好席，不曾吃净就撤去了，岂不可惜。（丑）我没吃够哩，众位略等一等儿。（老旦）休得胡缠，大家奏乐，送新人入房罢。（众起吹打十番，送生、旦介）

【前腔】（合）笙箫下画楼，度清讴②，迷离灯火如春昼。天台岫，逢阮刘，真佳偶。重重锦帐香薰透，旁人妒得眉头皱。酒态扶人太风流，贪花福分生来有。

（杂执灯，生、旦携手下）（净）我们都配成对儿，也去睡罢。（丑）老张休得妄想，我老妥是要现钱的。（净数与十文钱，拉介）（丑接钱再数，换低钱③，

---

①玉倒：玉即玉山，用来比喻美人的身子，玉倒即醉倒。②度清讴：唱清歌。③换低钱：把成色差一些的钱换过。

诨下）

【尾声】（合）秦淮烟月无新旧，脂香粉腻满东流，夜夜春情散不收。

（副净）江南花发水悠悠，（小旦）人到秦淮解尽愁；

（外）不管烽烟家万里，（老旦）五更怀里啭歌喉。

第六出　却奁

癸未三月

（杂扮保儿掇马桶上）龟尿龟尿，撒出小龟；鳖血鳖血，变成小鳖。龟尿鳖血，看不分别；鳖血龟尿，说不清白。看不分别，混了亲爹；说不清白，混了亲伯。（笑介）胡闹，胡闹！昨日香姐上头，乱了半夜；今日早起，又要刷马桶，倒溺壶，忙个不了。那些孤老、表子①，还不知搂到几时哩。（刷马桶介）

【夜行船】（末）人宿平康深柳巷，惊好梦门外花郎。绣户未开，帘钩才响，春阻十层纱帐。

下官杨文骢，早来与侯兄道喜。你看院门深闭，侍婢无声，想是高眠未起。（唤介）保儿，你到新人窗外，说我早来道喜。（杂）昨夜睡迟了，今日未必起来哩。老爷请回，明日再来罢。（末笑介）胡说！快快去问。（小旦内问介）保儿！来的是那一个？（杂）是杨老爷道喜来了。（小旦忙上）倚枕春宵短，敲门好事多。（见介）多谢老爷，成了孩儿一世姻缘。（末）好说。（问介）新人起来不曾？（小旦）昨晚睡迟，都还未起哩。（让坐介）老爷请坐，待我去催他。（末）不必，不必。（小旦下）

【步步娇】（末）儿女浓情如花酿，美满无他想，黑甜共一乡②。可也亏了俺帮衬，珠翠辉煌，罗绮飘荡，件件助新妆，悬出风流榜。

（小旦上）好笑，好笑！两个在那里交扣丁香③，并照菱花，梳洗才完，穿戴未毕。请老爷同到洞房，唤他出来，好饮扶头卯酒④。（末）惊却好梦，得罪不浅。（同下）（生、旦艳妆上）

【沉醉东风】（生、旦）这云情接着雨况，刚搔了心窝奇痒，谁搅起睡鸳鸯。被翻红浪，喜匆匆满怀欢畅。枕上馀香，帕上馀香，消魂滋味，才从梦里尝。

（末、小旦上）（末）果然起来了，恭喜，恭喜！（一揖，坐介）（末）昨晚催妆拙句，可还说的入情么。（生揖介）多谢！（笑介）妙是妙极了，只有一件。

①孤老、表子：妓女称长期固定的客人作孤老；表子，婊子。②黑甜共一乡：一齐睡熟。③丁香：丁香结，衣服的盘扣。④扶头卯酒：早晨卯时前后饮的酒，有振奋头脑的意味。

（末）那一件？（生）香君虽小，还该藏之金屋。（看袖介）小生衫袖，如何着得下？（俱笑介）（末）夜来定情，必有佳作。（生）草草塞责，不敢请教。（末）诗在那里？（旦）诗在扇头。（旦向袖中取出扇介）（末接看介）是一柄白纱宫扇。（嗅介）香的有趣。（吟诗介）妙，妙！只有香君不愧此诗。（付旦介）还收好了。（旦收扇介）

【园林好】（末）正芬芳桃香李香，都题在宫纱扇上；怕遇着狂风吹荡，须紧紧袖中藏，须紧紧袖中藏。

（末看旦介）你看香君上头之后，更觉艳丽了。（向生介）世兄有福，消此尤物。（生）香君天姿国色，今日插了几朵珠翠，穿了一套绮罗，十分花貌，又添二分，果然可爱。（小旦）这都亏了杨老爷帮衬哩。

【江儿水】送到缠头锦，百宝箱，珠围翠绕流苏帐，银烛笼纱通宵亮，金杯劝酒合席唱。今日又早早来看，恰似亲生自养，赔了妆奁，又早敲门来望。

（旦）俺看杨老爷，虽是马督抚至亲，却也拮据作客，为何轻掷金钱，来填烟花之窟？在奴家受之有愧，在老爷施之无名；今日问个明白，以便图报。（生）香君问得有理，小弟与杨兄萍水相交，昨日承情太厚，也觉不安。（末）既蒙问及，小弟只得实告了。这些妆奁酒席，约费二百馀金，皆出怀宁①之手。（生）那个怀宁？（末）曾做过光禄的阮圆海。（生）是那皖人阮大铖么？（末）正是。（生）他为何这样周旋？（末）不过欲纳交足下之意。

【五供养】（末）羡你风流雅望，东洛才名，西汉文章。逢迎随处有，争看坐车郎。秦淮妙处，暂寻个佳人相傍，也要些鸳鸯被、芙蓉妆；你道是谁的，是那南邻大阮嫁衣全忙。

（生）阮圆老原是敝年伯，小弟鄙其为人，绝之已久。他今日无故用情，令人不解。（末）圆老有一段苦衷，欲见白于足下。（生）请教。（末）圆老当日曾游赵梦白之门，原是吾辈。后来结交魏党，只为救护东林，不料魏党一败，东林反与之水火②。近日复社诸生，倡论攻击，大肆殴辱，岂非操同室之戈乎？圆老故交虽多，因其形迹可疑，亦无人代为分辩。每日向天大哭，说道："同类相残，伤心惨目，非河南侯君，不能救我。"所以今日谆谆纳交。（生）原来如此，俺看圆海情辞迫切，亦觉可怜。就便真是魏党，悔过来归，亦不可绝之太甚，况罪有可原乎。定生、次尾，皆我至交，明日相见，即为分解。（末）果然如此，吾党之幸也。（旦怒介）官人是何等说话，阮大铖趋附权奸，廉耻丧尽；妇人女子，无不唾骂。他人攻之，官人救之，官人自处于何等也？

【川拨棹】不思想，把话儿轻易讲。要与他消释灾殃，要与他消释灾殃，也

①怀宁：即阮大钺，因他是怀宁人。②水火：彼此不相容的意思。

隄防旁人短长。官人之意，不过因他助俺妆奁，便要徇私废公；那知道这几件钗钏衣裙，原放不到我香君眼里。（拔簪脱衣介）脱裙衫，穷不妨；布荆人，名自香。

（末）阿呀！香君气性，忒也刚烈。（小旦）把好好东西，都丢一地，可惜，可惜！（拾介）（生）好，好，好！这等见识，我倒不如，真乃侯生畏友①也。（向末介）老兄休怪，弟非不领教，但恐为女子所笑耳。

【前腔】（生）平康巷，他能将名节讲；偏是咱学校朝堂，偏是咱学校朝堂，混贤奸不问青黄。那些社友平日重俺侯生者，也只为这点义气；我若依附奸邪，那时群起来攻，自救不暇，焉能救人乎。节和名，非泛常；重和轻，须审详。

（末）圆老一段好意，也还不可激烈。（生）我虽至愚，亦不肯从井救人②。（末）既然如此，小弟告辞了。（生）这些箱笼，原是阮家之物，香君不用，留之无益，还求取去罢。（末）正是"多情反被无情恼，乘兴而来兴尽还。"（下）（旦恼介）（生看旦介）俺看香君天姿国色，摘了几朵珠翠，脱去一套绮罗，十分容貌，又添十分，更觉可爱。（小旦）虽如此说，舍了许多东西，倒底可惜。

【尾声】金珠到手轻轻放，惯成了娇痴模样，辜负俺辛勤做老娘。

（生）些须东西，何足挂念，小生照样赔来。（小旦）这等才好。

（小旦）花钱粉钞费商量，（旦）裙布钗荆也不妨；

（生）只有湘君能解佩，（旦）风标不学世时妆。

---

①畏友：指方正刚直，能够严格要求别人、敢于当面批评朋友的人。 ②从井救人：不能救别人，却害了自己。

第七出　闹榭

癸未五月

【金鸡叫】（末、小生扮陈贞慧、吴应箕上）（末）贡院秦淮近，赛青衿，剩金零粉。（小生）节闹端阳只一瞬，满眼繁华，王谢少人问。

（末唤小生介）次尾兄，我和你旅邸抑郁，特到秦淮赏节，怎的不见同社一人？（小生）想都在灯船之上。（指介）这是丁继之水榭，正好登眺。（场上搭河房一座，悬灯垂帘）（同登介）（末唤介）丁继老在家么？（杂扮小僮上）榴花红似火，艾叶碧如烟。（见介）原来是陈、吴二位相公，我家主人赴灯船会去了。家中备下酒席，但有客来，随便留坐的。（末）这样有趣，（小生）可称主人好事①矣。（末）我们在此雅集，恐有俗子阑入②，不免设法拒绝他。（唤介）童子取个灯笼来。（杂应下）（取灯笼上）（末写介）“复社会文，闲人免进。”（杂挂灯笼介）（小生）若同社朋友到此，便该请他入会了。（末）正是。（杂指介）你听鼓吹之声，灯船早已来了。（末、小生凭栏望介）（生、旦雅妆同丑扮柳敬亭、净扮苏昆生，吹弹鼓板坐船上）

【八声甘州】（末）丝竹隐隐，载将来一队乌帽红裙。天然风韵，映着柳陌斜曛③。名姝也须名士衬，画舫偏宜画阁邻。（小生）消魂，趁晚凉仙侣同群。

（末指介）那灯船上，好似侯朝宗。（小生）侯朝宗是我们同社，该请入会的。（末指介）那个女客便是李香君，也好请他么？（小生）李香君不受阮胡子妆奁，竟是复社的朋友，请来何妨。（末）这等说来，（指介）那两个吹歌的柳敬亭、苏昆生，不肯做阮胡子门客，都是复社朋友了。请上楼来，更是有趣。（小生）待我唤他。（唤介）侯社兄，侯社兄！（生望见介）那水榭之上，高声唤我的，是陈定生、吴次尾。（拱介）请了。（末招手介）这是丁继之水榭，备有酒席，侯兄同香君、敬亭、昆生都上楼来，大家赏节罢。（生）最妙了。（向丑、净、旦介）我们同上楼去。（吹弹上介）

【排歌】（生、旦）龙舟并，画桨分，葵花蒲叶泛金樽。朱楼密，紫障匀，吹箫打鼓入层云。

（见介）（末）四位到来，果然成了个“复社文会”了。（生）如何是“复社文会”？（小生指灯介）请看。（生看灯笼介）不知今日会文，小弟来的恰好。

---

①好（hào）事：爱好做一些人们认为不必要的事情。②阑入：乱闯进来。③斜曛：斜阳。

（丑）“闲人免进”，我们未免唐突了。（小生）你们不肯做阮家门客的，那个不是复社朋友？（生）难道香君也是复社朋友么？（小生）香君却奁一事，只怕复社朋友还让一筹①哩。（末）已后竟该称他老社嫂了。（旦笑介）岂敢。（末唤介）童子把酒来斟，我们赏节。（末、小生、生坐一边，丑、净、旦坐一边。饮酒介）

【八声甘州】（末、小生）相亲，风流俊品，满座上都是语笑春温。（丑、净）梁愁隋恨，凭他燕恼莺嗔。（生、旦）榴花照楼如火喷，暑汗难沾白玉人。（杂报介）灯船来了，灯船来了。（指介）你看人山人海，围着一条烛龙，快快看来！（众起凭栏看介）（扮出灯船，悬五色角灯，大鼓大吹绕场数回下）（丑）你看这般富丽，都是公侯勋卫之家。（又扮灯船悬五色纱灯，打粗十番，绕场数回下）（净）这是些富商大贾，衙门书办，却也闹热。（又扮灯船悬五色纸灯，打细十番，绕场数回下）（末）你看船上吃酒的，都是些翰林部院老先生们。（小生）我辈的施为，倒底有些“郊寒岛瘦”。（众笑介）（合）纷纭，望金波天汉迷津②。

（生）夜阑更深，灯船过尽了，我们做篇诗赋，也不负会文之约。（末）是，是，但不知做何题目？（小生）做一篇哀湘赋，倒有意思的。（生）依小弟愚见，不如即景联句，更觉畅怀。（末）妙，妙！（问介）我三人谁起谁结？（生）自然让定生兄起结了。（丑问介）三位相公联句消夜，我们三个陪着打盹么？（末）也有个借重之处。（净）有何使唤？（末）俺们每成四韵，饮酒一杯，你们便吹弹一回。（生）有趣，有趣！真是文酒笙歌之会。（末拱介）小弟竟僭了。（吟介）赏节秦淮榭，论心剧孟家。（小生）黄开金裹叶，红绽火烧花。（生）蒲剑何须试，葵心未肯差。（末）辟兵逢彩缕，却鬼得丹砂③。（末、小生、生饮酒，丑击云锣，净弹月琴，旦吹箫一回介）（小生）蜃市楼缥缈，虹桥洞曲斜。（生）灯疑羲氏驭，舟是豢龙拿。（末）星宿才离海，玻璃更炼娲。（小生）光流银汉水，影动赤城霞。（照前介）（生）玉树难谐拍，渔阳不辨挝。（末）龟年喧笛管，中散④闹筝琶。（小生）系缆千条锦，连窗万眼纱。（生）楸枰⑤停斗子，瓷注⑥屡呼茶。（照前介）（末）焰比焚椒列，声同对垒哗。（小生）电雷争此夜，珠翠剩谁家。（生）萤照无人苑，乌啼有树衙。（末）凭栏人散后，作赋吊长沙。（照前介）（众起介）（末）有趣，有趣！竟联成一十六韵，明日可以发刻了。（小生）我们倡和得许多感慨，他们吹弹出无限凄凉，楼下船中，料无解人也。

---

①让一筹：差他一分。②天汉迷津：形容秦淮赏灯船的热闹情景。③辟兵逢彩缕，却鬼得丹砂：我国古代习俗，端午节要用五彩线系在手臂上，据说可以预防兵灾；用朱砂画符或钟馗像贴在门上，可以驱鬼。④中散：指嵇康，曾在魏朝做中散大夫，后人称他为嵇中散。⑤楸枰：棋局。⑥瓷注：瓷注壶。

（净向丑介）闲话且休讲，自古道良宵苦短，胜事难逢。我两个一边唱曲，陈、吴二位相公一边劝酒，让他名士、美人，另做一个风流佳会何如。（丑）使得，这是我们帮闲本等[①]也。（末）我与次兄原有主道，正该少申敬意。（小生）就请依次坐来。（生、旦正坐，末、小生坐左，丑、净坐右介）（生向旦介）承众位雅意，让我两个并坐牙床，又吃一回合卺[②]双杯，倒也有趣。（旦微笑介）（末、小生劝酒，净、丑唱介）

【排歌】歌才发，灯未昏，佳人重抖玉精神。诗题壁，酒沾唇，才郎偏会语温存。

（杂报介）灯船又来了。（末）夜已三更，怎的还有灯船？（俱起凭栏看介）（副净扮阮大铖，坐灯船。杂扮优人，细吹细唱缓缓上）（净）这船上像些老白相[③]，大家洗耳，细细领略。（副净立船头自语介）我阮大铖买舟载歌，原要早出游赏；只恐遇着轻薄厮闹，故此半夜才来，好恼人也！（指介）那丁家河房，尚有灯火。（唤介）小厮，看有何人在上？（杂上岸看，回报介）灯笼上写着"复社会文，闲人免进"。（副净惊介）了不得，了不得！（摇袖介）快歇笙歌，快灭灯火。（灭灯、止吹，悄悄撑船下）（末）好好一只灯船，为何歇了笙歌，灭了灯火，悄然而去？（小生）这也奇怪，快着人看来。（丑）不必去看，我老眼虽昏，早已看真了。那个胡子，便是阮圆海。（净）我道吹歌那样不同。（末怒介）好大胆老奴才，这贡院之前，也许他来游耍么！（小生）待我走去，采掉他胡子。（欲下介）（生拦介）罢，罢！他既回避，我们也不必为已甚之行。（末）侯兄，不知我不已甚，他便已甚了。（丑）船已去远，丢开手罢。（小生）便益了这胡子，（旦）夜色已深，大家散罢。（丑）香姐想妈妈了，我们送他回去。（末、小生）我二人不回寓，就下榻此间了。（生）两兄既不回寓，我们过船的，就此作别罢。请了。（末、小生）请了。（先下）（生、旦、丑、净下船，杂摇船行介）

【徐文】下楼台，游人尽；小舟留得一家春，只怕花底难敲深夜门。

（生）月落烟浓路不真，（旦）小楼红处是东邻；

（丑）秦淮一里盈盈水，（净）夜半春帆送美人。

---

①本等：本分。②合卺（jǐn）：古时婚礼中的一种仪式，俗称喝交杯酒。③老白相：苏州话，白相是嬉游的意思，老白相指惯于寻欢作乐的人。

第八出　哭主

甲申三月

（副净扮旗牌官①上）汉阳烟树隔江滨，影里青山画里人，可惜城西佳绝处，朝朝遮断马头尘。在下宁南帅府一个旗牌官的便是，俺元帅收复武昌，功封侯爵。昨日又奉新恩，加了太傅之衔；小爷左梦庚②，亦挂总兵之印，特差巡按御史黄澍老爷到府宣旨。今日九江督抚袁继咸老爷，又解粮三十船，亲来给发。元帅大喜，命俺设宴黄鹤楼，请两位老爷饮酒看江。（望介）遥见晴川树底，芳草洲边，万姓欢歌，三军嬉笑，好一段太平景象也。远远喝道之声，元帅将到，不免设起席来。（台上挂黄鹤楼匾）（副净设席安座介）（杂扮军校旗仗鼓吹引导）（小生扮左良玉戎装上）

【声声慢】逐人春色，入眼晴光，连江芳草青青。百尺楼高，吹笛落梅风景。领着花间小乘，载行厨，带缓衣轻；便笑咱将军好武，也爱儒生。

咱家左良玉，今日设宴黄鹤楼，请袁、黄两公饮酒看江，只得早候。（吩咐介）大小军卒楼下伺候。（众应下）（作登楼介）三春云物归胸次③，万里风烟到眼中。（望介）你看浩浩洞庭，苍苍云梦，控西南之险，当江汉之冲；俺左良玉镇此名邦，好不壮哉！（坐呼介）旗牌官何在？（副净跪介）有。（小生）酒席齐备不曾？（副净）齐备多时了。（小生）怎么两位老爷还不见到？（副净）连请数次，袁老爷正在江岸盘粮，黄老爷又往龙华寺④拜客，大约傍晚才来。（小生）在此久候，岂不困倦。叫左右速接柳相公上楼，闲谈拨闷。（杂跪禀介）柳相公现在楼下。（小生）快请。（杂请介）（丑扮柳敬亭上）气吞云梦泽，声撼岳阳楼。（见介）（小生）敬亭为何早来了。（丑）晚生知道元帅闷坐，特来奉陪的。（小生）这也奇了，你如何晓得。（丑）常言“秀才会课，点灯告坐⑤”。天生文官，再不能爽快的。（小生笑介）说的有理。（指介）你看天才午转，几时等到点灯也。（丑）若不嫌聒噪呵，把昨晚说的“秦叔宝见姑娘”，再接上一回罢。（小生）极妙了。（问介）带有鼓板么？（丑）自古“官不离印，货不离身”，老汉管着做甚的。（取出鼓板介）（小生）叫左右泡开岕片⑥，安下胡床。咱要纱帽

①旗牌官：替主将掌管令旗、令牌的官，地位跟中军官相近。②左梦庚：左良玉的儿子，左良玉死后，部下推举他做统帅，后投降清朝。③胸次：胸中。④龙华寺：在武昌宾阳门内。⑤秀才会课，点灯告坐：秀才们相约一起读书，往往要到点灯时分才能到齐。⑥岕（jiè）片：岕茶，产于浙江长兴县罗岕山。明代好茶者的最爱。

隐囊①，清谈消遣哩。（杂设床、泡茶，小生更衣坐，杂捶背搔痒介）（丑旁坐敲鼓板说书介）大江滚滚浪东流，淘尽兴亡古渡头；屈指英雄无半个，从来遗恨是荆州。按下新诗，还提旧话。且说人生最难得的是乱离之后，骨肉重逢。总是地北天南，时移物换，经几番凶荒战斗，怎免得梗泛萍漂。可喜秦叔宝解到罗公帅府，枷锁连身，正在候审；遇着嫡亲姑娘，卷帘下阶，抱头大哭。当时换了新衣，设席款待，一个候死的囚徒，登时上了青天。这叫做“运去黄金减价，时来顽铁生光”。（拍醒木介）（小生掩泪介）咱家也都经过了。（丑）再说那罗公问及叔宝的武艺，满心欢喜，特地要夸其本领，即日放炮传操。下了教场，雄兵十万，雁翅排开。罗公独坐当中，一呼百诺，掌着生杀之权。秦叔宝站在旁边，点头赞叹，口里不言，心中暗道：大丈夫定当如此！（拍醒木介）（小生作骄态，笑介）俺左良玉也不枉为人一世矣。（丑）那罗公眼看叔宝，高声问道：“秦琼，看你身材高大，可曾学些武艺么？”叔宝慌忙跪下，应答如流：“小人会使双锏。”罗公即命家人，将自己用的两条银锏，抬将下来。那两条银锏，共重六十八斤，比叔宝所用铁锏，轻了一半。叔宝是用过重锏的人，接在手中，如同无物。跳下阶来，使尽身法，左轮右舞，恰似玉蟒缠身，银龙护体。玉蟒缠身，万道毫光台下落；银龙护体，一轮月影面前悬。罗公在中军帐里，大声喝采道：“好呀！”那十万雄兵，一齐答应。（作喊介）如同山崩雷响，十里皆闻。（拍醒木介）（小生照镜镊鬓介）俺左良玉立功边塞，万夫不当，也是天下一个好健儿。如今白发渐生，杀贼未尽，好不恨也。（副净上）禀元帅爷，两位老爷俱到楼了。（丑暗下）（小生换冠带、杂撤床排席介）（外扮袁继咸，末扮黄澍，冠带喝道上）（外）长湖落日气苍茫，黄鹤楼高望故乡。（末）吹笛仙人称地主，临风把酒喜洋洋。（小生迎揖介）二位老先生俯临敝镇，曷胜光荣；聊设杯酒，同看春江。（外、末）久钦威望，喜近节麾，高楼盛设，大快生平。（安席坐，斟酒欲饮介）（净扮塘报②人急上）忙将覆地翻天事，报与勤王救主人。禀元帅爷，不好了，不好了！（众惊起介）有甚么紧急军情，这等喊叫？（净急白介）禀元帅爷：大夥流贼北犯，层层围住神京；三天不见救援兵，暗把城门开禁。放火焚烧宫阙，持刀杀害生灵。（拍地介）可怜圣主好崇祯，（哭说介）缢死煤山树顶。（众惊问介）有这等事，是那一日来？（净喘介）就是这、这、这三月十九日。（众望北叩头，大哭介）（小生起，搓手跳哭介）我的圣上呀！我的崇祯主子呀！我的大行皇帝呀！孤臣左良玉，远在边方，不能一旅勤王，罪该万死了。

【胜如花】高皇帝在九京③，不管亡家破鼎，那知他圣子神孙，反不如飘蓬断梗。十七年忧国如病，呼不应天灵祖灵，调不来亲兵救兵；白练无情，送君王

①隐囊：靠褥。②塘报：堤塘邸报，由都城发出的一种情报。③九京：九泉之下。

一命。伤心煞煤山私幸①，独殉了社稷苍生，独殉了社稷苍生！

（众又大哭介）（外摇手喊介）且莫举哀，还有大事相商。（小生）有何大事？（外）既失北京，江山无主，将军若不早建义旗，顷刻乱生，如何安抚。（末）正是。（指介）这江汉荆襄，亦是西南半壁，万一失守，恢复无及矣。（小生）小弟滥握兵权，实难辞责，也须两公努力，共保边疆。（外、末）敢不从事。（小生）既然如此，大家换了白衣，对着大行皇帝在天之灵，恸哭拜盟一番。（唤介）左右可曾备下缟衣么？（副净）一时不能备及，暂借附近民家素衣三领，白布三条。（小生）也罢，且穿戴起来。（吩咐介）大小三军，亦各随拜。（小生、外、末穿衣裹布介）（领众齐拜，举哀介）我那先帝呀，

【前腔】（合）宫车出②，庙社倾，破碎中原费整。养文臣帷幄无谋，豢武夫疆场不猛；到今日山残水剩，对大江月明浪明，满楼头呼声哭声。（又哭介）这恨怎平，有皇天作证：从今后戮力奔命，报国仇早复神京，报国仇早复神京。

（小生）我等拜盟之后，义同兄弟；临侯督师，仲霖监军，我左昆山操兵练马，死守边方。倘有太子诸王，中兴定鼎，那时勤王北上，恢复中原，也不负今日一番义举。（外、末）领教了。（副净禀介）禀元帅，满城喧哗，似有变动之意，快请下楼，安抚民心。（俱下楼介）（小生）二位要向那里去？（外）小弟还回九江。（末）小弟要到襄阳。（小生）这等且各分手，请了。（别介）（小生呼介）转来，若有国家要事，还望到此公议。（外、末）但寄片纸，无不奔赴。请了。（外、末下）（小生）呵呀呀！不料今日天翻地覆，吓死俺也！

飞花送酒不曾擎，片语传来满座惊，

黄鹤楼中人哭罢，江昏月暗夜三更。

---

①煤山私幸：崇祯皇帝私下跑到煤山去。②宫车出：古时为了忌讳，称皇帝死为宫车晏出。

第九出 阻奸

甲申四月

【绕地游】（生上）飘飖家舍，怎把平安①写，哭苍天满喉新血。国仇未雪，乡心难说，把闲情丢开后些。

小生侯方域，自去冬仓皇避祸，夜投史公，随到淮安漕署②，不觉半载。昨因南大司马熊公内召，史公即补其缺，小生又随渡江。亏他重俺才学，待同骨肉。正思移家金陵，不料南北隔绝。目今议立纷纷，尚无定局，好生愁闷。且候史公回衙，一问消息。（暂下）

【三台令】（外扮史可法忧容，丑扮长班随上）山河今日崩竭，白面谈兵掉舌③；弈局事堪嗟，望长安谁家传舍④。

下官史可法，表字道邻，本贯河南，寄籍燕京。自崇祯辛未，叨⑤中进士，便值中原多故，内为曹郎，外作监司，敭历⑥十年，不曾一日安枕。今由淮安漕抚升补南京兵部尚书。那知到任一月，遭此大变；万死无裨，一筹莫展。幸亏长江天险，护此留都。但一月无君，人心皇皇，每日议立议迎，全无成说。今早操兵江上，探得北信，不免请出侯兄，大家快谈。（丑）侯爷，有请。（生上见介）请问老先生，北信若何？（外）今日得一喜信，说北京虽失，圣上无恙，早已航海而南；太子亦间道⑦东奔，未知果否？（生）果然如此，苍生之福也。（小生扮差役上）朝廷无诏旨，将相有传闻。（到门介）门上有人么？（丑问介）那里来的？（小生）是凤抚衙门来的，有马老爷候札⑧，即讨回书。（丑）待我传上去。（入见介）禀老爷，凤抚马老爷差人投书。（外拆看，皱眉介）这个马瑶草，又讲甚么迎立之事了。

【高阳台】清议堂中，三番公会，攒眉仰屋蹴靴；相对长吁，低头不语如呆。堪嗟！军国大事非轻举，俺纵有庙谟⑨难说。这来书谋迎议立，邀功情切。

（向生介）看他书中意思，属意福王。又说圣上确确缢死煤山，太子奔逃无踪。若果如此，俺纵不依，他也竟自举行了。况且昭穆伦次，立福王亦无大差。

---

①平安：家信。②淮安漕署：明代于江苏淮安设漕抚，总督漕运，漕署即漕抚的官署。③白面谈兵掉舌：说那些白面书生，对军事轻发议论。④望长安谁家传舍：传舍是驿站供应过路客人住的房舍，这句说不知北京又换了谁作主人。⑤叨：表示谦虚的语气助词。⑥敭（yáng）历：指仕宦的经历。⑦间（jiàn）道：偏僻的路径。⑧候札：立等回信的书札。⑨庙谟：指大臣为朝廷计议的谋划。

罢，罢，罢！答他回书，明日会稿，一同列名便了。（生）老先生所言差矣。福王分藩敝乡①，晚生知之最详，断断立不得。（外）如何立不得？（生）他有三大罪，人人俱知。（外）那三大罪？（生）待晚生数来：

【前腔】福邸藩王，神宗骄子，母妃郑氏淫邪。当日谋害太子，欲行自立，若无调护良臣，几将神器夺窃。（外）此一罪却也不小。（问介）还有那一罪？（生）骄奢，盈装满载分封去，把内府金钱偷竭。昨日寇逼河南，竟不舍一文助饷；以致国破身亡，满宫财宝，徒饱贼囊。（外）这也算的一大罪。（问介）那第三大罪呢？（生）这一大罪，就是现今世子德昌王②，父死贼手，暴尸未葬，竟忍心远避。还乘离乱之时，纳民妻女。这君德全亏尽丧，怎图皇业。

（外）说的一些不差，果然是三大罪。（生）不特此也，还有五不可立。（外）怎么又有五不可立？

【前腔】（生）第一件，车驾存亡，传闻不一，天无二日同协。第二件，圣上果殉社稷，尚有太子监国，为何明弃储君，翻寻枝叶旁牒③。第三件，这中兴之主，原不必拘定伦次的分别，中兴定霸如光武，要访取出群英杰。第四件，怕强藩乘机保立。第五件，又恐小人呵，将拥戴功挟。

（外）是，是，世兄高见，虑的深远。前日见副使雷缜祚、礼部周镳，都有此论，但不及这番透彻耳。就烦世兄把这三大罪、五不可立之论，写书回他便了。（生）遵命。（点烛写书介）（副净扮阮大铖，杂扮家僮提灯上）须将奇货归吾手，莫把新功让别人。下官阮大铖，潜往江浦，寻着福王，连夜回来，与马士英倡议迎立。只怕兵部史可法临时掣肘。今日修书相商，还恐不妥，故此昏夜叩门，与他细讲。（见小生介）你早来下书，如何还不回去？（小生）等候回书，不见发出。（喜介）阮老爷来的正好，替小人催一催。（杂）门上大叔那里？（丑）是那个？（副净见，作足恭④介）烦位下通报一声，说裤子裆里阮，求见老爷。（丑诨介）裤子裆里软，这可未必。常言“十个胡子九个骚”，待我摸一摸，果然软不软。（副净）休得取笑，快些方便罢。（丑）天色已晚，老爷安歇了，怎敢乱传。（副净）有要话商议，定求一见的。（丑）待我传上去。（进禀介）禀老爷，有裤子裆里阮，到门求见。（外）是那个姓阮的？（生）在裤子裆里住，自然是阮胡子了。（外）如此昏夜，他来何干？（生）不消说，又是讲迎立之事了。（外）去年在清议堂诬害世兄的便是他。这人原是魏党，真正小人，不必理他，叫长班回他罢了。（丑出，怒介）我说夜晚了，不便相会，果然惹个没趣。请回罢！（副净拍丑肩介）位下是极在行的，怎不晓得。夜晚来会，才说的是极

---

①分藩敝乡：福王分封河南，是侯方域的故乡。②德昌王：福王朱由崧，崇祯十四年李自成攻陷北京，朱常洵被杀，朱由崧跑到怀庆去躲避，后继承了福王封爵。③枝叶旁牒：福王在皇族里是旁枝侧叶，不是嫡派子孙。④足恭：过分谦卑谄媚的样子。

有趣的话哩；那青天白日，都是些扫帐儿①。（丑）你老说的有理，事成之后，随封②都要双分的。（副净）不消说，还要加厚些。（丑）既是这等，待我再传。（进禀介）禀老爷，姓阮的定求一见，要说极有趣的话。（外）哇，放屁！国破家亡之时，还有甚么趣话说！快快赶出，闭上宅门。（丑）凤抚回书尚未打发哩。（生）书已写就，求老先生过目。（外读介）

【前腔】二祖列宗，经营垂创，吾皇辛苦力竭。一旦倾移，谁能重续灭绝。详列：福藩罪案三桩大，五不可、势局当歇。再寻求贤宗雅望③，去留先决。

（外）写的明白，料他也不敢妄动了。（吩咐介）就交与凤抚家人，早闭宅门，不许再来啰唣。（起介）正是江上孤臣生白发，（生）灯前旅客罢冰弦。（外、生下）（丑出呼介）马老爷差人呢？（小生）有。（丑）领了回书，快快出去，我要闭门哩。（小生接书介）还有阮老爷要见，怎么就闭门？（副净向丑介）正是，我方才央过求见老爷的，难道忘了。（丑佯问介）你是谁呀？（副净）我便是裤子裆里阮哪。（丑）啐！半夜三更，只管软里硬里，奈何的人不得睡。（推介）好好的去罢。（竟闭门入介）（小生）得了回书，我先去了。（下）（副净恼介）好可恶也，竟自闭门不纳了。（呆介）罢了！俺老阮十年之前，这样气儿也不知受过多少，且自耐他。（搓手介）只是当前机会，不可错过。这史可法现掌着本兵之印，如此执拗起来，目下迎立之事，便行不去了，这怎么处？（想介）呸！我到獃气了，如今皇帝玉玺且无下落，你那一颗部印有何用处。（指介）老史，老史，一盘好肉包掇上门来，你不会吃，反去让了别人，日后不要见怪。正是：

穷途才解阮生嗟，无主江山信手拿；
奇货居来随处赠，不知福分在谁家。

第十出　迎驾

甲申四月

【番卜算】（净扮马士英冠带上）一旦神京失守，看中原逐鹿交走。捷足争先，拜相与封侯，凭着这拥立功大权归手。

下官马士英，别字瑶草，贵州贵阳卫人也，起家万历己未进士，现任凤阳督抚。幸遇国家多故，正我辈得意之秋。前日发书约会史可法，同迎福王。他回书

①扫帐儿：商业或债务结算时的零头　②随封：封包、赏钱。③贤宗雅望：宗室里贤德而有名望的。

中有“三大罪、五不可立”之言。阮大铖走去面商，他又闭门不纳。看来是不肯行的了。但他现握着兵权，一倡此论，那九卿班里，如高弘图、姜曰广、吕大器、张国维等，谁敢竞行。这迎立之事，便有几分不妥了。没奈何，又托阮大铖约会四镇武臣①，及勋戚内侍，未知如何，好生焦躁。（副净扮阮大铖急上）胸有已成之竹，山无难劈之柴。此是马公书房，不免竟入。（净见问介）圆老回来了，大事如何？（副净）四镇武臣见了书函，欣然许诺，约定四月念八，全备仪仗，齐赴江浦矣。（净）妙，妙！那高黄二刘，如何说来？（坐介）

【催拍】（副净）他说受君恩爵封列侯，镇江淮千里借筹②；神京未收，神京未收，似我辈滥功縻饷，建牙堪羞。江浦迎銮，愿领貔貅③，扶新主持节复仇。临大事，敢夷犹④。

（净）此外还有何人肯去？（副净）还有魏国公徐鸿基，司礼监韩赞周，吏科给事李沾，监察御史朱国昌。（净）勋、卫、科、道，都有个把，也就好了。他们都怎么说来？

【前腔】（副净）他说马中丞当先出头，众公卿谁肯逗留。职名⑤早投，职名早投，大家去上书陈表，拥入皇州。新主中兴，拜舞龙楼，将今日劳苦功酬，迁旧秩，壮新猷。

（净）果然如此，妙的狠了。只是一件，我是一个外吏，那几个武臣勋卫，也算不得部院卿僚，目下写表如何列名？（副净）这有甚么考证，取本缙绅便览⑥来，从头抄写便了。（净）虽如此说，万一驾到，没有百官迎接，我们三五个官，如何引进朝去？（副净）我看满朝诸公，那个是有定见的。乘舆一到，只怕递职名的还挨挤不上哩。（净）是，是！表已写就，只空衔名，取本缙绅来，快快开列。（外扮书办取缙绅上）西河沿洪家高头便览在此。（下）（副净）待我抄起来。（偏头远视介）表上字体，俱要细楷的，目昏难写，这怎么处？（想介）有了。（腰内取出眼镜戴，抄介）“吏部尚书臣高弘图”。（作手颤介）这手又颤起来了，目下等着起身。一时写不出，急杀人也。（净）还叫书办写去罢。（副净）这姓名里面都有去取，他如何写得。（净）你指示明白，自然不错了。（叫介）书办快来。（外上）（副净照缙绅指点向外介）（外下）（净）自古道：“中原逐鹿，捷足先得”，我们不可落他人之后。快整衣冠，收拾箱包，今日务要出城。（丑扮长班收拾介）（副净问介）请问老公祖，小弟怎生打扮？（净）迎驾大典，比不得寻常私谒，俱要冠带才是。（副净）小弟原是废员，如何冠带？（净）正是。（想介）没奈何，你且权充个赍表官罢，只是屈尊些儿。（副净）说那里

①四镇武臣：这里指刘泽清、黄得功、刘良佐、高杰四人。②借筹：替人谋划。③貔貅：本是猛兽名，后人用来比喻军队。④夷犹：迟疑不进。⑤职名：官员的履历。⑥缙绅便览：官职录。

话，大丈夫要立功业，何所不可，到这时候还讲刚方么。（净笑介）妙，妙，才是个软圆老。（副净换差吏服色介）

【前腔】拚馀生寒灰已休，喜今朝涸海更流；金鳌上钩，金鳌上钩，好似太公一钓，享国千秋。牛马风尘①，暂屈何忧，刀笔吏丞相根由；人笑骂，我不羞。

（外上）表已列名，老爷过目。（副净看介）果然一些不差，就包裹好了，装入箱中。（外包裹装箱内介）（副净）下官只得背起来了。（外、丑与副净绑箱背上介）（净看，笑介）圆老这件功劳却也不小哩。（副净正色介）不要取笑，日后画在凌烟阁上，倒有些神气的。（丑牵马介）天色将晚，请老爷上马。（净吩咐介）这迎驾大事，带不的多人，只你两个跟去罢。（副净）便益你们，后日都要议叙的。（俱上马，急走绕场介）

【前腔】（合）趁斜阳南山雨收，控青骢烟驿水邮，金鞭急抽，金鞭急抽，早见浦江②云气，楚尾吴头。应运英雄，虎赴龙投，恨不的双翅飕飕，银烛下，拜冕旒③。

（净）叫左右早去寻下店房。（副净）阿呀！我们做的何事，今日还想安歇，快跑快跑！（加鞭跑介）

（净）江云山气晚悠悠，（副净）马走平川似水流，

（净）莫学防风随后到，（副净）涂山明日会诸侯。

第十一出　媚座

甲申十月

【菊花新】（净冠带扮马士英，外扮长班从人喝道上）调和鼎鼐④费心机，别户分门⑤恩济威；钻火燃寒灰，这燮理阴阳⑥非细。

下官马士英，官居首辅，权握中枢。天子无为，从他闭目拱手；相公养体，尽咱吐气扬眉。那朱紫半朝⑦，只不过呼朋引党；这经纶满腹，也无非报怨施恩。人都说养马成群，滚尘不定；他怎知立君由我，杀人何妨。（笑介）这几日太平无事，又且早放红梅，设席万玉园中，会些亲戚故旧，但看他趋奉之多，越

①牛马风尘：比喻一个人不得志的时候。②浦江：指长江浦口，当时福王避难至淮安，后被四镇迎接到浦口。③冕旒：古代的皇冠，这里指福王。④调和鼎鼐：鼎和鼐是古代二种烹调饮食的铜器，我国古典文学里习惯用和羹来比喻执政大臣在政治上的调和。⑤别户分门：指在政治上分成门户、宗派。⑥燮理阴阳：即调和阴阳，我国古代以调和阴阳为宰相的职责。⑦朱紫半朝：朱紫是贵官的服色，朱紫半朝指朝廷上的大半贵官。

显俺尊荣之至。人生行乐耳，须富贵此时。（叫介）长班，今日下的是那几位请帖？（外）都是老爷同乡。有兵部主事杨文骢，佥都御史越其杰，新推漕抚田仰，光禄寺卿阮大铖，这几位老爷。（净疑介）那阮大铖不是同乡呀。（外）他常对人说是老爷至亲。（净笑介）相与①不同，也算的个至亲了。（吩咐介）今日不是外客，就在这梅花书屋设席罢。（外）是！（净）天已过午，快去请客。（外）不用去请，俱在门房候着哩。只传他一声，便齐齐进来了。（传介）老爷有请！（末、副净忙上）阍人②片语千钧重，相府重门万里深。（进见足恭介）（净）我道是谁。（向末介）杨妹丈是咱内亲，为何也不竟进？（末）如今亲不敌贵了。（净）说那里话。（向副净介）圆老一向来熟了的，为何也等人传？（副净）府体尊严，岂敢冒昧。（净）这就见外了。（让净告坐，打恭介）

【好事近】（净）吾辈得施为，正好谈心花底；兰友瓜戚，门外不须倒屣③。休疑，总是一班桃李，相逢处把臂倾杯，何必拘冠裳套礼。俺肯堂堂相府，宾从疏稀。

（茶到让净先取，打恭介）（净）今日天气微寒，正宜小饮。（副净、末打恭介）正是。（净）才下朝来，日已过午；昼短夜长，差了三个时辰了。（副净、末打恭介）是是！皆老师相调燮之功也。（吃茶完，让净先放茶杯，打恭介）（净问外介）怎么越、田二位还不见到？（外）越老爷痔漏发了，早有辞帖；田老爷明日起身，打发家眷上船，夜间才来辞行。（净）罢了，吩咐排席。（吹打，排三席，安座介）（副净、末谦恭告坐介）（入座饮介）

【泣颜回】（净）朝罢袖香微，换了轻裘朱履；阳春十月④，梅花早破红蕊。南朝雅客，半闲堂⑤且说风流嘴；拚长宵读画评诗，叹吾党知心有几。

（副净问介）相府连日宴客，都是那几位年翁？（净）总是吾党，但不如两公风雅耳。（末问介）是谁？（净唤介）长班拿客单来看。（外）客单在此。（副净接看介）张孙振、袁宏勋、黄鼎、张捷、杨维垣⑥。（末）果然都是大有经济的。（净）个个是学生提拔，如今皆成大僚了。（副净打恭介）晚生等已废之员，还蒙起用；老师相为国吐握，真不啻周公矣。（净）岂敢。（拱介）二位不比他人，明日嘱托吏部，还要破格超升。（末打恭介）（副净跪介）多谢提拔。（净拉起介）

---

①相与：相待。②阍人：守门人。③兰友瓜戚，门外不须倒屣：兰友，知心朋友；瓜戚，有瓜葛的亲戚；倒屣，古人脱屣席地而坐，遇到好友来访，急忙起身迎接，有时候连屣都穿倒了。这句话是说彼此都是至亲好友，用不着出门迎接。④阳春十月：我国习俗称十月为小阳春。⑤半闲堂：南宋末年宰相贾似道当权，在杭州西湖建半闲堂，在其中处理朝政。⑥这几个人都是阮大铖、马士英的党羽。

【前腔】（副净、末）提携，铩羽忽高飞，剑出丰城狱底①。随朝待漏②，犹如狗续貂尾。华筵一饮，出公门，满面春风起；这恩荣锡衮封圭③，不比那登龙御李。

（起介）（净）撤了大席，安排小酌，我们促膝谈心。（设一席，更衣围坐介）（净）也不再把盏了。（副净、末）岂敢重劳。（杂扮二价④献赏封介）（净摇手介）不必不必！花间雅集，又无梨园，怎么行这官席之礼。（副净）舍下小班，日日得闲，为何不唤来承应。（净）圆老见惯的，另请别客，借来领教罢。

【太平令】妙部⑤新奇，见惯司空自品题⑥。（副净）是是！名园山水清音美，又何用丝竹随。

（末笑介）从来名花倾国，缺一不可。今日红梅之下，梨园可省，倒少不了一声"晓风残月"哩。

【前腔】半放红梅，只少韦娘一曲催。（净大笑介）妹丈多情，竟要做个苏州刺史了。苏州刺史魂消矣，想一个丽人陪。

（净）这也容易。（吩咐介）叫长班传几名歌妓，快来伺候。（外）禀老爷，要旧院的，要珠市⑦的？（净向末介）请教杨姑老爷。（末）小弟物色已多，总无佳者；只有旧院李香君，新学《牡丹亭》，倒还唱得出。（净吩咐介）长班快去唤来！（外应下）（副净问末介）前日田百源用三百金，要娶做妾的，想是他了？（末）正是。（净问末介）为何不娶去？（末）可笑这个呆丫头，要与侯朝宗守节，断断不从。俺往说数次，竟不下楼，令我扫兴而回。（净怒介）有这样大胆奴才。

【风入松】不知开府爪牙威，杀人如同虱虮。笑他命薄烟花鬼，好一似蛾扑灯蕊。（副净）这都是侯朝宗教坏的，前番辱的晚生也不浅。（净大怒介）了不得，了不得！一位新任漕抚，拿银三百，买不去一个妓女。岂有此理！难道是珍珠一斛，偏不能换蛾眉。

---

①这句意思是说失意的人又得到高升，被埋没的贤才又重新被发掘了出来。②待漏：封建时代大臣们入朝之前都在待漏院等候召见。③锡衮封圭：锡，即赐；衮，古代上公的礼服；圭，古代诸侯所执的玉。锡衮封圭意即受封很高的爵位。④二价：杨文骢、阮大铖的仆从。⑤妙部：是戏班当中很好的。⑥品题：欣赏。⑦珠市：南京另一个妓馆集中的地方。

（副净）田漕台是老师相的乡亲，被他羞辱，所关不小。（净）正是，等他来时，自有处法。（外上）禀老爷，小人走到旧院，寻着香君，他推托有病，不肯下楼。（净寻思介）也罢！叫长班家人，拿着衣服财礼，竟去娶他。

【前腔】不须月老几番催，一霎红丝联喜，花花彩轿门前挤，不少欠分毫茶礼。莫管他鸨子肯不肯，竟将香君拉上轿子，今夜还送到田漕抚船上。惊的他迷离似痴，只当烟波上遇湘妃。

（外等急应下）（副净喜介）妙妙！这才燥脾。（末）天色太晚，我们告辞罢。（净）正好快谈，为何就去？（副净）动劳久陪，晚生不安。（俱起打恭介）（净）还该远送一步。（副净、末）不敢。（连打三恭）（净先入内介）（副净）难得令舅老师相在乡亲面上，动此义举；龙老也该去帮一帮。（末）如何去帮？（副净）旧院是你熟游之处，竟去拉下楼来，打发起身便了。（末）也不可太难为他。（副净怒介）这还便益了他。想起前番，就处死这奴才，难泄我恨。

【尾声】当年旧恨重提起，便折花损柳心无悔。那侯朝宗空梳栊了一番。看今日琵琶抱向阿谁①。

（副净）封侯夫婿几时归，（末）独守妆楼掩翠帏；

（副净）不解巫山风力猛，（末）三更即换雨云衣。

第十二出　守楼

甲申十月

（外、小生拿内阁灯笼、衣、银跟轿上）天上从无差月老，人间竟有错花星②。（外）我们奉老爷之命，硬娶香君，只得快走。（小生）旧院李家母子两个，知他谁是香君。（末急上呼介）转来同我去罢。（外见介）杨姑老爷肯去，定娶不错了。（同行介）月照青溪水，霜沾长板桥。来此已是，快快叫门。（叫门介）（杂扮保儿上）才关后户，又开前庭；迎官接客，卑职驿丞。（问介）那个叫门？（外）快开门来。（杂开门惊介）呵呀！灯笼火把，轿马人夫，杨老爷来夸官了。（末）哇！快唤贞娘出来。（杂大叫介）妈妈出来，杨老爷到门了。（小旦急上问介）老爷从那里赴席回来么？（末）适在马舅爷相府，特来报喜。（小旦）有什么喜？（末）有个大老官来娶你令爱哩。（指介）

【渔家傲】你看这彩轿青衣③门外催，你看这三百花银，一套绣衣。（小旦惊

①看今日琵琶抱向阿谁：琵琶别抱本指妇女改嫁，这句说看今日李香君再嫁给谁。②花星：古代江湖术士算命术语，表婚姻征兆。③青衣：奴仆，因古时奴婢一般是穿青衣。

介）是那家来娶，怎不早说？（末）你看灯笼大字成双对，是中堂阁内。（小旦）就是内阁老爷自己娶么？（末）非也。漕抚田公，同乡至戚，赠个佳人捧玉杯。

（小旦）田家亲事，久已回断，如何又来歪缠？（小生拿银交介）你就是香君么，请受财礼。（小旦）待我进去商量。（外）相府要人，还等你商量；快快收了银子，出来上轿罢。（末）他怎敢不去，你们在外伺候，待我拿银进去，催他梳洗。（末接银，杂接衣，同小旦作进介）（小生、外）我们且寻个老表子燥脾去。（俱暂下）（小旦、末、杂作上楼介）（末唤介）香君睡下不曾？（旦上）有甚紧事，一片吵闹。（小旦）你还不知么？（旦见末介）想是杨老爷要来听歌。（小旦）还说甚么歌不歌哩。

【剔银灯】忙忙的来交聘礼，凶凶的强夺歌妓；对着面一时难回避，执着名别人谁替。（旦惊介）唬杀奴也！又是那个天杀的？（小旦）还是田仰，又借着相府的势力，硬来娶你。堪悲，青楼薄命，一霎时杨花乱吹。

（小旦向末介）杨老爷从来疼俺母子，为何下这毒手？（末）不干我事，那马瑶草知你拒绝田仰，动了大怒，差一班恶仆登门强娶。下官怕你受气，特为护你而来。（小旦）这等多谢了，还求老爷始终救解。（末）依我说三百财礼，也不算吃亏；香君嫁个漕抚，也不算失所；你有多大本事，能敌他两家势力？（小旦思介）杨老爷说的有理，看这局面，拗不去了。孩儿趁早收拾下楼罢！（旦怒介）妈妈说那里话来！当日杨老爷作媒，妈妈主婚，把奴嫁与侯郎，满堂宾客，谁没看见。现收着定盟之物。（急向内取出扇介）这首定情诗，杨老爷都看过，难道忘了不成？

【摊破锦地花】案齐眉，他是我终身倚，盟誓怎移。宫纱扇现有诗题，万种恩情，一夜夫妻。（末）那侯郎避祸逃走，不知去向；设若三年不归，你也只顾等他么？（旦）便等他三年；便等他十年；便等他一百年；只不嫁田仰。（末）呵呀！好性气，又像摘翠脱衣骂阮圆海的那番光景了。（旦）可又来，阮、田同是魏党，阮家妆奁尚且不受，倒去跟着田仰么？（内喊介）夜已深了，快些上轿，还要赶到船上去哩。（小旦劝介）傻丫头！嫁到田府，少不了你的吃穿哩。（旦）呸！我立志守节，岂在温饱。忍寒饥，决不下这翠楼梯。

（小旦）事到今日，也顾不得他了。（叫介）杨老爷放下财礼，大家帮他梳头穿衣。（小旦替梳头，末替穿衣介）（旦持扇前后乱打介）（末）好利害，一柄诗扇，倒像一把防身的利剑。（小旦）草草妆完，抱他下楼罢。（末抱介）（旦哭介）奴家就死不下此楼。（倒地撞头晕卧介）（小旦惊介）呵呀！我儿苏醒，竟把花容，碰了个稀烂。

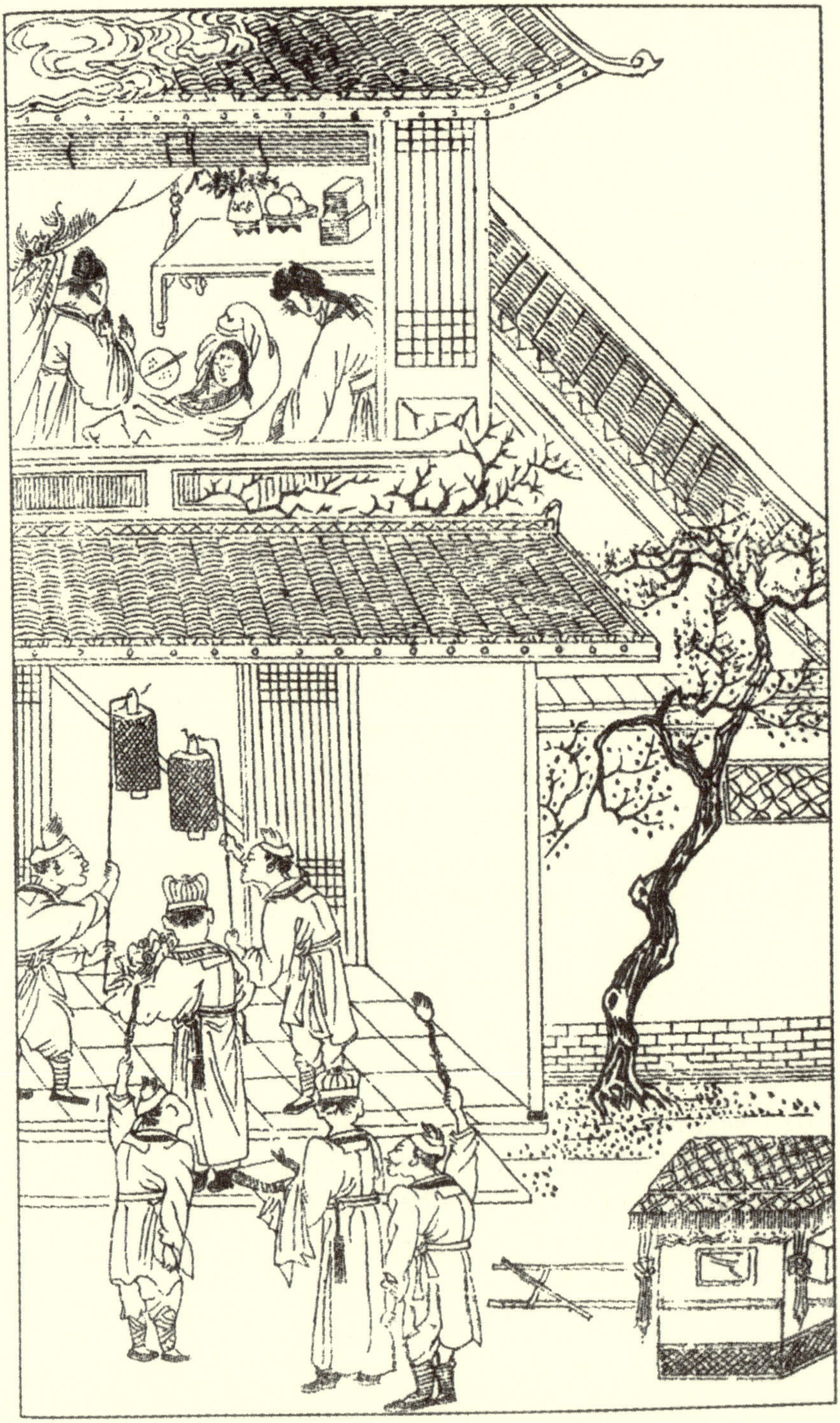

（末指扇介）你看血喷满地，连这诗扇都溅坏了。（拾扇付杂介）（小旦唤介）保儿，扶起香君，且到卧房安歇罢。（杂扶旦下）（内喊介）夜已三更了，诓去银子，不打发上轿；我们要上楼拿人哩。（末向楼下介）管家略等一等；他母子难舍，其实可怜的。（小旦急介）孩儿碰坏，外边声声要人，这怎么处？（末）那宰相势力，你是知道的，这番羞了他去，你母子不要性命了。（小旦怕介）求杨老爷救俺则个。（末）没奈何，且寻个权宜之法罢！（小旦）有何权宜之法？（末）娼家从良，原是好事，况且嫁与田府，不少吃穿，香君既没造化，你倒替他享受去罢。（小旦急介）这断不能。一时一霎，叫我如何舍得。（末怒介）明日早来拿人，看你舍得舍不得。（小旦呆介）也罢！叫香君守着楼，我去走一遭儿。（想介）不好，不好，只怕有人认得。（末）我说你是香君，谁能辨别。（小旦）既是这等，少不得又妆新人了。（忙打扮完介）（向内叫介）香君我儿，好好将息，我替你去了。（又嘱介）三百两银子，替我收好，不要花费了。（末扶小旦下楼介）

【麻婆子】（小旦）下楼下楼三更夜，红灯满路辉；出户出户寒风起，看花未必归。（小生、外打灯抬轿上）好，好，新人出来了，快请上轿。（小旦别末介）别过杨老爷罢。（末）前途保重，后会有期。（小旦）老爷今晚且宿院中，照管孩儿。（末）自然。（小旦上轿介）萧郎从此路人窥①，侯门再出岂容易。（行介）舍了笙歌队，今夜伴阿谁。

（俱下）（末笑介）贞丽从良，香君守节，雪了阮兄之恨，全了马舅之威！将李代桃，一举四得，倒也是个妙计。（叹介）只是母子分别，未免伤心。

匆匆夜去替蛾眉，一曲歌同易水悲；

燕子楼中人卧病，灯昏被冷有谁知。

第十三出　寄扇

甲申十一月

【醉桃源】（旦包帕病容上）寒风料峭透冰绡，香炉懒去烧。血痕一缕在眉梢，胭脂红让娇②。孤影怯，弱魂飘，春丝命一条③。满楼霜月夜迢迢，天明恨

---

①萧郎从此路人窥：这句是李贞丽引用崔郊的故事自比，说自已一入田府，恐怕有去无回。崔郊是唐代秀才，曾将一个漂亮的侍女卖给了连帅，临别时写了一首《赠去婢》，末二句“侯门一入深似海，从此萧郎是路人”。②胭脂红让娇：胭脂一样的鲜红也比不上她眉梢血痕的娇。③春丝命一条：生命好像春丝一样的柔弱。

不消。

（坐介）奴家香君，一时无奈，用了苦肉之计，得遂全身之节。只是孤身只影，卧病空楼，冷帐寒衾，无人作伴，好生凄凉。

【北新水令】冻云残雪阻长桥，闭红楼冶游人少。栏杆低雁字，帘幙挂冰条；炭冷香消，人瘦晚风峭。

奴家虽在青楼，那些花月欢场，从今罢却了。

【驻马听】绣户萧萧，鹦鹉呼茶声自巧；香闺悄悄，雪狸①偎枕睡偏牢。榴裙裂破舞风腰，鸾靴翦碎凌波靿②；愁多病转饶③，这妆楼再不许风情闹。

想起侯郎匆匆避祸，不知流落何所；怎知奴家独住空楼，替他守节也。（起唱介）

【沉醉东风】记得一霎时娇歌兴扫，半夜里浓雨情抛；从桃叶渡头寻，向燕子矶边找，乱云山风高雁杳。那知道梅开有信，人去越遥；凭栏凝眺，把盈盈秋水，酸风冻了。

可恨恶仆盈门，硬来娶俺；俺怎肯负了侯郎。

【雁儿落】欺负俺贱烟花薄命飘飖，倚着那丞相府忒骄傲。得保住这无瑕白玉身，免不得揉碎如花貌。

最可怜妈妈替奴当灾，飘然竟去。（指介）你看床榻依然，归来何日。

【得胜令】恰便似桃片逐雪涛，柳絮儿随风飘；袖掩春风面，黄昏出汉朝。萧条，满被尘无人扫；寂寥，花开了独自瞧。

说到这里，不觉一阵酸心。（掩泪坐介）

【乔牌儿】这肝肠似搅，泪点儿滴多少。也没个姊妹闲相邀，听那挂帘栊的钩自敲。

独坐无聊，不免取出侯郎诗扇，展看一回。（取扇介）嗳呀！都被血点儿污坏了，这怎么处。

【甜水令】你看疏疏密密，浓浓淡淡，鲜血乱蘸。不是杜鹃抛；是脸上桃花做红雨儿飞落，一点点溅上冰绡。

侯郎侯郎！这都是为你来。

【折桂令】叫奴家揉开云髻，折损宫腰；睡昏昏似妃葬坡平，血淋淋似妾堕楼高。怕旁人呼号，舍着俺软丢答的魂灵没人招。银镜里朱霞残照，鸳枕上红泪春潮。恨在心苗，愁在眉梢，洗了胭脂，涴了鲛绡。

一时困倦起来，且在妆台盹睡片时。（压扇睡介）（末扮杨文骢便服上）认得红楼水面斜，一行衰柳带残鸦。（净扮苏昆生上）银筝象板佳人院，风雪今同

---

①雪狸：白猫。②榴裙裂破舞风腰，鸾靴翦碎凌波靿：撕破了舞裙，剪碎了舞靴，这两句意思是不再过歌舞生涯的意思。③转饶：更多。

处士家。（末回头见介）呀！苏昆老也来了。（净）贞丽从良，香君独住，放心不下，故此常来走走。（末）下官自那日打发贞丽起身，守了香君一夜，这几日衙门有事，不能脱身；方才城东拜客，便道一瞧。（入介）（净）香君不肯下楼，我们上去一谈罢。（末）甚好。（登楼介）（末指介）你看香君抑郁病损，困睡妆台，且不必唤他。（净看介）这柄扇儿展在面前，怎么有许多红点儿？（末）此乃侯兄定情之物，一向珍藏不肯示人，想因面血溅污，晾在此间。（抽扇看介）几点血痕，红艳非常，不免添些枝叶，替他点缀起来。（想介）没有绿色怎好？（净）待我采摘盆草，扭取鲜汁，权当颜色罢。（末）妙极！（净取草汁上）（末画介）叶分芳草绿，花借美人红。（画完介）（净看喜介）妙妙！竟是几笔折枝桃花。（末大笑指介）真乃桃花扇也。（旦惊醒见介）杨老爷、苏师父都来了，奴家得罪。（让坐介）（末）几日不曾来看，额角伤痕渐已平复了。（笑介）下官有画扇一柄，奉赠妆台。（付旦扇介）（旦接看介）这是奴的旧扇，血迹腌臜，看他怎的。（入袖介）（净）扇头妙染，怎不赏鉴。（旦）几时画的？（末）得罪得罪！方才点坏了。（旦看扇叹介）咳！桃花薄命，扇底飘零。多谢杨老爷替奴写照了。

【锦上花】一朵朵伤情，春风懒笑；一片片消魂，流水愁漂。摘的下娇色①，天然蘸好；便妙手徐熙，怎能画到。樱唇上调朱，莲腮上临稿，写意儿几笔红桃。补衬些翠枝青叶，分外夭夭，薄命人写了一幅桃花照。

（末）你有这柄桃花扇，少不得个顾曲周郎；难道青春守寡，竟做个入月嫦娥不成。（旦）说那里话，那关盼盼也是烟花，何尝不在燕子楼中，关门到老。（净）明日侯郎重到，你也不下楼么？（旦）那时锦片前程，尽俺受用，何处不许游耍，岂但下楼。（末）香君这段苦节，今世少有。（向净介）昆老看师弟之情，寻着侯郎，将他送去，也省俺一番悬挂。（净）是是！一向留心访问，知他随任史公，住淮半载。自淮来京，自京到扬，今又同着高兵防河去了。晚生不日还乡，顺便找寻。（向旦介）须得香君一书才好。（旦向末介）奴家言出无文，求杨老爷代写罢。（末）你的心事，叫俺如何写得出。（旦寻思介）罢罢！奴的千愁万苦，俱在扇头，就把这扇儿寄去罢。（净喜介）这封家书，倒也新样。（旦）待奴封他起来。（封扇介）

---

①摘的下娇色：扇子上的桃花颜色娇艳，就像摘得下来似的。

【碧玉箫】挥洒银毫，旧句他知道；点染红么①，新画你收着。便面②小，血心肠一万条；手帕儿包，头绳儿绕，抵过锦字书多少。

（净接扇介）待我收好了，替你寄去。（旦）师父几时起身？（净）不日束装了。（旦）只望早行一步。（净）晓得。（末）我们下楼罢。（向旦介）香君保重。你这段苦节，说与侯郎，自然来娶你的。（净）我也不再来别了。正是：新书远寄桃花扇。（末）旧院常关燕子楼。（下）（旦掩泪介）妈妈不归，师父又去，妆楼独闭，益发凄凉了。

【鸳鸯煞】莺喉歇了南北套③，冰弦住了陈隋调；唇底罢吹箫，笛儿丢，笙儿坏，板儿掠④。只愿扇儿寄去的速，师父束装得早；三月三刘郎到了，携手儿下妆楼，桃花粥⑤吃个饱。

书到梁园⑥雪未消，青溪一道阻春潮；
桃根桃叶无人问，丁字帘⑦前是断桥。

第十四出　骂筵

乙酉正月

【缕缕金】（副净扮阮大铖吉服上）风流代，又遭逢，六朝金粉样，我偏通。管领烟花，衔⑧名供奉。簇新新帽乌衬袍红，皂皮靴绿缝，皂皮靴绿缝。

（笑介）我阮大铖，亏了贵阳相公破格提挈，又取在内庭供奉；今日到任回来，好不荣耀。且喜今上性喜文墨，把王铎补了内阁大学士，钱谦益补了礼部尚书。区区不才，同在文学侍从之班；天颜日近，知无不言。前日进了四种传奇，圣心大悦；立刻传旨，命礼部采选宫人，要将《燕子笺》被之声歌，为中兴一代之乐。我想这本传奇，精深奥妙，倘被俗手教坏，岂不损我文名。因而乘机启奏："生口不如熟口，清客强似教手。"圣上从谏如流，就命广搜旧院，大罗秦淮，拿了清客妓女数十馀人，交与礼部拣选。前日验他色艺，都只平常；还有几个有名的，都是杨龙友旧交，求情免选，下官只得勾去。昨见贵阳相公说道："教演新戏是圣上心事，难道不选好的，倒选坏的不成。"只得又去传他，尚未

---

①红么：么是骰子的一点，红色，故称红么，这里指扇子上的点点桃花。②便面：即团扇，因便于遮面，故名。③南北套：即南北曲，中国歌曲的两种主要流派。④掠：抛弃。⑤桃花粥：过去洛阳一带的风俗，寒食节煮桃花粥吃。⑥梁园：本是西汉梁孝王的兔园，这里借指侯方域的家乡归德。⑦丁字帘：地名，南京市利涉桥畔，明代为妓女聚居地。⑧衔：官衔。

到来。今乃乙酉新年人日佳节，下官约同龙友，移樽赏心亭；邀俺贵阳师相，饮酒看雪。早已吩咐把新选的妓女，带到席前验看。正是：花柳笙歌隋事业，谈谐裙屐晋风流。（下）

【黄莺儿】（老旦扮卞玉京道妆背包急上）家住蕊珠宫①，恨无端业海风②，把人轻向烟花送。喉尖唱肿，裙腰舞松，一生魂在巫山洞③。俺卞玉京，今日为何这般打扮，只因朝廷搜拿歌妓，逼俺断了尘心。昨夜别过姊妹，换上道妆，飘然出院，但不知那里好去投师。望城东云山满眼，仙界路无穷。

（飘摇下）（副净、外、净扮丁继之、沈公宪、张燕筑三清客上）

【皂罗袍】（副净）正把秦淮箫弄，看名花好月，乱上帘栊。风纸④签名唤乐工，南朝天子春心动。我丁继之年过六旬，歌板久抛；前日托过杨老爷，免我前往，怎的今日又传起来了。（外、净）俺两个也都是免过的，不知又传，有何话说。（副净拱介）两位老弟，大家商量，我们一班清客，感动皇爷，召去教歌，也不是容易的。（外、净）正是。（副净）二位青年上进，该去走走，我老汉多病年衰，也不望甚么际遇了。今日我要躲过，求二位遮盖一二。（外）这有何妨，太公钓鱼，愿者上钩。（净）是是！难道你犯了王法，定要拿去审问不成。（副净）既然如此，我老汉就回去了。（回行介）急忙回首，青青远峰；逍遥寻路，森森乱松。（顿足介）若不离了尘埃，怎能免得牵绊。（袖出道巾、黄？换介）（转头呼介）二位看俺打扮罢，道人醒了扬州梦。

（摇摆下）（外）咦！他竟出家去了，好狠心也。（净）我们且坐廊下晒暖，待他姊妹到来，同去礼部过堂。（坐地介）（小旦扮寇白门，丑扮郑妥娘，杂扮差役跟上）（小旦）桃片随风不结子。（丑）柳绵浮水又成萍。（望介）你看老沈老张不约俺一声儿，先到廊下向暖，我们走去，打他个耳刮子。（相见，诨介）（外问杂介）又传我们到那里去？（杂）传你们到礼部过堂，送入内庭教戏。（外）前日免过俺们了。（杂）内阁大老爷不依，定要借重你们几个老清客哩。（净）是那几个？（杂）待我瞧瞧票子。（取票看介）丁继之、沈公宪、张燕筑。（问介）那姓丁的如何不见？（外）他出家去了。（杂）既出了家，没处寻他，待我回官罢！（向净、外介）你们到了的，竟往礼部过堂去。（净）等他姊妹们到齐着。（杂）今日老爷们秦淮赏雪，吩咐带着女客，席上验看哩。（外、净）既是这等，我们先去了。正是：传歌留乐府，擫笛傍宫墙⑤。（下）（杂看票问小旦介）你是寇白门么？（小旦）是。（杂问丑介）你是卞玉京么？（丑）不是，我是

---

①蕊珠宫：神仙居所，这里表现她要出家入道的心情。②业海风：业海，佛家语，世人造成种种罪业，无边无量犹如大海；业海风即从业海吹来的风。③一生魂在巫山洞：是说自己一生过着娼妓生活。④风纸：风诏，皇帝的诏书。⑤擫笛傍宫墙：唐代李謩爱好音乐，唐玄宗在宫里奏乐时，他拿笛子在宫墙外偷听，把曲调都记回来了。擫笛，用手指按笛子。

老妥。（杂）是郑妥娘了。（问介）那卞玉京呢？（丑）他出家去了。（杂）咦！怎么出家的都配成对儿。（问介）后边还有一个脚小走不上来的，想是李贞丽了？（小旦）不是，李贞丽从良去了！（杂）我方才拉他下楼，他说是李贞丽，怎的又不是？（丑）想是他女儿顶名替来的。（杂）母子总是一般，只少不了数儿就好了。（望介）他早赶上来也。

【忒忒令】（旦）下红楼残腊雪浓，过紫陌早春泥冻；不惯行走，脚儿十分痛。传凤诏，选蛾眉，把丝鞭，骑骄马；催花使乱拥。

奴家香君，被捉下楼，叫去学歌，是俺烟花本等，只有这点志气，就死不磨。（杂喊介）快些走动！（旦到介）（小旦）你也下楼了，屈尊，屈尊。（丑）我们造化，就得服侍皇帝了。（旦）情愿奉让罢。（同行介）（杂）前面是赏心亭了，内阁马老爷，光禄阮老爷，兵部杨老爷，少刻即到。你们各人整理伺候。（杂同小旦、丑下）（旦私语介）难得他们凑来一处，正好吐俺胸中之气。

【前腔】赵文华陪着严嵩，抹粉脸席前趋奉；丑腔恶态，演出真鸣凤。俺做个女祢衡，挝渔阳，声声骂；看他懂不懂。

（净扮马士英，副净扮阮大铖，末扮杨文骢，外、小生扮从人喝道上）（旦避下）（副净）琼瑶楼阁朱微抹。（末）金碧峰峦粉细勾。（净）好一派雪景也。（副净）这座赏心亭，原是看雪之所。（净）怎么原是看雪之所？（副净）宋真宗曾出周昉雪图，赐与丁谓。说道："卿到金陵，可选一绝景处张之。"因建此亭。（净看壁介）这壁上单条，想是周昉雪图了。（末）非也。这是画友蓝瑛新来见赠的。（净）妙妙！你看雪压锺山，正对图画，赏心胜地，无过此亭矣。（末吩咐介）就把炉、榼、游具，摆设起来。（外、小生设席坐介）（副净向净介）荒亭草具，恃爱高攀，着实得罪了。（净）说那里话。可笑一班小人，奉承权贵，费千金盛设，十分丑态，一无所取，徒传笑柄。（副净）晚生今日埽雪烹茶，清谈攀教，显得老师相高怀雅量，晚生辈也免了几笔粉抹。（净）呵呀！那戏场粉笔，最是利害，一抹上脸，再洗不掉；虽有孝子慈孙，都不肯认做祖父的。（末）虽然利害，却也公道，原以儆戒无忌惮之小人，非为我辈而设。（净）据学生看来，都吃了奉承的亏。（末）为何？（净）你看前辈分宜相公严嵩，何尝不是一个文人，现今《鸣凤记》里抹了花脸，着实丑看。岂非赵文华辈奉承坏了。（副净打恭介）是是！老师相是不喜奉承的，晚生惟有心悦诚服而已。（末）请酒！（同举杯介）（副净问外介）选的妓女，可曾叫到了么？（外禀介）叫到了。（杂领众妓叩头介）（净细看介）（吩咐介）今日雅集，用不着他们，叫他礼部过堂去罢。（副净）特令到此伺候酒席的。（净）留下那个年小的罢。（众下）（净问介）他唤什么名字？（杂禀介）李贞丽。（净笑介）丽而未必贞也。（笑向副净介）我们扮过陶学士了，再扮一折党太尉①何如？（副净）妙妙！（唤介）贞丽过来斟酒唱曲。（旦摇头介）（净）为何摇头？（旦）不会。（净）呵呀！样样不会，怎称名妓。（旦）原非名妓。（掩泪介）（净）你有甚心事，容你说来。

【江儿水】（旦）妾的心中事，乱似蓬，几番要向君王控。拆散夫妻惊魂迸，割开母子鲜血涌，比那流贼还猛。做哑装聋，骂着不知惶恐。

（净）原来有这些心事。（副净）这个女子却也苦了。（末）今日老爷们在此行乐，不必只是诉冤了。（旦）杨老爷知道的，奴家冤苦，也值当不的一诉。

【五供养】堂堂列公，半边南朝，望你峥嵘。出身希贵宠，创业选声容，后庭花又添几种。把俺胡撮弄，对寒风雪海冰山，苦陪觞咏②。

（净怒介）哇！这妮子胡言乱道，该打嘴了。（副净）闻得李贞丽，原是张天如、夏彝仲辈品题之妓，自然是放肆的。该打该打！（末）看他年纪甚小，未必是那个李贞丽。（旦恨介）便是他待怎的！

【玉交枝】东林伯仲，俺青楼皆知敬重。干儿义子从新用，绝不了魏家种。（副净）好大胆，骂的是那个，快快采去丢在雪中。（外采旦推倒介）（旦）冰肌雪肠原自同，铁心石腹何愁冻。（副净）这奴才，当着内阁大老爷，这般放肆，叫我们都开罪了。可恨可恨！（下席踢旦介）（末起拉介）（净）罢罢！这样奴才，何难处死，只怕妨了俺宰相之度。（末）是是！丞相之尊，娼女之贱，天地悬绝，何足介意。（副净）也罢！启过老师相，送入内庭，拣着极苦的脚色，叫他去当。（净）这也该的。（末）着人拉去罢！（杂拉旦介）（旦）奴家已拚一死。吐不尽鹃血满胸，吐不尽鹃血满胸。

（拉旦下）（净）好好一个雅集，被这奴才搅乱坏了。可笑，可笑！（副净、末连三揖介）得罪，得罪！望乞海涵，另日竭诚罢。（净）兴尽宜回春雪棹。（副净）客羞应斩美人头③。（净、副净从人喝道下）（末吊场介）可笑香君才下楼来，偏撞两个冤对，这场是非免不了的；若无下官遮盖，香君性命也有些不妥哩。罢罢！选入内庭，倒也省了几日悬挂；只是媚香楼无人看守，如何是好？（想介）有了，画友蓝瑛託俺寻寓，就接他暂住楼上；待香君出来，再作商量。

赏心亭上雪初融，煮鹤烧琴宴钜公；
恼杀秦淮歌舞伴，不同西子入吴宫。

---

①拿陶学士和党太尉代表雅俗两种不同生活。②觞咏：饮酒赋诗。③客羞应斩美人头：平原君的美人在楼上看见一个跛子，不觉大笑，跛子告诉了平原君但平原君没有理会，门人认为他“爱色而贱士”，都纷纷散去，平原君因此斩了美人的头送给那跛子谢罪。

第十五出　逢舟

乙酉二月

【水底鱼】（净扮苏昆生背包裹骑驴急上）戎马纷纷，烟尘一望昏；魂惊心震，长亭连远村。（丑扮执鞭人赶呼介）客官慢走，你看黄河堤上，逃兵乱跑，不要被他夺了驴去。（净不听，急走介）（杂扮乱兵三人迎上）弃甲掠盾，抱头如鼠奔；无暇笑哂，大家皆败军，大家皆败军。（遇净，推下河，夺驴跑下）（丑赶下）（净立水中，头顶包裹高叫介）救人呀，救人呀！（外扮舟子撑船，小旦扮李贞丽贫妆上）

【前腔】流水浑浑，风涛拍禹门①；堤边浪稳，泊舟杨柳根。（欲泊船介）（小旦唤介）驾长②，你看前面浅滩中，有人喊叫；我们撑过船去，救他一命，积个阴骘如何？（外）黄河水溜，不是当要的。（小旦）人行好事，大王爷爷③自然加护的。（外）是，是，待我撑过去。（撑介）风急水紧，舍生来救人；哀声迫窘，残生一半魂，残生一半魂。

（近净呼介）快快上来，合该你不死，遇着好人。（伸篙下，净攀篙上船介）（作颤介）好冷，好冷！（外取干衣与净介）（小旦背立介）（净换衣介）多谢驾长，是俺重生父母。（叩介）（外）不干老汉事，亏了这位娘子叫我救你的。（净作揖起，惊认介）你是李贞娘，为何在这船里？（小旦惊认介）原来是苏师父。你从何处来？（净）一言难尽。（小旦）请坐了讲。（坐介）（外泊船介）且到岸上买壶酒吃去。（下）

【琐窗寒】（净）一从你嫁朱门，锁歌楼，叠舞裙；寒风冷雪，哭杀香君。（小旦掩泪介）香君独住，怎生过活。（净）他托俺前来寻访侯郎。征人战马，侯郎无信，茫茫驿路殷勤问。（小旦问介）因何落水？（净）正在堤上行走，被乱兵夺驴，把俺推下水的。蒙救出浊流，故人今夕重近。

（小旦）原来如此，合该师父不死，也是奴家有缘，又得一面。（净问介）贞娘，你既入田府，怎得到此？（小旦）且取火来，替你烘乾衣裳，细细告你。（小旦取火盆上介）（副净扮舟子撑船，生坐船急上）才离虎豹千林雾④，又逐鲸鲵万里波。（呼介）驾长，这是吕梁地面了，扯起篷来，早赶一程；明日要起早哩。（副净）相公不要性急，这样风浪，如何行的。前面是泊船之所，且靠帮住

---

①禹门：即龙门，今山西省河津县西北，这里泛指黄河上险要之处。②驾长：对艄公的敬称。③大王爷爷：指河神。④虎豹千林雾：指许定国、高杰的乱兵。

一宿罢。（生）凭你。（泊船介）（生）惊魂稍定，不免略打个盹儿。（卧介）（净烘衣，小旦旁坐谈介）奴家命苦，如今又不在那田家了。想起那晚。

【前腔】匆忙扮作新人，夺藏娇，金屋春；一身宠爱，尽压钗裙。（净）这好的狠了。（小旦）谁知田仰嫡妻，十分悍妒。狮威①胜虎，蛇毒如刃。把奴揪出洞房，打个半死。（净）呀，呀！了不得，那田仰怎不解救。（小旦）田郎有气吞声忍，竟将奴赏与一个老兵。（净）既然转嫁，怎么在这船上。（小旦）此是漕标报船，老兵上岸下文书去了。奴自坐船头，旧人来说新恨。

（生一边细听介）（听完起坐介）隔壁船中，两个人絮絮叨叨，谈了半夜，那汉子的声音，好似苏昆生，妇人的声音，也有些相熟；待我猛叫一声，看他如何？（叫介）苏昆生！（净忙应介）那个唤我？（生喜介）竟是苏昆生。（出见介）（净）原来是侯相公，正要去寻，不想这里撞着。谢天谢地，遇的恰好。（唤介）请过船来，认认这个旧人。（生过船介）还有那个？（见旦惊认介）呀！贞娘如何到此，奇事奇事，香君在那里？（小旦）官人不知，自你避祸夜走，香君替你守节，不肯下楼。（生掩泪介）（小旦）后来马士英差些恶仆，拿银三百，硬娶香君，送与田仰。（生惊介）我的香君，怎的他适了？（小旦）嫁是不曾嫁；香君惧怕，碰死在地。（生大哭介）我的香君，怎的碰死了？（小旦）死是不曾死，碰的鲜血满面；那门外还声声要人，一时无奈，妾身竟替他嫁了田仰。（生喜介）好，好！你竟嫁与田仰了，今日坐船要往那里去？（小旦）就住在船上。（生）为何？（旦羞介）（净）他为田仰妒妇所逐，如今转嫁这船上一位将爷了。（生微笑介）有这些风波，可怜，可怜！（问净介）你怎得到此？（净）香君在院，日日盼你，託俺寄书来的。（生急问介）书在那里？

【奈子花】（净取包介）这封书不是笺纹，摺宫纱夹在斑筠②。题诗定情，催妆分韵。（生接扇介）这是小生赠他的诗扇。（净指扇介）看桃花半边红晕，情恳！千万种语言难尽。

（生看扇问介）那一面是谁画的桃花？（净）香君碰坏花容，溅血满扇，杨龙友添上梗叶，成了几笔折枝桃花。（生细看喜介）果然是些血点儿，龙友点缀，却也有趣。这柄桃花扇，倒是小生之宝了。（问介）你为何今日带来？（净）在下出门之时，香君说道，千愁万苦俱在扇头，就把扇儿当封书罢！故此寄来

---

①狮威：形容妇女强悍。②摺宫纱夹在斑筠：摺，叠；宫纱，质地轻细的丝织品；斑筠，斑竹。这句话描述的是桃花扇。

的。（生又看，哭介）香君香君！叫小生怎生报你也！（问净介）你怎的寻着贞娘来?（净指唱介）

【前腔】俺呵，走长堤驴背辛勤，遇逃兵推下寒津。（生）呵呀！受此惊险。（问介）怎的不曾湿了扇儿?（净作势介）横流没肩，高擎书信，将兰亭保全真本。（生拱介）为这把桃花扇，把性命都轻了，真可感也。（问介）后来怎样呢?（净）亏了贞娘，不怕风浪，移船救我。思忖，从井救别人谁肯。

（生）好好！若非遇着贞娘，这黄河水溜，谁肯救人。（小旦）妾本无心，救他上船，才认的是苏师父。（生）这都是天缘凑巧处。（净）还不曾问候相公，因何南来?（生）俺自去秋随着高杰防河，不料匹夫无谋，不受谏言；被许定国赚入睢州，饮酒中间，遣人刺死。小生不能存住，买舟黄河，顺流东下。你看大路之上，纷纷乱跑，皆是败兵，叫俺有何面目，再见史公也。（净）既然如此，且到南京，看看香君，再作商量。（生）也罢，别过贞娘，趁早开船。（小旦）想起在旧院之时，我们一家同住；今日船中，只少一个香君，不知今生还能相见否。

【金莲子】一家人离散了，重聚在水云。言有尽，离绪百分；掌中娇养女，何日说艰辛。

（生）只怕有人踪迹，昆老快快换衣，就此别过罢。（净换衣介）（生、净掩泪过船介）（净）归计登程犹未准。（生）故人见面转添愁。（副净撑船下）（小旦）妾心厌倦烟花，伴着老兵度日，却也快活。不意故人重逢，又惹一天旧恨；你听涛声震耳，今夜那能成寐也。

悠悠萍水一番亲，旧根新愁几句论；

漫道浮生无定著，黄河亦有住家人。

第十六出　逮社

乙酉三月

【凤凰阁】（丑扮书客蔡益所上）堂名二酉①，万卷牙签求售。何物充栋汗车牛，混了书香铜臭。贾儒商秀，怕遇着秦皇大搜②。

在下金陵三山街书客蔡益所的便是。天下书籍之富，无过俺金陵；这金陵书铺之多，无过俺三山街；这三山街书客之大，无过俺蔡益所。（指介）你看十三

①二酉：即大小酉山，在今湖南省沅陵县，相传山洞里有丰富的藏书，这里用作书坊的名字。②秦皇大搜：秦始皇的焚书坑儒。

经、廿一史、九流三教、诸子百家、腐烂时文、新奇小说，上下充箱盈架，高低列肆连楼。不但兴南贩北，积古堆今，而且严批妙选，精刻善印。俺蔡益所既射了贸易诗书之利①，又收了流传文字之功；凭他进士举人，见俺作揖拱手，好不体面。（笑介）今乃乙酉乡试之年，大布恩纶，开科取士。准了礼部尚书钱谦益的条陈，要亟正②文体，以光新治。俺小店乃坊间首领，只得聘请几家名手，另选新篇。今日正在里边删改批评，待俺早些贴起封面来。（贴介）风气随名手，文章中试官。（下）（生、净背行囊上）

【水红花】（生）当年烟月满秦楼，梦悠悠，箫声非旧。人隔银汉几重秋，信难投，相思谁救。（唤介）昆老，我们千里跋涉，为赴香君之约。不料他被选入宫，音信杳然，昨晚扫兴回来；又怕有人踪迹，故此早早移寓。但不知那处僻静，可以多住几时，打听音信。等他诗题红叶，白了少年头。佳期难道此生休也啰？

（净）我看人情已变，朝政日非；且当道诸公，日日罗织正人，报复夙怨。不如暂避其锋，把香君消息，从容打听罢。（生）说的也是，但这附近州郡，别无相知；只有好友陈定生住在宜兴，吴次尾住在贵池。不免访寻故人，倒也是快事。（行介）

【前腔】故人多狎水边鸥③，傲王侯，红尘拂袖。长安棋局不胜愁，买孤舟，南寻烟岫。（净）来到三山街书铺廊了，人烟稠密，趱行几步才好。（疾走介）妨他豺狼当道，冠带几猕猴④。三山榛莽⑤水狂流也啰。

（生指介）这是蔡益所书店，定生、次尾常来寓此，何不问他一信。（住看介）那廊柱上贴着新选封面，待我看来。（读介）"复社文开"。（又看介）这左边一行小字，是"壬午、癸未房墨合刊"；右边是"陈定生、吴次尾两先生新选"。（喜介）他两人难道现寓此间不成？（净）待我问来。（叫介）掌柜的那里？（丑上）请了，想要买甚么书籍么？（生）非也。要借问一信。（丑）问谁？（生）陈定生、吴次尾两位相公来了不曾？（丑）现在里边，待我请他出来。（丑下）（末、小生同上见介）呀！原来是侯社兄。（见净介）苏昆老也来了。（各揖介）（末问介）从那来的？（生）从敝乡来的。（小生问介）几时进京？（生）昨日才到。

【玉芙蓉烽】烟满郡州，南北从军走；叹朝秦暮楚，三载依刘。归来谁念王孙瘦，重访秦淮帘下钩。徘徊久，问桃花昔游，这江乡，今年不似旧温柔。

①射了贸易诗书之利：赚了贩书的利润。射利是形容他们见利就像箭一样去追逐。②亟正：急切纠正。③故人多狎水边鸥：狎，亲昵；这句是形容故人生活闲散。④冠带几猕猴：当时公卿虽表面上戴冠围带，实际就像猕猴一样。⑤三山榛莽：三山，即前文提到的三山街；榛莽，草木丛生；三山榛莽是说这热闹的三山街恐怕要荒凉了。

（问末、小生介）两兄在此，又操选政①了？（末、小生）见笑。

【前腔】金陵旧选楼，联榻同良友；对丹黄②笔砚，事业千秋。六朝衰弊今须救，文体重开韩柳欧。传不朽，把东林尽收，才知俺中原复社附清流。

（内唤介）请相公们里边用茶。（末、小生）来了。（让生、净入介）（杂扮长班持拜帖上）我家官府阮大铖，新升兵部侍郎；特赐蟒玉，钦命防江。今日到三山街拜客，只得先来。（副净扮阮大铖蟒、玉，骄态，坐轿，杂持伞、扇引上）

【朱奴儿】（副净）排头踏青衣前走，高轩稳扇盖交抖。看是何人坐上头，是当日胯下韩侯。（杂禀介）请老爷停轿，与佥都越老爷投帖。（杂投帖介）（副净停轿介）吩咐左右，不必打道，尽着百姓来瞧。（搧扇大说介）我阮老爷今日钦赐蟒玉，大轿拜客。那班东林小人，目下奉旨搜拿，躲的影儿也没了。（笑介）才显出谁荣谁羞，展开俺眉头皱。

（看书铺介）那廊柱上帖的封面，有甚么复社字样；叫长班揭来我瞧。（杂揭封面，送副净读介）"复社文开。陈定生吴次尾新选。"（怒介）嗄！复社乃东林后起，与周镳、雷缜祚同党；朝廷正在拿访，还敢留他选书。这个书客也大胆之极了。快快住轿！（落轿介）（副净下轿，坐书铺吩咐介）速传坊官。（杂喊介）坊官那里？（净扮坊官急上，跪介）禀大老爷，传卑职有何吩咐？

【前腔】（副净）这书肆不将法守，通恶少复社渠首。奉命今将逆党搜，须得你蔓引株求③。（净）不消大老爷费心，卑职是极会拿人的。（进入拿丑上）犯人蔡益所拿到了。（丑跪禀介）小人蔡益所并未犯法。（副净）你刻什么《复社文开》，犯法不小。（丑）这是乡会房墨，每年科场要选一部的。（副净喝介）哇！目下访拿逆党，功令④森严，你容留他们选书，还敢口强，快快招来。（丑）不干小人事，相公们自己走来，现在里面选书哩。（副净）既在里面，用心看守，不许走脱一人。（丑应下）（副净向净私语介）访拿逆党，是镇抚司的专责，速递报单，叫他校尉拿人。传缇骑⑤重兴狱囚，笑杨左今番又休。

（净）是。（速下）（副净上轿介）（生、末、小生拉轿，喊介）我们有何罪过，着人看守；你这位老先生，不畏天地鬼神了。（副净微笑介）学生并未得罪，为何动起公愤来。（拱介）请教诸兄尊姓台号？（小生）俺是吴次尾。（末）俺是陈定生。（生）俺是侯朝宗。（副净微怒介）哦！原来就是你们三位！今日都来认认下官。

①操选政：主持选录文章的工作。②丹黄：赤色和黄色的颜料，过去用来圈点校对书籍。③蔓引株求：牵连追究。④功令：朝廷法令。⑤缇骑：赤衣马队，逮捕犯人的官役。

【剔银灯】堂堂貌须长似帚，昂昂气胸高如斗。（向小生介）那丁祭之时，怎见的阮光禄难司笾和豆。（向末介）那借戏之时，为甚把燕子笺弄俺当场丑。（向生介）堪羞！妆奁代凑，倒惹你裙钗乱丢。

（生）你就是阮胡子，今日报仇来了。（末、小生）好，好，好！大家扯他到朝门外，讲讲他的素行去。（副净佯笑介）不要忙，有你讲的哩。（指介）你看那来的何人？（副净坐轿下）（杂扮白靴四校尉上）（乱叫介）那是蔡益所？（丑）在下便是，问俺怎的？（杂）俺们是驾上来的，快快领着拿人。（丑）要拿那个？（杂）拿陈、吴、侯三个秀才。（生）不要拿。我们都在这边哩，有话说来。（杂）请到衙门里说去罢！（竟丢锁套三人下）（丑吊场介）这是那里的帐。（唤介）苏兄快来！（净扮苏昆生上）怎么样的了？（丑）了不得，了不得！选书的两位相公拿去罢了，连侯相公也拿去了。（净）有这等事！

【前腔】（合）凶凶的缧绁[①]在手，忙忙的捉人飞走；小复社没个东林救，新马阮接着崔田后。堪忧！昏君乱相，为别人公报私仇。

（净）我们跟去，打听一个真信，好设法救他。（丑）正是。看他安放何处，俺好早晚送饭。

（丑）朝市纷纷报怨仇，（净）乾坤付与杞人忧；

（丑）仓皇谁救焚书祸，（净）只有宁南一左侯。

第十七出　会狱

乙酉三月

【梅花引】（生敝衣愁容上）宫槐古树阅沧田，挂寒烟，倚颓垣。末后春风，才绿到幽院。两个知心常步影，说新恨，向谁借酒钱。

小生侯方域，被逮狱中，已经半月。只因证据无人，暂羁候审，幸亏故人联床，颇不寂寞。你看月色过墙，照的槐影迷离，不免虚庭一步。

【忒忒令】碧沉沉月明满天，悽惨惨哭声一片，墙角新鬼带血来分辩。我与他死同仇，生同冤，黑狱里，半夜作白眼。

独立多时，忽然毛发直竖，好怕人也。待俺唤醒陈、吴两兄，大家闲话。（唤介）定兄醒来。（又唤介）次兄睡熟了么？（末、小生揉眼出介）

【尹令】（末）这时月高斗转[②]，为何独行空院，闲将露痕踏遍。（小生）愁

---

①缧绁：缚犯人的绳子。②月高斗转：表示深夜。

怀且捐①，万语千言望谁怜。

（见介）侯兄怎的还不安歇？（生）我想大家在这黑狱之中，三春莺花，半点不见；只有明月一轮，还来相照，岂可舍之而睡。（末）是，是，同去步月一回。（行介）

【品令】（生）冤声满狱，银铛夜徽缠②。三人步月，身轻若飞仙。闲消自遣，莫说文章贱。从来豪杰，都向此中磨炼。似在棘围锁院，分帘校赋篇。

（丑扮柳敬亭杻锁③上）戎马不知何处避，贤豪半向此中来。我柳敬亭，被拿入狱，破题儿④第一夜，便觉难过。（叹介）嗳！方才睡下，又要出恭；这个裙带儿没人解，好苦也。（作蹲地听介）那边有人说话，像是侯相公声音，待我看来。（起看，惊介）竟是侯相公。（唤介）你是侯相公么？（生惊认介）原来是柳敬亭。（末、小生）柳敬亭为何也到此中？（丑认介）陈相公、吴相公怎么都在里边？（举手介）阿弥陀佛！这也算“佛殿奇逢”了。（生）难得难得！大家坐地谈谈。（同坐介）

【豆叶黄】（合）便他乡遇故，不算奇缘。这墙隔着万重深山，撞见旧时亲眷。浑忘身累，笑看月圆。却也似武陵桃洞，却也似武陵桃洞；有避乱秦人，同话渔船。

（生）且问敬老，你犯了何罪，杻锁连身，如此苦楚。（丑）老汉不曾犯罪。只因相公被逮入狱，苏昆生远赴宁南，恳求解救。那左帅果然大怒，连夜修本参着马、阮，又发了檄文一道，托俺传来，随后要发兵进讨。马、阮害怕，自然放出相公去的。

【玉交枝】宁南兵变，料无人能将檄传；探汤蹈火咱情愿，也只为文士遭谴。白头志高穷更坚，浑身枷锁吾何怨；助将军除暴解冤，助将军除暴解冤。

（生）竟不知敬亭吃亏，乃小生所累。昆生远去求救，益发难得。可感，可感！（末）虽如此说，只怕左兵一来，我辈倒不能苟全性命。（小生）正是，宁南不学无术，如何收救。（皆长吁介）（净扮狱官执手牌，杂扮校尉四人点灯提绳急上）（净）四壁冤魂满，三更狱吏尊。刑部要人，明早处决，快去绑来。（杂）该绑那个？（净）牌上有名。（看介）逆党二名，周镳、雷缜祚。（杂执灯照生、末、小生、丑面介）不是，不是！（净喝介）你们无干的，各自躲开。（净领杂急下）（末悄问介）绑那个？（小生）听说要绑周镳、雷缜祚。（生）吓死俺也。（丑）我们等着瞧瞧。（净执牌前行，杂背绑二人，赤身披发，急拉下）（生看呆介）（末）果然是周仲驭、雷介公他二位。（小生）这是我们的榜样了。

---

①且捐：暂且抛开。②银铛夜徽缠：银铛即铁链；徽缠是绑囚犯的索，这里作动词。③杻锁：手铐。④破题儿：开始、开端。

【江儿水】（生）演着明夷卦①，事尽翻，正人惨害天倾陷。片纸飞来无人见，三更缚去加刑典，教俺心惊胆颤。（合）黑地昏天，这样收场难免。

（生问丑介）我且问你，外边还有什么新闻？（丑）我来的仓卒，不曾打听，只见校尉纷纷拿人。（末、小生问介）还拿那个？（丑）听说要拿巡按黄澍，督抚袁继咸，大锦衣张薇；还有几个公子秀才，想不起了！（生）你想一想？（丑想介）人多着哩。只记得几个相熟的，有冒襄、方以智、刘城、沈寿民、沈士柱、杨廷枢。（末）有这许多。（小生）俺这里边，将来成一个大文会了。（生）倒也有趣。

【川拨棹】囹圄里，竟是瀛洲翰苑。画一幅文会图悬，画一幅文会图悬，避红尘一群谪仙。（合）赏春月，同听鹃，感秋风，同咏蝉。

（丑）三位相公，宿在那一号里？（生）都在"荒"字号里。（末）敬老羁在那里？（丑）就在这后面"藏"字号里。（小生）前后相近，倒好早晚谈谈。（生）我们还是软监，敬老竟似重囚了。（丑）阿弥陀佛！免了上柙床②，就算好的狠哩。（作势介）

【意不尽】高拱手碍不了礼数周全，曲肱儿枕头稳便③。只愁今夜里，少一个长爪麻姑搔背眠。

（丑）相逢真似岛中仙，（末）隔绝风涛路八千，

（小生）地僻偏宜人啸傲，（生）天空不碍月团圆。

第十八出　誓师

乙酉四月

【贺圣朝】（外扮史可法，白毡大帽，便服上）两年吹角列营，每日调马催征。军逃客散鬓星星④，恨压广陵城。

下官史可法，日日经略中原，究竟一筹莫展。那黄、刘三镇，皆听马、阮指使，移镇上江，堵截左兵，丢下黄河一带，千里空营。忽接塘报，本月二十一日北兵已入淮境，本标食粮之人，不足三千，那能抵当得住。这淮、扬一失，眼见京师难保，岂不完了明朝一座江山也。可恼，可恼！俺且私步城头，察看情形，再作商量。（丑扮家丁，提小灯随行上城介）

①明夷卦：是离下坤上的卦，表示日入地中，光明受到损伤，一般指昏君在上，贤者不得志。②柙床：重犯所睡的囚床，扣着犯人的手足使之不能动。③曲肱儿枕头稳便：弯过手臂来便可当枕头。④星星：形容两鬓花白。

【二犯江儿水】（外）悄上城头危径，更深人睡醒。栖乌频叫，击柝①连声，女墙边，侧耳听。（听介）（内作怨介）北兵已到淮安，没个瞎鬼儿问他一声；只舍俺这几个残兵，死守这座扬州城，如何守得住。元帅好没分晓也！（外点头自语介）你那里晓得，万里倚长城，扬州父子兵。（又听介）（内作恨介）罢了，罢了！元帅不疼我们，早早投了北朝，各人快活去，为何尽着等死。（外惊介）呵呀！竟想投降了，这怎么处！他降字儿横胸②，守字儿难成；这扬州剩了一分景。（又听介）（内作怒介）我们降不降，还是第二着，自家杀抢杀抢，跑他娘的。只顾守到几时呀！（外）咳！竟不料情形如此。听说猛惊，热心冰冷。疾忙归，夜点兵，不待明。

（忙下）（内掌号放炮，作传操介）（杂扮小卒四人上）今乃四月二十四日，不是下操的日期；为何半夜三更，梅花岭③放炮？快去看来！（急走介）（末扮中军，持令箭提灯上）隔江云阵列，连夜羽书飞。（呼介）元帅有令：大小三军，速赴梅花岭，听候点卯。（众排列介）（外戎装，旗引登坛介）月升鸱尾城吹角④，星散旄头帐点兵。中军何在？（末跪介）有！（外）目下北信紧急，淮城失守，这扬州乃江北要地，倘有疏虞，京师难保。快传五营四哨，点齐人马，各照汛地昼夜严防。敢有倡言惑众者，军法从事。（末）得令！（传令向内介）元帅有令，三军听者。各照汛地昼夜严防，敢有倡言惑众者，军法从事。（内不应）（外）怎么寂然无声？（吩咐中军介）再传军令，叫他高声答应。（末又高声传介）（内不应）（外）仍然不应，着击鼓传令。（末击鼓又传，又不应介）（外）分明都有离叛之心了。（顿足介）不料天意人心，到如此田地。（哭介）

【前腔】皇天列圣，高高呼不省。阑珊残局，剩俺支撑，奈人心俱瓦崩。俺史可法好苦命也！（哭介）协力少良朋，同心无弟兄。只靠你们三千子弟，谁料今日呵，都想逃生，漫不关情；这江山倒像设着筵席请。（拍胸介）史可法，史可法！平生枉读诗书，空谈忠孝，到今日其实没法了。（哭介）哭声祖宗，哭声百姓。（大哭介）（末劝介）元帅保重，军国事大，徒哭无益也。（前扶介）你看泪点淋漓，把战袍都湿透了。（惊介）咦！怎么一阵血腥，快掌灯来。（杂点灯照介）呵呀！浑身血点，是那里来的？（外拭目介）都是俺眼中流出来。哭的俺一腔血，作泪零。

---

①柝：夜间打更用的木棒。②降字儿横胸：心存投降之意。③梅花岭：江苏扬州城广储门外。④月升鸱（chī）尾城吹角：半夜点兵的情形。

（末叫介）大小三军，上前看来；咱们元帅哭出血泪来了。（净、副净、丑扮众将上，看介）果然都是血泪。（俱跪介）（净）尝言“养军千日，用军一时”。俺们不替朝廷出力，竟是一伙禽兽了。（副净）俺们贪生怕死，叫元帅如此难为，那皇天也不祐的。（丑）百岁无常，谁能免的一死，只要死到一个是处。罢，罢，罢！今日舍着狗命，要替元帅守住这座扬州城。（末）好好！谁敢再有二心，俺便拿送辕门，听元帅千刀万剐。（外大笑介）果然如此，本帅便要拜谢了。（拜介）（众扶住介）不敢不敢！（外）众位请起，听俺号令。（众起介）（外吩咐介）你们三千人马，一千迎敌，一千内守，一千外巡。（众）是！（外）上阵不利，守城。（众）是！（外）守城不利，巷战。（众）是！（外）巷战不利，短接①。（众）是！（外）短接不利，自尽。（众）是！（外）你们知道，从来降将无伸膝之日，逃兵无回颈之时。（指介）那不良之念，再莫横胸；无耻之言，再休挂口；才是俺史阁部结识的好汉哩。（众）是！（外）既然应允，本帅也不消再嘱。（指介）大家欢呼三声，各回汛地去罢。（众呐喊三声下）（外鼓掌三笑）妙妙！守住这座扬州城，便是北门锁钥②了。

不怕烟尘四面生，江头尚有亚夫营；
模糊老眼深更泪，赚出淮南十万兵。

第十九出　逃难

乙酉五月

【香柳娘】（小生扮弘光帝，便服骑马。杂扮二监、二宫女挑灯引上）听三更漏催，听三更漏催，马蹄轻快，风吹蜡泪宫门外。咱家弘光皇帝，只因左兵东犯，移镇堵截；谁知河北人马，乘虚渡淮。目下围住扬州，史可法连夜告急，人心皇皇，都无守志。那马士英、阮大铖躲的有影无踪，看来这中兴宝位也坐不稳了。千计万计，走为上计；方才骑马出宫，即发兵符一道，赚开城门，但能走出南京，便有藏身之所了。趁天街寂静，趁天街③寂静，飞下凤凰台，难撇鸳鸯债。（唤介）嫔妃们走动着，不要失散了。似明驼出塞④，似明驼出塞，琵琶在怀，珍珠偷洒。

（急下）（净扮马士英骑马急上）

①短接：短兵相接。②北门锁钥：北面的坚固防御。③天街：京城里的街道。④似明驼出塞：明驼是传说中一种日行千里的骆驼，此处形容妃嫔们逃走时的凄凉情景。

【前腔】报长江锁开①，报长江锁开，石头将坏，高官贱卖没人买。下官马士英，五更进朝，才知圣上潜逃；俺为臣的，也只得偷溜了。快微服早度，快微服早度，走出鸡鹅街，隄防仇人害。（倒指介）那一队娇娆，十车细软，便是俺的薄薄宦囊；不要叫仇家抢夺了去。（唤介）快些走动。（老旦、小旦扮姬妾骑马，杂扮夫役推车数辆上）来了，来了。（净）好，好！要随身紧带，要随身紧带，殉棺货财，贴皮恩爱②。

（绕场行介）（杂扮乱民数人持棒上，喝介）你是奸臣马士英，弄的民穷财尽；今日驮着妇女，装着财帛，要往那里跑？早早留下！（打净倒地，剥衣，抢妇女财帛下）（副净扮阮大铖，骑马上）

【前腔】恋防江美差，恋防江美差，杀来谁代，兵符掷向空江濑。今日可用着俺的跑了；但不知贵阳相公，还是跑，还是降？（作遇净绊马足介）呵呀！你是贵阳老师相，为何卧倒在地。（净哼介）跑不得了，家眷行囊，俱被乱民抢去，还把学生打倒在地。（副净）正是。晚生的家眷行囊，都在后面，不要也被抢去。受千人笑骂，受千人笑骂，积得些金帛，娶了些娇艾③。待俺回去迎来。（杂扮乱民持棒，拥妇女抬行囊上）这是阮大铖家的家私，方才抢来，大家分开罢！（副净喝介）好大胆的奴才，

①长江锁开：长江上的防线被打开，南京陷落。②贴皮恩爱：妻妾。③娇艾：年轻美貌的女子。

怎敢抢截我阮老爷的家私。（杂）你就是阮大铖么？来的正好。（一棒打倒，剥衣介）饶他狗命，且到鸡鹅巷、裤子裆，烧他房子去。（俱下）（净）腰都打坏，爬不起来了。（副净）晚生的臂膊捶伤，也奉陪在此。（合）叹十分狼狈，叹十分狼狈，村拳共捱，鸡肋同坏。

（末扮杨文骢冠带骑马，从人挑行李上）下官杨文骢，新任苏松①巡抚。今日五月初十出行吉日，束装起马，一应书画古玩，暂寄媚香楼，托了蓝田叔随后带来。俺这一肩行李，倒也爽快。（杂禀介）请老爷趱行②一步。（末）为何？（杂）街上纷纷传说，北信紧急，皇帝、宰相，今夜都走了。（末）有这等事，快快出城！（急走介）（马惊不前介）这也奇了，为何马惊不走。（唤介）左右看来！（杂看介）地下两个死人。（副净、净呻吟介）哎哟！哎哟！救人，救人！（末）还不曾死，看是何人？（杂细认介）好像马、阮二位老爷。（末喝介）胡说，那有此事！（勒马看，惊介）呵呀！竟是他二位。（下马拉介）了不得，怎么到这般田地。（净）被些乱民抢劫一空，仅留性命。（副净）我来救取，不料也遭此难。（末）护送的家丁都在何处？（净）想也乘机拐骗，四散逃走了。（末唤介）左右快来扶起，取出衣服，与二位老爷穿好。（杂与副净、净穿衣介）（末）幸有闲马一匹，二位叠骑③，连忙出城罢。（杂扶净、副净上马，搂腰行介）请了，无衣共冻真师友，有马同骑好弟兄。（下）（杂）老爷不可与他同行，怕遇着仇人，累及我们。（末）是，是。（望介）你看一伙乱民，远远赶来，我们早些躲过。（作避路旁介）（小旦扮寇白门，丑扮郑妥娘，披发走上）

【前腔】正清歌满台，正清歌满台，水裙风带，三更未歇轻盈态。（见末介）你是杨老爷，为何在此？（末认介）原来是寇白门、郑妥娘。你姊妹二人怎的出来了？（小旦）正在歌台舞殿，忽然酒罢灯昏，内监宫妃纷纷乱跑；我们不出来还等什么哩。（末）为何不见李香君？（丑）俺三个一同出来的；他脚小走不动，雇了个轿子，抬他先走了。（末问介）果然朝廷④出去了么？（小旦）沈公宪、张燕筑都在后边，他们晓得真信。（外扮沈公宪，破衣抱鼓板，净扮张燕筑，科头⑤提纱帽须髯跑上）笑临春结绮，笑临春结绮，擒虎马嘶来，排着管弦待。（见末介）久违杨老爷了。（末问介）为何这般慌张？（外）老爷还不知么？北兵杀过江来，皇帝夜间偷走了。（末）你们要向那里去？（净）各人回家瞧瞧，趁早逃生。（丑）俺们是不怕的；回到院中，预备接客。（末）此等时候，还想接客。（丑）老爷不晓得，兵马营里，才好挣钱哩。这笙歌另卖，这笙歌另卖，隋宫柳衰，吴宫花败。

（外、净、小旦、丑俱下）（末）他们亲眼看见圣上出宫，这光景不妥了。

---

①苏松：苏州、松江二府。②趱行：急走。③叠骑：两人同骑一马。④朝廷：这里指皇帝。⑤科头：不戴冠帽的空头。

快到媚香楼收拾行李，趁早还乡罢。（行介）

【前腔】看逃亡满街，看逃亡满街，失迷君宰，百忙难出江关外。（作到介）这是李家院门。（下马急敲门介）开门，开门！（小生扮蓝瑛急上）又是那个叫门？（开门见介）杨老爷为何转来？（末）北信紧急，君臣逃散，那苏松巡抚也做不成了。整琴书襆被，整琴书襆被，换布袜青鞋，一只扁舟载。（小生）原来如此。方才香君回家，也说朝廷偷走。（唤介）香君快来。（旦上见介）杨老爷万福！（末）多日不见，今朝匆匆一叙，就要远别了。（旦）要向那里去？（末）竟回敝乡贵阳去也。（旦掩泪介）侯郎狱中未出，老爷又要还乡；撇奴孤身，谁人照看。（末）如此大乱，父子亦不相顾的。这情形紧迫，这情形紧迫，各人自裁，谁能携带。

（净扮苏昆生急上）将军不惜命，皇帝已无家。我苏昆生自湖广回京，谁知遇此大乱，且到院中打听侯公子信息，再作商量。

【前腔】俺匆忙转来，俺匆忙转来，故人何在，旌旗满眼乾坤改。来此已是，不免竟入。（见介）好呀！杨老爷在此，香君也出来了。侯相公怎的不见？（末）侯兄不曾出狱来。（旦）师父从何处来的？（净）俺为救侯郎，远赴武昌，不料宁南暴卒。俺连夜回京，忽闻乱信，急忙寻到狱门，只见封锁俱开。众囚徒四散，众囚徒四散，三面网全开，谁将秀才害。（旦哭介）师父快快替俺寻来。（末指介）望烟尘一派，望烟尘一派，抛妻弃孩，团圆难再。

（末向旦介）好好好！有你师父作伴，下官便要出京了。（唤介）蓝田老收拾行李，同俺一路去罢。（小生）小弟家在杭州，怎能陪你远去。（末）既是这等，待俺换上行衣，就此作别便了。（换衣作别介）万里如魂返，三年似梦游。（作骑马，杂挑行李随下）（旦哭介）杨老爷竟自去了，只有师父知俺心事。前日累你千山万水，寻到侯郎；不想奴家进宫，侯郎入狱，两不见面。今日奴家离宫，侯郎出狱，又不见面；还求师父可怜，领着奴家各处找寻则个。（净）侯郎不到院中，自然出城去了。那里找寻？（旦）定要找寻的。

【前腔】（旦）便天涯海崖，便天涯海崖，十洲方外，铁鞋踏破三千界。只要寻着侯郎，俺才住脚也。（小生）西北一带俱是兵马，料他不能渡江；若要找寻，除非东南山路。（旦）就去何妨。望荒山野道，望荒山野道，仙境似天台，三生旧缘在。（净）你既一心要寻侯郎，我老汉也要避乱，索性领你前往，只不知路向那走？（小生指介）那城东栖霞山中，人迹罕到；大锦衣张瑶星先生，弃职修仙，俺正要拜访为师。何不作伴同行，或者姻缘凑巧，亦未可知。（净）妙，妙，大家收拾包裹，一齐出城便了。（各背包裹行介）（旦）舍烟花旧寨，舍烟花旧寨，情根爱胎，何时消败。

（净）前面是城门了，怕有人盘诘。（小生）快快趁空走出去罢。（旦）奴家脚痛，也说不得了。

（旦）行路难时泪满腮，（净）飘蓬断梗出城来，

（小生）桃源洞里无征战，（旦）可有莲华并蒂开。

第二十出　劫宝

乙酉五月

【西地锦】（末扮黄得功戎装，副净扮田雄随上）目断长江奔放，英雄万里愁长；何时欢饮中军帐，把弓矢付儿郎。

俺黄得功坂矶一战，吓的左良玉胆丧身亡。剩他儿子左梦庚，据住九江，乌合未散，俺且驻扎芜湖，防其北犯。（杂扮报卒上）报报报！北兵连夜渡淮，围住扬州，南京震恐，万姓奔逃了。（末）那凤、淮两镇①，现在江北，怎不迎敌？（杂）闻得两位刘将军，也到上江堵截左兵，凤、淮一带，千里空营。（末惊介）这怎么处！（唤介）田雄，你是俺心腹之将；快领人马，去保南京。

【降黄龙】司马②威权，夜发兵符，调镇移防。谁知他拆东补西，露肘捉襟，明弃淮扬金汤。九曲天险，只用莲舟荡漾。起烟尘，金陵气暗，怎救宫墙。

（下）（小生扮弘光帝骑马，丑扮太监韩赞周随上）

【前腔】（小生）堪伤，寂寞鱼龙③，潜泣江头，乞食村庄。寡人逃出南京，昼夜奔走，宫监嫔妃，渐渐失散，只有太监韩赞周，跟俺前来。这炎天赤日，瘦马独行，何处纳凉。昨日寻着魏国公徐宏基，他佯为不识，逐俺出府。今日又早来到芜湖。（指介）那前面军营，乃黄得功驻防之所，不知他肯容留寡人否。奔忙，寄人廊庑，只望他容留收养。（作下马介）此是黄得功辕门。（唤介）韩赞周，快快传他知道。（丑叫门介）门上有人么？（杂扮军卒上）是那里来的？（丑）南京来的。（拉一边悄说介）万岁爷驾到了，传你将军速出迎接。（杂）啐！万岁爷怎能到的这里？不要走来吓俺罢。（小生）你唤出黄得功来，便知真假。江浦边，迎銮护驾，旧将中郎。

（杂咬指④介）人物不同，口气又大，是不是，替他传一声。（忙入传介）（末慌上）那有这事，待俺认来。（见介）（小生）黄将军一向好么？（末认，忙跪介）万岁，万万岁！请入帐中，容臣朝见。（丑扶小生升帐坐）（末拜介）

①凤、淮两镇：安徽凤阳和江苏淮安两地。②司马：即阮大钺，当时他任兵部尚书。③寂寞鱼龙：用典杜甫《秋兴》诗，这里是弘光帝自比。④咬指：表示怀疑的表演动作。

【滚遍】戎衣拜吾皇，戎衣拜吾皇，又把天颜①仰。为甚私巡，萧条鞍马蒙尘②状；失水神龙③，风云飘荡。这都是臣等之罪。负国恩，一班相，一班将。

（小生）事到今日，后悔无及，只望你保护朕躬。（末拍地哭奏介）皇上深居宫中，臣好戮力效命。今日下殿而走，大权已失；叫臣进不能战，退无可守，十分事业，已去九分矣。（小生）不必着急，寡人只要苟全性命，那皇帝一席，也不愿再做了。（末）呵呀！天下者祖宗之天下，圣上如何弃的。（小生）弃与不弃，只在将军了。（末）微臣鞠躬尽瘁，死而后已。（小生掩泪介）不料将军倒是一个忠臣。（末跪奏介）圣上鞍马劳顿，早到后帐安歇。军国大事，明日请旨罢。（丑引小生入介）（末）了不得，了不得！明朝三百年国运，争此一时，十五省皇图，归此片土。这是天大的干系，叫俺如何担承！（吩咐介）大小三军，马休解辔，人休解甲，摇铃击梆，在意小心着。（众应介）（末唤介）田雄，我与你是宿卫之官，就在这行宫门外，同卧支更④罢。（末枕副净股，执双鞭卧介）（杂摇铃击梆，报更介）（副净悄语介）元帅，俺看这位皇帝不像享福之器，况北兵过江，人人投顺，元帅也要看风行船才好。（末）说那里话，常言“孝当竭力，忠则尽命”，为人臣子，岂可怀揣二心。（内传鼓介）（末惊介）为何传鼓？（俱起坐介）（杂上报介）报元帅，有一队人马，从东北下来；说是两镇刘老爷，要会元帅商议军情。（末起介）好好好！三镇会齐，可以保驾无虞了，待俺看来。（望介）（净扮刘良佐，丑扮刘泽清，骑马领众上）（叫介）黄大哥在那里？（末喜介）果然是他二人。（应介）愚兄在此拱候多时了。（净、丑下马介）（净）哥哥得了宝贝，竟瞒着两个兄弟么。（末）什么宝贝？（丑）弘光呀！（末摇手介）不要高声，圣上安歇了。（净悄问介）今日还不献宝，等到几时哩？（末）什么宝？（丑）把弘光送与北朝，赏咱们个大大王爵，岂不是献宝么？（末喝介）哇！你们两个要来干这勾当，我黄闯子怎么容得。（持双鞭打介）（净、丑招架介）（末喊介）好反贼，好反贼！

【前腔】望风便生降，望风便生降，好似波斯样。职贡朝天，思将奇货擎双掌；倒戈劫君，争功邀赏。顿丧心，全反面，真贼党。

（净）不要破口，好好弟兄，为何厮闹。（末）啐！你这狗才，连君父不识，我和你认什么弟兄。（又战介）（副净在后指介）好个笨牛，到这时候还不见机。（拉弓搭箭介）俺田雄替你解围罢。（放箭射末腿，末倒地介）（净、丑大笑介）（副净入内，急背出小生介）（小生叫介）韩赞周快快跟来。（内不应介）（小生）这奴才竟舍我而去。（手打副净脸介）你背俺到何处去？（副净）到北京去。（小生狠咬副净肩介）（副净忍痛介）哎呀！咬杀我也。（丢小生于地，向净、丑

---

①天颜：对皇帝相貌的尊称。②蒙尘：指皇帝出奔。③失水神龙：比喻失势的皇帝。④支更：守夜。

拱介）皇帝一枚奉送。（净、丑拱介）领谢，领谢！（齐拉小生袖急走介）（末抱住小生腿叫介）田雄，田雄！快来夺驾。（副净佯拉，放手介）（净、丑竟拉小生下）（末作爬不起介）怎么起不来的？（副净）元帅中箭了。（末）那个射俺的？（副净）是我们放箭射贼，误伤了元帅。（末）瞎眼的狗才。我且问你，为何背出圣驾来？（副净）俺要护驾逃走的，不料被他们抢去。（末）你与我快快赶上。（副净笑介）不劳元帅吩咐。俺是一名长解子①，收拾包裹，自然护送到京的。（背包裹雨伞急赶下）（末怒介）呵呸！这伙没良心的反贼，俺也不及杀你了。（哭介）苍天，苍天！怎知明朝天下，送在俺黄得功之手。

【尾声】平生骁勇无人当，拉不住黄袍②北上，笑断江东父老肠。

罢罢罢！除却一死，无可报国。（拔剑大叫介）大小三军，都来看断头将军呀。（一剑刎死介）

第二十一出　沉江

乙酉五月

【锦缠道】（外扮史可法，毡笠急上）（回头望介）望烽烟，杀气重，扬州沸喧；生灵尽席卷，这屠戮皆因我愚忠不转。兵和将，力竭气喘，只落了一堆尸软。俺史可法率三千子弟，死守扬州，那知力尽粮绝，外援不至。北兵今夜攻破北城，俺已满拚自尽。忽然想起明朝三百年社稷，只靠俺一身撑持，岂可效无益之死，舍孤立之君。故此缒下③南城，直奔仪真④，幸遇一只报船，渡过江来。（指介）那城阙隐隐，便是南京了；可恨老腿酸软，不能走动，如何是好。（惊介）呀！何处走来这匹白骡，待俺骑上，沿江跑去便了。（骑骡，折柳作鞭介）跨上白骡鞯，空江野路，哭声动九原。日近长安远，加鞭，云里指宫殿。

（副末扮老赞礼背包裹跑上）残年还避乱，落日更思家。（外撞倒副末介）（副末）呵哟哟！几乎滚下江去。（看外介）你这位老将爷好没眼色！（外下骡扶起介）得罪，得罪！俺且问你，从那里来的？（副末）南京来的。（外）南京光景如何？（副末）你还不知么，皇帝老子逃去两三日了。目下北兵过江，满城大乱，城门都关的。（外惊介）呵呀，这等去也无益矣！（大哭介）皇天后土，二祖列宗，怎的半壁江山也不能保住呀。（副末惊介）听他哭声，倒像是史阁部。（问介）你是史老爷么？（外）下官便是。你如何认得？（副末）小人是太常寺一

①长解子：解送长途犯人的差役。②黄袍：指天子。③缒下：沿着绳子坠下。④仪真：今江苏仪征

个老赞礼，曾在太平门外伺候过老爷的。（外认介）是呀！那日恸哭先帝，便是老兄了。（副末）不敢。请问老爷，为何这般狼狈！（外）今夜扬州失陷，才从城头缒下来的。（副末）要向那里去？（外）原要南京保驾，不想圣上也走了。（顿足哭介）

【普天乐】撇下俺断篷船，丢下俺无家犬；叫天呼地千百遍，归无路，进又难前。（登高望介）那滚滚雪浪拍天，流不尽湘累①怨。（指介）有了，有了！那便是俺葬身之地。胜黄土，一丈江鱼腹宽展。（看身介）俺史可法亡国罪臣，那容的冠裳而去。（摘帽，脱袍、靴介）摘脱下袍靴冠冕。（副末）我看老爷竟像要寻死的模样。（拉住介）老爷三思，不可短见呀！（外）你看茫茫世界，留着俺史可法何处安放。累死英雄，到此日看江山换主，无可留恋。

（跳入江翻滚下介）（副末呆望良久，抱靴、帽、袍服哭叫介）史老爷呀，史老爷呀！好一个尽节忠臣，若不遇着小人，谁知你投江而死呀！（大哭介）（丑扮柳敬亭，携生忙上）偷生辞狱吏，避乱走天涯。（末扮陈贞慧，小生扮吴应箕，携手忙上）日日争门户，今年傍那家。（生呼介）定兄，次兄，日色将晚，快些走动。（末、小生）来了。（丑）我们出狱，不觉数日，东藏西躲，终无栖身之地。前面是龙潭江岸，大家商量，分路逃生罢！（末）是，是。（见副末介）你这位老兄，为何在此恸哭？（副末）俺也是走路的，适才撞见史阁部老爷投江而死，由不的伤心哭他几声。（生）史阁部怎得到此？（副末）今夜扬州城陷，逃到此间，闻的皇帝已走，跢②了跢脚，跳下江去了。（生）那有此事？（副末指介）这不是脱下的衣服、靴、帽么！（丑看介）你看衣裳里面，浑身朱印。（生）待俺认来。（读介）"钦命总督江北等处兵马内阁大学士兼兵部尚书印"。（生惊哭介）果然是史老先生。（末）设上衣冠，大家哭拜一番。（副末设衣冠介）（众拜哭介）

【古轮台】（合）走江边，满腔愤恨向谁言。老泪风吹面，孤城一片，望救目穿。使尽残兵血战，跳出重围，故国苦恋，谁知歌罢剩空筵。长江一线，吴头楚尾路三千。尽归别姓，雨翻云变。寒涛东卷，万事付空烟。精魂显，大招声逐海天远。

（生拍衣冠大哭介）（丑）阁部尽节，成了一代忠臣。相公不必过哀，大家分手罢！（生指介）你看一望烟尘，叫小生从那里归去？（末）我两人绕道前来，只为送兄过江；今既不能北上，何不随俺南行。（生）这纷纷乱世，怎能终始相依。倒是各人自便罢！（小生）侯兄主意若何？（生）我和敬亭商议，要寻一深山古寺，暂避数日，再图归计。（副末）我老汉正要向栖霞山去，那边地方幽

---

①湘累：屈原投湘水自杀，古典文学中称他为湘累，累指没有罪而冤死的人。②跢：即跺。

僻，尽可避兵，何不同往？（生）这等极妙了。（末、小生）侯兄既有栖身之所，我们就此作别罢！（拜别介）伤心当此日，会面是何年。（末、小生掩泪下）（生问副末介）你到栖霞山中，有何公干？（副末）不瞒相公说，俺是太常寺一个老赞礼，只因太平门外哭奠先帝之日，那些文武百官，虚应故事；我老汉动了一番气恼，当时约些村中父老，捐施钱粮，趁着这七月十五日，要替崇祯皇帝建一个水陆道场。不料南京大乱，好事难行，因此携着钱粮，要到栖霞山上，虔请高僧，了此心愿。（丑）好事，好事！（生）就求携带同行便了！（副末）待我收拾起这衣服、靴、帽着。（丑）这衣服、靴、帽，你要送到何处去？（副末）我想扬州梅花岭，是他老人家点兵之所，待大兵退后，俺去招魂埋葬，便有史阁部千秋佳城①了。（生）如此义举，更为难得。（副末背袍、靴等，生、丑随行介）

【馀文】山云变，江岸迁，一霎时忠魂不见，寒食何人知墓田。

（副末）千古南朝作话传，（丑）伤心血泪洒山川，

（生）仰天读罢招魂赋，（副末）扬子江头乱暝烟。

第二十二出　栖真②

乙酉六月

【醉扶归】（净扮苏昆生同旦上）（旦）一丝幽恨嵌心缝，山高水远会相逢；拿住情根死不松，赚他也做游仙梦。看这万叠云白罩青松，原是俺天台洞。

（唤介）师父，我们幸亏蓝田叔，领到栖霞山来。无意之中，敲门寻宿，偏撞着卞玉京做了这葆真庵主，留俺暂住，这也是天缘奇遇。只是侯郎不见，妾身无归，还求师父上心寻觅。（净）不要性急。你看烟尘满地，何处寻觅；且待庵主出来，商量个常住之法。（老旦扮卞玉京道妆上）

【皂罗袍】何处瑶天笙弄，听云鹤缥缈，玉珮丁冬。花月姻缘半生空，几乎又把桃花种③。（见介）草庵淡薄，屈尊二位了。（旦）多谢收留，感激不尽。（净）正有一言奉告，江北兵荒马乱，急切不敢前行；我老汉的吹歌，山中又无用处，连日搅扰，甚觉不安。（老旦）说那里话。旧人重到，蓬山路通；前缘不断，巫峡恨浓，连床且话襄王梦。

（净）我苏昆生有个活计在此。（换鞋、笠，取斧、担、绳索介）趁这天晴，俺要到岭头涧底，取些松柴，供早晚炊饭之用。不强如坐吃山空么？（老旦）这

①千秋佳城：指坟墓。②栖真：真在这里指道观，栖真即寄居道观。③几乎又把桃花种：差点有惹上儿女风情。

倒不敢动劳。（净）大家度日，怎好偷闲。（挑担介）脚下山云冷，肩头野草香。（下）（老旦闭门介）（旦）奴家闲坐无聊，何不寻些旧衣残裳，付俺缝补，以消长夏。（老旦）正有一事借重。这中元节，村中男女，许到白云庵与皇后周娘娘悬挂宝旛；就求妙手，替他成造，也是十分功德哩。（旦）这样好事，情愿助力。（老旦取出旛料介）（旦）待奴薰香洗手，虔诚缝制起来。（作洗手缝旛介）

【好姐姐】念奴前身业重，绑十指筝弦箫孔①；慵线懒针，几曾解女红。（老旦）香姐心灵手巧，一捻针线，就是不同的。（旦）奴家那晓针线，凭着一点虔心罢了。仙旛捧，忏悔尽教指头肿②，绣出鸳鸯别样工。

（共绣介）（副末扮老赞礼，丑扮柳敬亭，背行李领生上）

【皂罗袍】（生）避了干戈横纵，听飕飕一路，涧水松风。云锁栖霞两三峰，江深五月寒风送。（副末）这是栖霞山了。你们寻所道院，趁早安歇罢。（生看介）这是一座葆真庵，何不敲门一问。石墙萝户，忙寻炼翁③，鹿柴鹤径，急呼道童，仙家那晓浮生恸。

（副末敲门介）（老旦起问介）那个敲门？（副末）俺是南京来的，要借贵庵暂安行李。（老旦）这里是女道住持，从不留客的。

【好姐姐】你看石墙四耸，昼掩了重门无缝；修真女冠，怕遭俗客哄。（丑）我们不比游方僧道，暂住何妨。（老旦）真经讽④，谨把祖师清规奉，处女闺阁一样同。

（旦）说的有理，比不得在青楼之日了。（老旦）这是俺修行本等，不必睬他；且去香厨用斋罢。（同下）（副末又敲门介）（生）他既谨守清规，我们也不必苦缠了。（副末）前面庵观尚多，待我再去访问。（行介）（副净扮丁继之道装，提药篮上）

【皂罗袍】采药深山古洞，任芒鞋竹杖，踏遍芳丛。落照苍凉树玲珑，林中笋蕨充清供。（副末喜介）那边一位道人来了，待我上前问他。（拱介）老仙长，我们上山来做好事的，要借道院暂安行李，敢求方便一二！（副净认介）这位相公，好像河南侯公子。（丑）不是侯公子是那个？（副净又认介）老兄你可是柳敬亭么？（丑）便是。（生认介）呵呀！丁继老，你为何出了家也。（副净）侯相公，你不知么。俺善才⑤迟暮，羞入旧宫；龟年疏懒，难随妙工；辞家竟把仙箓⑥诵。

（生）原来因此出家。（丑）请问住持何山？（副净）前面不远，有一座采真观，便是俺修炼之所。不嫌荒僻，就请暂住何如？（生）甚好。（副末）二位遇

---

①绑十指筝弦箫孔：十指只会弹琴弄弦管。②忏悔尽教指头肿：为了忏悔罪业，尽管指头肿了也要缝好它。③炼翁：炼丹道士。④讽：诵读。⑤善才：唐代曹保的儿子善才精通琵琶，后把琵琶师称为善才。⑥仙箓：道家的秘文。

着故人，已有栖身之地。俺要上白云庵，商量醮事去了。（生）多谢携带。（副末）彼此。（别介）人间消业海，天上礼仙坛。（下）（副净携生、丑行介）跨过白泉，又登紫阁；雪洞风来，云堂雨落。（生惊介）前面一道溪水，隔断南山，如何过去？（副净）不妨。靠岸有只渔船，俺且坐船闲话，等个渔翁到来，央他撑去；不上半里，便是采真观了。（同上船坐介）（丑）我老柳少时在泰州北湾，专以捕鱼为业；这渔船是弄惯了的，待我撑去罢。（生）妙，妙。（丑撑船介）（生问副净介）自从梳栊香君，借重光陪，不觉别来便是三载。（副净）正是。且问香君入宫之后，可有消息么？（生）那得消息来。（取扇指介）这柄桃花扇，还是我们订盟之物，小生时刻在手。

【好姐姐】把他桃花扇拥，又想起青楼旧梦；天老地荒，此情无尽穷。分飞猛，杳杳万山隔鸾凤，美满良缘半月同。

（丑）前日皇帝私走，嫔妃逃散，料想香君也出宫门；且待南京平定，再去寻访罢。（生）只怕兵马赶散，未必重逢了。（掩泪介）（副净指介）那一带竹篱，便是俺的采真观，就请拢船上岸罢。（丑挽船，同上岸介）（副净唤介）道僮，有远客到门，快搬行李。（内应介）（副净）请进。（让入介）

（生）门里丹台更不同，（副净）寂寥松下养衰翁；

（丑）一湾溪水舟千转，（生）跳入蓬壶似梦中。

第二十三出　入道

乙酉七月

【南点绛唇】（外扮张薇瓢冠衲衣①，持拂上）世态纷纭，半生尘里朱颜老；拂衣②不早，看罢傀儡闹。恸哭穷途，又发哄堂笑。都休了，玉壶琼岛，万古愁人少。

贫道张瑶星，挂冠归山，便住这白云庵里。修仙有分，涉世无缘。且喜书客蔡益所随俺出家，又载来五车经史。那山人蓝田叔也来皈依，替我画了四壁蓬瀛。这荒山之上，既可读书，又可卧游，从此飞升尸解③，亦不算懵懂神仙矣。只有崇祯先帝，深恩未报，还是平生一件缺事。今乃乙酉年七月十五日，广延道众，大建经坛，要与先帝修斋追荐④；恰好南京一个老赞礼，约些村中父老，也来搭醮。不免唤出弟子，趁早铺设。（唤介）徒弟何在？（丑扮蔡益所，小生扮

①瓢冠衲衣：瓢冠，瓜瓢形的僧帽；衲衣，僧衣。②拂衣：辞官归山。③飞升尸解：即成仙。修道的人称死了叫尸解。④追荐：追祭。

蓝田叔道装上）尘中辞俗客，云里会仙官。（见介）弟子蔡益所、蓝田叔，稽首了。（拜介）（外）尔等率领道众，照依黄箓科仪，早铺坛场；待俺沐浴更衣，虔心拜请。正是：清斋朝帝座，直道在人心。（下）（丑、小生铺设三坛，供香花茶果，立旛挂榜介）

【北醉花阴】高筑仙坛海日晓，诸天群灵俱到，列星众宿来朝。旛影飘摇，七月中元建醮。

（丑）经坛斋供，俱已铺设整齐了。（小生指介）你看山下父老，捧酒顶香，纷纷来也。（副末扮老赞礼，领村民男女，顶香捧酒，挑纸钱、锭锞①、绣旛上）

【南画眉序】携村醪，紫降黄檀绣帕包。（指介）望虚无玉殿，帝座非遥；问谁是皇子王孙，撇下俺村翁乡老。（掩泪介）万山深处中元节，擎着纸钱来吊。

（见介）众位道长，我们社友俱已齐集了，就请法师老爷出来巡坛罢。（丑、小生向内介）铺设已毕，请法师更衣巡坛，行洒扫之仪。（内三鼓介）（杂扮四道士奏仙乐，丑、小生换法衣捧香炉，外金道冠、法衣，擎净盏，执松枝，巡坛洒扫介）

【北喜迁莺】（合）净手洒松梢，清凉露千滴万点抛；三转九回坛边绕，浮尘热恼全浇。香烧，云盖飘，玉座层层百尺高。响云璈②，建极宝殿，改作团瓢③。

（外下）（丑、小生向内介）洒扫已毕，请法师更衣拜坛，行朝请大礼。（丑、小生设牌位：正坛设故明思宗烈皇帝之位；左坛设故明甲申殉难文臣之位；右坛设故明甲申殉难武臣之位）（内奏细乐介）（外九梁朝冠、鹤补朝服、金带、朝鞋、牙笏上）（跪祝介）伏以星斗增辉，快睹蓬莱之现；风雷布令，遥瞻阊阖④之开。恭请故明思宗烈皇帝九天法驾，及甲申殉难文臣，东阁大学士范景文，户部尚书倪元璐，刑部侍郎孟兆祥，协理京营兵部侍郎王家彦，左都御史李邦华，右副都御史施邦耀，大理寺卿凌义渠，太常寺少卿吴麟征，太仆寺丞申佳胤，詹事府庶子周凤翔，谕德马世奇，中允刘理顺，翰林院检讨汪伟，兵科都给事中吴甘来，巡视京营御史王章，河南道御史陈良谟，提学御史陈纯德，兵部郎中成德，吏部员外郎许直，兵部主事金铉；武臣新乐侯刘文炳，襄城伯李国祯，驸马都尉巩永固，协理京营内监王承恩等。伏愿彩仗随车，素旗拥驾；君臣穆穆⑤，指青鸟以来临；文武皇皇⑥，乘白云而至止。共听灵籁，同饮仙浆。（内奏乐，外三献酒，四拜介）（副末、村民随拜介）

【南画眉序】（外）列仙曹，叩请烈皇⑦下碧霄；舍煤山古树，解却宫绦。且享这椒酒松香，莫恨那流贼闯盗。古来谁保千年业，精灵永留山庙。

---

①锭锞：祭神时烧的金银纸锭。②云璈：云锣，铜制的小锣。③团瓢：简陋的小屋。④阊阖：天门。⑤穆穆：有威仪的样子。⑥皇皇：形容盛大。⑦烈皇：指崇祯皇帝。

（外下）（丑、小生左右献酒，拜介）（副末、村民随拜介）

【北出队子】（丑、小生）虔诚祝祷，甲申殉节群僚。绝粒刎颈恨难消，坠井投缳①志不挠，此日君臣同醉饱。

（丑、小生）奠酒化财，送神归天。（众烧纸牌钱锞，奠酒举哀介）（副末）今日才哭了个尽情。（众）我们愿心已了，大家吃斋去。（暂下）（丑、小生向内介）朝请已毕，请法师更衣登坛，做施食功德。（设焰口②，结高坛介）（内作细乐介）（外更华阳巾、鹤氅，执拂子上，拜坛毕，登坛介）（丑、小生侍立介）（外拍案介）窃惟浩浩沙场，举目见空中之楼阁；茫茫苦海，回头登岸上之瀛州。念尔无数国殇，有名敌忾，或战畿辅，或战中州，或战湖南，或战陕右；死于水，死于火，死于刃，死于镞，死于跌扑踏践，死于疠疫饥寒。咸望滚榛莽之髑髅，飞风烟之燐火，远投法座，遥赴宝山。吸一滴之甘泉，津含万劫；吞盈掬之玉粒，腹果千春。（撒米、浇浆、焚纸，鬼抢介）

【南滴溜子】沙场里，沙场里，尸横蔓草；殷血腥，殷血腥，白骨渐槁。可怜风旋雨啸，望故乡无人拜扫；饿魄馋魂，来饱这遭。

（丑、小生）施食已毕，请法师普放神光，洞照三界，将君臣位业，指示群迷。（外）这甲申殉难君臣，久已超升天界了。（丑、小生）还有今年北去君臣，未知如何结果？恳求指示。（外）你们两廊道众，斋心肃立；待我焚香打坐，闭目静观。（丑、小生执香，低头侍立介）（外闭目良久介）（醒向众介）那北去弘光皇帝，及刘良佐、刘泽清、田雄等，阳数未终，皆无显验。（丑、小生前禀介）还有史阁部、左宁南、黄靖南，这三位死难之臣，未知如何报应？（外）待我看来。（闭目介）（杂白须、幞头③、朱袍，黄纱蒙面，幢幡细乐引上）吾乃督师内阁大学士兵部尚书史可法。今奉上帝之命，册为太清宫紫虚真人，走马到任去也。（骑马下）（杂金盔甲、红纱蒙面，旗帜鼓吹引上）俺乃宁南侯左良玉。今奉上帝之命，封为飞天使者，走马到任去也。（骑马下）（杂金盔甲、黑纱蒙面，旗帜鼓吹引上）俺乃靖南侯黄得功。今奉上帝之命，封为游天使者，走马到任去也。（骑马下）（外开目介）善哉，善哉！方才梦见阁部史道邻先生，册为太清宫紫虚真人；宁南侯左昆山、靖南侯黄虎山，封为飞天、游天二使者。一个个走马到任，好荣耀也。

【北刮地风】则见他云中天马骄，才认得一路英豪。咭叮噹奏着钧天乐④，又摆些羽葆干旄⑤。将军刀，丞相袍，挂符牌都是九天名号。好尊荣，好逍遥，只有皇天不昧功劳。

---

①投缳：上吊。②焰口：本是佛教传说中恶鬼的名字，后来称和尚作法为恶鬼施食叫设焰口。③幞头：古代品官戴的头巾，形状像今天京剧里宰相戴的方纱帽。④钧天乐：天上的音乐。⑤羽葆干旄（máo）：羽葆，仪仗中的华盖；干旄，仪仗中的旌旗。

（丑、小生拱手介）南无天尊，南无天尊！果然善有善报，天理昭彰。（前禀介）还有奸臣马士英、阮大铖，这两个如何报应？（外）待俺看来。（闭目介）（净散发披衣跑上）我马士英做了一生歹事，那知结果这台州山中。（杂扮霹雳雷神，赶净绕场介）（净抱头跪介）饶命，饶命！（杂劈死净，剥衣去介）（副净冠带上）好了，好了！我阮大铖走过这仙霞岭，便算第一功了。（登高介）（杂扮山神、夜叉，刺副净下，跌死介）（外开目介）苦哉，苦哉！方才梦见马士英被雷击死台州山中，阮大铖跌死仙霞岭上。一个个皮开脑裂，好苦恼也。

【南滴滴金】明明业镜忽来照，天网恢恢飞不了。抱头颅由你千山跑，快雷车偏会找，钢叉又到。问年来吃人多少脑，这顶浆两包，不够犬饕。

（丑、小生拱手介）南无天尊，南无天尊！果然恶有恶报，天理昭彰。（前禀介）这两廊道众，不曾听得明白，还求法师高声宣扬一番。（外举拂高唱介）（副末、众村民执香上，立听介）

【北四门子】（外）众愚民暗室亏心少，到头来几曾饶，微功德也有吉祥报，大巡环睁眼瞧。前一番，后一遭，正人邪党，南朝接北朝。福有因，祸怎逃，只争些来迟到早。

（副末、众叩头下）（老旦扮卞玉京，领旦上）天上人间，为善最乐。方才同些女道，在周皇后坛前挂了宝旛，再到讲堂参见法师。（旦）奴家也好闲游么？（老旦指介）你看两廊道俗，不计其数，瞧瞧何妨。（老旦拜坛介）弟子卞玉京稽首了！（起同旦一边立介）（副净扮丁继之上）人身难得，大道难闻。（拜坛介）弟子丁继之稽首了。（起唤介）侯相公，这是讲堂，过来随喜。（生急上）来了！久厌尘中多苦趣，才知世外有仙缘。（同立一边介）（外拍案介）你们两廊善众，要把尘心抛尽，才求得向上机缘；若带一点俗情，免不了轮回千遍。（生遮扇看旦，惊介）那边站的是俺香君，如何来到此处？（急上前拉介）（旦惊见介）你是侯郎，想杀奴也。

【南鲍老催】想当日猛然舍抛，银河渺渺谁架桥，墙高更比天际高。书难捎，梦空劳，情无了，出来路儿越迢遥。（生指扇介）看这扇上桃花，叫小生如何报你。看鲜血满扇开红桃，正说法天花落①。

（生、旦同取扇看介）（副净拉生，老旦拉旦介）法师在坛，不可只顾诉情了。（生、旦不理介）（外怒拍案介）哇！何物儿女，敢到此处调情。（忙下坛，向生、旦手中裂扇掷地介）我这边清净道场，那容得狡童游女②，戏谑混杂。（丑认介）阿呀！这是河南侯朝宗相公，法师原认得的。（外）这女子是那个？（小生）弟子认得他，是旧院李香君，原是侯兄聘妾。（外）一向都在何处来？

---

①说法天花落：传说广长长老讲经，讲到妙处，天花乱坠。 ②狡童游女：指追求爱情的少男少女。

（副净）侯相公住在弟子采真观中。（老旦）李香君住在弟子葆真庵中。（生向外揖介）这是张瑶星先生，前日多承超豁。（外）你是侯世兄，幸喜出狱了。俺原为你出家，你可知道么？（生）小生那里晓得。（丑）贫道蔡益所，也是为你出家。这些缘由，待俺从容告你罢。（小生）贫道是蓝田叔，特领香君来此寻你，不想果然遇着。（生）丁、卞二师收留之恩，蔡、田二师接引之情，俺与香君世世图报。（旦）还有那苏昆生，也随奴到此。（生）柳敬亭也陪我前来。（旦）这柳、苏两位，不避患难，终始相依，更为可感。（生）待咱夫妻还乡，都要报答的。（外）你们絮絮叨叨，说的俱是那里话。当此地覆天翻，还恋情根欲种，岂不可笑！（生）此言差矣！从来男女室家，人之大伦，离合悲欢，情有所钟，先生如何管得？（外怒介）呵呸！两个痴虫，你看国在那里，家在那里，君在那里，父在那里，偏是这点花月情根，割他不断么？

【北水仙子】堪叹你儿女娇，不管那桑海变。艳语淫词太絮叨，将锦片前程，牵衣握手神前告。怎知道姻缘簿久已勾销；翅楞楞鸳鸯梦醒好开交，碎纷纷团圆宝镜不坚牢。羞答答当场弄丑惹的旁人笑，明荡荡大路劝你早奔逃。

（生揖介）几句话，说的小生冷汗淋漓，如梦忽醒。（外）你可晓得么？（生）弟子晓得了。（外）既然晓得，就此拜丁继之为师罢。（生拜副净介）（旦）弟子也晓得了。（外）既然也晓得，就此拜卞玉京为师罢。（旦拜老旦介）（外吩咐副净、老旦介）与他换了道

扮。（生、旦换衣介）（副净、老旦）请法师升座，待弟子引见。（外升座介）（副净领生，老旦领旦，拜外介）

【南双声子】芟①情苗，芟情苗，看玉叶金枝凋；割爱胞，割爱胞，听凤子龙孙号。水沤漂，水沤漂；石火敲，石火敲②；剩浮生一半，才受师教。

（外指介）男有男境，上应离③方；快向南山之南，修真学道去。（生）是。大道才知是，浓情悔认真。（副净领生从左下）（外指介）女有女界，下合坎④道；快向北山之北，修真学道去。（旦）是。回头皆幻景，对面是何人。（老旦领旦从右下）（外下座大笑三声介）

【北尾声】你看他两分襟⑤，不把临去秋波掉。亏了俺桃花扇扯碎一条条，再不许痴虫儿自吐柔丝缚万遭⑥。

白骨青灰长艾萧，桃花扇底送南朝；
不因重做兴亡梦，儿女浓情何处消。

①芟（shān）：割，斩断。②这句说人生就像在水中漂浮的泡沫，又像敲石发出的火花，都是短暂的。③离：八卦之一，属南。④坎：八卦之一，属北。⑤分襟：分别。⑥是说再不许这些痴心男女在儿女柔情里作茧自缚。

参考文献

［1］王子野．明代版刻宗录［M］．南京：江苏广陵古籍刻印社，1983.
［2］王实甫．西厢记［M］．北京：人民文学出版社，1994.
［3］汤显祖．牡丹亭［M］．北京：人民文学出版社，1963.
［4］汤显祖．牡丹亭［M］．长沙：岳麓书社，2002.
［5］孔尚任．桃花扇［M］．北京：人民文学出版社，1959.
［6］洪昇．长生殿［M］．北京：人民文学出版社，1958.